Petra Schwarzkopf

Der Donnerfelsen: Die Flucht

Band 3

Petra Schwarzkopf

DER DONNERFELSEN

Die Flucht

Petra Schwarzkopf
Der Donnerfelsen: Die Flucht
Band 3

Best.-Nr. 271897
ISBN 978-3-86353-897-2
Christliche Verlagsgesellschaft Dillenburg

1. Auflage

www.cv-dillenburg.de

Satz und Umschlaggestaltung: Christliche Verlagsgesellschaft Dillenburg
Umschlagmotive:
Landschaftsfoto: © Frank Schwarzkopf, Holzschild: © Freepik.com/brgfx
Schuhe: @ Canva/olhasaiuk

Druck: CPI Books GmbH, Leck
Printed in Germany

Wenn Sie Rechtschreib- oder Zeichensetzungsfehler entdeckt haben,
können Sie uns gern kontaktieren: info@cv-dillenburg.de

Inhalt

Prolog

„Alles hat seine bestimmte Stunde, und jedes Vorhaben unter dem Himmel hat seine Zeit.“

Prediger, Kapitel 3, Vers 1

Ich sage es euch am besten gleich, damit ihr am Ende des Buches nicht so traurig seid: Alles hat seine Zeit, und für alles im Leben, das man zum ersten Mal tut, gibt es auch ein letztes Mal. Manchmal ist das erste Mal zugleich schon das letzte Mal. Das kann entweder sehr schade oder auch sehr gut sein. Zum Beispiel, wenn man die Weisheitszähne herausoperiert bekommt. Da ist es gut, wenn man es mit einem Mal für alle Zeiten hinter sich hat, das kann ich euch versichern! Doch egal, ob schade oder gut, jedenfalls hat es keinen Zweck, so zu tun, als gäbe es kein Ende. Es ist besser, ihr stellt euch jetzt schon darauf ein, dass ihr in naher Zukunft von Johanna und Jan Abschied nehmen müsst. Dann seid ihr nicht so überrascht, wenn es so weit ist, sondern könnt euch gelassen darauf vorbereiten. Also, dies ist der letzte Band vom Donnerfelsen! Die Geschichte ist dann auserzählt, und es gibt nichts mehr, das ich hinzufügen könnte. Deshalb endet alles auf der letzten Seite. Teilt euch das Buch gut ein und fliegt nicht nur mit euren Augen über die Seiten. Das mache ich

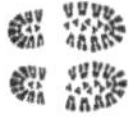

leider oft. Tatsächlich bin ich eine schreckliche Schnell-Leserin. Vielleicht schreibe ich deshalb so gerne. Dann gehe ich quasi zu Fuß durch die Geschichten, anstatt mit einem Düsenjet darüber zu donnern. Sagt also nicht, ich hätte euch nicht gewarnt! Lest langsam und gründlich, ihr seid jetzt alt genug. Übrigens ... das Buch vom Donnerfelsen gibt es immer noch. Davon müsst ihr euch nicht verabschieden. Eure eigene Geschichte mit ihm kann jederzeit beginnen. Vielleicht steckt ihr schon mittendrin – wer weiß? Dann öffnet es euch auf seine ganz eigene Art das Tor in eine andere Welt. Aber ihr müsst sie finden wollen, diese Welt. Was nichts anderes bedeutet, als dass ihr suchen müsst und zwar von ganzem Herzen. Wenn dieser Wunsch da ist, wenn er aufrichtig und echt ist, werdet ihr die Tür zum Land des Felsens finden. Es kann durchaus sein, dass es euch eines Tages wie Schuppen von den Augen fällt und ihr euch fragt, warum um alles in der Welt ihr den Wald vor lauter Bäumen nicht gesehen habt!? So klar liegt diese Tür dann vor euch, und ihr braucht nur einen Schritt hindurchzugehen. Dieser aber muss getan werden, sonst bleibt ihr draußen. So ist das.

Johanna jedenfalls hat diesen Schritt gewagt, kurz nachdem Jan zum Donnerfelsen zurückgekehrt ist, und sie hat ihn bis heute nicht bereut. Laura und Simon sind immer noch an ihrer Seite, und Johanna ist im Moment so ruhig und zuversichtlich, dass sie sich über sich selbst wundern muss. Ihre Mutter Julia dagegen benimmt sich in letzter Zeit seltsam. Und das hat ganz offensichtlich ebenfalls mit diesem Simon und seinem Buch zu tun ...

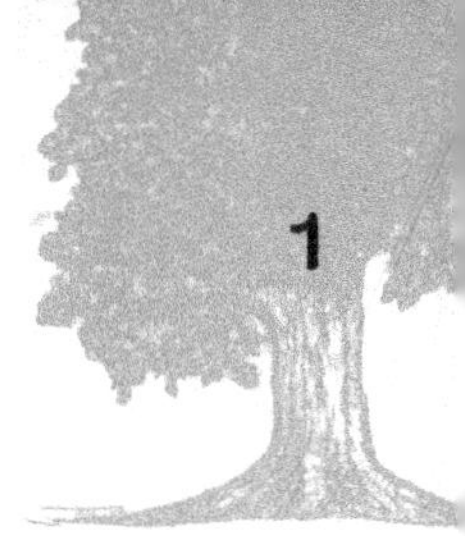

1

„Ziehet nicht am gleichen Joch ... “

2. Korintherbrief, Kapitel 6, Vers 14

Johanna wusste sofort, dass etwas mit ihrer Mutter nicht in Ordnung war. Die Stimme, die von oben kam, hatte die Temperatur eines Eiszapfens, und selbst hier unten im Flur, ein Stockwerk entfernt, ließ sie Johanna frösteln. Vorsichtig stellte die Vierzehnjährige ihre Schultasche auf der untersten Treppenstufe ab. Dann hängte sie langsam ihre Jacke an den Garderobenhaken und suchte nach ihren Hausschuhen.

„Johanna?“, kam es schneidend scharf von oben. „Beeil dich ein bisschen, ich muss gleich los!“

Wow, nicht einmal *bitte* hatte ihre Mutter gesagt.

„Ja, Mama, ich komme“, rief sie zurück, lief schnell die Treppe hinauf und betrat die Küche, in der schon der Tisch gedeckt war. Ihre Mutter hantierte am Herd und drehte sich nicht wie sonst zu ihr um.

„Setz dich schon mal und gieß dir Saft ein“, murmelte sie stattdessen nur.

Johanna gehorchte wortlos. Aus Angst vor der Antwort wagte sie es nicht, Fragen zu stellen. Bestimmt war etwas Schlimmes passiert! Mit Oma und Opa oder mit Mama selbst? War sie vielleicht krank? Johannas Magen war weniger rücksichtsvoll und meldete sich ungefragt zu Wort: Er knurrte vor Hunger. Das Knurren war ziemlich laut. Endlich drehte sich die Frau am Herd um, und Johanna erschrak. Mama hatte rote und geschwollene Augen! Ihr sonst so nettes Gesicht war bleich, die Lippen hatte sie entschlossen aufeinandergepresst. Jetzt verzog sich der Mund zu einem angestrengten Lächeln. Doch Johanna kannte ihre Mutter zu gut, um darauf hereinzufallen.

„Mama, ist etwas passiert?", platzte sie heraus.

„Nein, warum?", fragte Julia und klatschte ihrer Tochter den Kartoffelbrei auf den Teller. Etwas von der heißen Masse spritzte auf den Tisch und auf Johannas T-Shirt. „Tschuldigung", nuschelte die Köchin mit den roten Augen und griff nach der Pfanne mit den Bratwürsten. Johanna hob eine Augenbraue, als ihre Mutter keinerlei Anstalten machte, die Breispritzer vom Tisch zu entfernen. Stumm nahm sie selbst das feuchte Spültuch in die Hand und beseitigte die Kartoffelspuren. Auch als Julia die heiße Pfanne auf den Untersetzer knallte, sagte sie nichts, sondern zog nur hörbar die Luft ein. Dann wühlte ihre Mutter in der Küchenschublade.

„Wo steckt denn diese dämliche Würstchenzange?", schimpfte sie vor sich hin.

Endlich begriff Johanna: Natürlich, das war die Erklärung! Erleichtert atmete sie aus. *Mama ist nur wütend*, dachte sie.

„Ha, hab ich dich", triumphierte Julia und riss die ungehorsame Zange an sich. Sie stieß die Schublade zu, dass es rumste. *Allerdings ist sie sehr wütend.* Ein zerquetschtes Würstchen landete unsanft auf Johannas Teller. *Außerordentlich wütend.*

„So", stieß die Köchin hervor und zerrte ihren Stuhl vom Tisch, um auch Platz zu nehmen. Das Quietschen der Stuhlbeine, die über den Küchenboden schrappten, schien ihr zu gefallen, dabei achtete sie sonst immer darauf, dass man den Stuhl anhob. Ratlos sah Johanna ihre Mutter an. Zwei kampflustige

Augen funkelten zurück. Oh Mann, so wütend hatte sie Mama noch nie erlebt!

„Hab ich etwas falsch gemacht?“, fragte sie vorsichtig.

„Nein, du nicht. Iss!“, befahl ihre Mutter.

Johanna senkte den Blick und versuchte, ihre wirbelnden Gedanken zu einer Art Dankgebet zusammenzukehren. Dann hob sie mechanisch ihre Gabel und stocherte im Gemüse herum. Was war nur los? Auf wen war Mama denn so wütend? Ihr Gehirn kreiste mit so viel Energie um diese Frage, dass für die Geschmacksnerven keine Impulse mehr übrig blieben. Johanna kaute zwar, schmeckte aber nicht, was sie aß. Sie hätte auch an einem Stück Gummi lutschen können. Nach einigen stummen Minuten, die sich in die Länge zogen wie die Wurstpelle, an der Johanna herumsäbelte, stöhnte ihre Mutter auf. Langsam und plötzlich behutsam legte Julia Messer und Gabel auf den Tellerrand. Dann berührte sie vorsichtig die Hand ihrer Tochter.

„Hey, es tut mir leid, Süße!“

Johannas Schultern sanken herab. Sie entspannte sich etwas und saugte langsam den Kartoffelbrei von ihrer Gabel.

„Was ist denn los, Mama?“, fragte sie leise.

„Ach, ich weiß selbst nicht, was mit mir los ist.“

Seufzend griff Julia wieder nach ihrem Besteck. Sie lehnte sich auf dem Stuhl zurück und schob sich eine aufgespießte Wurstscheibe in den Mund. Heftiger als nötig kaute sie darauf herum. Wie sollte sie das ihrer vierzehnjährigen Tochter auch erklären? Dass sie sich mehr erhofft hatte? Dass sie gedacht hatte, sie und Simon Isken, ihr netter und hilfsbereiter Nachbar, könnten mehr als nur Freunde werden? Dass sie in Simons Gegenwart endlich wieder glücklich war? Nein, das konnte sie Johanna nicht erzählen. Wie sollte sie ihr erklären, wie verletzt sie war, dass er sie auf einmal zurückgewiesen hatte? Dass sie es nicht fassen konnte, dass er sie mit einer Kuh verglich! Das ging zu weit. Das war nichts für Kinderohren. Das mussten die Erwachsenen unter sich klären.

„Wer hat dich mit einer Kuh verglichen?", fragte Johanna.

Julia starrte ihre Tochter erschrocken an. Hatte sie etwa laut gesprochen?

„Äh, niemand, ich habe nur laut gedacht", behauptete sie.

„Klar." Johanna hatte nicht vor, sich mit der Antwort zufriedenzugeben. „Du kannst mir ruhig sagen, worum es geht. Ich bin kein Baby mehr."

Julia riss die Augen auf und sah ihre Tochter an, als sähe sie sie zum ersten Mal. *Du meine Güte, das Kind ist schneller in die Höhe geschossen als der märchenhafte Stängel der Zauberbohne*, dachte sie.

„Nein, mein Schatz. Das bist du wirklich nicht mehr", gab sie zu.

Schon seit ihrer Geburt war Johanna leidenschaftlich neugierig. Wenn Simon plötzlich wegblieb, würde sie nach ihm fragen. Also konnte sie genauso gut gleich mit der Neuigkeit herausrücken. Aber ihre Tochter würde nur eine gekürzte Version der Ereignisse zu hören bekommen, eine kindgerechte. Entschuldigung – eine teenagergerechte.

„Also gut, ich glaube, ich bin wütend auf Simon", erklärte Julia.

Johanna schmunzelte.

„Mama, du bist nicht wütend, du magst ihn nur!"

Wann war ihr Baby erwachsen geworden? Julia merkte, wie ihr Gesicht heiß wurde.

„Ist das so offensichtlich?", fragte sie.

„Ja, das sieht ein Blinder – wie Opa immer sagt!"

„Ach, du meine Güte!" Julia versteckte ihr rotes Gesicht hinter den Händen. Dann spreizte sie zwei Finger und blinzelte hindurch. „Wie peinlich", stöhnte sie.

„Quatsch! Das muss dir doch nicht peinlich sein. Ich mag ihn auch", gab Johanna leise zu, „sehr sogar."

„Das ist ja das Schlimme."

Frau Müller nahm die Hände vom Gesicht. „Er sagt, ich soll mir keine Hoffnung machen. Es hätte ... es täte ihm leid, dass ... äh, dass er nicht b... besser aufgepasst hätte, aber ... es hä... hätte keinen Sinn ... mit ... mit uns", stotterte sie und sah ihre Tochter nicken. „Sag bloß, du verstehst das?"

„Ja, ich glaube schon", sagte Johanna nachdenklich.

„Auch, warum er mich nicht mehr mag?"

Johanna lachte.

„Quatsch", sagte sie noch einmal. „Natürlich mag er dich auch."

Julia war sprachlos. Wie konnte sich das Kind da so sicher sein?

„Aber was meintest du mit der Kuh?", hakte ihre Tochter noch einmal nach.

„Na ja, das hat er nicht direkt gesagt", gab Julia zögernd zu und kratzte sich verlegen am Kopf. „Aber er hat gemeint, da ich seinen Glauben nicht teile, wäre eine ... ähm ... eine Beziehung mit mir so etwas wie ein ungleiches Joch." Julia seufzte leise. Johanna runzelte die Stirn.

„Was ist denn ein Joch?"

„Ein Joch ist ein Holzstück, das zwei Tiere – meistens Rinder – verbindet, die gemeinsam einen Pflug aus Holz oder Eisen ziehen. Früher, als es noch keine Traktoren gab, hat man auf diese Weise

Furchen in die Erde gezogen, in die dann die Kartoffeln oder Körner kamen. Heute ist das in ärmeren Ländern noch so", erklärte Julia, als hätte sie es eben erst im Lexikon nachgelesen.

Bei der Vorstellung, Simon und ihre Mutter würden aneinandergekettet über einen Acker laufen und einen Eisenpflug hinter sich herziehen, prustete Johanna auf einmal laut los. Julia sah ihrer Tochter an, was sie dachte, und schmunzelte zum ersten Mal an diesem Tag. Entschlossen schob sie sich erst eine Portion Kartoffelbrei und dann eine Scheibe Bratwurst in den Mund.

„Na ja, und deschwegen kam isch auf die Kuh", schloss sie schmatzend.

Johanna reagierte nicht. Sie hatte ihr Handy aus der Hosentasche gezogen, tippte und sah konzentriert auf das Display. Julia verzog den Mund, während sie einige Erbsen auf ihrer Gabel in Richtung Mund balancierte.

„Johanna? Was haben wir abgemacht?", rügte sie, bekam jedoch keine Antwort. „Johanna?! Die Handynutzung während der Mahlzeiten ist nicht nur unhöflich, sondern auch ungesund", mahnte sie mit ihrer Krankenschwesterstimme.

Die Gabel wackelte. Einige Erbsen verloren das Gleichgewicht und kullerten über den Tisch. Johanna guckte gehorsam hoch, aber sie konnte das Handy auch unter der Tischplatte blitzschnell bedienen, was ihre Mutter sehr wohl wusste. Julia versuchte, die Erbsen wieder einzufangen. Dann sah sie zu Johanna, die auf das Handy auf ihrem Schoß starrte, und ihre Augenbrauen zogen sich zusammen wie zwei Gewitterwolken. Doch ihre Tochter kam einer weiteren Ermahnung zuvor.

„Mama, ich glaube, ich weiß, was Simon meint. Tiere, die in einem Joch gehen, ziehen über eine einzige Deichsel dasselbe Gewicht oder einen Wagen hinter sich her."

„Hast du das jetzt eben so schnell nachgelesen?“, meinte Julia wider Willen beeindruckt.

„Nicht alles gelesen, aber es gibt auch Bilder“, antwortete Johanna grinsend. „Da sieht man es sofort. Also, wenn zwei Tiere so eine Last ziehen, dann ist es wichtig, dass beide dasselbe Ziel haben und dasselbe Tempo, sonst funktioniert es nicht“, folgerte sie. „Sonst kommen sie entweder nicht vom Fleck oder laufen kreuz und quer. Ist doch logisch!“

Ihre Mutter guckte nachdenklich. Sie atmete tief ein und aus und nahm einen Schluck Wasser.

„Ja, du hast wahrscheinlich recht“, sagte sie. „Früher oder später führt es zu Ärger, wenn jeder in eine andere Richtung will. Irgendwie habe ich das ohnehin geahnt.“ Sie kniff den Mund zusammen und schwieg. Doch dann haute sie plötzlich mit der Hand auf den Tisch und schlug eine übersehene Erbse zu Brei. Johanna zuckte erschrocken zusammen. „Das entschuldigt aber nicht, dass er das nicht gleich gesagt hat! Das hätte er wirklich eher wissen können, wenn er seine heilige Bibel so gut kennt“, schimpfte sie schon wieder wütend. Johanna guckte betroffen. „Entschuldige“, sagte ihre Mutter diesmal sofort. „Du kannst nichts dafür, und es ist auch nicht dein Problem. Tut mir leid.“

Sie leckte sorgfältig die Erbsenreste von ihrer Hand, als gäbe es nichts Wichtigeres auf dieser Welt. Dann widmete sich Julia konzentriert dem Essen und wechselte ohne Vorwarnung das Thema.

„Wie war es in der Schule?“

Johanna antwortete nicht sofort. Glaubte Mama wirklich, dass das nur ihr Problem war?!

„Wer sich in Gefahr begibt …"

Johanna schloss ihr Matheheft und strich sich durch die noch feuchten Haare. Dann stand sie vom Schreibtisch auf, streckte die Arme in die Höhe und dehnte ihre Schultermuskeln. Das Schwimmtraining freitagabends war immer anstrengend, und eben hatte sie die letzten Hausaufgaben erledigt. Jetzt lag das Wochenende frei vor ihr. *Schade, dass Laura mit ihrer Familie zu einer Hochzeit gefahren ist,* dachte sie und blickte auf die Uhr. Es war kurz nach zehn. Ihre Mutter musste bald nach Hause kommen. Auf dem gedeckten Tisch in der Küche wartete eine kleine Thermoskanne mit frischem Ingwertee nebst zwei Käsebroten auf sie.

Johanna setzte sich auf ihr Bett, über das eine Patchworkdecke ausgebreitet war. Langsam fuhren ihre Finger über die gesteppten Quadrate und Muster des Quilts. Er war wunderschön und Mamas Geschenk zu ihrem dreizehnten Geburtstag gewesen. Mehrere Wochen hatte sie heimlich daran genäht, um ihre Tochter damit zu überraschen. Als sie gerade dabei gewesen waren, ihn auszupacken, waren Simon und Laura zum Gratulieren vorbeigekommen und hatten das Kunstwerk bestaunt. Zumindest Herr Isken würde bei ihrem nächsten Geburtstag wohl fehlen.

Johanna seufzte. Dann stand sie auf und ging zum Balkon. Durch das offene Wohnzimmerfenster blickte sie auf ihre Linde. Der Mond war gerade aufgegangen und leuchtete hell. Es war schon wieder Mai, zum zweiten Mal seit Jans Besuch in ihrer

Welt, und der Baum war wie immer mit Blüten übersät. Der leichte Wind wehte den Duft zu Johanna hinüber. Er kroch in ihre Nase wie das süße, klebrige Parfüm einer alten Dame. Die ganze Luft schien schwanger damit zu sein, wie vor zwei Jahren. Damals, direkt nach Jans Rückkehr zum Donnerfelsen, hatte sie begonnen, Simon und Laura in deren Kirchengemeinde zu begleiten. Kurz darauf hatte sie selbst angefangen, an Gott zu glauben. An diesen Gott aus Jans Geschichte mit dem verlorenen Sohn. An Gott, den liebenden Vater, der immer zur Vergebung bereit ist, wenn man zu ihm umkehrt.

Seltsamerweise waren Mama und sie daraufhin andauernd aneinandergeraten – manchmal reichte schon eine Kleinigkeit –, und eines Tages im letzten Mai hatte Julia sie erwischt, wie sie unter der Linde stand, eine der tausend parfümierten Blüten in der Hand. Johanna wurde rot bei der Erinnerung. Es hatte richtig Streit gegeben, mit Geschrei und Tränen. Leider hatte es mit der Reise in die andere Welt nicht geklappt. Leider? *Mama hat Angst gehabt, mich zu verlieren. Dabei habe ich mir doch nur gewünscht, Jan wiederzutreffen. Wie schön wäre es gewesen, ihm erzählen zu können, dass ich nun weiß, was er meinte,* dachte sie. Simon hatte zwischen den beiden Streithennen vermittelt. Mama und sie lebten bis heute gut mit den ausgehandelten Absprachen. Schon waren Johannas Gedanken einmal im Kreis herum und wieder bei Herrn Isken angelangt, da hörte sie den Schlüssel im Schloss. Kurz darauf sah Johanna ihrer Mutter zufrieden zu, wie sie in das Butterbrot biss.

„Mhm. Lecker", schwärmte Julia und kaute genüsslich.

Sie sah müde, aber friedlich aus und erzählte sogar lustige Geschichten von der Arbeit und den Patienten. Doch irgendwie hatte Johanna das Gefühl, dass sie nicht ganz bei der Sache war.

Mamas Augen wanderten immer wieder hinaus in den Garten, der im Mondlicht lag. Der Abendnebel hatte die Linde mit einem milchigen Zuckerguss überzogen. Der Duft war verweht.

„Wochenende", hörte sie ihre Mutter schließlich sagen. „Ein ganzes freies Wochenende! Was fangen wir bloß damit an, nachdem wir morgen ausgeschlafen haben?"

„Ja, was nur? Es gibt nichts mehr zu renovieren, und bei Oma und Opa waren wir erst grade", antwortete Johanna lachend, doch ihre Mutter lachte nicht mit.

Frau Müller starrte auf die in Mondlicht getauchte Linde, als hätte der Baum sie hypnotisiert. Johanna setzte sich aufrecht hin.

„Das ist jetzt nicht dein Ernst, oder?", fragte sie ihre Mutter.

„Und wenn doch?", fragte Julia zurück.

Sie stützte die Ellbogen auf den Tisch und blickte ihrer Tochter genau in die Augen. *Wie blau sie sind! Genau wie die ihres Vaters,* dachte sie.

„Du willst abhauen." Johanna klang überrascht und empört. „Ich fasse es nicht, meine Mutter will flüchten!"

„Na und? Vielleicht brauche ich eine Auszeit."

War da ein kleines Lächeln auf Mamas Lippen?

„Ein Urlaub am Donnerfelsen? Super! Da bin ich auf jeden Fall dabei", sagte Johanna.

Ja, Mama lächelte. Aber in ihren Augen las Johanna keine Vorfreude auf Erholung, sondern Neugier und Abenteuerlust. Von wegen Urlaub!

„Sonst würde ich es auch nicht versuchen", gestand ihre Mutter, und ihr Blick wurde weich. „Ich könnte dich nicht allein lassen. Auch wenn die Zeit dort schneller vergeht und ich vielleicht nicht lange weg wäre."

„Was ist, wenn es nicht mehr klappt?“, überlegte Johanna.

„So wie letztes Jahr? Vielleicht war es einfach nicht der richtige Zeitpunkt oder nicht die richtige Blüte“, wischte Julia den Einwand vom Tisch. „Zum Glück!“

„Sag bloß, du überlegst das schon länger?“, hakte Johanna nach, um das letzte Frühjahr schnell wieder zu vergessen. „Warum ... jetzt auf einmal?“

„Ich gebe zu, dass mich die Vorstellung schon länger reizt.“

Johanna lehnte sich zurück und verschränkte die Arme vor der Brust.

„So abenteuerlustig kenne ich dich gar nicht.“

Julia wurde ernst.

„Nein, meistens wollen Mütter vor allem ihre Kinder beschützen. Da mag man keine Abenteuer. Aber jetzt ...“

„Bin ich etwa kein Kind mehr?“, fragte Johanna.

„Das waren deine Worte gestern, oder?“

„Ich habe nur gesagt, dass ich kein Baby mehr bin“, widersprach Johanna entrüstet.

Langsam machte ihr Mamas Blick Angst. Sie spürte, wie ihr Herz schneller schlug. Frau Müller lächelte beruhigend.

„Mein Kind bleibst du natürlich immer. Aber ich habe über deine Worte gestern nachgedacht. Es stimmt schon. Du wirst erwachsen, übernimmst immer mehr Verantwortung, und da ändert sich manches – auch für mich.“

Das Gespräch gefiel Johanna plötzlich gar nicht mehr. Verantwortung? Das klang ihr nun doch zu erwachsen.

„Meiner fast erwachsenen Tochter darf ich verraten, dass ich auch manchmal kindische und verrückte Ideen habe.“ Frau Müller hatte die Stimme zu einem Flüstern gesenkt, als verrate sie ein echtes Geheimnis. „Aber wenn ich eine solche Idee umsetze, dann möchte ich so gut wie möglich auf mein Abenteuer vorbereitet sein. Das hier muss mit ..."

Entschlossen hob sie ihren Rucksack, den sie immer mit zur Arbeit nahm, vom Boden hoch. Sie öffnete ihn und nahm ein Heft und einen Kugelschreiber heraus. Dann schlug sie das Heft auf und begann vorzulesen:

„Vitamine, Medikamente inklusive Antibiotika, gut sortierte Erste-Hilfe-Tasche mit Verbandszeug, Einwegskalpellen, Nadel, Faden und Desinfektionsmittel. Kompass, Höhenmesser und Taschenlampe, Taschenmesser oder besser Multitool sowie ein Rettungsarmband mit Pfeife. Tagebuch, Bleistift und Anspitzer. Fehlt nur noch ein Buch mit Tipps zum Überleben in der Wildnis."

Johanna schluckte und blickte auf die sorgfältig geschriebene Liste.

„Ich möchte diese Welt kennenlernen, ohne uns unnötig in Gefahr zu bringen", erklärte Julia und blätterte eine Seite um. „Rucksäcke, Trekkingschuhe, wasserfeste Jacken, Trinkflaschen, Badeanzug, Sonnenkappen und Sonnenmilch sowie Schrittzähler und frische Unterwäsche", fuhr sie fort.

Frische Unterwäsche? Das war wieder typisch Mama. Gott sei Dank! Frau Müller blätterte eine weitere Seite um. Es folgten Listen mit Dingen, die zu Hause und im Garten noch erledigt werden mussten, ehe sie das Haus verlassen konnte. Nur den letzten Eintrag las sie nicht vor. *Abschiedsbriefe verfassen* stand dort.

Am nächsten Morgen weckte die Sonne Johanna. Diese blinzelte und versuchte, die Augen zu öffnen. Aus der Küche kam leises Geschirrklappern, Mama werkelte schon. Da schepperte es! Ein

Topf war auf die Fliesen geknallt. Mama schimpfte. Schlagartig war Johanna wach, und ebenso plötzlich fiel ihr Mamas Sinneswandel wieder ein. Unfassbar! Erst hatte ihre Mutter nicht einmal an den Donnerfelsen geglaubt, dann wollte sie ihre Tochter auf keinen Fall noch einmal dorthin lassen, und jetzt? Jetzt musste sie plötzlich selbst dort hin. *Verstehe einer die Erwachsenen ...* Johanna schlug die Decke zurück und sprang aus dem Bett.

Als sie zum Frühstück erschien, fiel ihr Blick zuerst auf die Küchenbank. Fast alles, was Julia gestern Abend vorgelesen hatte, war dort schon säuberlich aufgestapelt. Zwei Wanderrucksäcke standen nebeneinander auf dem Boden. Mama hatte sie mit ihren Goretex-Jacken zugedeckt.

„Guten Morgen", grüßte Julia gut gelaunt.

Der verbeulte Topf stand auf der Arbeitsplatte und schien nichts an ihrer guten Laune ändern zu können. Johanna setzte sich auf einen Küchenstuhl und griff nach dem Müsli.

„Morgen, Mama. Du scheinst es ja eilig zu haben."

Sie warf einen Blick auf das Reisegepäck. Nach einem gemütlichen Samstagsfrühstück sah das nicht aus.

„Wenn schon, denn schon."

Julia war die Ruhe selbst. Zufrieden blätterte sie in einem Buch.

„Hast du gar nicht geschlafen?", fragte Johanna und schielte auf den Buchrücken. *Überleben auch ohne Arzt*, las sie leicht entsetzt, sagte aber nichts, sondern rührte fleißig in ihrem Müsli.

„Doch, aber erst nach Mitternacht, ich war einfach noch zu wach."

Johanna schob sich einen Löffel Milch mit Körnern in den Mund. Als sie den Blick hob, entdeckte sie zwei Briefumschläge auf dem Tisch. Einer war an Oma und Opa adressiert, der andere trug Simons Namen. Das Müsli quetschte sich die Speiseröhre hinunter. Sie spülte mit Orangensaft nach.

„Die sind nur für den Notfall“, erklärte Julia ungefragt. „Wenn du es dir anders überlegt hast, brauchst du es nur zu sagen. Dann bleiben wir hier.“

Johanna schüttelte den Kopf.

„Nein, nein, auf keinen Fall, ich bin dabei“, versicherte sie und tauchte den Löffel zum zweiten Mal in ihr Müsli. „Nur, was du so einpackst, ist gruselig. Glaubst du nicht, dass das etwas übertrieben ist? Wir gehen doch nicht nach Afrika. Ich habe nichts davon dabeigehabt.“

Entschlossen schluckte sie und schob direkt noch zwei Löffel hinterher.

„Oh, Afrika ist nicht so unbekannt wie dein Donnerfelsen“, stellte Mama ruhig fest. „Und du hattest auch nicht geplant, die Welten zu wechseln. Für dich kam alles überraschend. Wenn man die Chance hat, sich auf eine Veränderung vorzubereiten, wäre es dumm, sie nicht zu nutzen.“

Johanna nickte mechanisch. Noch nie war ihr Müsli so trocken gewesen. Sie schüttete Milch nach, aß und aß und schmeckte nichts.

„Wer weiß, was uns erwartet?“, redete Mama weiter. „Zwei Jahre sind eine lange Zeit. Da kann viel passieren. Schaffst du es, bis viertel vor eins fertig zu packen?“

„Ja, klar“, sagte Johanna und schob das Müslischälchen von sich.

Irgendwie war es doch leer geworden. Zufrieden mit der Antwort griff Julia nach der Gießkanne, und begann, alle Blumen zu gießen. Danach fing sie an, die Küche in Ordnung zu bringen.

Johanna ging in ihr Zimmer und öffnete den Kleiderschrank. Ratlos stand sie einen Moment davor. Die Auswahl war einfach zu groß! Aber sie musste sich beeilen. Also entschied sie sich für eine robuste Jeans. Eine kurze Hose wanderte ebenfalls in den Rucksack. Dazu steckte sie zwei Tops, zwei T-Shirts und einen warmen Fleece-Pullover. Grinsend griff sie nach ihrer Unterwäsche und den Socken. Julia wirbelte derweil durch das Haus und holte zum Schluss die Trekkingschuhe aus dem Keller. Johanna probierte sie an. Sie passten noch. Ungeduldig sah Frau Müller auf die Uhr.

„Es wird Zeit", sagte sie. „Ich möchte unserem Nachbarn jetzt nicht über den Weg laufen."

Um eins wollte Simon vorbeikommen und den Haustürschlüssel zurückbringen, den sie ihm überlassen hatte. Mit Genugtuung dachte Julia daran, dass Herr Isken noch ein letztes Mal ins Haus hineinkonnte. Der Brief auf dem Küchentisch würde ihm hoffentlich direkt ins Auge springen, und er wüsste Bescheid, aber dann wäre es zu spät. Sie wären schon fort. Bei dem Gedanken lächelte sie.

„Ich bin fertig mit Packen", verkündete Johanna.

Sie steckte ihre volle Trinkflasche in die rechte Außentasche und hob den Rucksack prüfend an. Wider Erwarten war er gar nicht so schwer, und es hatte tatsächlich noch alles hineingepasst, was Julia ihr zugeteilt hatte. Mit klopfendem Herzen sah sie zu ihrer Mutter. Die erwiderte ihren Blick. Schon wieder hatte sie diese abenteuerlustigen Augen, die Johanna so neu waren. Jung sahen sie aus, nicht mehr alt vor Sorge, wie so oft. Wurden Erwachsene etwa wieder zu Kindern, wenn ihre Kinder erwachsen wurden?

„Bist du ganz sicher?", fragte Mama vorsichtshalber noch einmal.

„Jepp", meinte Johanna, nickte und verschob den Gedanken ans Erwachsenwerden auf später.

„Dann nichts wie weg hier!"

Frau Müller ging hinunter in den Flur. Ihre Tochter folgte ihr. Die Terrassentür war sorgsam verriegelt. Schließlich wollten sie keine Einbrecher einladen. Johanna ging vor und öffnete die Haustür. Frau Müller schloss hinter sich ab. Schweigend schlenderten sie gemeinsam zur Linde, blieben kurz vor dem Stamm stehen und legten gleichzeitig den Kopf in den Nacken, um in die Zweige sehen zu können. Ihre Hände fanden sich blind. Ein Windstoß und ein paar Blüten regneten auf Mutter und Tochter herab. Immer noch sah keine die andere an. Beide hatten die Augen geschlossen und atmeten den Duft der vielen tausend Lindenblüten ein. Sein Parfüm schlüpfte durch die Nasenlöcher, verteilte sich in der Lunge und betörte ihre Sinne. Plötzlich rochen sie die Süße nicht nur, sondern schmeckten sie wie Zucker auf der Zunge.

Simon Isken kam zehn Minuten zu früh über die Straße. Auf dem Bürgersteig angelangt verzögerte er den Schritt und starrte auf den geliehenen Haustürschlüssel in seiner Hand. Dann hob er den Kopf und ging entschlossen auf den Zaun zu. Der Zollbeamte wunderte sich nur kurz, als er die beiden Müller-Frauen mit Rucksäcken beladen unter dem mächtigen Lindenbaum stehen sah. Schon im nächsten Augenblick war ihm klar, was geschehen würde. Er wusste es, noch bevor sie verschwanden, und die Erkenntnis versetzte ihm einen Schlag in die Magengrube.

„Julia!“, rief er empört und gleich darauf ängstlich: „Johanna!“

Dann sprang er hastig über den niedrigen Zaun. Er hatte nur ganz kurz nach unten geguckt, um die Höhe richtig einzuschätzen, aber als er seinen Blick wieder hob, war der Garten schon leer. Er stoppte und stolperte. Sie hatten es tatsächlich getan! *Das darf doch nicht wahr sein,* stöhnte er innerlich und hob hilflos die Arme, *diese Verrückte!* Entgeistert starrte er auf den dicken Stamm. Ein paar Minuten blieb er kopfschüttelnd stehen und hoffte wider besseres Wissen, dass die beiden wieder auftauchten. Dann ließ er die Hände sinken, wischte sich über die Augen und ging mit schleppenden Schritten zur Haustür. Doch als er den Schlüssel gerade in den Briefkasten werfen wollte, hielt er mitten in der Bewegung inne und entschied sich, noch einmal in das Haus zu gehen.

„Vielleicht gibt es eine Erklärung“, murmelte er und steckte den Schlüssel in das Schloss.

Er ließ sich ganz leicht drehen. Simon gab der Tür einen leichten Schubs, und sie schwang auf. Langsam betrat der Zollbeamte das Haus der Müller-Frauen. Es war so still wie auf dem Friedhof. Grabesstille. Ihm wurde kalt.

„Unsinn“, ermahnte er sich selbst, durchschritt entschlossen den Flur und stieg die Treppe zum ersten Stock hinauf. Auf den ersten Blick wirkte alles wie immer. Doch der zweite ließ das Haus etwas zu ordentlich und aufgeräumt erscheinen, so als wären Mutter und Tochter in Urlaub gefahren und hätten absichtlich jedes Lebenszeichen verwischt. Das sah Julia ähnlich! Simon ging ins Wohnzimmer. Es dauerte nicht lange, da hatten die geübten Augen des Ermittlungsbeamten zwei Handys und die Nachricht auf dem Tisch entdeckt. Er griff nach dem Brief, der seinen Namen trug. Seine Hände zitterten, als er ihn öffnete.

Simon setzte sich, faltete den Bogen auseinander und zwang sich, langsam zu lesen, obwohl seine Augen bei der Suche nach einer Erklärung über die Worte fliegen wollten. Als er sie gefunden hatte, wich alle Farbe aus seinem Gesicht, und er starrte eine Weile auf die Zeile. Als er schließlich am Ende des Briefes angekommen war, faltete Simon stumm die Hände und ließ sich auf die Knie gleiten.

„Oh Gott“, stöhnte er mit geschlossenen Augen. „Das habe ich doch nicht gewollt!“

„... der kommt darin um."

Sirach 3, Vers 27 [1]

Wie aus weiter Ferne hörte Johanna ihren Namen. *War das Simons Stimme?* Ihr Herzschlag setzte für einen Moment aus, und sie fasste die Hand ihrer Mutter fester. *Was tue ich hier?* Der Boden unter ihren Füßen bebte und schwankte wie das Deck der Seekatze auf den Wellen. Simons Stimme schwieg. Oder ging sie nur in dem tosenden Lärm unter, der sie auf einmal umgab? Dieser Krach war so gnadenlos wie ein Diktator. Er ließ nichts anderes gelten als sein eigenes Wort. Es donnerte, hallte und schepperte so laut und nah, dass es wehtat. Am liebsten hätte sich Johanna die Ohren zugehalten, aber Mamas Hand hatte sich in der ihren verkrallt und wollte sie nicht loslassen. Kaltes Wasser peitschte in Johannas ungeschütztes Gesicht. Sie schrie, aber der Schrei wurde vom wütenden Sturm fortgerissen. Im Nu war sie bis auf die Haut durchnässt. Wie dumm, dass sie die Goretex-Jacke nicht angezogen, sondern in den Rucksack gestopft hatte.

---

1 Vielleicht wundert ihr euch über die seltsame Kapitelüberschrift. Das Buch „Sirach" ist sehr wahrscheinlich in eurer Bibel nicht enthalten. Es gehört zu den sogenannten Apokryphen. Dieses fremde Wort kommt aus dem Griechischen und heißt auf Deutsch so viel wie „dunkel". Apokryphen nennt man die alten Bücher, die sich auf die Bibel beziehen und auch so ähnlich formuliert sind. Sie entstanden erst einige oder mehrere Jahrhunderte nach Christus und gehören nicht zu Gottes Wort. Trotzdem sind manche davon interessant zu lesen.

Johanna begann, vor Kälte zu zittern. Sie versuchte, die Augen zu öffnen, aber ohne den Schutz ihrer Hände war das unmöglich.

„Mama! Lass meine Hand los!“, brüllte sie gegen den brausenden Wind. „Lass ... meine ... Hand ... los!!“

Es dauerte, bis Julia reagierte. Dann fühlte Johanna, dass ihre Rechte freigegeben wurde. Sie hob sie an die Stirn und blinzelte in ein gigantisches Gewitter. Dicke grauschwarze Wolken hatten sich zusammengeballt zu einer düsteren Decke, die sich anschickte, alles zu ersticken oder zu ertränken, was sich unter ihr befand. Dunkelheit und Kälte griffen nach den Müller-Frauen, umklammerten sie und pressten ihnen die Lunge zusammen, so als seien sie zu tief unter Wasser getaucht. Johanna rang nach Luft. Sie hätte nicht sagen können, ob es Tag oder Nacht war, ob Frühling, Sommer, Herbst oder Winter. Instinktiv duckte sie sich und zog ihre Mutter mit hinunter in die Hocke, als riesige Blitze den Himmel zerrissen. Ihre Ausläufer zuckten in alle Richtungen, wanden sich wie feurige Schlangen und leuchteten alles taghell aus. Beide Frauen rissen die Augen weit auf. Sie waren tatsächlich am Donnerfelsen!

Aber es war nicht der Donnerfelsen, den Johanna kannte. Die Landschaft, in der sie ängstlich hockten, glich eher der Kulisse eines Katastrophenfilms. Ein dramatisches Schauspiel in 3-D: entwurzelte, brennende Bäume, umherfliegende Äste und Sträucher, Krater im Boden, umherwirbelnde Erdklumpen und in der Ferne eine entfesselt wütende, tobende und brüllende See. Leider fühlte sich der Film sehr real an. Er zerrte an Kleidern und Haaren, goss ihnen eimerweise Wasser über den Kopf und schwemmte auch den letzten Rest des Lindenparfüms fort. Die Müller-Frauen mussten mitspielen, auch wenn sie sich nicht für eine Rolle in diesem Drama beworben hatten.

Die Sonne versuchte kurz, durch die Wolken zu dringen, doch sie ließ den Regenvorhang nur wie eine weiße Wasserwand erscheinen, die an ihren Rändern in einen geisterhaften Nebel verschwamm. Und schon ging der Scheinwerfer am Himmel wieder aus. Der grausame Filmausschnitt verschwand. Jemand hatte den Stecker gezogen, die Leinwand wurde schwarz. Johanna und Julia warfen sich zu Boden und bedeckten ihre Köpfe mit den Armen. Als der Boden unter ihnen erneut im Donner erzitterte, rutschten sie im Schlamm eng aneinander. Johanna schmeckte Erde im Mund, Sand rieb ihr auf der Zunge und knirschte zwischen den Zähnen. *Was ist hier los? Was in aller Welt ist hier los?!* Sie begann laut zu beten, ohne es zu wissen. Was hatten sie getan?!

Wieder ein Blitz, gefolgt von einem dunklen, lauten Knall, der die Ohren klingeln und den Schädel vibrieren ließ. Dann knirschte es direkt hinter Johanna. Das Geräusch drang ihr durch Mark und Bein. Es klang, als würde einem Riesen ein Zahn gezogen. Zu dem Knirschen gesellte sich ein Knistern und Prasseln, rötliches Licht drang durch ihre geschlossenen Lider. Johanna hob den schweren Kopf und zwang sich, die Augen zu öffnen ... Da sah sie hinter sich die Linde. Ihre Linde – sie brannte! Entsetzt starrte Johanna auf das Feuer, das in dem strömenden Regen so fehl am Platz wirkte wie ein Eiswürfel in der Wüste. Und auch wenn sich seine Wärme alle Mühe gab, ihre Haut zu streicheln, spürte sie nichts davon. Von Angst und Kälte betäubt beobachtete sie das anscheinend wasserfeste Feuer, das sich direkt hinter ihnen rasend schnell durch das wehrlose Holz fraß. Der Baum stöhnte und ächzte, als hätte er Schmerzen. Dann schwankte er wie von Geisterhand bewegt. Da begriff Johanna.

„Mama!", schrie sie und rüttelte ihre Mutter.

Julia guckte hoch und sprang sofort auf. Panisch riss sie Johanna am Rucksack in die Höhe und zerrte sie hinter sich her zur Seite. Nur weg von dem stürzenden Baum, der sie erschlagen würde, wenn sie nicht schnell genug die Flucht ergriffen. Keuchend und stolpernd brachten sich die beiden in Sicherheit. Eine Sekunde später fiel die Linde krachend zu Boden und warf im Todeskampf mit Schlamm um sich. Nur ihr brennender Stumpf blieb senkrecht stehen wie eine Fackel mit Wurzeln.

„Das war knapp", stöhnte Julia und wollte sich die feuchte Erde aus dem Gesicht wischen. Doch ihre Hände waren noch schmutziger, und so machte sie alles nur schlimmer. Johannas Mutter starrte auf ihre Finger und lachte unsinnig.

„Seid ihr verrückt geworden? Was macht ihr hier?", hörten sie eine empörte Stimme ganz in der Nähe.

Hinter dem lodernden Baumstumpf kam ein junger Mann hervor. Dann sprang er über einen tiefen Spalt im Boden zu ihnen herüber, und sie erkannten Jan.

„Müsst ihr ausgerechnet heute ankommen?" Schimpfend zog er Johanna und Julia zu einer flachen Mulde im vom Unwetter gefolterten Boden. „Das ist kein guter Tag", stieß Jan hervor und drückte Johanna unwirsch nach unten.

Julia hockte sich neben die beiden. Stumm und vor Kälte zitternd warteten sie zu dritt das Ende des Wütens ab. Langsam wurde es leiser, der Regen ließ nach. Dann verschwand der Spuk wie ein Geist in der Flasche und ließ die Erde in gespenstischer Ruhe zurück. Die Sintflut war vorbei, und das Feuer knisterte nicht mehr. Es war zu lautlosen Rauchfahnen erloschen. Der Qualm ließ die drei Zeugen des Weltuntergangs husten.

„Was war das denn?"

Erschöpft richtete sich Johanna auf. Unter der Schlammmaske war sie blass; die Kälte saß ihr in den Knochen. Jan half ihr und Julia auf die Füße. Ein lautloser, aber kräftiger Wind erhob sich in großer Höhe und wischte den Himmel sauber. Im Nu glänzte er wie eine blank geputzte Fensterscheibe und ließ die Sonne ihre Kraft ungehindert entfalten. Es wurde unangenehm heiß.

„Das? Keine Ahnung, aber es kommt in letzter Zeit öfter vor", antwortete Jan. „Seit einigen Wochen spielt das Wetter verrückt. Eiseskälte, Hitze, Erdbeben und Gewitter wechseln sich ab. In den letzten Tagen gab es mehrere solcher Stürme, vor allem hier oben im Wäldchen. Flüsse versiegen, und eine tiefer gelegene, plötzlich versalzene Trinkwasserquelle macht uns große Sorgen. Auch das Meer ist unberechenbar geworden."

Betroffen blickte er auf den toten Baum und seinen schmutzigen Grabschmuck aus verwelkten, schlammigen Blüten.

„Ihr müsst sofort zurück", befahl Jan. „Vielleicht funktioniert es noch!"

Johannas logischer Verstand stimmte ihm ohne Zögern zu.

„Jan hat recht, Mama. Wir müssen es versuchen, jetzt gleich", wandte sie sich an ihre Mutter.

Die nickte, blickte aber mit gerunzelter Stirn auf die Baumleiche. Johanna machte einen Schritt auf Jan zu. Ihr Lächeln konnte er vor lauter Schmutz nicht sehen. Doch er verstand die leise und feste Stimme genau.

„Jan, ich weiß endlich, was du mir damals sagen wolltest", erklärte sie vorsichtig lächelnd. „Gott ist jetzt auch mein Vater."

Johanna hatte erwartet, dass Jan diese Nachricht freuen würde, doch sein Gesicht zeigte keine Reaktion. Das wunderte Johanna, doch sie hatte keine Zeit nachzufragen, was das zu bedeuten hatte. Stattdessen musste sie sich so schnell wie möglich

verabschieden. „Auf Wiedersehen", sagte sie hastig, fiel Jan um den Hals und drückte ihn.

Jan schloss vorsichtig seine Arme um sie, hielt aber Abstand, als wollte er sich nicht schmutzig machen.

„Auf Wiedersehen", wiederholte er mit belegter Stimme.

Verwirrt sah Johanna ihn an und griff nach der Hand ihrer Mutter. Die zog sie näher an den umgestürzten Baum. Gemeinsam sagten sie laut und deutlich ihren Wunsch:

„Wir möchten zurück nach Hause."

Dann schlossen sie die Augen. Hinter den Augenlidern blieb es hell. Die Sonne brannte auf ihrer Haut. Das war alles. Johanna schlug die Augen auf, sah ihre Mutter an und wiederholte die Worte im Singular.

„Ich möchte zurück nach Hause." Nichts geschah. „Ins Rheinland, nach Remsig", schob sie nach.

Immer noch nichts. Sie standen am selben Ort wie zuvor.

„Das habe ich mir gedacht." Julia gelang es, sachlich zu bleiben. „Wir sitzen hier fest."

„Ihr sitzt hier fest", bestätigte Jan tonlos.

„Na prima", meinte Julia, und es klang, als verspottete sie sich selbst. „Das ist doch genau das, was ich wollte: deine Welt kennenlernen, Jan. Erwartet also nicht von mir, dass ich mich beschwere."

Johannas Mutter massierte sich entschlossen die schlammigen Arme. Die getrocknete Dreckkruste platzte auf und bröckelte ab, wie bei Max und Moritz, nachdem man sie in Teig gebacken hatte. Frau Müller klopfte ihre Kleidung aus. Die Jugendlichen taten es ihr nach.

„Die Sonne ist wirklich heiß. Ich bin fast trocken", sagte Johanna und sah sich gründlicher um.

Die Linde war nicht der einzige Baum, den das Gewitter gefällt hatte.

„Wir müssen in den Schatten. Setz deine Kappe auf", wies Julia ihre Tochter an und kramte in ihrem Rucksack. „Einfache, logische und pragmatische Handlungen helfen, nicht in Panik zu geraten. Jedenfalls klappt das bei der Arbeit", murmelte sie.

„Dann gehen wir am besten runter ins Dorf", schlug Jan vor und setzte sich in Bewegung.

Johanna wandte sich noch einmal zu der Linde um.

„Der Baum ist tot. Wir müssen uns für den Rückweg wohl eine andere Linde suchen, oder?"

„Klingt vernünftig. Andere, noch lebende Linde suchen, eine einfache, logische Handlung", sagte Julia.

Jan guckte skeptisch. Dann suchte er nach dem Pfad, der zum Donnerfelsen führte. Vor lauter Verwüstung war er kaum zu erkennen. Doch der fast erwachsene Junge war mit der Gegend vertraut und fand, was er suchte. Johanna reichte ihm ihre Wasserflasche. Dankbar nahm er einen großen Schluck. Das Mädchen trank ebenfalls, bevor die Flasche wieder im Rucksack verschwand. Dann folgten die Müller-Frauen ihrem Anführer. Sie kletterten vorsichtig über Baumstämme, umgingen Felsspalten und schwitzten stark in der glühenden Hitze. Irgendwann wurde der Boden sandig, und die Dünen kamen in Sicht. Johanna erkannte die Landschaft allmählich wieder, denn hier war die Zerstörung nicht so sichtbar wie oben im Wäldchen. Ein leicht salziger Wind wehte ihnen entgegen, bemüht, die geröteten Gesichter zu kühlen. Doch er hätte sich die Mühe sparen können. Auf diesem Stück des Weges verschmolzen die heißen Sonnenstrahlen mit der Hitze, die vom Sandboden aufstieg, zu einer Glut, in der man Spiegeleier hätte braten können. Die drei

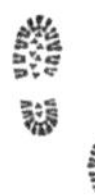

Menschen wanderten durch einen riesigen Backofen. Wenn sie nicht bei lebendigem Leib gegart werden wollten, durften sie nicht lange stehen bleiben. So gingen sie langsam, aber ohne Pause weiter. Nach zehn endlosen Minuten konnten sie schließlich in die Bucht hineinsehen, und nun hielt Johanna doch an.

„Das ist das Dorf am Donnerfelsen?", rief sie überrascht. „Wahnsinn! Das ist ja zu einer Stadt geworden."

Die vielen Häuser waren nicht nur größer und höher als in ihrer Erinnerung, sondern auch weiter in die Dünen hineingebaut. Das Mädchen ließ den Blick kurz schweifen. Auch oben auf dem Felsen mit den geheimen Gärten schmiegten sich neue Gebäude aneinander. Sie waren dicht an den Abgrund gebaut. „Na, so etwas", sagte sie verwundert. Doch Jan drängte weiter.

„Komm! Das kannst du dir auch von unten noch angucken."

Johanna setzte sich wieder in Bewegung, und bald darauf erkannte sie ein paar Details der Häuser. Sie trugen Schilder. Jan bemerkte ihren erstaunten Blick.

„Jetzt können die meisten von uns lesen. Wir haben eine Schule und Lehrer, die anderen das Lesen und so beibringen", erklärte er mürrisch, obwohl er sich doch eigentlich für die Kinder hier hätte freuen müssen.

„Das nenne ich raschen Fortschritt", lobte Julia.

Doch Jan, der heute offenbar so störrisch wie ein Esel sein wollte, schwieg wieder und lief weiter.

Erst als sie den rettenden Schatten der ersten Häuser erreicht hatten, hielten sie noch einmal an, um zu trinken. Johanna sah sich um. Hier war sie mit Sicherheit noch nie gewesen. Das musste so eine Art Neubauviertel sein. Auch der Weg, den Jan jetzt einschlug, war ihr unbekannt. Er führte direkt auf ein Gebäude zu, das wie eine einfache Kirche aussah. Wie verzaubert blieb Johanna in ihrem Schatten stehen. Das große Haus war wunderschön und machte einen so sauberen Eindruck, als hätte der Sturm es gewaschen. Die Holzwände waren hell getüncht, und ein strahlend weißer Zaun umgab das Grundstück. Was für ein Kontrast zu dem verwüsteten Wald oben, nur ein paar Minuten entfernt. Am Eingang des Hauses wuchsen ordentlich geschnittene schneeweiße Rosen. Kein einziges Blütenblatt lag auf dem Boden. Entweder hatte es hier unten nicht gewittert, oder fleißige Hände hatten bereits alle Spuren der Naturgewalt beseitigt.

„Altfelsler", las das Mädchen laut vor.

Der Name stand in goldgelben, gestochen scharfen Buchstaben über der Tür des Gebäudes. Verwundert wandte sie sich zu Jan um. *Was ist das?*, fragten ihre Augen, doch Jan antwortete nicht. Er stapfte vorwärts, als hätte er die unausgesprochene Frage nicht gesehen, und Johanna richtete den Blick wieder nach vorn. So bemerkte sie das grau gekleidete Mädchen mit dem Kopftuch nicht. Es hielt einen Eimer Farbe in der Hand und strich den Zaun hinter dem Gebäude, obwohl er bereits perfekt gestrichen war. Jan hatte das graue Wesen gesehen und wusste sogar, wie es hieß. Ihr Name lautete Dora, und sie war Melfs und Olgas Tochter. Trotzdem eilte er grußlos an ihr vorüber.

Das nächste Haus in der Straße sah aus wie die Villa Kunterbunt von Pipi Langstrumpf. „Neufelsler" stand über dem Eingang. Jeder Buchstabe hatte seine eigene Farbe, und die Schrift war lustig geschwungen. Durch die verschlossene Tür kam eindeutig ein Geruch nach Zigaretten- oder Zigarrenrauch. Mit schnellen Schritten hastete Jan auch daran vorbei. Johanna rannte hinter ihm her und holte ihn in Höhe eines weiteren, sehr protzig wirkenden Baus ein, aus dem laute Musik klang. Es war das höchste Gebäude hier, hatte mehrere Stockwerke und trug die Aufschrift „WUNDERFELSLER".

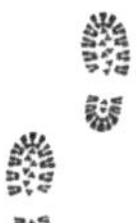

Diesmal waren die Buchstaben riesig groß und schienen zu tanzen. Das Mädchen fasste Jan am Ärmel.

„Was ist denn los? Was ist das hier für eine Straße?", fragte sie nun laut und deutlich.

„Da kommst du bestimmt von selber drauf."

Der Junge riss sich los und stapfte vorwärts. Missmutig zeigte er auf ein weiteres Gebäude. Es sah aus wie ein ganz normales Wohnhaus, hatte aber bunte Fensterscheiben, und auf die naturbelassene Holzfront war ein Felsen gemalt. Über ihm stand das Wort „Donnerfelsler" in derselben Schrift wie in Jans alter Lutherbibel.

„Hier gehen wir sonntags hin. Emily, Hein, Mama und ich."

Mit diesen Worten ließ der große Junge Johanna erneut stehen und lief zügig auf das Ende der Straße zu. Dort stand das einzige Steinhaus in dieser Häuserreihe. Es war aus Natursteinen errichtet und von Obstbäumen und Gemüsebeeten umgeben. Das Mädchen ging nun langsamer, damit Julia sie einholen konnte. Dieses letzte Haus war noch schöner als das erste, weiß getünchte Holzhaus. Es wirkte wie eine sichere Burg.

„Dieses Haus gefällt mir am besten!", rief sie Jan nach.

„Ach ja?!", schrie der zurück. „Das glaube ich kaum. Die, die sich da drin treffen, glauben nämlich nur noch an sich selbst. Gott ist für sie tot."

Johannas Augenbrauen rutschten in die Höhe. Durcheinander, aber immer noch neugierig, las sie die in den Stein gravierten, kunstvoll mit roter Farbe ausgemalten Großbuchstaben langsam und laut vor: „FREIFELSLER." Ihre Mutter trat kopfschüttelnd neben sie.

„Das ist eine Straße voller Kirchen", stellte Julia fest. „Wofür brauchen sie in einem einzigen Dorf bloß so viele davon?"

„Schweigen hat seine Zeit, und Reden hat seine Zeit.“

Prediger, Kapitel 3, Vers 7b

„Johanna!“ Der rothaarige, einäugige Mann rief überrascht ihren Namen, als sie hinter Jan über die Schwelle des kleinen Häuschens trat. „Was bist du groß geworden!“

Das war einer der Lieblingssprüche der Erwachsenen in Johannas Welt. Offenbar war er auch am Donnerfelsen gebräuchlich. Heins Sommersprossen hüpften vor Wiedersehensfreude.

„Ah!“, quietschte ein etwa zehnjähriges blondgelocktes Mädchen. Es war Emily, und sie ließ vor lauter Überraschung den Besen los, den sie gerade benutzt hatte.

„Hein, ich bin zurück“, verkündete Johanna, obwohl das jeder hier sehen konnte. Dann warf sie sich in Heins ausgebreitete Arme. Er fing sie auf, wirbelte sie herum und drückte sie fest.

„Was du nicht sagst!“, rief der ehemalige Smutje der Seekatze.

Er schob Johanna von sich, und sofort hing Emily an ihrem Hals. Lachend und weinend zugleich hielten sich die Mädchen in den Armen.

„Und wen hast du uns mitgebracht? Wenn das nicht deine Mutter ist, dann fresse ich ... einen Besen.“ Mit diesen Worten hob Hein denselben vom Boden auf.

Julia hatte die Tür hinter sich geschlossen und beobachtete die Begrüßungsszene verlegen. Sie warf einen verstohlenen Blick auf die Einrichtung, die genauso aussah, wie Johanna und Jan sie beschrieben hatten. Nur eine Holzbank ohne Rückenlehne stand neu mit am Tisch. Vielleicht hatte Hein sie geschreinert. Dafür fehlten zwei der vier Stühle.

„Du meine Güte, Ihre Tochter ist Ihnen wie aus dem Gesicht geschnitten“, behauptete Hein und stellte den Besen in die Ecke.

„Danke. Aber einfach Julia und ‚du‘ genügt“, bat Frau Müller. „Wir wollen nicht alles noch schwieriger machen, als es ist.“ Sie ergriff seine ausgestreckte Hand und schüttelte sie. „Hein, wie ich hörte.“

„Und ich bin Anna.“

Eine kleine, schlanke Frau kam durch die Hintertür ins Haus. Sie hatte draußen Wäsche aufgehängt und die Besucher gehört. Heute war ihr glattes blondes Haar zum Dutt aufgesteckt, und sie trug einen schon etwas älteren Säugling auf dem Arm. Julia erwiderte auch ihren festen und kräftigen Händedruck.

„Oh, Anna, ihr habt ein Baby!“, rief Johanna begeistert und begrüßte Heins Frau mit einem Kuss auf die Wange. „Wie süß!“

Anna drückte Johanna mit einem Arm und zog sie an sich.

„Willst du Sönken mal halten?“, fragte sie. Dann übergab sie dem Mädchen ihren Sohn, ohne eine Antwort abzuwarten, streifte sich dicke Handschuhe über und wandte sich dem Ofen zu. „Ihr kommt gerade rechtzeitig. Es gibt Honigkuchen.“

Erst jetzt, als Anna die Ofenklappe öffnete, bemerkte Johanna den Duft. Gierig sog sie ihn durch die Nasenlöcher ein, als könnte allein das würzige Aroma satt machen. Das ganze Zimmer duftete nach Honig, Zimt und Nelken, Anis und Kardamom wie auf einem gut bestückten Weihnachtsmarkt. Stumm holte Jan ein paar Teller und Tassen aus dem Regal. Emily setzte Wasser für den Tee auf. Sie strahlte wie ein Honigkuchenpferd. Das heißt, auf ihrem Gesicht befand sich ein sehr nettes und breites Dauerlächeln.

„Gibt es bei euch etwas zu feiern?“, fragte Johanna und setzte sich mit Sönken an den Tisch.

Der kleine Junge sah interessiert auf ihre Haare und griff in eine ihrer langen braunen Strähnen. Niemand antwortete. Johanna lächelte das Baby noch ein bisschen an. Dann hob sie den Blick und sah Jans Stiefvater neugierig ins Gesicht. Hein räusperte sich.

„Zu feiern? Äh, nein, Johanna. Nicht wirklich, aber das ist eine längere Geschichte“, begann er ernst.

„Das macht nichts“, antwortete das Mädchen und befreite ihr Haar aus der Babyfaust. „Ich glaube, wir haben genug Zeit. Die Zauberlinde oben im Wäldchen ist vom Blitz getroffen worden und hat Feuer gefangen. Sie ist umgestürzt und fast vollständig verbrannt.“

Johanna verschwieg, dass der Baum sie fast erschlagen hätte. Jans Schwester war auch so schon weiß genug um die Nase. Das Baby fing an zu weinen, weil es keine Haare mehr zu fassen bekam. Emily nahm Johanna ihren kleinen Bruder ab und wiegte ihn auf ihren Armen. Es war schwer zu sagen, ob sie ihn beruhigte oder er sie. Schließlich hörte Sönken auf zu weinen und streckte seine kleinen Finger nach ihren blonden Locken aus.

„Ist das wahr?“, wandte sich Emily an Johanna.

„Warum sollte sie lügen?“ Jan klang genervt und sah seine Schwester an, als hätte sie gefragt, ob Wasser nass sei. Anna zog missbilligend die Augenbrauen hoch. „Was?“, fragte Jan und kniff die Augen zusammen. „Natürlich ist es wahr. Der Rückweg ist versperrt.“

„Zumindest dieser“, bestätigte Johanna.

„Ich bin schuld“, seufzte Julia und setzte sich auf die Bank ohne Lehne. „Ich wollte den Donnerfelsen kennenlernen.“

„Wir konnten beide nicht wissen, dass so etwas passieren würde, Mama“, sagte Johanna und quetschte sich neben sie.

Diese schlechte Nachricht mussten Hein und Anna erst einmal verdauen, und so war es eine ganze Weile still in dem kleinen Häuschen. Als ungebetener Gast saß die Ratlosigkeit mit am Tisch und machte sich ziemlich breit. Irgendwann kletterte Jan auf den Dachboden und holte noch einen Stuhl herunter, auf dem er selbst Platz nahm. Als die Butter auf dem Tisch stand und der Tee in der Kanne zog, setzte sich auch Anna endlich hin. Sie neigte den Kopf, und ihr Mann sprach ein kurzes Gebet. Die Mahlzeit begann schweigend.

Dann, nachdem der erste Hunger gestillt war, begannen doch plötzlich alle zu reden. Erst langsam und leise, dann immer lauter und schneller. Es wurde ein langes Gespräch, denn die Menschen am Tisch hatten eine Menge zu besprechen. Ihr wisst bestimmt selbst, wie das ist, wenn man seine beste Freundin nach den Sommerferien zum ersten Mal wiedertrifft. Was haben Mädchen oder auch Jungs da alles zu bereden! So viel, dass die Pausen am ersten und zweiten Schultag meistens gar nicht ausreichen, oder? Und nun stellt euch vor, ihr hättet eure Freunde nicht nur sechs Wochen, sondern vier ganze Jahre nicht gesehen und keine sozialen Medien, kein Telefon, nicht einmal die Post zur Verfügung gehabt.

Mit Jan waren zwar ein paar Neuigkeiten zwischen den Welten hin und her gereist, aber das war lange nicht alles, was die beiden Schwestern auf Zeit für wichtig hielten. Und so hatten sich Johanna und Emily über eine Menge Dinge auszutauschen. Die drei Erwachsenen Anna, Hein und Julia brauchten Zeit, um sich erst einmal kennenzulernen, und das dauerte mindestens ebenso lange. Irgendwann hatten sie die dritte Kanne Tee zusammen geleert, und Johanna war schlecht, weil sie eine unverschämte Menge an Honigkuchen verdrückt hatte. Auch das Baby war satt und schlief in der hölzernen Wiege, die Anna mit einem Wiegenband in ständiger Bewegung hielt. Endlich war das Gespräch bei Tisch in der Gegenwart angekommen, also bei der in Johannas Welt, in Remsig am Rhein. Jan war sich bis zu diesem Punkt ziemlich überflüssig vorgekommen, doch jetzt lauschte der Sechzehnjährige interessiert, als das Mädchen von der Schule und Lauras Familie erzählte, die Peter Barilotto bei sich aufgenommen hatte.

„Peter kommt eigentlich gut zurecht und ist jetzt sogar mit mir und Laura befreundet. Er macht sich zwar etwas Sorgen um die Zukunft, weil sein Vater schon in wenigen Wochen seine Haftstrafe abgesessen hat. Aber Simon hat versprochen, sich dann auch um Herrn Barilotto zu kümmern, soweit es möglich ist. Er hat ihn schon ein paar Mal im Gefängnis besucht", erklärte Johanna.

Bis dahin war der Name Simon Isken noch nicht gefallen, und Jan nutzte jetzt die Gelegenheit, sich auch endlich ins Gespräch einzumischen.

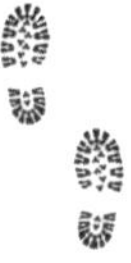

„Wie geht es Simon, und was macht er?", fragte er Johannas Mutter.

Julia errötete leicht.

„Nun, er ist immer noch unser Nachbar, und ich glaube, es geht ihm soweit gut", antwortete sie, nachdem sie den Frosch in ihrem Hals weggehustet hatte. Johanna verdrehte die Augen und gab Jan heimlich Zeichen, dass er nicht weiter nachfragen sollte.

„Äh, Simon ist befördert worden, also, er hat jetzt eine noch bessere Arbeit, und außerdem leitet er in der Kirche eine Jugendgruppe. Da gehe ich mit Laura hin, und Peter kommt auch regelmäßig“, erklärte Johanna schnell.

„Euer neuer Freund Peter Barilotto?“

„Ja, wir haben eine Menge Spaß zusammen.“

Die Ablenkung war gelungen.

„Was ist mit Jason und Jonas?“, fragte Jan grinsend.

„Die sind zum Glück noch zu klein. Ist erst ab dreizehn.“

„Na dann!“

„Aber was ist eigentlich hier am Donnerfelsen los, Jan?“ Johanna beugte sich vor und legte die Arme auf den Tisch. Jans Grinsen ergriff die Flucht. „Ich dachte, hier hätte sich alles zum Guten verändert. Das hast du doch gesagt, als du bei uns warst. Stattdessen scheint das Wetter auf einmal total verrückt zu spielen, und du ... und ihr ...“

Jan kratzte sich am Hals und fühlte einige bei der Rasur übersehene Bartstoppeln. Doch er schwieg. Anna zog ihre Hand zurück, die sie beinahe wie früher auf Jans Schulter gelegt hätte, um ihn zu beruhigen. Hein stand auf, nahm ein dickes Buch aus dem Regal und legte es auf den Tisch.

„Wie ich schon sagte, das ist eine lange Geschichte, Johanna. Aber im Grunde hat alles hiermit angefangen.“

„Darf ich?“

Als Hein nickte, streckte Julia die Hand aus, nahm das Buch hoch und betrachtete es gründlich. „Eine Lutherbibel! Handgeschrieben“, staunte sie, „und so sorgfältig. Wie kann die schuld am schlechten Wetter sein?“

„Nicht am Wetter, Julia.“ Annas Hand lag jetzt auf Heins Schulter. „Mein Mann meint, dass dieses Buch unser Dorf verändert hat. Oder besser gesagt, dass es die Menschen verändert hat."

„Nur nicht immer zum Guten", stieß Jan hastig und mit frostiger Stimme hervor.

„Du weißt, dass das Buch nicht schuld an den schlechten Dingen ist, mein Sohn. Es sind die Menschen, die es falsch verstehen oder verdrehen oder ablehnen", sagte Hein ruhig.

Jan rieb sich die müden Augen.

„Ja, ja, ich weiß, Hein, das sagst du immer. Es fällt mir nur von Tag zu Tag schwerer, es zu glauben."

Hein schwieg, und Johanna verstand gerade gar nichts mehr.

„Heißt das, ihr wärt alle glücklicher ohne dieses Buch?", fragte Julia.

„Manchmal kommt es mir tatsächlich so vor", bestätigte Jan.

Die Temperatur seiner Stimme kletterte nur auf knapp über Null Grad.

„Aber Jan", mischte sich Anna mit leichtem Vorwurf ein, „hast du wirklich vergessen, wie es vorher war? Bevor wir lesen konnten?"

Ihr Sohn spürte die Narben auf seinem Rücken und schüttelte den Kopf. Wie könnte er das jemals vergessen?

„Natürlich nicht, Mama!", sagte er gereizt.

Julia sah Anna an, wie weh ihr Jans Ton tat, aber sie wusste genau wie sie, dass man als Mutter nicht alle Kämpfe auskämpfen konnte. Jetzt war es klüger, zu schweigen und auf den richtigen Moment zu warten. Anna holte tief Luft.

„Wir werden morgen gemeinsam einen Rundgang durch das Dorf machen, Johanna", schlug sie vor. „Dann kannst du dich mit deinen eigenen Augen umsehen und uns Löcher in den Bauch fragen." Sie zwinkerte dem Mädchen verschwörerisch zu. „Wer weiß, vielleicht triffst du auch ein paar alte Bekannte. Manche der Männer von der Seekatze wirst du bestimmt kaum wiedererkennen."

„Bist du immer noch ihr Kapitän?", fragte Johanna und guckte zu Hein.

„Jawohl, der bin ich. Allerdings entscheiden wir viele Fragen auch gemeinsam. Zu diesem Zweck haben wir sogar ein Haus mitten im Ort gebaut."

„Es heißt ‚Rathaus'", warf Emily ein, und man sah ihr an, wie stolz sie auf Hein und seine Ideen war. „Die Anführer der verschiedenen Gruppen vom Donnerfelsen treffen sich dort, um über wichtige Entscheidungen zu reden, und zwar regelmäßig."

Hein lächelte ihr zu. Er stand auf und reckte sich.

„Aber ich behalte das letzte Wort, wenn ich will", sagte er betont fröhlich. *Jedenfalls noch,* dachte er. „Und das letzte Wort habe ich auch jetzt. Es ist spät, wir sollten alle schlafen gehen. Unsere Gäste können in mein altes Haus einziehen. Wir bringen euch eben rüber, was, Emily? Und du kannst gerne über Nacht bei ihnen bleiben."

Sofort sprang Annas Tochter auf.

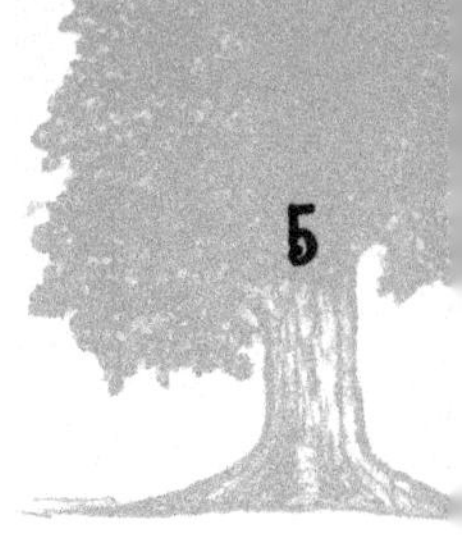

„Gehet hin in alle Welt ...“

Markusevangelium, Kapitel 16, Vers 15

Die Handvoll Menschen, die sich durch die schmalen Straßen schoben, sahen aus wie eine Touristengruppe beim Stadtbummel. Nur die Fotokameras fehlten. Julia hatte ihren Rucksack aufgesetzt, um die Hände frei zu haben. Sie reckte im Laufen neugierig den Hals nach links und rechts. Einige Häuser schienen unter dem Sturm gelitten zu haben, denn ihre Besitzer waren damit beschäftigt, die Schäden zu beseitigen. Andere Donnerfelsler kamen vom Markt und trugen Obst, Gemüse oder Fisch nach Hause. Sie wichen den krabbelnden und stolpernden Kleinkindern aus, die quasi überall zu sein schienen. Johanna hatte das Gefühl, dass das ganze Dorf auf der Straße war. Alle hatten etwas Wichtiges zu tun, nur sie und ihre Mutter nicht. Anna grüßte hier und da und nahm Grüße an Hein entgegen, ließ sich aber in kein Gespräch verwickeln. Sie blieb nicht einmal stehen, denn sie wollte im Hafen mit der Besichtigung des Donnerfelsens beginnen und erst danach auf dem Markt einkaufen. In der rechten Hand trug sie einen großen Korb. Sönken baumelte in dem dunkelblauen Tuch auf ihrem Rücken und guckte zufrieden in die Gegend.

„Es ist zu heiß. Auf den Feldern gibt es deshalb nicht viel zu tun. Erst heute Abend wird gegossen. Also sind alle hier unten unterwegs“, erklärte Anna Julia. „Der Sabbat oder Samstag, wie ihr sagt, ist der Aufräum- und Einkauftag. Hein ist mit ein paar Männern oben im Wald. Sie sehen nach, welche Schäden das Unwetter angerichtet hat und ob Bäume gefällt werden müssen. Danach findet die Ratssitzung statt.“

Johanna lief neben Jan und sah auf ihre Füße, damit sie nicht hinfiel. Der große, immer noch schlanke, aber nicht mehr schlaksige Junge versuchte, seinen Weidenkorb auf dem Kopf zu balancieren, und blickte stur nach vorn. Er konnte bereits das Meer sehen. Auch Johanna hob jetzt den Kopf. Der Morgen kam ihr dunkler vor als sonst, dunkel und blass. Die See sah schwarz und bedrohlich aus. Das früher so kräftige Blau über dem Meer war so mager, als würde es Hunger leiden. Fadenscheinig und dünn hing es am Himmelszelt wie ein durchgescheuertes Bettlaken. Hier und da sah man sogar ein paar hässliche, grünschwarze Wolkenlöcher. Auch die Sonne wirkte krank. Zitternd und flirrend hielt sie sich am düsteren Horizont über Wasser, als hätte sie sich mit letzter Kraft aus den Federn ihres salzigen Bettes erhoben. Natürlich wusste Johanna, dass die Sonne nicht wirklich aufging, sondern dass die Erde sich drehte. Dennoch sah es von dort, wo sie stand, so aus, als sei es genau andersherum.

„Was hast du eigentlich gestern oben an der Linde gemacht?“, fragte sie den Jungen neben sich.

„Na, was wohl? Ich habe nach einem weiteren Fluchtweg gesucht“, antwortete Jan.

Emily drehte sich zu ihnen um und guckte traurig. Plötzlich war Johanna klar, was die Familie vorhatte.

„Ihr wollt den Donnerfelsen verlassen! Dann war der ganze Honigkuchen auf Vorrat gebacken? Als Proviant für unterwegs für eine Flucht?“, fragte sie.

„Du hast es erfasst. Wir bereiten uns auf unseren Abschied vor. Das Rindfleisch, das bei Hein auf der Veranda trocknet, ist auch Teil der Vorbereitungen. Es ist lange haltbar, leicht und sehr nahrhaft.“

„Ah.“ Johanna hatte sich schon über die schmalen, dunklen Streifen gewundert, die da auf der Leine hingen. Auf Fleisch war sie nicht gekommen. Es sah nicht sehr appetitlich aus. „Glaubt ihr, dass der Donnerfelsen ...?“

Sie stockte, denn plötzlich fielen ihr die alten Seekarten ein, die Jan bei Simon auf dem Computer gesehen hatte. Karten, die die Küstengegend rund um den Donnerfelsen zeigten. Sie unterschieden sich nur in einem Punkt von denen, die Jan auf der Seekatze benutzt hatte: Der Donnerfelsen fehlte auf ihnen. Er war nicht etwa ausradiert, nein, einfach nicht eingezeichnet, als hätte es ihn nie gegeben. Der Junge blieb kurz stehen und sah ihr ins Gesicht.

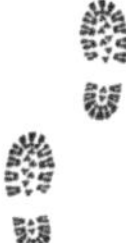

„Ob ich glaube, dass der Donnerfelsen untergeht?“ Er zuckte die Achseln. „Möglich. Wenn das verrückte Wetter und die Erdbeben noch schlimmer werden, kann es gut sein, dass ein Teil dieser Landzunge im Meer versinkt.“

„Das wäre ja schrecklich!“

„Aber noch schrecklicher wäre es, nicht darauf vorbereitet zu sein.“

Scheinbar gelassen ging er weiter. Erschrocken dachte Johanna daran, dass die Linde keine Zauberkraft mehr besaß und niemanden mehr in eine andere Welt bringen konnte. Blieb da nur noch die Flucht über das Meer? Sie traute sich nicht, diesen Gedanken zu Ende zu denken. Es gelang ihr, ihn zu verdrängen, denn nun waren sie am Hafen angekommen, und der zog Johannas ganze Aufmerksamkeit auf sich.

Auch hier war fast nichts mehr so wie früher. Anna zeigte mit den Händen in verschiedene Richtungen und erklärte Julia, was sie sah, und Johanna hörte gut zu. Die Donnerfelsler hatten den Hafen ausgebaut und deutlich erweitert. Der Schiffsanleger war länger und breiter als vor vier Jahren. Mehrere Stege führten ins Wasser und verzweigten sich zu einem richtigen kleinen Wegenetz hölzerner Straßen auf Stelzen. Einige kleinere Boote schaukelten auf dem Wasser, aber ein richtig großes Schiff war nicht zu sehen. Eigenartig! Hatte Jan nicht erzählt, dass sie gemeinsam mehrere Fischkutter gebaut hätten?

Johanna ließ den Blick weiter umherschweifen. Etwas entfernt sah sie Zimmerleute, die an einem großen Holzgerüst arbeiteten. Es stand auf dem trockenen Land, direkt an einer Schräge, die ins Wasser abfiel. Der Arbeitsplatz sah aus wie eine der vielen kleinen Werften am Rhein. Das Holzgerüst war garantiert ein Schiffsskelett. Offenbar bauten die Handwerker an einem Schiff. Man konnte schon die Form erkennen, mehr aber auch nicht. Johannas Augen suchten das Ufer ab. Wo waren denn all die fertigen Schiffe?

„Das sieht aber noch nach viel Arbeit aus", bemerkte sie schließlich und zeigte auf den hölzernen Rohbau zu ihrer Rechten.

„Ja, ich glaube kaum, dass sie rechtzeitig fertig werden", stellte Jan fest.

„Rechtzeitig wofür?"

„Nicht *wofür,* sondern *bevor*", korrigierte Jan. „Bevor der Donnerfelsen untergeht, wenn er es denn tut. Das hier ist das einzige Schiff, das für eine Flucht übrig geblieben ist: nichts als ein Skelett. Die Handelsschiffe meiden schon seit längerer Zeit unser Dorf, und zwar ziemlich genau seit es mit den Seebeben angefangen hat."

„Aber was ist denn mit den großen Schiffen passiert, die ihr schon alle gebaut hattet?"

„Nichts. Hoffe ich. Sie wurden nur gebraucht."

„Und von wem?"

Jan verzog den Mund. Anna hatte sich wieder in Bewegung gesetzt und schlenderte am hölzernen Kai entlang bis zum Ende des Hafens. Dort steuerte sie eine lange Holztreppe an, die zum Marktplatz hinaufführte. Sie war in das Gespräch mit Julia vertieft.

Die drei Kinder folgten den Frauen. Emily lief zu ihrer Mutter und nahm ihr das Tragetuch mit ihrem kleinen Bruder ab. Annas Korb würde sich gleich füllen. Dann hatte sie genug an den Einkäufen zu tragen.

„Erinnerst du dich an die Straße der Kirchen?", fragte Jan.

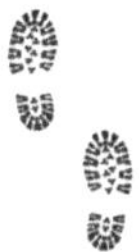

„Na klar."

„Jeder dieser Kirchen gehörte ein Schiff."

Johanna hob überrascht die Augenbrauen.

„Wieso gehörten die Fischkutter den Kirchen? Wollten die jeder für sich ihre eigenen Fische fangen?"

Jan lachte bitter auf.

„So könnte man es sagen. Jede dieser Kirchen hat mit einem Schiff Boten ausgesandt, um in anderen Ländern neue Kirchen zu bauen."

„Ah, Missionare", sagte Johanna.

„Ich weiß nicht, was Missionare sind, aber alle unsere Felsler – die Alt- und Neu-, die Wunder-, Donner- und sogar die Freifelsler – sind mit ihren Schiffen ausgezogen, um irgendwo anders auf der Welt ihre Botschaft zu verkünden. Sie ‚fischen' dort also nach Menschen, die sich ihrem Glauben anschließen. Zuletzt hat sich der lange Tem mit seiner Familie auf den Weg gemacht. Und jede dieser Gruppen ist überzeugt, dass ihre Botschaft die beste und die einzig wahre ist."

Jan lächelte spöttisch. Johanna wurde langsam ungeduldig.

„Was soll das, Jan?", fragte sie und merkte, dass sie gleich wütend werden würde. „Die Botschaften können wohl kaum so unterschiedlich sein. Sie haben doch das gleiche Buch! Bei uns gibt es schließlich auch unterschiedliche Kirchen: die katholische Kirche und die evangelische, verschiedene Freikirchen ..."

„Evangelisch und katholisch? Das sagt mir nichts." Der Junge hob gleichgültig die Schultern. „Na, wenigstens etwas, was es hier nicht gibt. Jedenfalls noch nicht." Er lachte kalt.

„Was soll denn das nun schon wieder heißen, Jan?" Johannas Ungeduld schlug um in Traurigkeit. „Ich verstehe dich nicht mehr! Warum bist du so ... wütend?"

Das Mädchen blinzelte jetzt nicht nur, um das grelle Sonnenlicht besser zu ertragen. Jan sah die unterdrückten Tränen nicht. Er presste die Lippen fest aufeinander. Sie bebten, als wehrten sie sich gegen die verordnete Stummheit. Dann gaben sie plötzlich den Weg für die Worte frei.

„Es hat mir niemand geglaubt, Johanna!", stieß Jan hervor. „Sie haben einfach nicht geglaubt, dass der Donnerfelsen untergehen könnte. Statt auf mich zu hören, haben sie alle Schiffe wegfahren lassen. Jetzt ist es zu spät, sich über das Meer zu retten. Wir werden nicht rechtzeitig fertig werden. Uns bleibt nur noch der Weg über das Moor, von dem niemand weiß, ob es überhaupt ein Ende hat."

„Das endlose Moor." Johanna flüsterte nur und schüttelte sich bei der Idee. Aber ohne, dass sie bewusst danach gesucht hatte, kam ihr ein tröstlicher Gedanke. „Vielleicht hat Gott auch einfach einen anderen Plan. Und deshalb haben sie deinen Rat nicht angenommen. Du kannst die Menschen nicht zu ihrem Glück zwingen, Jan. Jeder muss für sich selbst entscheiden."

„Glück?", fuhr der große Junge sie an. „Hast du mir nicht zugehört? Ich rede vom Überleben!", schrie er und fasste Johanna grob an den Schultern.

„Aua! Du tust mir weh!"

Jan ließ sie augenblicklich los, und Johanna wich vor ihm zurück.

„Entschuldige", sagte er ruhiger, aber ohne Bedauern.

„Schon okay", sagte Johanna, obwohl sie erschrocken war. „Ich frage nachher Hein oder Anna. Mit dir hat es heute gar keinen Zweck."

Kopfschüttelnd ließ sie ihn stehen und schloss zu Anna und Julia auf. Jans Mutter ließ sich gerade von der Händlerin Mehl, Lampenöl, Trockenobst und Nüsse einpacken. Während sie zusah, wie Annas Einkauf abgewogen und Zahlen in ein kleines Büchlein eingetragen wurden, wurde Johanna langsam ruhiger. Sie sah Heins Frau an, wie stolz sie über den Fortschritt in ihrem Dorf war.

„Jetzt brauche ich nur noch getrockneten Fisch", sagte Anna zufrieden. „Haukes Frau hat das beste Rezept dafür. Ist das nicht herrlich?", fragte sie dann das Mädchen. „Ich habe letzte Woche mit Honig und Kerzen im Voraus bezahlt. Jan hat dir bestimmt erzählt, dass die meisten von uns nun Buchstaben und Zahlen schreiben können."

Johanna nickte. *Ja, vor zwei Jahren, da war er noch nett und hat gerne vom Donnerfelsen erzählt,* dachte sie niedergeschlagen und immer noch etwas verstört.

Als Anna den Fisch bekommen hatte, gingen sie zurück, um ihre Einkäufe in Heins Häuschen abzustellen, bevor sie sich auf den Weg zur Hauptstraße machten, in der die Häuser der Handwerker standen. Johanna erkannte die meisten wieder, aber für Julia war alles neu. Nicht nur das Dorf an sich, sondern auch die Art der Häuser. Sie kam sich vor wie in einem Freilichtmuseum, und Johanna konnte sich kaum sattsehen an all den Verbesserungen und Fortschritten. Fast jedes Haus war ausgebaut worden und nun viel hübscher als vor vier Jahren. Manche hatten ein zusätzliches Stockwerk oder einen Anbau erhalten. Die Dächer waren immer noch mit Reet gedeckt, doch jetzt sah man keine Löcher oder schimmeligen Stellen wie früher. Die Straße war mit Holzplanken befestigt worden, und über den Eingangstüren der Geschäfte baumelten Schilder, auf denen man lesen konnte, welcher Beruf hier ausgeübt wurde. *Schreinerei, Töpferei, Glaserei, Schneiderei,* las Johanna und lächelte Anna zu. Die Gruppe verlangsamte ihr Tempo, um alles genau in Augenschein zu nehmen. Am letzten kleinen Eckhaus, vor dem eine alte, gebeugte Frau die Straße kehrte, bogen sie in eine schmale Gasse ein und schlugen einen weiten Bogen, bis sie über mehrere Nebenstraßen endlich wieder am Ausgangspunkt angekommen waren. Es war jetzt sehr heiß. Die Sonne war an den schwarzen Wolken vorbeigewandert und glühte wie eine riesige Heizlampe am Himmel. Da schallte plötzlich ein lauter Ruf über die Straße.

„Johanna? Es ist tatsächlich unsere Johanna!"

Ein etwa fünfzigjähriger, dünner Mann kam auf sie zugelaufen. Er lachte über das ganze Gesicht und blieb kurz vor Johanna stehen. Ein zotteliger Hund sprang aufgeregt hinter ihm her, begeistert vom Sprint seines Herrchens.

„Rick? Bist du es?"

Johanna war sich nicht ganz sicher. Unglaublich, wie sich ein erwachsener Mann verändern konnte! Fast hätte sie ihn nicht erkannt. Und doch war es tatsächlich der ehemalige Pirat, der immer noch barfuß herumlief, ansonsten aber sauber und ordentlich gekleidet war. Er sah viel gesünder und kräftiger aus als früher. Aus den kratzigen Stoppeln im Gesicht war ein gepflegter, kräftiger Bart geworden, und er roch überhaupt nicht mehr nach Alkohol. Endlich eine gute Neuigkeit!

„Oh, Rick, was freue ich mich, dich zu sehen“, sagte Johanna. Beinahe hätte sie den Mann umarmt. Stattdessen trat sie einen Schritt zurück. „Das ist meine Mutter“, stellte sie Julia vor, die neben ihr stehen geblieben war.

Rick verbeugte sich tief.

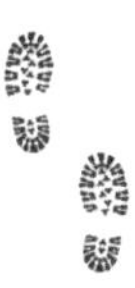

„Herzlich willkommen am Donnerfelsen“, erzählte er dem Sand zu seinen Füßen.

„Danke“, erwiderte Julia lachend und reichte ihm die Hand, als er sich wieder aufgerichtet hatte.

„Wo kommt ihr her, und wo wollt ihr hin, Anna?“, fragte Rick. Seine Augen strahlten.

„Ich führe meinen Gästen unser Dorf vor, Rick. Sie haben schon fast den ganzen Ort gesehen. Jetzt sind nur noch die neuen Wohnviertel übrig.“

Jans Mutter nahm Sönken, der nun unruhig wurde, und band ihn sich wieder auf den Rücken. Emily half ihr dabei.

„Dann will ich euch nicht aufhalten! Ich muss ohnehin gleich zur Ratsversammlung.“ Rick tippte sich zum Abschied flüchtig mit der Hand an die Stirn, bevor er seinen Weg fortsetzte. Der Hund lief ihm hinterher. Anna zeigte nach Westen auf die Dünen.

„Bis dort hinten geht nun das Dorf. Wollt ihr einen Abstecher durch die Straße der Kirchen machen?“

Jan verzog genervt den Mund, sagte aber nichts, denn sie waren schon fast dort.

„Sehr gerne", freute sich Johanna und warf einen vorwurfsvollen Seitenblick auf Jan. „Gestern sind wir nur so hindurchgehetzt."

Jan reagierte nicht, und so wandten sie sich gen Westen. Ein paar Meter weiter überholte sie ein Mann mit raschen, federnden Schritten. Er drehte sich zu ihnen um und lachte sie an, während er rückwärts weiterging.

„Guten Morgen! Herrlicher Tag heute", grüßte er eine Spur zu fröhlich. Dann blieb er abrupt stehen. „Johanna?", fragte er überrascht.

„Ja, ich bin es", bestätigte das Mädchen und wunderte sich über die bunte Kleidung des Mannes. Von oben bis unten hatte nichts an ihm dieselbe Farbe. Sein Hut war aus gelbem Stroh geflochten, sein Halstuch war orange, sein Hemd rot und seine Hose blau. Dazu trug er eine grüne Schärpe und schwarze Schuhe. Ein gewaltiger Schnäuzer saß auf seiner Oberlippe wie eine haarige Schleife. Daran erkannte sie auch diesen ehemaligen Matrosen. „Wilke!", stellte sie fest.

„Die Johanna! Halleluja, der Herr sei gepriesen! Ein Wunder steht leibhaftig vor mir." Johanna wich etwas zurück, weil Wilke die Arme in die Luft reckte, als wollte er sie gleich zur Begrüßung kräftig drücken. Doch ihre Vorsicht war überflüssig, denn Wilke hatte es eilig. Er wandte sich schon wieder um, rief noch ein „Tut mir leid! Ich muss weiter!" über die linke Schulter und nahm Kurs auf das schöne Natursteinhaus am Anfang der Kirchenstraße, das Johanna so gut gefallen hatte. Verwirrt blickte das Mädchen ihm nach, während sie weiterschlenderten. Wilke ging auf einen Mann zu, der im Vorgarten der Freifelsler arbeitete. Er war blond, bartlos, und sein nackter Oberkörper glänzte in der Sonne, als hätte er sich eingeölt. Annas Gäste waren nun so nah, dass sie den Schweiß auf der gebräunten Haut des Arbeiters sehen konnten. Darunter trug er einen Panzer aus kräftigen Muskeln. Scheinbar mühelos hoben seine Arme, die wohl mal hatten Beine werden wollen, ein dickes Bündel frisch abgesägter, großer Zweige empor.

„Guten Morgen, Geert!", rief der bunte Mann ihm zu. „Schon wieder so fleißig bei der Arbeit, Herr Zimmermann? Nichts als Mühe. Jeden Tag mühst du dich. Hast du es schon mal mit Beten versucht? Beten bewegt den Arm Gottes!"

Der Angesprochene griff das Bündel fester.

„Ich bewege lieber meine eigenen Arme, auf die ist Verlass", antwortete er ruhig, denn Wilke war mittlerweile auf gleicher Höhe. Er hielt aber nicht an, sondern ging lachend und kopfschüttelnd an dem Handwerker vorüber. Dann lief er auch an der Kirche der Donnerfelsler vorbei und auf sein eigenes buntes Gemeindehaus zu. Sein Oberlippenbart wippte im Takt der eiligen Schritte eifrig auf und ab. Als Johanna und die anderen an dem Haus der Freifelsler ankamen, war Geert schon mit dem Holz hinter dem Natursteinhaus verschwunden.

„Ja, ja, der eine sagt dies, der andere das. Und wer hat nun recht?", spottete Jan. „Oder liegen beide falsch?"

Anna wischte sich etwas Schweiß von der Stirn und holte einen Schlüssel aus den Falten ihres Rocks.

„Sie haben beide recht, Jan, und das weißt du auch", ermahnte sie ihren Sohn, während sie die Tür ihrer eigenen Kirche aufschloss und aufstieß. „Gebet und Arbeit gehören zusammen." Dann wies sie auf die geöffnete Tür. „Willkommen im Haus der Donnerfelsler oder in der Kirche der Zauderer und Zögerer, wie man uns mittlerweile nennt", sagte Anna, und die Traurigkeit in ihrer Stimme nahm der Einladung nichts von ihrer Herzlichkeit.

„Wohl dem, der nicht wandelt im Rat der Gottlosen."

Psalm 1, Vers 1

Tado schlug mit der Faust auf den runden Tisch, an dem sie alle saßen. Ein sorgfältig gefeilter Fingernagel brach dabei ab.

„Nichts als Zaudern und Zögern, aber das war nicht anders zu erwarten, Hein. Ihr tragt euren Namen wahrlich zu Recht!", donnerte er.

Annas Mann zuckte zusammen, als hätten ihm die Worte des Wunderfelslers einen Schlag versetzt. Doch er schwieg und ließ den wütenden Mann ausreden. Nachdenklich sah Hein dabei alle Männer der Reihe nach an, die mit ihm in dem hölzernen Rathaus schwitzten und um eine Lösung rangen. Scheinbar gleichmütig lauschte er den leidenschaftlichen Worten Tados von der Siegeskirche, wie sich die Wunderfelsler gern selbst nannten. Auch alle anderen gewählten Vertreter des Dorfes hörten gut zu.

Noch jung und stürmisch war der Redner, voller Tatendrang und Zuversicht. Doch war sein Glaube auf Felsen gebaut, und würde er den Stürmen des Lebens standhalten? Direkt neben Hein saß Enno, der praktische Freifelsler, fleißig und zuverlässig. Nur eine gute Mahlzeit brachte ihn manchmal von seinem Zeitplan ab. Deshalb war der ehemalige Maat auch etwas rundlich geworden. Er verließ sich auf sein Bauchgefühl und seine eigene

Kraft, denn einen Gott gab es für ihn nicht. Vor ihm auf dem Tisch lag ein zusammengerolltes Blatt Papier.

Tado rief: „Nun steht doch endlich auf und tut etwas! Ich sage es noch einmal: Wir können das Unglück aufhalten, wenn wir nur alle zusammenstehen in andauerndem Gebet. Lasst uns gemeinsam den Himmel bestürmen."

Sein Gesicht war rot vor Eifer. Melf von den Altfelslern, der neben ihm saß, wirkte dadurch noch blasser. Er hockte still auf seinem Stuhl und verzog keine Miene, so als hätte jemand seine Gesichtszüge in grauen Stein gemeißelt und nur das Abbild hier aufgestellt. Ein Abbild, das nichts Gutes verhieß. *Ich habe keine Ahnung, was in ihm vorgeht,* dachte Hein. *Hat dieser Mann überhaupt Gefühle?*

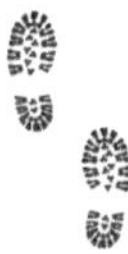

„Seit drei Wochen stehen wir in der Siegeskirche Tag und Nacht in Verbindung mit Gott, dem Schöpfer und allmächtigen Herrn. Kommt alle zu uns und schließt euch unserem Gebetskampf an! Nur gemeinsam werden wir die Elemente besiegen! Zusammen werden wir lauter brüllen als sie." Beifall heischend sah Tado in die Runde der anderen Ratsmitglieder und reckte die linke Faust in die Höhe. „Besiegen! Hört ihr? Sieg! Wir stehen auf der Seite des Siegers. Sieg!" Mit diesem letzten Ausruf setzte er sich wieder.

Melfs ausdruckslosem Gesicht sah man nicht an, wie sehr er innerlich erbost über dieses laute Selbstvertrauen war. Denn für nichts anderes hielt er das Gerede dieses Grünschnabels: Hochmut und Überheblichkeit. Behäbig erhob sich der Freifelsler Enno von seiner Bank und verharrte einen Augenblick, bis er sich der Aufmerksamkeit aller Zuhörer gewiss war. Erst dann begann er zu reden.

„Kameraden, ausnahmsweise stimme ich Tado zu. Er hat recht, nur gemeinsam können wir uns dieser Herausforderung stellen. Nur gemeinsam sind wir stark. Deshalb müssen wir zusammenstehen, Seite an Seite. Allerdings nicht im Gebet", er warf einen Seitenblick auf seinen engagierten Nachbarn, „sondern in der Arbeit. Arbeiten wir Hand in Hand, Männer! Stürme und Springfluten hat es doch immer schon gegeben. Wir sind der Ansicht, dass das am Ende auch wieder vorbeigehen wird. Bis dahin aber sollten wir einen Damm aufschütten gegen die steigenden Fluten. Und zwar genau hier."

Enno griff nach der Papierrolle vor ihm, die er bis zu diesem Moment nicht angerührt hatte. Schwungvoll rollte er sie auf dem Tisch aus. Die Ratsmitglieder sahen eine sorgfältig gezeichnete Karte vom Donnerfelsen, und Enno tippte auf den Verlauf des zukünftigen Deichs, der exakt eingezeichnet war. „Die in Strandnähe gelegenen Häuser müssen geräumt und oben auf den Klippen neu gebaut werden. Noch ist auch genug Zeit, um tiefere Brunnen zu graben und Speicher für das Regenwasser anzulegen, damit wir sicheres und sauberes, nicht versalzenes Trinkwasser zur Verfügung haben. Geert hat bereits eine geeignete Stelle dafür gefunden." Auch die neuen Häuser und Brunnen waren eingezeichnet. „Eine Flucht über das Meer halten wir nach dem Stand der Dinge für unnötig."

Er beschwerte die Karte an allen vier Ecken mit flachen, sauberen Kieselsteinen, die er aus seiner kleinen Umhängetasche zog. Einen fünften Stein legte er auf die gestrichelte Linie, die den Damm markierte, und setzte sich. *Ausgerechnet fünf Steine! Und er ist genauso entschlossen wie David, der sich auf den Kampf gegen Goliath vorbereitet*, dachte Hein.

„Und wenn ihr euch irrt? Wenn alles eine Strafe Gottes ist und er den Untergang des Donnerfelsens beschlossen hat?", fragte der alte Melf mit einer Stimme, die genauso farblos war wie sein Gesicht.

Er rührte sich nicht vom Fleck und verzog keine Miene. Trotzdem hörten alle Anwesenden dem Mann zu, der die meiste Lebenserfahrung mit an diesen Tisch brachte. „Ohne Gott an seiner Seite hätte David niemals eine Chance gegen den Riesen gehabt."

Offensichtlich fühlte sich auch Melf an die Stelle mit den fünf Bachkieseln erinnert. Hein lächelte. Da war es wieder, das unsichtbare Band, das sie doch alle miteinander verband. Tado sprang auf. Er wurde wieder rot, und seine Halsschlagader schwoll an.

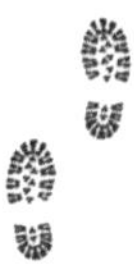

„Beten bewegt den Arm Gottes!", wiederholte er schnaubend, als hätten alle schon wieder vergessen, was er eben gesagt hatte. „Glaube so klein wie ein Senfkorn kann Berge versetzen."

„Als könnten wir den Arm Gottes aufhalten, wenn der Allmächtige beschlossen hat, den Donnerfelsen zu zerschmettern."

Jetzt bewegte sich Melf doch. Missbilligend schüttelte er den Kopf, starrte dabei aber auf die Tischplatte. Enno beugte sich zu ihm und sprach ihn persönlich an.

„Melf, wenn es euren Gott gibt und er unseren Untergang will, dann ist eine Flucht unnötig, weil sie aussichtslos wäre, richtig?", fasste er knapp zusammen. „Das Ergebnis ist dasselbe, zu dem auch wir Freifelsler und Wunderfelsler gekommen sind. Auch wir bleiben hier am Donnerfelsen. Auch wenn wir an ein gutes Ende glauben. Wir gehen davon aus, dass sich das Wetter bald wieder beruhigt. Ob mit oder ohne Gebet. Wir haben schon Schlimmeres überstanden. Aber wir müssen die genannten Baumaßnahmen zu unserem Schutz angehen. Dafür stehen die Freifelsler." Enno blieb bei seiner Meinung und tippte auf die Karte mit den Vorschlägen. „Lass deine Leute mit anfassen!", bat er sachlich. Nur innerlich schmunzelte er über den heiligen Ernst des Alten. „Wir können jede helfende Hand gebrauchen."

Melf hob den Kopf und sah ihn an.

„Ja, wir harren hier aus und ertragen das Gericht Gottes. Aber du irrst, Enno, denn wenn der Allmächtige zürnt, kann niemand seinem Zorn widerstehen. Kein Deich ist so hoch, dass er uns davor schützen könnte. Wir sollten vielmehr Buße tun und uns auf das Ende vorbereiten", forderte er näselnd. Sein Blick kehrte zurück zur Tischplatte.

„Natürlich. Wenn das Ende schon so oft gekommen wäre, wie ihr es angekündigt habt, wären wir alle längst nicht mehr da, Melf." Fiete von den Neufelslern genehmigte sich gelassen eine große Prise Schnupftabak. „Wann lernt ihr dazu? Gott ist ein Gott der Liebe. Wie lange schon habt ihr den ersten Brief des Apostels Johannes nicht mehr gelesen? Als wenn er es zulassen würde, dass wir untergehen." Ein heftiger Nieser unterbrach seine Ausführungen. „Ihr seid unverbesserliche Miesepeter. Wir von den Neufelslern bleiben auch, aber wir werden mit den Siegern beten und mit den tatkräftigen Arbeitern bauen. Warum kann man nicht das eine tun und das andere dennoch nicht lassen?"

„Und wann habt ihr zuletzt in das Buch Hiob geschaut oder über den Propheten Jona gelesen?"

Melf blieb ruhig wie ein Fels in der Brandung.

„Ach, was willst du, Melf? Die Geschichten gingen doch beide gut aus."

Doch auch dieser Hinweis prallte an dem Altfelsler ab wie an einer Wand. Er fixierte die Tischplatte mit seinem Blick, als sei sie sein Gesprächspartner.

„Die Offenbarung? Das Gericht?", zählte er auf.

Mit einer Handbewegung wischte Fiete die Worte vom Tisch.

„Du bist zu gesetzlich, Melf. Der Buchstabe tötet. Lass dich endlich vom Geist lebendig machen, bevor du verschimmelst."

Ehe Melf den persönlichen Angriff erwidern konnte, stand Hein auf. Er hob die Hand und sah Fiete vorwurfsvoll an.

„Männer, das hat doch keinen Sinn. So kommen wir nicht weiter."

Melf schwieg. Fiete wich Heins Blick aus und wandte sich noch einmal dem Schnupftabak zu. Er schaffte es nicht, sich zu entschuldigen, obwohl Hein, immer noch stehend, darauf wartete.

„Ich schließe daraus, dass sich alle Gruppen, die ihr vertretet, für das Hierbleiben entschieden haben, wenn auch aus unterschiedlichen Beweggründen, richtig?", fasste der Anführer schließlich zusammen.

Die Männer murmelten ihre Zustimmung, nickten sich gegenseitig zu. Hein wartete ab, bis es leiser wurde. Als er gerade weiterreden wollte, sprang Tado schon wieder von seinem Stuhl.

„Wir nehmen den Kampf auf. Wir kämpfen bis zum Sieg!", brach es erneut aus ihm hervor. „Und? Was ist mit euch, Hein?", fragte er dann lauernd. „Du hast dich bis jetzt noch nicht geäußert. Was haben die Donnerfelsler beschlossen? Bleibt ihr auch? Oder will sich der Smutje zurückziehen? Du kämpfst nicht gern, nicht wahr?"

Die Männer verstummten. Was sollte dieser unverschämte Hinweis auf Heins Vergangenheit? Annas Mann war schon lange kein Schiffskoch mehr, und die anderen waren keine Piraten, sondern Handwerker und Familienväter, und Hein war ihr gewählter Anführer! Und er hatte sich über Jahre bewährt. Sie waren gesünder, wohlhabender und glücklicher geworden. Bis jetzt jedenfalls. So haltlos Tados Vorwurf also auch war, fühlte Hein dennoch Ärger in sich emporsteigen wie heiße Milch im Topf. Doch er war zu schlau, etwas davon über den Rand seiner Lippen schäumen zu lassen. Äußerlich ruhig sah er zum offenen

Eingang des Versammlungshauses. Es gab keine Tür. Jeder, der wollte, konnte der Debatte folgen. Doch draußen saß oder stand niemand. Heins Blick kehrte zu Tado zurück, und er sprach ihn freundlich an.

„Was verstehst du vom Kämpfen, Tado?“, fragte er.

Alle Farbe war aus dem Gesicht des Wunderfelslers gewichen, als sei er selbst über seine vorlauten Worte erschrocken. Jetzt neigte er verwirrt den Kopf zur Seite. Was wollte Hein damit sagen? Hatte er Tados Zeit auf dem Piratenschiff vergessen?

„Ich meine, was weißt du über die schwersten Kämpfe, die, die man mit sich selbst ausfechten muss? Hast du dich schon einmal selbst überwunden?“, ergänzte Hein.

Der Angesprochene schwieg immer noch. Melfs Mundwinkel zuckten unmerklich.

„Gut, dass du schweigst“, sagte Hein langsam. „Denn Nachdenken hat noch niemandem geschadet.“

Er suchte Tados Blick, doch der junge Mann wich ihm weiter aus, als könnte Hein durch die Augen in sein Herz sehen, das ihn ungebeten, aber nur zu deutlich an seine letzte Niederlage erinnerte. Sie lag noch nicht allzu lange zurück. Langsam färbten sich die Wangen des Wunderfelslers rosig. Diesmal war es nicht der Eifer oder der Zorn, der diese Schminke benutzte, sondern die Scham. Und ihr Lippenstift schmeckte so bitter, dass sich keine weiteren Worte aus Tados Mund trauten. Der Wunderfelsler schluckte und sank auf seinen Stuhl. Mit gebeugten Schultern betrachtete er seinen abgebrochenen Fingernagel, als sei er eine tödliche Wunde. Hein ließ ihn in Ruhe und wandte sich wieder an die ganze Runde.

„Ja, es ist mutig, zu kämpfen, wenn man für das Richtige kämpft. Aber auch die Flucht, die wir Donnerfelsler planen, ist nichts für Feiglinge. Kampf oder Flucht, beides muss vorbereitet sein. Und ich gebe euch recht, die Zeit drängt. Wir haben alle das Ausmaß der Zerstörung oben in den Dünen und am Wäldchen gesehen." Alle Männer außer Tado nickten. „So schlimm wie jetzt war es noch nie."

„Das Gericht ist nahegekommen", ließ sich Melfs düstere Stimme noch einmal hören, und selbst der besonnene Enno verdrehte die Augen.

Unbeeindruckt wandte sich Hein dem Alten zu.

„Melf, was ist, wenn diese Anzeichen in der Natur nur eine Warnung an uns sind? Wenn es ein Weckruf ist, der uns wachrütteln soll? Wenn Gott uns zuruft, dass wir den Donnerfelsen verlassen sollen?" Seufzend setzte er sich und lehnte sich wieder zurück an die grobe Rückenlehne. „Bitte denkt noch einmal darüber nach. Ein geordneter Aufbruch ist besser als eine wilde Flucht. Und manchmal kann eine Flucht richtig und notwendig sein, wie bei dem Volk Israel, das sich aus Ägypten aufmachte."

„Oder falsch wie bei dem Propheten Jona. Man kann Gottes Gericht nicht davonlaufen, Hein", dröhnte Melf plötzlich und pochte mit seinem Gehstock auf den Holzboden.

„Aber Melf, was, wenn Gottes Plan für uns nicht Gericht, sondern Rettung ist?", fragte Hein.

„Das ist außerhalb seiner Vorstellung", ließ sich Fiete vernehmen, aber niemand lachte.

Melf antwortete nicht. Müde strich sich Hein über die Augen. Sie brannten vom Schweiß, der ihm von der Stirn tropfte. Die Luft wurde stickig. Enno erhob sich wieder und wandte sich an den Alten. Langsam verlor jetzt auch der ehemalige Maat die Geduld.

„Ich fühle mich noch ziemlich lebendig, Melf, und habe nicht vor, tot zu sein, bevor ich gestorben bin. Sieh dich doch einmal im Spiegel an! Dein Gesicht ist schon genauso grau wie dein Gewand. Hat dein Gott dich nur dazu befreit, auf den Tod und das Gericht zu warten? Hat er euch verboten zu leben?!“ Er raufte sich mit einer Hand die Haare. „Meine Güte, Melf! Lass wenigstens die jungen Leute aus eurer Kirche beim Dammbau mithelfen.“

„Oder lass sie mit uns gehen, damit sie eine Chance auf Rettung haben“, bat Hein.

„Ich werde darüber nachdenken, Hein“, versprach Melf ungewohnt milde, „doch du hörst, dass die meisten hier nicht an den Untergang dieser Landzunge glauben.“

„Aber du glaubst daran, also kannst du sie ebenso gut gehen lassen, oder? Bitte, Melf“, bat Hein. „Und ihr anderen seht euch den Himmel über dem Meer genau an. Diese dicken pechschwarzen Wolken, die Stück für Stück näherrücken. Die Sonne, die so heiß scheint, als hätte sie bald keine Gelegenheit mehr dazu. Wann haben wir je Erdbeben gehabt, die solche Krater in die Erde reißen wie oben bei den Dünen? Macht doch die Augen auf“, flehte er die anderen Ratsmitglieder an. „Um eurer Frauen und Kinder willen!“

Das abschließende, nachdenkliche Schweigen wagte nur Tado zu brechen.

„Wir werden sehen“, sagte er und klang schon wieder eine Spur zu sicher.

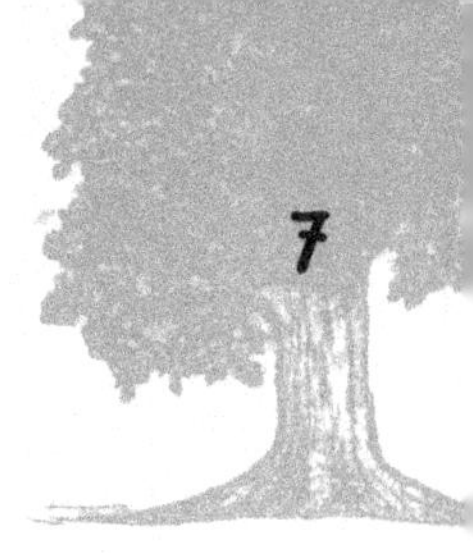

7

„Eines erbitte ich von dem Herrn, nach diesem will ich trachten, dass ich bleiben darf im Haus des Herrn …“

Psalm 27, Vers 4

In der Kirche der Donnerfelsler war es kühler, als Johanna erwartet hatte. Die Wände mussten dick sein. Anna saß vorne im Saal auf einer einfachen Holzbank und zog ihre Kleidung zurecht. Ihre eben noch hochgeschobene Bluse fiel wieder bis zum Rockbund herab. Sönken ruhte satt und zufrieden an Julias Schulter.

„Interessant, Anna“, sagte Johannas Mutter und klopfte dem Säugling sanft auf den Rücken. „Bis gerade eben dachte ich, du hättest ein Kleid an, dabei ist es ein Zweiteiler.“

„Ja, das sieht so aus, weil beides aus dem gleichen Stoff gemacht ist. Das Oberteil habe ich absichtlich weit und lang genäht, sodass es über die Taille reicht. Wenn Sönken trinkt, fällt ihm der untere Teil der Bluse von selbst über den Kopf, und er lässt sich nicht so leicht ablenken“, erklärte Anna lachend, und schon waren die beiden Frauen in ein Gespräch über praktische Kleidung und das Nähen vertieft.

Johanna saß in der letzten Bank und sah sich im schummrigen Licht der Kirche um. Sie war schlicht eingerichtet und sauber. Der Boden war aus rauem Holz gezimmert; ein paar kahle Bänke, die hintereinander standen, waren die einzige Sitzgelegenheit.

Über den ganzen Raum verteilte Kerzenleuchter sollten wohl auch abends für Licht sorgen. Johanna drehte sich um. Hinten in der Ecke stand ein Ofen. *Na, den braucht man jetzt wirklich nicht,* dachte sie. *Aber in den kalten Monaten ist etwas Wärme sicher nicht schlecht.* Ihr Blick wanderte wieder zurück zum Eingang. Nur die hellbunten Fensterscheiben und ein Strauß mit Gartenblumen sorgten für etwas Farbe hier drinnen. Der Strauß stand auf dem einzigen Tisch, ganz vorne an der Stirnseite des Raumes. Eine weiße Tischdecke verbarg, dass auch er nur aus Holz war.

„Jan, willst du mir nicht endlich sagen, was hier los ist?", fragte Johanna plötzlich und strich verlegen über die Rückenlehne der vorletzten Kirchenbank vor sich. „Was sind das hier alles für Kirchen? Und warum bist du so ... anders?"

Entschlossen griff sie nach der Hand des Jungen, der neben ihr stand, und zog ihn zu sich herunter. Jan gab nach und setzte sich langsam. Johanna rückte beiseite. Der Junge starrte nach vorne auf die bunten Fensterscheiben, als stünde dort die Antwort, und er könne sie nicht lesen.

„Es tut mir leid, Johanna", sagte er. Doch als er seinen Blick endlich von den Fensterscheiben löste und dem Mädchen zuwandte, klang seine Stimme gereizt. „Ich verstehe nicht, was hier geschehen ist. Vielleicht kannst du es mir erklären!"

Was sollte das denn jetzt wieder? Forschend sah Johanna in sein Gesicht und suchte Blickkontakt. Doch Jans Augen starrten durch sie hindurch, auch als er jetzt endlich erzählte.

„Es war gut für den Donnerfelsen, dass der Schwarze Piet auf einer Insel festsaß und Klaas und sein Helfer sich mit dem Schatz davongemacht hatten. In der ersten Zeit veränderte sich tatsächlich alles zum Besseren. Hein übernahm das Kommando, und

unter seiner Führung wurden die übrigen Piraten zu harmlosen Fischerleuten. Jeder konnte jetzt das tun, was ihm am meisten lag oder am besten gefiel. Wir haben Unterricht für alle Kinder und Erwachsenen eingeführt, die etwas lernen wollten. Nach zwei Jahren konnten die meisten lesen und schreiben." Johanna ließ ihn reden, obwohl sie diesen Teil der Geschichte schon kannte. „Vier Jahre ist das erst her." Er schüttelte leicht den Kopf, als könne er es selbst noch nicht ganz glauben. „Und nun gibt es so viel Neues, so viele Handwerker, so viel Fortschritt. Niemand muss hungern, und es geht den Menschen wirklich gut."

„Ich habe die vielen kleinen Kinder gesehen", warf Johanna ein.

„Für alle gibt es genug Obst und Gemüse", fuhr Jan fort, als hätte sie nichts gesagt.

„Und Sauerkrautsaft?", versuchte sie es noch einmal und lächelte.

Aber offenbar war ihr Lächeln nicht ansteckend genug oder Jan dagegen immun. Sein Mund blieb eine wie mit dem Lineal gezogene dünne Linie.

„Der ist meistens nicht mehr nötig. Nur noch selten stirbt ein Kind. Manchmal kommt es vor, wenn selbst Hein nicht mehr weiterweiß."

Er schwieg und sah aus, als wolle er sich mit seinen Gedanken in diesen guten Zeiten häuslich niederlassen und nie wieder ausziehen. Johanna wartete geduldig, bis er zum Abschied bereit war. Sie hörten, wie Julia und Anna über Babys sprachen und ab und zu lachten. Emily lachte mit. Ihr Lachen malte endlich den Schatten eines Lächelns auf Jans Gesicht.

„Was ist mit dem Buch? Was ist mit der Bibel?", fragte Johanna, um zurück zum Thema zu kommen. Das Schattenlächeln verschwand. Jan leierte die nächsten Worte und Sätze herunter, als hätte er sie schon tausendmal aufgesagt.

„Ach ja, die Bibel! Wir haben sie vorgelesen, die Bibel, sie abgeschrieben und täglich darüber nachgedacht. Wir haben die Aussagen und Behauptungen geprüft, so gut wir konnten. Schon bald kamen einige von uns zu dem Ergebnis, dass dieses Buch ein Brief Gottes an uns ist. Auf Papier gesammelte Worte des großen Unbekannten, mit denen er sich uns vorstellt.

Andere hielten es nur für ein Buch aus alten Zeiten und einem fremden Land, zwar nützlich zur Bildung, aber sonst ohne Bedeutung für uns. Es sei nichts anderes als ein schönes und kluges, von Menschen erdachtes Märchen, behaupteten sie und bauten das erste Haus in der Straße der Kirchen. Sie gaben sich den Namen ‚Freifelsler' und trafen sich, um darüber zu reden, wie man das Leben am Donnerfelsen weiter verbessern könnte. Frei von allem und jedem wollten sie nur noch ihre eigenen Herren sein, keine Knechte der Piraten mehr, aber auch keine Knechte irgendeines Buches oder Gottes.

Wir anderen, die der Bibel glaubten, nannten uns Christen, weil wir Jesus nachfolgen wollten, den wir für den Christus hielten, den Gesalbten Gottes, Gottes Sohn, den Erlöser, unseren Herrn", zählte er auf.

„Und weil die Nachfolger Jesu in der Bibel so von anderen Menschen genannt werden", erinnerte sich Johanna laut. Jan stockte. Sein Blick kehrte in die Gegenwart zurück. „Äh, also ... zu... zuerst in Antiochia, meine ich ...", stotterte Johanna.

„Ja. Genau wie in Antiochia", bestätigte Jan und verstand. „Du hast auch in der Bibel gelesen?"

„Na ja, schließlich hatte ich zwei Jahre Zeit", antwortete Johanna.

Jan erinnerte sich plötzlich wieder an das, was sie ihm gestern oben in den Dünen an der umgestürzten Linde gesagt hatte. Erst jetzt wurde ihm der Sinn klar.

„Du hast die Botschaft verstanden."

„Ja, das habe ich doch gesagt. Gott ist für mich kein Unbekannter mehr, Jan. Er ist jetzt mein Vater." Johanna lächelte Jan noch einmal an, doch der Junge verzog das Gesicht, als hätten ihm Johannas Worte wehgetan. „Jan, das war es doch, was du mir vor zwei Jahren erzählen wolltest, oder? Gott hat uns so lieb, dass er seinen Sohn auf diese Erde gesandt hat, um an unserer Stelle für unsere Schuld zu sterben. Die Strafe, der Zorn Gottes, lag auf ihm, und durch seine Wunden sind wir geheilt. Glaubst du das nicht mehr?"

„Der Prophet Jesaja, 53. Kapitel", flüsterte Jan mechanisch. „Die Strafe liegt auf ihm, auf dass wir Frieden hätten, und durch seine Wunden sind wir geheilt", zitierte er, und es klang, als sagte er Vokabeln auf, die er nicht verstand.

„Genau!"

„Das ist schön für dich", sagte Jan, und es klang wie: *Lass mich damit in Ruhe!* Doch Johanna ließ sich nicht abwimmeln.

„Was ist dann bloß geschehen? Warum gehen nicht mehr alle Christen in dieselbe Kirche?"

„Du willst wissen, was geschehen ist?"

Jans Blick wurde wieder glasig, als er die Frage wiederholte. Dann erzählte er weiter. Seine Worte sprudelten noch schneller als am Anfang des Berichtes. Sie sprinteten vorwärts, auf das Ziel zu. Als wollte er das Ganze jetzt so schnell wie möglich hinter sich bringen.

„Nach etwa zwei Jahren ohne den Schwarzen Piet hatten wir alle Häuser repariert und mehrere Schiffe gebaut. Im Herbst ernteten wir Obst und Gemüse im Überfluss. Niemand von den alten Leuten konnte sich an eine so große Ernte erinnern. Rinder und Ziegen vermehrten sich wie wild. Zum ersten Mal gab es Milch und Fleisch für alle. Schließlich erweiterten wir die Gärten oben auf dem Felsen. Sie reichen nun bis zum Moor. Als krönenden Abschluss bauten wir diese Kirche hier." Jan breitete die Arme aus. „Bis dahin hatten wir uns in kleineren Gruppen reihum in den Häusern oder draußen unter freiem Himmel getroffen. Doch schon zu Beginn des Winters kam es zum ersten Streit unter uns Christen."

„Worüber haben denn alle gestritten?", fragte Johanna betroffen.

„Oh, es haben nicht alle gestritten, nur ein paar von uns. Es gab unterschiedliche Ansichten über bestimmte Bibelstellen. Aber das hat völlig gereicht." Er seufzte spöttisch und fasste sich an die Stirn. Sein Kopf begann zu schmerzen, und Jan massierte die Haut unter seinen Fingern, als könnte er die Erinnerung herauskneten. Seine Worte wurden wieder langsamer. „Ich glaube, es waren am Anfang nur Wilke und Sierk, die sagten, wir seien zu ernst und nicht fröhlich genug. In unserem Leben würden wir dem Heiligen Geist zu wenig Ehre geben. Sie waren begeistert von den Berichten in der Apostelgeschichte über die Anfänge der Christengemeinde, von Krankenheilungen und Totenauferweckungen, von Visionen und Gesichten, von dem prophetischen Reden, und sie glaubten, im Korintherbrief ...", er unterbrach sich zum ersten Mal selbst, „weißt du, was der Korintherbrief ist?"

„Ja, einer der Briefe des Apostels Paulus und schwierig zu verstehen."

„Da hast du recht, ziemlich schwierig. Jedenfalls glaubten sie, in diesem Brief einen Beweis dafür gefunden zu haben,

dass es diese Dinge auch heute noch genauso gäbe und so etwas also auch bei uns am Donnerfelsen möglich sein müsste. Da es aber bei uns nicht vorkam, glaubten sie, dass wir etwas falsch machten. Hein und die anderen teilten diese Meinung nicht, und so kamen Wilke und Sierk nach einigen Wochen nicht mehr zu den Zusammenkünften."

„Schade", meinte Johanna, „dann waren sie ziemlich allein."

„Ja, aber das blieben sie nicht lange. Denn nach kurzer Zeit schien es so, als bekämen sie tatsächlich eine besondere Kraft. Sie erzählten von Wundern, die sie mit Gott erlebten, und wie mächtig ihre Gebete geworden seien. Sie behaupteten, mit dem Heiligen Geist persönlich sprechen zu können, und benutzten manchmal eine unverständliche Sprache, um Gott zu loben. Sie bauten sich Trommeln, um damit ihren Gesang zu begleiten, und ihrer alltäglichen Arbeit gingen sie oft singend und tanzend nach. Weil sie immer fröhlich, sehr nett und hilfsbereit sind, wurden die Leute neugierig, und bald waren viele der Dorfbewohner davon überzeugt, dass sie recht hatten. Ihr Wahlspruch klingt auch sehr verlockend: Alles ist möglich dem, der glaubt. Wer möchte da nicht dabei sein!"

„Alles? Und sie können Kranke heilen und Tote auferwecken?", fragte Johanna ungläubig.

„Tote noch nicht, aber Kranke haben sie angeblich schon gesund gemacht", bestätigte Jan und zuckte gleichgültig die Achseln. „Die, die nicht gesund werden, müssen eben nur noch im Glauben wachsen, sagen sie. Die Siegeskirche der Wunderfelsler ist die größte Kirche hier in dieser Straße. Sie ist jeden Tag voll, und der laute Gesang schallt bis zu uns herüber."

„Das ist erstaunlich", gab Johanna verwirrt zu. So etwas kannte sie aus ihrer Gemeinde nicht.

„Fiete und Oke gingen erst auch zu den Wunderfelslern, aber dann kamen sie auf die Idee, dass die meisten Texte der Bibel gar nicht für uns geschrieben seien, sondern nur für Gottes Volk, die Juden. Allein die Briefe des Paulus hätten für uns Bedeutung, da er der Apostel der Heiden sei, zu denen wir schließlich gehören würden. Alles andere sei nicht anwendbar auf uns. Außerdem sei die Sprache zu alt und unverständlich, behaupteten sie und begannen, den Text umzuschreiben. Sie haben ihn bis heute schon mehrfach geändert, und du würdest kaum noch ein Wort wiedererkennen", wandte sich Jan zum Schluss direkt an Johanna und hörte dann auf zu reden. Nachdenklich biss sich Johanna auf die Unterlippe.

„Dann bauten sie die Kirche der Neufelsler", vermutete sie, als Jan weiter schwieg.

„Genau. Sie nannten sich Neufelsler, weil das alte Gesetz der Juden, also das Alte Testament, der alte Bund oder der erste Bund, keine Bedeutung mehr für sie hat."

Johanna wusste, dass das Alte Testament der erste und dickere Teil der Bibel war und von dem Handeln Gottes mit dem Volk der Juden, den Israeliten, berichtete. Aber das sagte sie nicht. Es störte sie nicht, wenn Jan ihr etwas erklärte, was sie schon wusste, solange er nur nicht aufhörte zu reden.

„Und was ist mit den Zehn Geboten?", fragte sie neugierig auf die Theorien der Neufelsler. „Jesus bestätigt sie doch und erklärt sie. Sogar er hielt sie für gültig."

„Ja, das schon, aber sie sagen, wir könnten sie ohnehin nicht halten, und eigentlich sei den Christen alles erlaubt. Gott habe nichts gegen die Freude. Alkohol trinken oder Rauchen sei in Ordnung, solange man Spaß habe und es nicht übertreibe. Jesus hätte schließlich Wasser in Wein verwandelt und Paulus uns

zur Freiheit berufen. Zumindest schreibt der Apostel das in seinem Brief an die Galater. Also kann man dort alles oder nichts glauben, solange man sich gut dabei fühlt, und wir nennen die Neufelsler auch die kunterbunte Kirche."

„Das ist also das vierte Haus. Die Kirche kunterbunt." Johanna dachte an Pipi Langstrumpfs Villa und hätte fast gelacht, wenn es nicht so traurig gewesen wäre. „Oh, Mann."

„Dem alten Melf hingegen waren wir Donnerfelsler noch nicht streng genug. Ich glaube, er hatte Angst, er könnte wieder Gefallen an seinem Piratenleben finden", meinte Jan nachdenklich.

„Ja, ich erinnere mich, er war ein Vertrauter des Schwarzen Piet."

Jan sah aus, als könnte er Melf ein bisschen verstehen.

„Vielleicht traute er sich selbst nicht über den Weg und brauchte einfach ganz strenge Regeln, um sich daran festzuhalten. Sein wichtigster Bibelvers lautet: ‚Gott ist nicht ein Gott der Unordnung.' Er zitiert ihn ständig."

„Oh. Und welche Regeln gehören zu seiner ... Ordnung?"

„Die Altfelsler, wie sie sich nennen, tragen nur ganz einfache Kleidung. Alle Männer haben die gleiche Hose, das gleiche Hemd und das gleiche Halstuch. Alle Frauen tragen die gleiche Bluse und den gleichen Rock und das gleiche Kopftuch. Alles ist grau in grau, damit sich niemand hübscher oder hässlicher als der andere fühlt. Sie benutzen keine Spiegel, denn das könnte zu Hochmut führen, und sie sind sehr ordentlich und fleißig. Ihre Häuser sind fast leer. Sie besitzen nur das Notwendigste."

Johanna lief ein kleiner Schauer über den Rücken. Sie hatte sich bei dem Spaziergang durch den Ort schon gewundert, warum so viele Menschen die gleichen Sachen trugen, aber bis jetzt vergessen, Anna oder Emily danach zu fragen.

„Sie haben Angst, irgendetwas in der Bibel falsch zu verstehen. Deshalb dürfen nur ihre zwei klügsten Männer jeden Tag darin lesen und sie studieren. Sonntags wird sie dann vor allen geöffnet. Ein kleiner Text wird vorgelesen und von den schlauen Männern für alle erklärt. Der Gesang der Altfelsler ist im wahrsten Sinne des Wortes eintönig, so als hätten sie Angst, jede Art von Schönheit, und sei es auch nur in einer harmlosen Melodie, könnte Sünde sein."

„Du meine Güte, das hört sich fast an, als würden sie einem anderen Gott dienen als die Wunderfelsler und Neufelsler. Jede Kirche scheint ihre eigene Vorstellung von Gott zu haben."

„Keine Ahnung, aber so sieht es jedenfalls zurzeit hier aus. Nun und alle, die sich keiner der neuen Richtungen anschließen wollten oder die nicht sicher waren, welche von den Kirchen denn nun die richtige ist, sind hier bei den Donnerfelslern geblieben. Wie die anderen uns nennen, hast du vorhin schon von meiner Mutter gehört: die Zauderer und Zögerer."

Jan lachte, und sein Lachen klang nach Winter. Johanna wurde es kalt ums Herz.

„Und wer gehört jetzt alles noch zu euch?", fragte sie verwirrt.

Jan sah sie mit eisigem Blick an.

„Die Donnerfelsler? Das sind nur noch Rick und unsere eigene Familie ..."

8

„Gib mir, mein Sohn, dein Herz ..."

Sprüche, Kapitel 23, Vers 26

„Wie könnt ihr so unterschiedlicher Meinung sein, wenn ihr doch alle dasselbe Buch lest, Hein? Du musst zugeben, dass das nicht gerade dafürspricht, dass eure Bibel wahr ist und mir etwas für mein Leben zu sagen hätte."

Geert hatte Hein bis zu dessen Haus begleitet. Schon länger standen die beiden Männer draußen vor der Tür und waren noch immer ins Gespräch vertieft. Annas Mann mochte nicht in das leere Haus hineingehen, und auch auf Geert wartete niemand. Langsam schüttelte der Zimmermann den Kopf. Jans Vater hatte den Blick auf den Horizont über dem Meer gerichtet.

„Geert, du hast ja so recht, es ist verwirrend und vielleicht sogar abstoßend, nicht nur für dich. Vielleicht lassen wir alle den, der das Buch geschrieben hat, nicht nah genug an uns heran. Manche von uns begnügen sich mit der bloßen Form, andere mit ein paar ausgewählten frommen Gedanken. Wir teilen den, von dem das ganze Buch spricht, in Einzelteile wie einen Sonntagsbraten und greifen gierig nach den besten Stücken. Aus Angst, zu kurz zu kommen, denken wir dabei nicht immer lange genug nach." Jetzt schüttelte er ebenfalls den Kopf. „Aber so bekommt man Gott nicht zu fassen. Er gibt sich nur ganz, und er will uns ganz."

„Wenn du nicht nur laut denkst, sondern mit mir redest, dann musst du weniger in Rätseln sprechen“, meinte Geert lachend. „Warum seid ihr Christen nur so kompliziert?“

Ein schmerzliches Lächeln erschien auf Heins Gesicht. Er sah den Zimmermann an.

„Weil wir Menschen sind, Geert, nicht mehr und nicht weniger als sündige Menschen. Und der Mensch spielt in seiner kleinen Welt gerne Gott. Immer noch. Die Veränderung unseres Wesens ist ein göttliches Werk. Auch bei den anderen müssen wir es letztlich Gott überlassen.“

„Du meinst Tado und Melf?“

Hein legte Geert die rechte Hand auf die Schulter.

„Ich spreche von allen anderen, mein Freund. Nun, ich habe mein Bestes gegeben. Jetzt lasse ich sie in Gottes Hand zurück, denn ich muss fortgehen. Mit meiner Familie und allen, die sich uns sonst noch anschließen wollen.“

Geert legte seine rechte Hand über Heins. In diesem Moment bebte der Boden unter ihren Füßen, und die Männer, die sich so nahe standen, obwohl sie verschiedenen Göttern dienten, klammerten sich aneinander, um auf den Beinen zu bleiben. Es war nicht so sehr das Schwanken der Erde, sondern der Schreck, der sie zittern ließ, als er ihnen in die Glieder fuhr. Hein sah sich um und suchte mit den Augen das Ende der Straße ab.

„Anna! Gott sei Dank“, rief er erleichtert, als er seine Frau und Julia mit den Kindern am Ende der Gasse erkannte.

Auch sie stützten sich gegenseitig, um nicht zu Boden zu fallen. Zwei Sekunden später war die Erde wieder still, und alles sah aus wie immer. Man hätte denken können, das Beben eben sei nur Einbildung gewesen. Aber die Männer wussten es besser. Geert ließ Hein los und verabschiedete sich.

„Ich muss gehen. Es gibt viel zu tun."

Mit diesen Worten eilte er auf sein eigenes Haus zu. Als Anna ihren Mann erreichte, war er schon nicht mehr zu sehen. Hein schloss sie kurz in die Arme.

„War das nicht Geert?", fragte sie noch ein klein wenig außer Atem. „Hast du was bei ihm erreichen können?"

Ihr Mann nahm Sönken, der ihm freudig die kleinen Händchen entgegenstreckte, aus dem Tragetuch. „Ach, Anna, wenn mir die Donnerfelsler doch auch nur so vertrauen würden wie unser kleiner Sohn", sagte Hein und vergrub die Nase in den dünnen roten Locken des Säuglings. Tief sog er den Duft des Babys ein. Dann sah er seine Frau an. „Nein, Anna, ich glaube nicht, dass ich etwas bei ihm erreichen konnte. Überhaupt scheinen sich ausnahmsweise alle einig zu sein, dass sie hier im Dorf bleiben wollen", antwortete er, und man konnte die Enttäuschung in seiner Stimme hören.

Anna stieß die Tür auf. Ihre beiden großen Kinder stürmten an ihr vorbei ins Haus. Sie und Jan waren die kleineren Beben schon gewöhnt, aber Julia und Johanna blickten doch etwas ängstlich um sich, als könnte ihnen jeden Moment das Dach auf den Kopf fallen. Sie zögerten, die Schwelle zu überschreiten.

„Keine Angst", beruhigte sie Anna, „das Haus ist sicher. Es hat auch das starke Beben von gestern unbeschadet überstanden. Geht nur hinein. Nach einer warmen Mahlzeit fühlen wir uns sicher besser."

Sie nickte Julia freundlich zu, die sich überzeugen ließ und mit Johanna den Geschwistern folgte. Das Ehepaar blieb allein draußen zurück. Anna lächelte und hauchte einen Kuss auf Sönkens Kopf. Dann sah sie auf zu Hein.

„Ich vertraue dir", sagte sie, und ihr Mann zog sie mit seinem freien Arm an sich.

„Danke", flüsterte er.

Während Anna und Julia zusammen kochten, half Jan seinem Vater, die eingetauschten Waren zu sichten und zu verstauen. Hein holte die kleinen und großen Rucksäcke, die seine Frau seit dem Winter genäht hatte, aus der Vorratskammer.

„Ist das wirklich nötig?", fragte Jan. „Du tauschst den Inhalt jetzt zum zehnten Mal aus."

„Ich ergänze ihn nur", behauptete Hein.

Emily griff nach einer kleinen Flickendecke, die sie für Sönken nähte. Sie wollte sie unbedingt fertig bekommen, bevor sie ihr Zuhause verlassen mussten.

„Meine Güte, ist die schön!", bewunderte Johanna die sorgfältige Arbeit. „Zwei Lagen und sogar gefüttert, damit sie wärmer ist. Und alles mit der Hand genäht. Wahnsinn! Du kannst das viel besser als ich", gab Johanna neidlos zu. Emily strahlte sie an.

„Ach was, du übertreibst. Nähen macht mir einfach Spaß, und ich hatte genug Zeit zum Üben."

„Das stimmt", sagte Jan und warf vier große Decken, die er vom Dachboden geholt hatte, auf Emilys Bett. „Oben sind noch mehr. Mama und Emily haben den ganzen Winter geübt."

„Und ich bin froh darüber, mein Junge. So haben wir jetzt genügend Decken für die Reise", stellte Hein zufrieden fest.

„Soll jeder drei tragen?", ärgerte Jan ihn absichtlich und warf fünf weitere Decken von oben herunter.

„Nein, aber ich hoffe immer noch, dass sich uns ein paar Leute aus dem Dorf anschließen und wir vielleicht dem einen

oder anderen aushelfen können, der sich erst im letzten Moment entschließt und nicht vorbereitet ist."

Jan gab nur noch ein Grunzen von sich und stieg wieder die schmale Holzleiter empor. Diesmal blieb er so lange oben, bis Anna zum Essen rief.

Am Nachmittag machten sich Hein und Jan zügig auf den Weg zu den Gärten auf dem Felsen. Annas Sohn ging schweigend voraus, und Hein mochte auch nicht reden, denn er musste sich anstrengen, um mit dem Jüngeren mitzuhalten. Bis jetzt verhielt sich die Erde still, aber der Himmel wirkte auf die Wanderer, die den schmalen Felsenpfaden in die Klippen und höher hinauf folgten, mit jedem Schritt bedrohlicher. Die schwarzen Wolken waren zum Greifen nah. Ein scharfer, heißer Wind wehte. Als Jan endlich den Rand der Klippe und damit das Plateau erreicht hatte, trat er mit den Füßen auf braunes, ausgedörrtes Gras. Knisternd brach es unter seinem Gewicht. Nur wenig später stellte sich Hein neben ihn. Auch ihm stand der Schweiß auf der Stirn. Er hob seinen Hut an und wischte mit dem Handrücken die salzigen Perlen fort.

„Die Wolken scheinen sich zu vermehren. Vom Strand unten sah es nicht so unangenehm aus", bemerkte er und bemühte sich, zwischen den einzelnen Worten nicht allzu sehr zu schnaufen. Er wurde alt. Jan sah auf das Meer hinaus und nickte mit düsterer Miene. Würde überhaupt noch etwas reif werden, bevor es vertrocknete, und was kam wohl danach, nach der Hitze? Was würde geschehen, wenn sich diese Wolken für immer vor die Sonne schöben?

„Jan? Hast du mir zugehört?"

Der Junge schrak aus seinen Gedanken.

„Nein, entschuldige, was hast du gesagt?“

„Ich sagte, dass wir uns heute Abend ein letztes Mal im Rathaus versammeln. Bei dieser Gelegenheit werde ich alle darüber informieren, dass wir spätestens am Dienstag aufbrechen. Die, die mit uns gehen wollen, sollen morgen Nachmittag nach dem Gottesdienst in die Kirche der Donnerfelsler kommen, damit wir sie auf eine Liste schreiben können. Wir müssen mit ihnen besprechen, wie viel Zeit sie zur Vorbereitung brauchen und was sie mitnehmen sollen.“

„Ich glaube kaum, dass dazu eine Liste nötig sein wird. Die paar Namen kannst du dir bestimmt auch so merken“, behauptete Jan trocken.

„Warum sagst du so etwas?“

„Weil es die Wahrheit ist?“

Jan sah jetzt hinab auf das Dorf. Ganz in der Ferne leuchtete die Kirche der Altfelsler grell im Sonnenlicht. Seine scharfen Augen erfassten eine winzige graue Gestalt, die vor der strahlend weißen Wand stand und den Arm auf und ab bewegte. Es war das Mädchen, das er gestern schon an der Kirche gesehen hatte, und zwischen den Stellen, die es bereits gestrichen hatte, und denen, die noch vor ihm lagen, war kein Unterschied zu erkennen,

„Das darf nicht wahr sein! Sie streichen tatsächlich weiter.“

Seine Stimme klang wütend.

„Ist es Dora?“, fragte Hein, der Jans Blick gefolgt war, aber nicht so weit sehen konnte.

„Wer sonst?“

„Sie nimmt ihre Aufgabe sehr ernst. Ein liebes, gutmütiges Ding.“

„Sie ist kein Ding, sie ist ein Mensch, und es ist eine völlig unsinnige Arbeit!“, fuhr Jan Hein an. „Gibt es nichts Besseres, nichts

Wichtigeres zu tun, als einen Zaun zu streichen? Man könnte meinen, es wäre das erste Gebot in ihrer Bibel: Du sollst Kirche und Zaun weiß streichen."

„Entschuldige bitte, das war falsch ausgedrückt", gab Hein zu. „Manchmal frage ich mich auch, auf welche seltsamen Ideen wir in Zukunft noch kommen."

„Man könnte meinen, sie hätten noch nie in dieses Buch hineingeschaut", sagte Jan jetzt in normaler Lautstärke. Er schien wieder ruhiger zu werden. „Dabei lesen auch sie es seit mehreren Jahren."

„Ich habe es heute schon einmal zu jemandem gesagt: Man kann die Bibel falsch lesen, mit zu viel Abstand zum eigenen Leben und zum eigenen Herzen." Jan drehte sich wortlos um und ging auf die Gärten zu. Auch Annas Mann setzte sich wieder in Bewegung. „Wann hast du eigentlich zuletzt in deiner Bibel gelesen?", fragte er den Jungen vorsichtig, als er erneut an seiner Seite war.

„Ich habe es schon vor vielen Wochen aufgegeben. Die Menschen, die sich Christen nennen, hindern mich daran, es länger für sinnvoll zu halten." Trotzig stapfte Jan vorwärts. „Sie sind verbohrt und stur. Die einen halten sich aus Angst, irgendetwas falsch zu machen, an die unsinnigsten Regeln. Die anderen sprechen von Liebe und meinen dabei Selbstliebe. Sie rufen laut: ‚Freiheit!', und sind doch ihre eigenen Sklaven. Die dritten verschließen die Augen vor der Realität. Es kommt mir so vor, als lebten sie alle zusammen in einer Traumwelt. Welcher Gott würde sich von seinen Geschöpfen befehlen oder sich durch die Menge der Gebete zu etwas zwingen lassen, wenn er es nicht will? Alle zusammen sind sie doch lächerlich. Ich möchte sie durchschütteln, sie wachrütteln und ihren Köpfen Verstand eintrichtern. Ihn einfüllen in ihr Denken wie Wein in Schläuche und – Plop! – ihn verkorken, damit er nicht sofort wieder herausläuft." Jan schlug mit der Hand auf einen unsichtbaren Stöpsel. „Das kann doch unmöglich alles aus demselben Buch hervorgehen."

Sein Begleiter lächelte wider Willen. Der Junge hatte einen wachen und scharfen Verstand. Aber er war ungeduldig und stürmisch. Erkenntnis lässt sich nicht mit Gewalt erzwingen, und eine übergestülpte Wahrheit wird nur zu gern zur Lüge.

Hein öffnete die Tür zum Imkerschuppen und dachte kurz an Anna. Dass sie die Bienen zurücklassen musste, war das Schwerste für sie. Außer ihren beiden ältesten Kindern waren die Insekten die stärkste Erinnerung an ihren ersten Mann. Gefolgt von Jan betrat er den Schuppen, stellte seine Rückentrage ab und zählte die Honigtöpfe im Regal.

„Du hast vollkommen recht", sagte Hein. „Gott geht es weder um Liebe und Freiheit ohne Regeln noch um Sklaverei des Gesetzes. Er ist an etwas anderem interessiert. Der lebendige Gott will uns selbst, nicht nur unser Verhalten oder unser Äußeres und auch nicht nur schöne Worte."

Jan griff nach den Gießkannen, um Wasser holen zu gehen, doch Hein hielt ihn am Ärmel zurück.

„Jan, wenn die Menschen das Buch falsch verstehen, gib bitte nicht dem Buch die Schuld", bat er. „Und durchschütteln, glaube mir, das nützt nichts. Es wird die Menschen nicht umstimmen."

Jan schüttelte Heins Hand ab.

„Bist du fertig?"

„Mit dem Honig-Aussuchen?"

„Nein, mit deinem Vortrag!"

Hein schluckte.

„Fast“, sagte er, um einen freundlichen Ton bemüht. „Wir können nur bitten, Jan, denn mehr tut Gott im Moment auch nicht. Sein Ziel ist nicht die Vernichtung des Gegners, sondern dessen Umkehr, und umkehren muss man freiwillig.“

„Ja, ja“, sagte Jan und rannte beinahe aus dem Schuppen.

Etwas später war er mit zwei vollen Gießkannen zurück und begann, die ausgedorrten Beete zu wässern. Als das Wasser die Erde aufgeweicht hatte, zogen sie vorsichtig ein paar Radieschen und etwas Feldsalat heraus. Bald würden die Felder denen gehören, die zurückblieben, um den Elementen zu trotzen. Die körperliche Arbeit tat dem Jungen gut, auch wenn das Ergebnis spärlich und die Hitze fast unerträglich war. Schließlich machte Hein Schluss. Er musste pünktlich bei der Ratsversammlung sein.

„Komm rechtzeitig nach, mein Junge, ja?“, bat er Jan und hob sich den mit Tragegurten versehenen Korb mit der letzten Ernte und Werkzeugen auf den Rücken. „Nicht, dass du dich erst im Dunkeln an den Abstieg machst. Deine Mutter würde sich sorgen.“

„Ja, ich komme rechtzeitig“, versprach Jan und sah ihn aus schmalen Augen an. „Aber nenn mich nicht immer *mein* Junge!“

9

„Siehe, wie fein und lieblich ist's, wenn Brüder einträchtig beisammen wohnen!"

Psalm 133, Vers 1

Die Luft war feucht und klebrig vom Salz. Dicker weißer Nebel hatte sich vor die Sonne geschoben. Sie schimmerte nur als kleiner, gleißender Fleck am Himmel. Doch hinter der Wasserwatte war ihre Kraft ungebrochen tödlich. Johanna wandte die Augen ab, bevor sie wehtaten, und schlang sich die Arme um den Körper. Obwohl es hier draußen vor der Tür kalt war, konnte sie sich nicht sattsehen an der Schönheit des neuen Morgens. Die friedliche, feuchte Stille waberte auf dem Meer wie Badeschaum in der Wanne eines Riesen. Der Nebel reichte bis zum Horizont und verbarg die schwarzen Wolkenberge, die gestern den halben Himmel erobert hatten. Für den Moment waren auch sie in Weiß gehüllt, als hätte sich der Donnerfelsen absichtlich fein gemacht und saubere Sonntagskleider angezogen. Doch schon bündelte die Sonne ihre Strahlen und begann, ein Loch in die beruhigende Nebelwand zu brennen. Der Badeschaum zerfiel langsam. Hinter Johanna quietschte die Tür. Julia trat neben ihre Tochter.

„Hu, ist das kühl hier draußen!"

„Hm."

Julia legte einen Arm um Johanna und blickte wie sie in den Nebel, der auf dem Ozean schwamm. Noch türmte sich das Schaumgebirge bis zum Himmel.

„Es fühlt sich nicht wie das Ende an, oder? Eher wie ein Herbstmorgen. Du weißt doch: wenn der Rhein in der Nacht seine Wasserschwaden wie Bettlaken über die Ufer breitet."

Plötzlich musste Johanna lachen.

„So poetisch heute, Mama? Hast du schon Heimweh?"

„Das wäre wirklich kein Wunder bei den Zuständen hier, oder?"

Julia rieb sich die kalten Arme.

„Meinst du das Wetter oder die Leute?"

„Beides", antwortete ihre Mutter. „Die Menschen kommen mir auch ziemlich verrückt vor. Es tut mir leid, dass ich uns in diese Lage gebracht habe."

„Mama, das ist Quatsch. Ich wollte genauso hierhin wie du."

„Ja, aber ich bin älter und für dich verantwortlich. Ich hätte nicht so albern sein sollen."

„Albern?"

„Ach, Johanna, im Grunde hattest du recht. Ich bin nur davongelaufen. Das ist albern, und wenn man Pech hat, führt es auch noch zu neuen Problemen. In unserem Fall sind es sogar besonders große Probleme. Ich weiß nicht, was ich mir dabei gedacht habe. Vielleicht habe ich auch nicht wirklich damit gerechnet, dass das mit der Linde funktioniert."

„Aber ... du hast doch selbst gesehen, wie Jan damals verschwunden ist!"

„Ich habe auch gesehen, dass es bei dir einmal nicht geklappt hat", erinnerte sie ihre Tochter. „Einen Augenblick später. Nur einen Augenblick später, und alles wäre anders gekommen. Wir stünden immer noch bei uns im Garten, und ich hätte all dies nie gesehen."

„Du meinst, wenn wir es nach dem Blitz versucht hätten, der den Baum getötet hat?", fragte Johanna.

„Ach, wenn ... Wenn das Wörtchen *wenn* nicht wär ... vergiss es", wischte Julia den Gedanken fort, der nirgendwohin führte. Sie war hier, und ihr Ich flüsterte ihr leise zu: *Sei ehrlich, Julia, du hättest es trotzdem getan!*

Ein breiter Sonnenstrahl brach durch den Nebel und warf sein Scheinwerferlicht auf das Meer. Kurz darauf erschienen am ganzen Himmel blaue Stellen. Es wurde spürbar wärmer, und schließlich riss der Himmel ganz auf. Er häutete sich und zeigte den beiden Menschen, die ihm dabei zusahen, stolz seine Sommerbläue.

„Wow", staunte Johanna. „Wie schnell sich alles verändern kann. Eben sah es noch ganz anders aus."

„Ja, und es wird schrecklich heiß", stellte Julia bedauernd fest.

„Gehst du trotzdem mit in den Gottesdienst?", fragte ihre Tochter.

„Glaubst du, ich lasse dich hier auch nur einen Augenblick allein? Das kommt überhaupt nicht infrage."

Johanna lächelte glücklich und schloss die Augen. Noch hielt sie ihr Gesicht in die Sonne, aber schon bald würde sie freiwillig in den Schatten des Hauses flüchten.

„Was hältst du eigentlich von Hein?"

„Er ist nett", antwortete Julia. *Und er erinnert mich ab und zu an Simon,* dachte sie den Satz zu Ende, hütete sich aber, ihn laut auszusprechen. „Und Anna ist ein richtiger Schatz. Wenn wir zu Hause wären, könnten wir Freundinnen sein."

„Warum nicht hier?"

„Ja, warum eigentlich nicht? Solange wir hier sind, wird es gehen“, antwortete Julia nachdenklich.

„Solange wir hier sind?“, wiederholte Johanna, während sie die Haustür öffnete. „Wie lange wird das wohl sein?“

„Ich habe keinen blassen Schimmer“, meinte Julia und betrat Annas Haus.

Hein legte gerade seine Geige in den gepolsterten Geigenkasten zurück. Wie jeden Sonntag hatte er das Instrument überprüft, bevor sich die Familie auf den Weg zum Gottesdienst machte. Anna flocht Emilys Haare zu einem kunstvollen Zopf, während Sönken nach seiner Mutter schrie.

„So, fertig, Fräulein! Hübsch genug“, sagte Anna und band das Zopfende noch mit einem blauen Band zusammen.

„Danke, Mama.“

Emily sprang vom Stuhl und eilte zur Wiege. Geschickt hob sie ihr Brüderchen hoch.

„Na, alles in Ordnung mit der Geige?“, fragte Anna lächelnd.

„Ja, alles in bester Ordnung, wie immer“, gab Hein lächelnd zurück. Er trug ein frisch gewaschenes blau-weiß gestreiftes Hemd und eine graue Hose. Mit dem roten Halstuch hätte er glatt in einem ostfriesischen Shanty-Chor mitsingen können, aber das wusste er nicht. „Ich musste mich einfach vergewissern, dass keine Saite gerissen ist“, rechtfertigte er sich.

„Es ist noch nie eine gerissen, während die Geige im Koffer lag, wenn ich mich recht erinnere“, sagte seine Frau.

„Ich weiß“, bestätigte Hein und küsste Anna auf die Hand. „Gnädige Frau, Sie sehen fabelhaft aus.“ Anna errötete über das Kompliment. Hein sog den Duft ihres Haares ein, und ein Grinsen stahl sich in sein Gesicht. „Und wie Ihr Haar duftet! Zum Anbeißen ... Nach Haferbrei und Honig.“

Anna lachte und setzte sich an den Frühstückstisch, um es sich schmecken zu lassen. Und ja, das ist wahr, egal, in welcher Welt man sich befindet: Ein einfaches Gericht in fröhlicher Runde schmeckt tausendmal besser als ein Fünf-Gänge-Menü in einem Luxusrestaurant, das man allein essen muss. Woran das liegt? Nun, kein Sternekoch auf der ganzen Welt verfügt über so erlesene Zutaten wie echte Freundschaft und ehrliches Interesse aneinander! Jedenfalls kann er diese Dinge nicht ins Essen mischen.

Mit geschlossenen Augen schlürfte Johanna ihren Pfefferminztee. Nirgendwo war er so gut wie hier, direkt aus Annas Kräutergarten gepflückt. Selbst warm erfrischte das Kaugummiaroma. Als nach ihrer dritten Tasse das Gespräch etwas ins Stocken geriet, klopfte es an der Tür. Dann sah Rick durch das Fenster.

„Komm nur herein, Rick", rief Hein und winkte. „Wir sind gleich so weit."

„Ich komme heute nicht mit", meinte Jan beiläufig, noch bevor Rick in die Stube trat.

Anna wollte schon protestieren, doch ihr Mann fasste sie sanft an der Schulter.

„In Ordnung", gab er an Annas Stelle nach.

Jan war nicht in der Stimmung, sich überzeugen zu lassen, und Hein wollte heute Morgen keinen Streit riskieren.

Früher, als sie zu Hause jemals zum Gottesdienst gegangen waren, machten sich Johanna und Julia mit den Donnerfelslern auf den Weg zur Straße der Kirchen. Johanna schlenderte neben Emily.

„Heute ist also Sonntag. Seit wann gibt es hier eigentlich Wochentage?", fragte sie ihre Freundin aus.

„Oh, seit Jan dich besucht hat. Das heißt, natürlich haben wir sie auch beim Lesen in der Bibel entdeckt", erzählte Jans Schwester.

„Wie seid ihr auf die Namen gekommen? Die Bibel spricht doch nur vom ersten bis siebten Tag. Ihr nennt sie plötzlich genauso wie wir. Und es ist der gleiche Tag wie bei uns."

Emily grinste.

„Das hat Jan ganz einfach von euch übernommen. Weil er nach seiner Rückkehr wusste, dass eure und unsere Zeit gleich schnell verläuft, wenn jeder von euch in seiner eigenen Welt ist. Verstehst du, was ich meine?"

„Ja, wenn ich am Rhein bin und er am Donnerfelsen."

„Genau. Er wusste, dass er eure Welt an einem Montag verlassen hat. Also nannte er den nächsten Morgen am Donnerfelsen Dienstag. Nur den Samstag nennen wir Sabbat, wie die Juden in der Bibel."

„Interessant. Schade, nun kommt alles wieder durcheinander", bedauerte Johanna. „Denn wenn ich bei euch bin, läuft die Zeit in meiner Welt langsamer."

Emily seufzte.

„Ich glaube, das macht jetzt auch nichts mehr. Hier herrscht ohnehin Durcheinander."

Jetzt seufzte auch Johanna.

„Das kann ich über unsere Welt auch sagen."

Doch Emily lachte und zuckte mit den Schultern.

„Solange Gott den Überblick behält, bin ich zufrieden", sagte sie.

Johanna schluckte und schämte sich, dass sie das für einen Moment vergessen hatte.

„Jan hat noch mehr über die Welt am Rhein erzählt", fuhr Emily fort.

„Wem? Eurer Familie oder auch noch anderen?“

„Allen im Dorf. Er hat ausführlich von eurer Welt erzählt. Von so seltsamen Sachen wie Autos und Fahrrädern, Chinaböllern und Eiscreme. Von seinem Abenteuer in Koblenz und dass es bei euch auch Schlechtes gibt. So haben alle erfahren, dass es einen Weg von euch zu uns und umgekehrt gibt. Nur wie man die Welten wechselt, das hat Jan niemandem verraten.“

„Ach, deshalb fragt mich keiner, wo ich gewesen bin, wieso ich auf einmal wieder da bin und warum ich meine Mutter dabeihabe“, sagte Johanna. Emily nickte.

„Wir hatten auch schon andere Besucher, die mit ihren Schiffen bis an die Klippen kamen und nicht nur handeln, sondern uns auch kennenlernen wollten. Stell dir vor, einmal war sogar ein Mann hier, der hatte schwarze Haut!“

Johanna lachte.

„Ach, Emily, das ist bei uns nicht ungewöhnlich“, sagte sie. „In Deutschland gibt es viele Menschen, die so aussehen. Sie kommen ursprünglich aus Afrika.“

„Afrika?“

Johanna dachte nach. Wie sollte sie dem Mädchen, das nur die kleine Welt des Donnerfelsens kannte, begreiflich machen, was ein fremder Erdteil war? Doch Emily überraschte sie erneut.

„Ach, ich weiß, das ist da, wo auch Ägypten liegt und das Rote Meer, noch weiter weg als Israel und Syrien und Damaskus.“ Sie lachte, als sie Johannas verblüfftes Gesicht sah. „Jan hat mir das Kartenlesen beigebracht, und hinten in der kleinen Lutherbibel, die er von Simon geschenkt bekommen hat, sind Karten von Paulus‘ Reisen und aus der Zeit des Alten Testaments. Ich finde sie sehr spannend. Mit ihrer Hilfe kann ich über diesen Horizont hinausschauen.“ Schwungvoll zeigte Emily auf das Ende des

Meeres. Die Zehnjährige erzählte immer noch so munter wie vor vier Jahren. „Doch keiner der Besucher ist geblieben. Es war ihnen zu einsam, und wegen der hohen Wellen war schon länger niemand mehr hier."

„Die Seebeben. Dein Bruder hat mir davon erzählt", sagte Johanna. „Schade, dass er nicht mitkommt. Das letzte Mal konnten wir nicht zusammen in den Gottesdienst gehen, weil wir verschlafen hatten, und nun will er einfach nicht mehr."

Emilys Lachen verstummte.

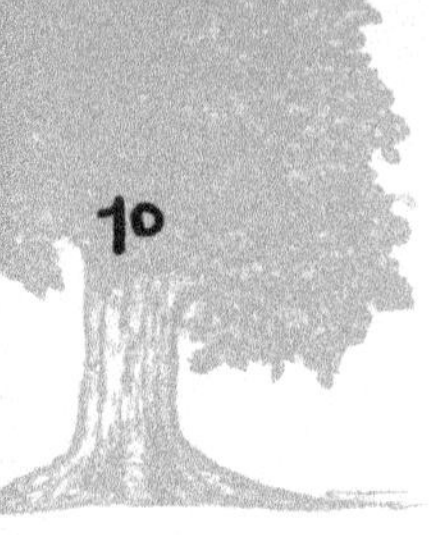

„Jauchzet dem Herrn, ihr Gerechten!“

Psalm 33, Vers 1a

Sie sangen das letzte Lied. Auch wenn nur wenige Menschen in den Bänken saßen, war der Gesang kräftig und laut. Annas tiefe, warme Stimme sang einen passenden Alt zu der schönen Melodie. Johanna versuchte mitzusingen, doch das Lied war ihr unbekannt, und es gab keine Noten. Alle sangen auswendig. Johanna sah ihre Mutter neugierig von der Seite an. Wie hatte das Ganze wohl auf sie gewirkt? Die Lieder, die gemeinsamen Gebete? Hatte ihr die Predigt gefallen? Julia rührte sich nicht, sondern blickte stumm geradeaus.

„‚Denn er sprach, und es geschah; er gebot und es stand da‘“, sang Johanna ihr den Refrain in Ohr, den sie sich immerhin gemerkt hatte. Der Text war dem Psalm 33 entnommen, einem der 150 alten Lieder der Israeliten, und er beschrieb Gottes Allmacht und Treue. Es war ein Vers, über den Hein auch gepredigt hatte, um die Zuhörer daran zu erinnern, dass Gott den Himmel, die Erde und das Meer gemacht hat. Die Elemente, die ihnen im Moment so viel Angst einflößten, hielt er immer noch in seiner Hand. Er war auch heute noch allmächtig und hatte die Kontrolle nicht verloren. Er würde sie nie verlieren, und wenn er wollte, könnte er die dunklen Wolken vom Himmel wischen wie lästige Fliegen von der Fensterscheibe. Er könnte dem bebenden

Erdboden und dem brausenden Meer befehlen, still zu sein. Ja, wenn ... Aber wollte er?

„Unsere Seele harrt auf den Herrn; er ist unser Schild, er hilft uns so gern."

Julia sang immer noch nicht mit, freute sich aber an Johannas Glück und wünschte sich kurz, sich auch so geborgen fühlen zu können.

Dann war der Gottesdienst zu Ende. Ein einzelner Geigenton schwebte noch einsam in der Luft wie eine verspätete Schneeflocke im März. Aber auch er schmolz dahin. Johanna seufzte. Sie hatte ganz vergessen, wie anders dieses Instrument hier klang, und musste heftig blinzeln, damit ihre Augen trocken blieben. Wenn sie nur ewig so sitzen und den gemeinsamen Liedern und Heins Melodien lauschen könnte! Schade, dass schon alles vorbei war. Hein legte die Geige zur Seite, und Rick öffnete die Tür, um frische Luft hereinzulassen und nachzusehen, ob schon Mitreisende draußen warteten. Doch nur Tado aus der Nachbarkirche guckte herüber. Draußen grollte ein dumpfer Donner. Hein sah unruhig durch das Fenster. Anna lächelte ihn zuversichtlich an.

„Ich lasse die Blumen hier in der Vase. Dann kann ich mich an dieses schöne Bild erinnern. Es wirkt so einladend, fast, als würden wir jeden Moment zurückkommen", sagte sie und ordnete die Pflanzen noch ein letztes Mal. Hein nickte.

„Tu das."

Geert, der Zimmermann, trat über die Schwelle der Kirche. Zur Begrüßung tippte er sich wie ein Matrose mit der Hand an die Stirn. Er war jetzt Mitte dreißig und so gut in Form, dass jedes Fitnessstudio ihn sofort als Trainer angestellt hätte. In der kleinen Kirche dagegen wirkte er so unbeholfen wie ein Riese, der gerade laufen gelernt hat. Neben ihm kam sich Johanna winzig vor. Hein starrte ihn nur an, unfähig zu reagieren. Doch Rick ging auf ihn zu und gab ihm die Hand.

„Willkommen", begrüßte er den unerwarteten Gast und zögerte, nach dem Grund des Kommens zu fragen. Geert kam ihm zuvor. Seine Stimme klang fest und klar.

„Ich werde mit euch gehen! Melf hat seinen jungen Leuten erlaubt, bei der praktischen Arbeit mitzumachen. Sie bleiben geschlossen hier, sodass sie helfen können, das Dorf zu sichern. Enno übernimmt die Führung der Freifelsler; bis ich wieder zurück bin", informierte er Hein kurz und bündig. Seine sichere Rückkehr schien für ihn eine ausgemachte Sache zu sein.

Mit wem hast du das beschlossen?, fragte sich Hein. Trotzdem strahlte er plötzlich über das ganze Gesicht, ergriff Geerts Hand und schüttelte sie wie einen Zweig mit reifen Pflaumen.

„Freut mich, freut mich außerordentlich!"

In diesem Moment betrat Tado gewohnt selbstsicher die kirchliche Bühne. Er sah sich um wie ein Popstar, der auf den Beifall seiner Fans wartet. Der Wunderfelsler fühlte sich zu Hause und genoss die Aufmerksamkeit. Er nickte in die kleine Runde.

„Seid gesegnet!"

„Gott segne dich auch, Tado", sagte Hein trocken. „Sag bloß, du bist hier, weil du mitkommen willst?"

„Jawohl!", antwortete Tado mit singender Stimme. „Zusammen werden wir die Dunkelheit aufhalten. Gottes Licht wird mächtig scheinen", prophezeite er abenteuerlustig.

Aha, daher weht der Wind, dachte Hein amüsiert.

„Das wird es ohne Zweifel. Das Licht leuchtet in der Finsternis", pflichtete er dem selbstbewussten Tado bei.

„Die Gruppe, die hier am Felsen zurückbleibt, ist groß genug, mein Lieber. Aber ihr seid eine kleine Schar, die jeden Beistand

gebrauchen kann. Hat nicht auch der Herr das Schwache erwählt?“

Geert verzog die Mundwinkel. *Ja, sicher. Und da musst du helfen, du Held,* dachte er, mahnte sich aber innerlich zur Ruhe. Er wollte das gemeinsame Unternehmen nicht gleich mit einem Streit beginnen. Für eine Reise über das Moor konnten sie tatsächlich jeden Mann gebrauchen, und Tado war treu.

„Ja, das hat er, Tado. Ich freue mich, dass du dich dazuzählst und dich uns anschließen willst“, sagte Hein dagegen laut und meinte es auch so.

Tado legte ihm gönnerhaft beide Hände auf die Schultern.

„Wir sind schwach, aber steht nicht bei Paulus geschrieben: ‚Ich vermag alles durch den, der mich mächtig macht, Christus‘?“, begeisterte sich der bunt gekleidete Mann. Hein wich etwas zurück. Wie die meisten Menschen mochte er es nicht, wenn man ihm ungefragt auf die Pelle rückte. Doch so schnell ließ sich der Wunderfelsler nicht abschütteln. „Alles, Hein. Wirklich alles!“

„Und was ist, wenn Christus nicht so will wie du?“, versuchte Hein, die Begeisterung zu dämpfen.

Tado nahm seine Hände zurück. Er blickte Annas Mann ernst und aufrichtig in die Augen.

„Dann werde ich mich wohl beugen müssen.“

Hein nickte anerkennend und haute dem Wunderfelsler kräftig auf den Rücken. Überrascht vom Schmerz verzog sich Tados Gesicht.

„Das ist die richtige Einstellung. Herzlich willkommen!“, lobte Hein und unterdrückte ein Lachen. Hoffentlich hatte die Kur gewirkt, und Tado hielt in Zukunft etwas mehr Abstand. „Du erlaubst, dass ich kurz mit Geert weiterspreche?“

„Aber natürlich!“ Freudestrahlend wandte sich Tado Rick zu. „Sei gegrüßt, Bruder“, rief er und zog schnell seinen Rücken aus Heins Reichweite. Der wandte sich wieder dem Zimmermann zu.

„Warum willst du mit, Geert, wenn du überzeugt bist, dass der Donnerfelsen nicht untergeht?“

„Aus ganz praktischen Überlegungen. Wir planen, das Siedlungsgebiet des Dorfes auszuweiten. Wie du weißt, sind wir immer mehr geworden. Wir brauchen neue Ackerflächen, auch, weil jetzt alles so heiß und trocken ist. Womöglich finden sich hinter den Sümpfen weitere fruchtbare Gebiete.“ Er guckte nachdenklich. „Vielleicht stimmen sogar die Gerüchte, und die Gegend ist besiedelt. Ich bin einfach neugierig. Oder nenne es abenteuerlustig. Außerdem sollte man immer einen Plan B haben, oder?“

Hein grinste.

„Ich vermute, du hast schon alles gepackt und könntest sofort losziehen?“

Geert tat entrüstet.

„Hast du etwas anderes von mir erwartet?“

„Nicht wirklich.“

Hein schüttelte noch den Kopf, als ein weiterer Mann über die Schwelle trat.

„Guten Morgen, alle zusammen“, grüßte Oke.

Mit ihm schwappte ein leichter Geruch nach Tabakrauch und Alkohol in den Raum. Rick wich erst wie alle vor dem Neufelsler zurück, doch dann ging er auf den noch jungen Mann zu.

„Guten Morgen“, erwiderte er den Gruß und ergriff Okes ausgestreckte Hand. „Wie schön, dich zu sehen.“

Der dünne Mann fuhr sich mit fahrigen Bewegungen durch die leicht fettigen blonden Haare. Julia stand gerade in der Nähe.

Ihr geübter Blick blieb an der schlanken Gestalt hängen. Automatisch registrierte sie die großporige gelbliche Haut und die leicht zittrigen Hände mit den gelben Fingernägeln. Seine blauen Augen sprangen unruhig hin und her. Er konnte sich nicht auf seinen Gesprächspartner konzentrieren. Dieser Mann war nicht gesund und würde die Gruppe aufhalten.

„Ja", antwortete Oke gerade und sah an Rick vorbei. „Fiete schickt mich. Ich soll die Neufelsler vertreten."

Auch seine Stimme verriet leichte Nervosität. Sie war brüchig wie morsches Holz.

„Das freut mich. Schön, dass sie dich ausgesucht haben."

Rick lächelte Oke gewinnend an.

Wahrscheinlich sind sie froh, dass sie ihn los sind, dachte Julia und schämte sich sofort für den Gedanken.

„Nein, ich habe mich freiwillig gemeldet. Ich habe keine Familie wie Fiete und alle anderen. Was ein ganz einfacher, praktischer Grund ist: Ich bin unabhängig."

Rick nickte. Auch er selbst, Geert und Tado waren nicht verheiratet.

„Dann sind wir jetzt deine Familie."

Der ehemalige Trinker klopfte dem verblüfften jungen Mann herzlich auf die linke Schulter. Emilys Vater hatte seine Unterhaltung mit Geert beendet und blickte herüber. Er wandte sich an Rick.

„Offensichtlich haben alle Kirchen einen Mann zu unserer Unterstützung geschickt, oder? Nur von den Altfelslern ist niemand gekommen."

„Dem alten Melf widersetzt man sich nicht so leicht", sagte Rick. „Er ist fest davon überzeugt, dass es sinnlos ist, zu fliehen. Und er vertritt seine Ansichten immer recht bestimmt."

Es klopfte an die geöffnete Tür. Draußen stand Jan. Die Neugier hatte ihn schließlich doch hergetrieben. Er wollte nicht warten, bis seine Familie nach Hause kam. Nun blickte er in den Raum und lächelte spöttisch.

„Siehst du", sagte er zu seinem Stiefvater, „ganze drei Männer. Ich wusste doch, dass du keine Liste brauchen würdest."

Das leichte Beben unter ihren Füßen ersparte Hein die Antwort. Die Holzwände knarrten wie Bäume im Wind, und aus einem der bunten Fenster sprang ein Glassplitter heraus. Zum Glück verletzte er niemanden. Die Gespräche verstummten, aber die Menschen blieben ruhig stehen. Als das Zittern des Bodens aufgehört hatte, hob Hein die rote Scherbe auf und drehte sie nachdenklich zwischen den Fingern.

„Ja, du hast recht, Jan", sagte er. „Aber das Ganze hat bei aller berechtigter Enttäuschung einen großen Vorteil." Alle Augen richteten sich erwartungsvoll auf den ehemaligen Smutje. „Wir müssen nicht mehr länger warten. Eine einzelne Person hat schnell alles beisammen. Wir werden also schon morgen aufbrechen", bestimmte er.

Die Anwesenden willigten kopfnickend und vor sich hin murmelnd ein.

„Denkst du wirklich, das geht gut?", fragte der Junge zweifelnd. „Schließlich ist noch nie jemand von dort zurückgekommen. Hast du das vergessen?"

„Nein, natürlich nicht, Jan. Wir wissen, dass es gefährlich ist. Aber ich bin überzeugt, dass es noch gefährlicher wäre, hierzubleiben und stillzuhalten wie das Kaninchen vor der Schlange. Außerdem hat es noch nie eine ganze Gruppe versucht, und wir wissen jetzt mehr als vor vier Jahren. Wir haben Fortschritte gemacht."

Behutsam legte er die Scherbe auf den Tisch mit der Blumenvase. Es sah aus, als sei ein gläsernes Blütenblatt aus dem Strauß gefallen. Anna trat neben ihren Mann.

„Es gibt keine andere Möglichkeit, Jan. Wir haben nicht wirklich eine Wahl, davon bin ich überzeugt. Und außerdem ist Gott mit uns."

„Aber sicher, wie konnte ich das nur vergessen."

Mürrisch drehte Jan den Kopf zur Seite und starrte auf das beschädigte Fenster. Anna folgte seinem Blick, doch nur ihr Sohn hatte das kleine weiße Gesicht mit dem grauen Kopftuch gesehen, bevor es verschwunden war. Seine Mutter sah ihn fragend an. Jan biss sich auf die Lippen und schwieg.

11

„Rette deine Seele! Und schaue nicht zurück …“

1. Mose, Kapitel 19, aus Vers 17

Johanna drehte sich noch ein letztes Mal um. Dort unten lag Jans Heimat. Die winzige Stadt stand buchstäblich mit dem Rücken zur Wand, zur Donnerfelsenwand! Nach drei Seiten streckte sich die kalte See bis zum Horizont. Bis hier oben hörte man die Brandung gegen die Klippen donnern. Noch leckten ihre Wellen vorsichtig an dem schmalen Küstenstreifen wie ein Kätzchen an der Milch. Doch Johanna wusste, wie schnell sich das Meer in eine ausgewachsene Raubkatze verwandeln konnte. Im Fernsehen hatte sie schon gesehen, wie mühelos dieser Salzwassertiger ganze Stücke aus Schiffen und Küstenstreifen herausreißen und verschlingen konnte.

Würde so der Untergang des Donnerfelsens aussehen, so nass? Oder drohte die größere Gefahr von oben? Johanna sah kurz zum Himmel. Die Sonnenstrahlen auf ihrer Haut waren so heiß und stechend, als würde der Himmel sie durch eine Riesenlupe schicken. Schnell senkte sie den Kopf wieder, sonst brannten sich womöglich noch Löcher in ihr Gesicht. Würde der glühende Gasball dort oben den Donnerfelsen wegschmelzen wie Lagerfeuerflammen ein Marshmallow? Ihn schwärzen und in Brand stecken? Brennholz gab es dort unten reichlich: Jede Menge Holzhäuser standen auf dem sandigen Präsentierteller.

Sie würden sich mühelos in ein Häuflein Asche verwandeln. Natürlich nur, wenn der Sonne noch genug Zeit blieb.

Täglich ließen ihr die zähen dunklen Wolken, die wie Teer am Himmel klebten, weniger Platz. Wenn sie weiterkrochen, würden sie jedes blaue Fleckchen dort oben schwarz pflastern und zuletzt der Sonne das Licht ausknipsen. Oder hatten sie etwa vor, sich irgendwo abzuregnen? Welche Art Niederschlag fiel wohl aus solchen Wolken? Hagelsteine oder gleich Pech und Schwefel? Nur noch ein paar Schritte, und sie würde das Dorf nicht mehr sehen können. Sie musste sich abwenden und es seinem unbekannten Schicksal überlassen.

Die anderen hielten neben Johanna an. Jeder Einzelne war schwer beladen, die Männer schon jetzt nass geschwitzt. Hein und Rick ließen ihre Bollerwagen an der ebenen Stelle stehen und gingen ein Stück zurück, um sich ebenfalls von ihrer Heimat zu verabschieden. Still nahm Hein Annas Hand in die seine. Sie drückte seine Finger leicht. Geert und Oke traten neben das Ehepaar. Niemand sagte etwas, nicht einmal Tado, nur Sönken krähte fröhlich aus seinem Tragetuch. Er war zu klein, um Heimweh zu haben. Seine Mutter war sein Zuhause.

Eine Weile verharrten die Auswanderer stumm und starrten auf die friedliche Stadt zu ihren Füßen, als könnten sie mit den Augen Fotos schießen und die Bilder in der Erinnerung abheften. Die vertrauten Häuser, klick. Der Hafen, der Strand und das Meer, klick, klick, klick. Am einen Ende der Donnerfelsen und am anderen die Straße der Kirchen. Doppelklick. Ausnahmsweise strich niemand die Außenwände oder den Zaun der Altfelsler. Ricks Hund bellte laut und auffordernd. Er hatte Freude an dem Spaziergang und wartete ungeduldig auf das Ende der lästigen Pause.

„Ja, Racker, ist gut, brav", lobte ihn Rick. „Du hast recht, wir sollten aufbrechen."

„Ja", bestätigte Annas Mann, rührte sich aber nicht.

Rick streichelte den großen Mischlingsrüden mit seinen rauen Händen. Dann tätschelte er seinen mächtigen Kopf.

„Für ihn ist da zu Hause, wo sein Mensch ist", meinte er und machte einen Schritt auf den Weg zu.

„Danke für die Erinnerung, Rick", sagte Hein mit rauer Stimme. „Wir sind da zu Hause, wo unser Gott mit uns ist. Doch trotzdem fällt es mir schwer, die Menschen hier ihrem Schicksal zu überlassen."

Doch auch er wandte sich nun vom Dorf ab, und langsam setzte sich die Gruppe wieder in Bewegung. Nur im Vorübergehen musterten Johanna und ihre Mutter die verkohlten Reste der Linde und die vertrockneten Blätter. Julias Augen suchten den Boden ab. Es gab Anzeichen für neues Leben und viele kleine grüne Inseln, die das Feuer nicht angerührt hatte. Aber nirgendwo war ein junger Lindenbaum zu sehen, nicht einmal ein Sprössling. Es war, als hätte der Zauberbaum nie Früchte getragen.

„Es tut mir so leid, Johanna", bedauerte sie noch einmal. „Ich habe keine Ahnung, ob es einen Weg zurück gibt." Ihre Stimme brach, und sie blickte zu Boden.

„Es ist in Ordnung, Mama, das habe ich doch jetzt schon oft genug gesagt. Du konntest das nicht wissen, und außerdem sind seit unserer Ankunft hier knapp drei Tage vergangen. Das heißt, bei uns zu Hause in Remsig gerade einmal drei Minuten. Wir haben also noch ewig Zeit, eine Lösung zu finden." Julia schmunzelte wider Willen. In diesem Punkt war Johanna noch ein echtes Kind. Für Kinder waren Monate eine kleine Ewigkeit.

Beneidenswert. „Ein ganzes Jahr hier sind gerade mal sechs Stunden bei uns“, rechnete Johanna ihr vor.

„Ein verlockender Gedanke, so viel Zeit geschenkt zu bekommen, das gebe ich zu.“

Nur schade, dass das hier kein Urlaubsparadies ist und dass wir nicht wissen, was mit uns geschieht, wenn wir die Reise nicht überleben, dachte Julia. Trotzdem stapfte sie entschlossen vorwärts.

„Wie gut, dass wir Frühling haben. Es ist zwar ein Frühjahr mit Hochsommertemperatur, aber immerhin warm genug, um draußen zu übernachten. Außerdem werden wir in den kommenden Wochen wohl genug Nahrung finden“, machte Hein sich selbst und den anderen Mut. „Haltet Ausschau nach essbaren Pflanzen und Tieren, die wir jagen können, damit wir nicht so schnell unsere Vorräte anbrechen müssen.“

Die Ermahnung war unnötig. Dennoch tat es gut, dass Hein die Gedanken auf etwas anderes lenkte, was sie tun konnten, als nur einen Fuß vor den anderen zu setzen. Geert hatte alle in der Gruppe mit Pfeil und Bogen ausgestattet. Jan und er warteten nur darauf, dass sie den Waldrand erreichten. Bei der Hitze war draußen in der Sonne kaum mit Tieren zu rechnen. Auch die anderen freuten sich auf den Schatten, der sie bald abkühlen würde, und alle beschleunigten ihre Schritte, ohne es zu bemerken. Racker sprang immer voraus. Bald war er nur noch zu hören und nicht mehr zu sehen. Der Untergrund wurde weniger sandig, und nun ließ es sich noch besser laufen. Oke schnaufte trotzdem. Kurzatmig hatte er sich an das Ende der Gruppe zurückfallen lassen. Rick pfiff nach Racker und gesellte sich zu dem Neufelsler.

„Gut, dass die Rucksäcke leichter werden, je mehr wir essen und trinken“, sagte er.

Oke blickte kurz dankbar auf. Rick musterte die schmächtige Gestalt neben sich ausgiebig. Der Anblick war ihm nur zu gut aus eigener Erfahrung vertraut. Die zittrigen Finger, der unsichere Gang, das magere, faltige Gesicht und die unruhigen Augen, das waren bis vor nicht allzu langer Zeit auch seine Kennzeichen gewesen. Die Zeichen eines Süchtigen, eines Alkoholikers. Besorgt richtete Rick den Blick wieder geradeaus auf den Weg, dann kurz zum Himmel. Er atmete tief ein und achtete auf seine Schritte. Sie waren langsam, aber kraftvoll. Sein Gang hatte nichts Unsicheres mehr, und dafür war er unendlich dankbar. Doch er wusste, was Oke bevorstand. Der Mann würde Heins Heilkunst brauchen, wenn sein Vorrat an Alkohol zur Neige ging. Ob er sich selbst schon davor fürchtete? Schweigend, wie alte Freunde, marschierten die beiden auf den Waldrand zu, ohne anzuhalten.

Als Erster erreichte Jan die Bäume. Selbst aus der Entfernung und von hinten sah Rick dem Jungen das Jagdfieber an. Aufrecht und mit langen, federnden Schritten verschwand er hinter der grünen Laubwand. Geert folgte ihm.

„Es ist schwül", stellte Jan fest.

Er sprach leise, um keine Tiere zu verschrecken. Geert nickte nur. Er hatte nicht mit frischer Luft gerechnet. Seit sich das Wetter verändert hatte, waren die Bäume geizig mit der Blattproduktion. Das grüne Dach des Waldes war ausgedünnt wie nach einer zu langen Diät und ließ viel Sonnenlicht bis zum Boden durch. Mit einem weiteren Nicken bedeutete Geert dem Jungen, ihm weiter auf dem breiten Trampelpfad zu folgen, sich dabei aber links von ihm zu halten. Jan verstand, dass er die linke Seite abdecken sollte, weil Geert den Bogen mit der rechten Hand führte. Es war ihm früher nie aufgefallen, dass der Zimmermann Linkshänder war. Jan ärgerte sich kurz über

die eigene Achtlosigkeit und konzentrierte sich dann hellwach auf seine linke Waldhälfte.

Die Luft blieb feucht und warm, kein Lufthauch bewegte die trockenen Blätter. Der Junge ließ die Augen umherschweifen, vom Boden über die Farnbüschel und Baumstämme bis in die Kronen, die schüchtern voreinander zurückwichen. Man sah den Himmel dort, wo sich die Blätter nicht berühren mochten. Dann wanderte sein Blick wieder hinab. Schweiß tropfte ihm in die Augen. Mit dem Ärmel trocknete er sich die Stirn. Seltsam! Obwohl sie fast lautlose Schritte machten, ließ sich kein Tier sehen. Nicht einmal ein Kaninchen hoppelte über das Moos. Auch kein Vogel flog auf. Jan ging noch ein paar Minuten langsam weiter, dann stoppte er. Moment! Es war auch kein Vogelgesang zu hören. Ratlos sah er zu Geert, der ebenfalls stehen geblieben war, und wischte sich wieder über die Stirn. Der Zimmermann löste zwei Stoffstreifen von seinem Handgelenk. Den einen reichte er Jan und band sich den anderen als Stirnband um den eigenen Kopf. Jan tat es ihm nach und grinste.

„Vielleicht ist es den Tieren auch zu heiß“, flüsterte er.

„Möglich.“

„In der Abend- oder Morgendämmerung werden wir mehr Erfolg haben, oder?“

Geert nickte zuversichtlich. Die beiden blickten zurück. Der ihnen vertraute Trampelpfad verlief erst ein langes Stück schnurgerade. Sie standen noch vor der ersten Kurve. Etwas hinter sich konnten sie Anna und Emily sehen, die in ihren Röcken gut zu erkennen waren. Auch Johannas und Julias gelbe Trekkingshirts leuchteten durch das Unterholz wie Warnwesten. Sie hatten den Pfad verlassen und suchten abseits auf beiden Seiten nach Beeren. Dadurch kamen sie jetzt noch langsamer voran. Hein und Tado schienen ins Gespräch vertieft und blieben auf gleicher Höhe. Annas Mann hatte den Mädchen Sönken abgenommen und ihn in den Bollerwagen gesetzt. Der Wunderfelsler neben ihm zog den zweiten Wagen, und ganz hinten konnte Jan Oke und Rick sehen, die als Letzte den Wald betraten. Rick hielt Racker bei Fuß, damit er nicht das Wild verschreckte. *Wäre vielleicht gar nicht schlecht, wenn er etwas aufstöbern würde,* dachte Jan und verschwand mit Geert um die Kurve.

„Schau mal, ich habe jede Menge Walderdbeeren gefunden."

Emily hielt Johanna ihr volles Körbchen unter die Nase. Johanna knurrte wieder einmal der Magen. Der Anblick und das Aroma der wilden Früchte ließen ihr das Wasser im Mund zusammenlaufen.

„Sehr gut, Emily", lobte sie und zeigte ihre eigenen Beeren vor. „Das sieht lecker aus!" Keins der Mädchen naschte, obwohl sie sehr gern ihren Hunger und Durst gestillt hätten. Stattdessen gönnten sie sich nur ein paar Schlucke lauwarmes Wasser. Johanna trank aus ihrer Trinkflasche, das Mädchen vom Donnerfelsen aus einem Lederbeutel. „Trotzdem freue ich mich auf das Bogenschießen heute Nachmittag."

„Ja, ich auch. Gut, dass Papa und Geert der Meinung sind, dass wir es alle lernen sollten. Je mehr jagen können, desto besser."

„Du nennst Hein Papa?"

„Warum nicht? Er ist doch der einzige Papa, den ich kenne, Johanna."

„Ja ... ja. Das stimmt. Es ist gut so", sagte ihre Freundin schnell.

Dann seufzte sie leise und sah kurz zu den Frauen hinüber. Anna und Julia sammelten stumm. Bis gerade eben hatten sie sich ganz nett unterhalten. Ab und zu hatte Johanna etwas

aufschnappen können. Ihre Mutter hatte Anna von ihrem Leben im Rheinland erzählt. Aber dann war Julia plötzlich böse geworden.

„Warum sollte ich jemandem vertrauen, der mir meinen Mann genommen hat und es Simon verbietet, sich mir zu nähern?", hatte sie hervorgestoßen, und Johanna war die Lust zum Lauschen schlagartig vergangen. Sie hatte beschlossen, lieber wegzuhören und ein Lied zu summen, statt auf Annas Antwort zu warten. Doch als sie ein paar Schritte weiterging und sich zum Beerenpflücken bückte, hörte sie ihre Mutter schon wieder schimpfen.

„Was ist los, Mama?", fragte sie. Julia zog ein kleines graues Kästchen aus der Hosentasche. Es war mit einem schmalen, feinen Band am Bund befestigt. Johanna grinste. „Du und dein Schrittzähler!"

„Lach nicht, ich habe vergessen, ihn anzustellen!"

„Das ist allerdings eine Katastrophe."

Anna trat neugierig näher.

„Was ist das?"

„Ein kleiner Computer, also eine Art Zählmaschine, die jeden einzelnen Schritt zählt, damit man am Ende des Tages weiß, wie viele Schritte man gegangen ist", erklärte Johanna bereitwillig.

Anna hob die Augenbrauen.

„Und wofür ist das gut?"

„Jaha ...", begann Julia, „es ist einfach nur interessant. Dann weiß man, ob man genug Bewegung hatte." Anna brach in Lachen aus.

„Ich glaube, das ist das Einzige, worüber wir uns hier keine Sorgen machen müssen", prustete sie, und Julia lachte mit.

„Du hast recht. Trotzdem werde ich die Schritte zählen und jeden Tag aufschreiben, auch die Himmelsrichtung, in die wir gehen, die Wetterereignisse und so weiter. Ich schreibe alles in mein Tagebuch, wenn ich Zeit habe. Einfach so."

Anna legte ihr die Hand auf den Arm.

„Tu das ruhig. Wenn man es später noch einmal liest, ist es bestimmt interessant."

„Ich hoffe, es gibt ein Später", murmelte Julia.

Das hoffe ich auch, dachte Johanna und wandte sich wieder dem Waldboden zu. Gebückt gehend suchte sie nach weiteren Beerensträuchern und entfernte sich so von den Frauen und Emily. Ihre Stimmen wurden leiser. Auch Hein und Tado zogen gemächlich mit den Bollerwagen an Johanna vorbei.

„Wann beten wir, Hein?", fragte Tado gerade und klang ungeduldig.

„Ich bete die ganze Zeit", antwortete Jans Vater ernst. „Ich finde, beim Laufen geht das ganz wunderbar."

„Du weißt genau, was ich meine! Zusammen, Hein, zusammen! Wo zwei oder drei in meinem Namen versammelt sind, da bin ich mitten unter ihnen, sagt Jesus. Ich meine: Wann beten wir zusammen, bis dass die Erde bebt wie in der Apostelgeschichte?!"

„Für meinen Geschmack bebt die Erde in letzter Zeit häufig genug", bemerkte Hein trocken. „Aber ich weiß, was du meinst, Tado. Hab noch etwas Geduld. Es gibt Zeit zum Beten und Zeit zum Wandern. Jetzt sehen wir zu, dass wir bis zur Mittagspause noch ein gutes Stück vorankommen. Dann werden wir beten."

In diesem Moment sah Johanna in einiger Entfernung eine große Gruppe Parasolpilze, die ihre beigen Schirme schon fast ganz aufgespannt hatte.

„Kann man die essen?", rief sie den Männern zu und zeigte auf die Pilze.

Hein folgte mit seinem Blick ihrem ausgestreckten Arm und riss erstaunt die Augen auf. Pilze im Frühling. Die waren aber beängstigend früh dran, auch wenn es schon fast Sommer war.

„Und ob", antwortete er und schob die beunruhigenden Gedanken energisch beiseite. Er boxte Tado fröhlich in die Seite. „Das sind Riesenschirmlinge, die schmecken hervorragend."

Schnell zog er ein Messer aus der Tasche und begann, die Hüte abzuschneiden.

12

„Fürchte dich nicht, denn ich bin mit dir; sei nicht ängstlich, denn ich bin dein Gott."

Der Prophet Jesaja, Kapitel 41, Vers 10a

Rick blickte in die Flammen des kleinen Feuers vor ihm und lauschte der Unterhaltung, die Geert und Hein führten. Nur ab und zu warf er ein paar Wörter zwischen die Sätze der beiden, so wie er Stöckchen in die Glut warf. Die Männer verstanden sich sehr gut, obwohl sie unterschiedliche Überzeugungen hatten. Schon am Donnerfelsen hatten sie zusammengearbeitet, wenn es zum Nutzen der Dorfgemeinschaft war. Oke lag unter dem Dach aus Zweigen und schnarchte, was das Zeug hielt. Sogar der moosige Waldboden vibrierte. Rick warf einen Blick in seine Richtung und wunderte sich, dass die Frauen und Mädchen daneben überhaupt schlafen konnten. Der anstrengende Tag, den sie hinter sich hatten, schien ein gutes Schlafmittel zu sein. Trotz einer längeren Mittagspause hatten sie bereits das gesamte kleine Wäldchen durchquert und dabei so viel zu essen gefunden, dass niemand hungrig zu Bett gehen musste.

Nachdenklich fuhr Rick Racker mit der rechten Hand durch das zottelige Fell und störte ihn im Schlaf. Als der Hund aufstand, strich sich sein Herrchen über den gut gefüllten Bauch. Der Pilzgeruch hing ihm noch in der Nase. Riesenschirmlinge

oder Parasolpilze schmecken in der Pfanne zubereitet und mit den richtigen Kräutern gewürzt fast wie ein Schnitzel. Fleisch! Vielleicht würde es Frischfleisch zum Frühstück geben, wenn Jan und Geert im Morgengrauen erfolgreich waren. Rick blickte auf den Jungen, der nur eine Armlänge entfernt lag. Er atmete tief und gleichmäßig. Racker war zu ihm herüber getrottet, hatte sich an ihn geschmiegt und die Augen wieder geschlossen. Im Traum zuckte der Hund ab und zu mit der Vorderpfote. Rick schmunzelte. Sobald Racker sich irgendwo niederließ, begann er zu dösen oder zu schlafen. Der Glückliche! Vielleicht jagte er im Traum gerade ein fettes Kaninchen.

„Wie weit warst du schon mal im Moor?", fragte Hein den Zimmermann.

Geert stocherte mit einem Zweig in dem glühenden Holz.

„Ziemlich weit. Aber an das Ende bin ich nicht gekommen, falls es das ist, was du wissen wolltest."

„Wie viele Tagereisen in etwa?"

„Fünf", sagte Geert ohne zu zögern. „Es waren genau fünf in Richtung Südosten. Ich war froh, als ich wieder zurückgefunden hatte. Habe mich wie bei der Seefahrt an den Sternen und der Sonne orientiert. Danach bin ich noch einmal nach Süden und einmal nach Südwesten. Allerdings nicht ganz so weit. Ich hatte den Eindruck, dass es in jeder Richtung unendlich ist. "

„Nirgendwo ein Anzeichen von Menschen oder Siedlungen?"

„Vielleicht war ich nicht weit genug."

Hein schwieg eine Weile.

„Fünf Tage", wiederholte er dann nachdenklich, „so weit war ich noch nie. Verändert es sich, oder bleibt es immer gleich?"

„Das Moor verändert sich. Zu Beginn, also in dem Bereich, den du wahrscheinlich kennst, gibt es noch kleinere Bäume.

Zwergbirken, Schwarzerlen ... Bäche durchziehen den Boden wie braune Adern, man sieht viele Vögel. Schnepfen und Sumpfohreulen, um nur zwei zu nennen."

Hein nickte zustimmend.

„Die Eier der Birkhühner sind gar nicht mal so klein", bemerkte Rick und warf ein Stöckchen ins Feuer.

„Stimmt", bestätigte Geert. „Mit etwas Glück stoßen wir auf ein paar Gelege. Die Brutzeit dauert noch an. Je weiter man allerdings in das Moor eindringt, desto stiller wird es. Ich habe tagelang keine Tiere mehr gesehen, vereinzelt mal ein Birkhuhn. Die Bäche und selbst die Büsche verschwinden nach und nach, dann gibt es nur noch Torfmoos und Wollgras. Der Untergrund selbst ist relativ fest, aber er gibt bei jedem Schritt nach, so als würdest du auf einem Berg nasser Wäsche gehen." Er lehnte sich nachdenklich zurück. „Manchmal habe ich gedacht, der Boden schwimmt auf einer Wasserfläche, so schwingt es. Ab und zu tun sich Löcher auf. Selbst bei Tag kannst du sie kaum erkennen. In der Dunkelheit gar nicht. Ein paar Mal bin ich im Schlamm eingesunken."

„Stimmt es, was man sich erzählt, dass man in diesen Löchern versinken kann?"

Geert zuckte gleichmütig mit den Schultern.

„Ich konnte mich jedes Mal befreien. Es stimmt, dass man einsackt, aber man kommt wieder hoch, wie ein Stück Holz. Daher glaube ich nicht, dass man vollständig versinken kann. Trotzdem sollten wir dicht zusammenbleiben, damit wir uns notfalls gegenseitig herausziehen können. Das Wasser war manchmal ganz schön kalt."

„Genauso machen wir es. Aber was ist mit dem Trinkwasser?", hakte Hein nach. „Wenn die Bäche irgendwann versiegen, was können wir trinken? Das Moorwasser?"

„Ja, das ist kein Problem. Ich habe es die ganze Zeit getrunken. Man muss sich nur etwas überwinden. Es ist braun wie dünner Tee. Hat aber eine andere Geschmacksrichtung.“ Er grinste. „Schön modrig, nach verrottetem Laub.“

„Aber es macht keine Beschwerden?“

„Nein.“

„Das ist gut. Ohne Nahrung kann man einige Wochen überleben, aber ohne Wasser ...“

Hein beendete den Satz nicht. In der nachdenklichen Stille schien das Feuer lauter zu knistern. Rick legte ein armdickes Stück Holz nach.

„Ohne Wasser kein Leben“, stellte er leise fest.

Am Morgen weckte Johanna der Duft von frisch gebratenem Fleisch. Jan und Geert hatten also Erfolg gehabt. Schnell setzte sie sich auf und sah zum Feuer. Kaninchen. Drei fast fertig gebratene Kaninchen! Kaum zu glauben, dass man die mit Pfeil und Bogen jagen konnte. Ihr war es gestern schon schwergefallen, einen dicken Baumstamm zu treffen. Dabei hatte sich der nicht einmal von der Stelle gerührt. Selbst Emily war geschickter gewesen, doch Geert hatte gemeint, es sei alles nur eine Frage der Übung. Johanna sah zur Seite. Ihre Mutter schlief noch, aber Anna war schon auf und stillte Sönken.

„Guten Morgen“, grüßte Heins Frau. „Gut geschlafen?“

„Ja, besser als erwartet“, antwortete Johanna und hörte das Baby schmatzen.

Sie erhob sich und ging etwas abseits, um sich die Haare zu bürsten. Schließlich steckte sie sie hoch und schlenderte ein paar Meter zum Bach hinüber, um sich die Nacht aus den Augen zu waschen. An ein richtiges Bad war wohl nicht zu denken. Jeden

Augenblick konnte ein ungebetener Zuschauer vorbeikommen. Johanna schnupperte an dem großen Stück Ziegenseife, das Anna ihr gegeben hatte. Es duftete nach Honig und Lavendel, süß und sauber. Das Mädchen hockte sich ans Ufer und starrte auf die plätschernde und gurgelnde Wasseroberfläche. Natürlich gab es hier kein Spiegelbild zu sehen! Etwas enttäuscht spritzte Johanna sich mit den Fingerspitzen Wasser ins Gesicht.

Nach einer kurzen Katzenwäsche legte sie das Stück Seife vorsichtig zum Trocknen auf einen Stein und steckte die Hände noch einmal ins Wasser. Der Bach spülte ihr gluckernd die Schaumreste von den Fingern. Als sie gerade wieder aufsah, knackte es hinter ihr. Johanna fuhr herum. Etwas Graues verschwand hinter einem Baum. Ein Tier? Vielleicht hatte sie sich auch nur getäuscht. Sie lauschte angestrengt, hörte und sah aber nichts mehr.

Auf dem Weg zurück zum Feuer beobachtete Johanna, wie Oke einen langen Schluck aus seinem Lederschlauch nahm und ihn dann hastig im Rucksack verstaute. Rick gesellte sich gerade zu ihm, als er mit zitternden Händen sein Gepäck zuband. Kopfschüttelnd ging sie rasch weiter.

„Na, mein Schatz!“ Julia war jetzt auch wach und kam ihr ein paar Schritte entgegen. Sie nahm Johanna in den Arm und schnupperte an ihrer Tochter. „Hmh, schon gewaschen?“

„Ja, Mama, die Seife trocknet auf dem großen Stein direkt am Ufer.“

„Danke für den Tipp“, sagte Julia. Sie trug ein Handtuch um den Hals.

„Was sagt dein Schrittzähler?“, fragte Johanna.

„25 500 Schritte. Die meisten davon in südlicher Richtung. Alles bereits schriftlich notiert.“

„Wow“, meinte Johanna, „25 500. Wie viele Kilometer sind das?“

„Bei einer Schrittlänge von ungefähr sechzig Zentimetern sind das etwa fünfzehn Kilometer. Das ist aber gar nicht so viel. Das laufe ich zu Hause manchmal auch, wenn ich nach einer langen Schicht auch noch den Wocheneinkauf erledigen muss. Dann steige ich allerdings keine Hügel hinauf oder stolpere über Wurzeln.“

Johanna kicherte bei der Vorstellung von Baumwurzeln, die über die Krankenhausflure wucherten.

„Seltsam ist nur, dass sich mein Schrittzähler nicht genullt hat“, sagte Julia verwundert. „Normalerweise speichert er die Schritte vom Vortag und fängt am nächsten Morgen an, neu zu zählen.“

Johanna zog die Augenbrauen zusammen.

„Kann es sein, dass hier nur für uns Menschen die Zeit langsamer vergeht?“, dachte sie laut nach. „So ein Gerät ist ja nicht lebendig. Es ... es hat keine Seele.“

Julia sah ihre Tochter überrascht an.

„Das könnte eine Erklärung sein“, sagte sie. Dann drehte sie sich um, streckte ihren steifen Rücken und ging auf den Bach zu.

Manchmal macht Essen glücklich, und für den Moment waren es die elf Flüchtlinge auch. Mit vollem Magen und gestärkt für den neuen Tag saßen sie um das verlöschende Feuer. Vor ihnen lag offenes Land. Gleich würden sie den schützenden Wald hinter sich lassen müssen. Aufmerksam und gespannt hörten sie Geert zu, der ihnen erklärte, was er über das Moor wusste. Sie hatten länger als sonst gebetet, und auch wenn Johanna genau gesehen hatte, wie Julia und Geert sich abseits hielten und Jan genervt die Augen verdrehte, empfand sie danach wie so oft eine gewisse

Gelassenheit. Auch der Bibelvers, den Hein, wie nach jeder Mahlzeit, noch vorgelesen hatte, machte ihr Mut. Bis jetzt war es immer derselbe gewesen, und nun konnte sie ihn auswendig.

„Fürchte dich nicht, denn ich bin mit dir; sei nicht ängstlich, denn ich bin dein Gott; ich stärke dich, ich helfe dir auch, ja, ich erhalte dich durch die rechte Hand meiner Gerechtigkeit.“

Zufrieden mit der Andacht blickte Tado in die Runde.

„Sehr gut, Hein“, lobte er Annas Mann, dessen letztes Gebet ganz nach seinem Geschmack gewesen war. „Ich wette, du fühlst es auch. Der Glaube muss vom Kopf ins Herz rutschen.“ Er klopfte sich an die Brust. „Erst dann lebt man ihn richtig.“

Hein seufzte leise. Tado machte sich selbst etwas vor, aber hatte es Sinn, dem Wunderfelsler zu erklären, dass nach der Bibel, die er las, das Denken bereits im Herzen saß? Dass *Herz* nur ein anderer Begriff für den ganzen inneren Menschen mit Verstand und Gefühl war, ein Bild für das, was unser Wesen ausmacht? Natürlich hatte Tado recht: Der Glaube musste gelebt werden. Sonst war er tot. Allerdings war nach der Bibel nicht der Weg vom Kopf zum Herzen das Problem, sondern vom Ohr zu den Händen und Füßen. Sie forderte die Christen auf, von Hörern zu Tätern zu werden, nicht vom Denken zum Fühlen zu kommen. Das Rezept war einfach und doch so schwer umzusetzen: Hören, was Gott zu sagen hatte, sich zum Gehorsam entschließen und mit Gottes Hilfe anfangen. Die Gefühle kamen später. Hein seufzte noch einmal und beschloss, Tado nicht zu widersprechen.

„Wette lieber nicht“, sagte er deshalb nur und lächelte freundlich.

Auch Tado verzichtete auf eine Entgegnung, denn die Erde bebte wieder einmal. Johanna hatte sich fast schon daran gewöhnt. Sie sah auch nicht mehr zum Himmel. Die Wolken hatten

sich seit gestern nicht bewegt. Alles schien unverändert. Doch der Erdstoß veranlasste die Erwachsenen kurz, über die drohenden Gefahren zu diskutieren. Danach packten sie zügig zusammen und brachen auf.

„Auch wenn es lange niemand mehr versucht hat und wir von Kindheit an so viele Schauergeschichten über das Moor gehört haben – ich denke, wir können es schaffen", meinte Geert zuversichtlich. „Soweit ich weiß, hat noch nie eine so große Gruppe versucht, das Moor zu durchqueren. Wir haben uns gut vorbereitet. Wenn es etwas dahinter gibt, hinter dem Moor, werden wir auch dort ankommen."

„Und was ist, wenn es wirklich kein Ende hat? Wenn man nicht hindurch-, sondern nur immer weiter hineinkommen kann?", fragte Oke. Seine Hände waren für einen Moment ruhig.

„Gott ist mit uns. Er wird uns zeigen, was zu tun ist", war sich Hein sicher. „Er kennt dieses Moor, denn er hat es gemacht."

„Wir können jederzeit zurückgehen, bevor es zu gefährlich wird", ergänzte Geert, „jedenfalls, bevor wir zu schwach dafür sind. Diese äußeren Bereiche des Moores ließen sich vielleicht entwässern. Torf kann man abstechen, verbrennen und zum Heizen nutzen. Es wird anstrengend, aber so könnte neuer Lebensraum entstehen für die Generationen nach uns."

Jan hing an Geerts Lippen. Sein Gesicht strahlte, und er nickte ununterbrochen.

Rick dagegen warf ein: „Ich fürchte, das hört sich besser an, als es ist. Wir sind noch zu nah am Meer. Wahrscheinlich ist uns nur eine kurze Atempause vergönnt. Die schwarzen Wolken und die Erdbeben machen vor dem Moor bestimmt nicht halt."

Er zeigte zum Himmel, und wie auf Bestellung erklang Donnergrollen. Jan warf ihm einen bösen Blick zu.

„Dennoch will ich nicht ausschließen, dass ich falsch liege", beendete Rick die Diskussion.

„Hat jemand die Seife eingesteckt?", fragte Anna. Niemand meldete sich. „Seltsam, ich kann sie nirgends finden. Oder trocknet sie noch auf dem Stein, und ich habe sie nur übersehen?"

„Nein, da ist sie wirklich nicht mehr", antwortete Emily. „Ich habe eben noch mal geguckt. Gibt es Tiere, die Seife fressen, Mama?"

„Oh Emily, rede nicht so einen Unsinn", meckerte Jan seine Schwester an, ehe Anna antworten konnte. „Sie ist bestimmt heruntergefallen. Du hast nur nicht richtig gesucht."

Er drehte sich um und lief zum Bach. Doch obwohl er gewissenhaft alles absuchte, blieb die Seife verschwunden.

13

„... und in dein Buch waren geschrieben alle Tage, die noch werden sollten, als noch keiner von ihnen war."

Psalm 139, Vers 16

Tag 2:
58 321 Schritte nach Südosten. Diese Stille ist einfach unglaublich! Eine traumhaft schöne, unberührte Landschaft umgibt mich. Barfuß und ein wenig übermütig laufe ich über den schwankenden grün-braunen Pflanzenteppich, über mir nur das Himmelsdach. Johanna und ich bestaunen Tiere und Pflanzen, die wir noch nie gesehen haben. Anna kennt sich wirklich gut mit ihnen aus, sie erklärt uns viel. Das Sumpfblutauge ist mehr als einen halben Meter hoch! Seine purpurfarbenen Blüten sehen aus wie kleine Kronen und färben die Finger rot. Anna sagt, es hilft gegen Durchfall. Ehrlich gesagt möchte ich das nicht ausprobieren müssen. Gut, dass ich meine Erste-Hilfe-Tasche dabei habe. Der weiße Bitterklee ist kleiner und reicht oft bis in die Wassertümpel hinein. Immer drei Blätter wachsen auf Stielen, dazwischen schauen die Blütenstände hervor. Kleine, fünfzackige Fransensterne sitzen dicht an dicht. Das sieht sehr sauber und ordentlich aus. Typisch Mama, *höre ich Johanna in Gedanken sagen, und ich schmunzle, während ich das hier*

schreibe. Ach, und die Gräser! Habe noch nie so viele verschiedene Arten von hohen Gräsern gesehen. Da gibt es die Grausegge mit ihren scharfen, dreikantigen Blättern, die Steifseggenbüschel, die gern im Wasser stehen, und den Braunseggenrasen. Er ist so nass wie ein Schwamm. Manchmal quillt Wasser aus dem Boden. Wenn ich die Schuhe anhabe, muss ich aufpassen, wo ich hintrete. Für die Männer ist es anstrengend, die Bollerwagen zu ziehen.

Oh weh, ich glaube, ich bin ein bisschen aus der Übung. Es ist eine kleine Ewigkeit her, dass ich Tagebuch geschrieben habe. Es gelingt mir nicht, mit den Worten die Bilder zu malen, die meine Augen sehen. Aber ich habe wohl genug Zeit zu üben. Hier im Moor kann ich schon seit dem ersten Tag verschiedene Vogelstimmen auseinanderhalten. Zu Hause klingen sie für mich alle gleich. Das Braunkehlchen macht Yü-Teck. *Nachts, manchmal auch tagsüber, hört man das sich oft wiederholende* Huhuhuhu *der Sumpfohreulen. Greifvögel wie die Wiesenweihe kreisen über uns. Wir sind alle froh, dass uns die Erlen und Birken noch etwas Schatten spenden. Doch sie werden weniger, genau wie Geert es gesagt hat. Wenn ich zurück bin, muss ich unbedingt mal einen Ausflug ins Moor machen. Ja, wenn ... denn eine Linde ist uns hier auch noch nicht begegnet.*

Tag 3:
87 343 Schritte, immer noch ungefähr nach Südosten. Die Bäume sind fast verschwunden, und die Vogelstimmen werden weniger. Ich sehe immer mehr Sumpfveilchen mit ihren hellgrünen Blättern. Sie sind essbar, sagt Anna. Ob das bei uns auch wächst? In der Mittagshitze legen wir uns feuchte Tücher auf den Kopf. Trotzdem, so ohne Schatten ist es kaum zu ertragen. Vorsichtshalber habe ich Sonnencreme an alle verteilt. Sie wird schneller verbraucht sein, als

uns lieb ist, auch wenn wir nur Gesicht, Nacken und Hände eincremen. Ständig surren Insekten um uns herum. Gut, dass Libellen nur einen Legestachel haben. Das sage ich mir jedenfalls zur Beruhigung. Trotzdem schüttelt es mich, wenn so eine Drachenfliege mir zu nahe kommt. Es gibt Tausende dieser fliegenden Edelsteine, vielleicht sogar Millionen.

Die Erde bebt immer noch regelmäßig, aber es ist hier nicht so stark zu spüren, als hätte der Boden eine natürliche Federung. Auch die schwarzen Teerwolken sind noch da. Manchmal vergesse ich sie, weil sie hinter uns liegen. Dann kommt mir der Himmel ganz blau vor. Wir Frauen bleiben zusammen und tragen Sönken abwechselnd, wenn er nicht im Wagen sitzt. So ein Baby fühlt sich gut an, auch wenn es mich noch mehr ins Schwitzen bringt. Emily und Johanna benehmen sich wie kleine Mütter und sind bislang guter Dinge. Sie sind ein Herz und eine Seele und beschweren sich nicht. Es ist seltsam, Johanna mit einem Baby auf dem Arm zu sehen, aber vermutlich geht es ihr ähnlich mit mir.

Anna und ich reden viel über das Leben und auch manchmal über die Bibel. Sie ist nicht aufdringlich, ihre Meinung interessiert mich. In ihrer Lage und mit ihrem Bildungsstand würde ich dieses Buch wohl auch für wahr halten. Ihr Glaube an Gott scheint so stark zu sein wie bei Simon. Meine Wut auf diesen Mann ist schon merklich abgekühlt. Er ist zu weit weg und zu unbedeutend.

Tag 4:
107 000 Schritte, immer in dieselbe Richtung. Keine Bäume mehr, dafür Mückenschwärme, einer größer als der andere. Eine furchtbare Plage! Wie bei Mose in Ägypten, sagt Anna. Ich erinnere mich dunkel an die Geschichte. Wir sind alle zerstochen und sehen aus, als hätten wir die Windpocken. Manchmal würde ich mir am

liebsten die Haut vom Leib kratzen. Nur Jans Blut scheinen die Biester nicht zu mögen. Ich bin so weit, dass ich jeden einzelnen dieser kleinen Vampire gegen eine harmlose Libelle eintauschen würde. Die sieht man wenigstens rechtzeitig und kann ihnen ausweichen.

Johanna hält sich tapfer. Mein Mädchen! Gut, dass sie so sportlich ist. Ihr Vater wäre stolz auf sie. Trotz der langen Tagesmärsche fühlen wir uns beide gut und gesund. Die anderen sind natürlich ohnehin das Laufen gewohnt und Arbeit von morgens bis abends. Draußen in der Natur schmeckt das einfache Essen, und auch das Moorwasser ist gar nicht so schlecht. Ich habe dem Gedanken an einen Lindenbaum verboten, in meinem Kopf herumzuspuken. Oke und Emily halten sich erstaunlich gut.

Tag 5:
127 567 Schritte, die Richtung ist mir schon egal. Oke geht es nicht gut. Er sollte den Alkohol weglassen. Heute hat es immer wieder geregnet. Alle sind durch und durch nass geworden, weil es keinen wirklichen Schutz gibt. Die Outdoorjacken haben zwar eine Weile geholfen, aber dann kam das Wasser irgendwie von allen Seiten. Es spritzt von unten hoch, es steigt an den Hosen und Röcken empor, und alles wird klamm. Die feuchte Kleidung liegt wie ein Gewicht auf den Schultern. Jeder Schritt ist anstrengend. Wir sind schlecht gelaunt und sprechen nicht viel. Trotzdem sind alle froh, dass die Sonne einmal hinter den Regenwolken verschwindet. Eine willkommene Erholungspause für unsere Haut. Als ich eine Plastiktüte aus meinem Rucksack genommen habe, um mein Tagebuch vor dem Wasser zu schützen, wollten alle die Tüte anfassen. Zu komisch, aber natürlich kennen sie kein Plastik. Es fängt schon wieder an zu nieseln.

Tag 6:
158 479 Schritte. Endlich hat der Regen aufgehört. Geert hat eine Wiesenweihe erlegt. Er und Tado hatten Streit. Ich weiß nicht, um was es wirklich ging. Die Männer gehen manchmal voraus, um nach dem besten Weg zu suchen. Manchmal müssen sie wieder umdrehen. Jan ist immer bei ihnen, aber wir können nicht hören, worüber sie reden. Wenn Johanna dem Jungen nachblickt, sehe ich ihrem Gesicht an, dass sie traurig ist. Sie versteht nicht, warum er nichts mehr mit Gott zu tun haben möchte. Was ist daran so schlimm? Bei uns zu Hause glauben die wenigsten an den Gott der Bibel. Jeder hat seine eigene Vorstellung von einem höchsten Wesen. Oder gar keine. Muss jeder selbst entscheiden. Unser Ich als wichtigster Wegweiser, oder? Jeder, wie er es für richtig hält. Darauf waren wir doch mal stolz. Ist das jetzt neuerdings ein Grund, um traurig zu sein? Sie wird sich wohl damit abfinden müssen. Dann könnten die beiden Freunde bleiben. Nur Freunde, mehr hätte ohnehin keine Zukunft gehabt. Sie kommen aus zwei verschiedenen Welten, und sie muss in die ihre zurück. Genau wie ich. Wir beide müssen zurück. Wir müssen einfach!

Tag 7:
173 222 Schritte. An so einer Wiesenweihe ist kaum etwas dran, nicht mehr als an einer Taube. Sie macht eher hungrig als satt. Racker jagt Mäuse, die er Rick zu Füßen legt. Der Hund darf sie fressen, wir nagen lieber unser Trockenfleisch. Ich mag den intensiven Geschmack. Auch die Eier aus dem Birkhuhn-Nest haben gut geschmeckt. Schade, dass es so wenige waren. Das Federkleid des Birkhahns glänzt appetitlich blauschwarz. Leider war er zu schnell für Geert. Ehe er einen Pfeil abschießen konnte, war der Vogel verschwunden. Also gab es zum Ei und Dörrfleisch nur trockenes Brot. Was sage ich: feuchtes Brot!

Du meine Güte, ich fange tatsächlich an, nur noch über das Essen zu schreiben. Als ob es nichts Wichtigeres gäbe. Dabei wollte ich doch die Landschaft beschreiben und wie es uns allen geht. Aber das ist schwierig. Es gibt wenig Neues. Die Tage sind so öde wie die Landschaft. Nur die Hitze wird immer unerträglicher. Sie macht aus dem Moor ein Dampfbad. Trotz Sonnencreme haben wir alle Sonnenbrand und kommen immer langsamer voran. Das Laufen fällt so schwer. Unsere Schritte werden kürzer. Wir sind träge. Ich wünsche mir richtige Straßen, mit Bussen oder Autos, in die man einsteigen kann. Wenigstens ein klitzekleines Fahrrad! Ich sehne mich nach Schatten und einem trockenen, sauberen Bett. Kurz: Ich will nach Hause.

Anna ist ein Schatz.

Tag 8:
199 000 Schritte. Wir versuchen, uns irgendwie sauber zu halten. Das gelingt mehr schlecht als recht. Die Seife ist der reinste Luxus. Warum Anna sie wohl mitgenommen hat? Man kann sie nicht essen. Das zweite und damit vorletzte Stück ist fast aufgebraucht. Ich liebe diesen Duft der Sauberkeit. Dann kann ich mich daran erinnern, wie sie sich anfühlt.

Wir haben jeden Tag Angst vor der Mittagszeit und sind froh über jede Wolke. Fast wünscht man, die schwarzen Flecken am Himmel würden sich vor die Sonne schieben. Die Gespräche zwischen mir und Anna werden weniger. Wir versuchen nur noch, Sönken bei Laune zu halten. Der Kleine ist sehr weinerlich. Er quengelt die ganze Zeit. Hoffentlich liegt es nur daran, dass er Zähne bekommt.

Tag 9:
221 566 Schritte. Keine Vögel mehr zu sehen. Das Blau geht mir langsam auf die Nerven. Erbarmungslos brennt die Sonne vom blauen Himmel und grillt Tausende blaue Libellen, die nimmermüde bei der Eiablage wippen. Wahrscheinlich sind auch die Eier blau. Kleine Bläulinge schmetterlingen sich um meinen Kopf, und blaue Moorfrösche quaken mir in ständigen Wiederholungen die Ohren voll. Ich komme mir vor wie der Schauspieler in dem Film „Und täglich grüßt das Murmeltier". Wir stecken in einer Endlosschleife. Was habe ich geschrieben? Murmeltier! Das gäbe einen fetten Braten.

Oke ist tatsächlich in ein Wasserloch gesackt. Es war schwierig, ihn herauszuziehen, aber zu dritt haben wir es geschafft. Anna sieht sehr müde aus, und Sönken weint immer noch viel, bis er vor Erschöpfung einschläft. Ich glaube, er hat Schmerzen. Hoffentlich ist es nichts Schlimmes. Es ist bewundernswert, wie geduldig Anna mit ihm ist. Immer wieder gelingt es ihr, ihren kleinen Sohn zu trösten. Anna sagt, dass Gott auch so sei. Er tröstet, wie eine Mutter tröstet. Das kann ich mir nicht vorstellen.

Tag 10:
247 760 Schritte. Sönken hat hohes Fieber. 40,5 Grad. Mittelohrentzündung? Er fasst sich immer wieder an den Kopf. 125 mg Paracetamol müssten reichen. Er ist so klein und leicht. Ich mache mir Sorgen, weil er so viel schwitzt und nicht genug trinkt. Anna tupft ab und zu etwas Salz auf ihre Brust, bevor sie ihn stillt. Zum Glück haben wir an das Salz gedacht. Aber sonst kann man nicht viel von Glück reden. Wir sind unglaublich schmutzig und stinken, niemand hat mehr die Kraft, sich zu waschen. Pah! Wo auch? Unsere Lippen sind rau und aufgesprungen, ich muss mich

zwingen, das modrige Wasser zu trinken. Da bin ich, glaube ich, nicht die Einzige.

Racker rennt manchmal schwanzwedelnd zurück. Er bellt, bringt aber keine Beute. Ich frage mich, wonach er sucht. Oder hat er nur Pech bei der Jagd, genau wie wir? Schon lange haben wir nichts gefangen. Dazu verschwinden immer wieder Lebensmittel. Erst haben wir gedacht, wir hätten uns vertan oder nur etwas verloren. Aber das ist es nicht. Wir passen jetzt gut auf, und trotzdem fehlt manchmal noch etwas. Es ist wie verhext. Denn ich kann mir von niemandem hier vorstellen, dass er stiehlt. Das kann ich nicht glauben. Also ist es wohl doch der Hund, obwohl Rick das für unmöglich hält. Jedenfalls werden unsere Portionen kleiner. Das Brot ist alle.

Tag 11:
267 044 Schritte. Wir haben schon lange kein Feuerholz mehr. Der Torf, den wir stechen, taugt kaum zum Verbrennen. Die Feuer verbreiten mehr Rauch als Wärme, wenn es überhaupt gelingt, eins zu entfachen. Alles scheint danach zu riechen, nicht nur die Kleidung, sondern auch Haut und Haare. Manchmal habe ich das Gefühl, zu ersticken vor Feuchtigkeit und Qualm. Aber egal, es gibt sowieso nicht mehr viel zu kochen. Unsere Vorräte sind beinahe aufgebraucht. Man findet nichts Essbares. Nicht einmal mehr Sumpfveilchen. Das Wasser schmeckt auch heiß widerlich, also machen wir kein Feuer mehr.

Tag 12:
288 763 Schritte. Heute ist Tado auf eine Kreuzotter getreten und gebissen worden. Geert hat schnell reagiert und sie getötet. Sie schmeckte gut. In meinem Buch steht, dass ein Erwachsener den

Biss meist gut verkraftet. Die Kreuzotter ist geizig mit ihrem Gift. Tado sagt, es tat nicht einmal weh. Ich bin mir nicht sicher, ob das stimmt. Er hatte natürlich gleich eine Bibelstelle parat und schien sich fast zu freuen, dass die Schlange ausgerechnet ihn ausgewählt hat. Ein komischer Kauz. Aber das heißt auch, dass wir auf Emily und Sönken aufpassen müssen. Besonders in der Morgen- und Abenddämmerung. Der Kleine fiebert immer noch, jetzt fasst er sich an die Ohren. Ich habe mich entschlossen, ihm ein Antibiotikum zu geben. Ich will keinen Tag mehr abwarten. Wir brauchen zu viele Pausen und kommen nicht schnell genug voran.

Tag 13:
311 884 Schritte. Moor, Moor, Moor, Moor! Wohin ich auch sehe, nach allen Seiten immer nur der gleiche Blick. Ohne Kompass wäre ich völlig orientierungslos. Seit Wochen laufen wir nun durch dieses verdammte Moor. Von Tag zu Tag werden wir langsamer und schwächer. Alles ist feucht und klamm. Feuchte Luft, feuchter Boden, feuchte Kleidung und Haare. Nebel morgens, Regen abends. Es ist zum Verrücktwerden!

Die Sonne scheint an Kraft verloren zu haben. Die Teerwolken schieben sich manchmal davor, und es wird augenblicklich dunkler und kälter. Wir sind schon lange nicht mehr richtig trocken gewesen. Oke hat eine Bronchitis, mehrere von uns Halsschmerzen. Sönken ist apathisch, aber fieberfrei. Ich verstehe nicht, wie Hein und Anna auch in dieser Lage noch an ihrem Gott festhalten können. Wenn er tatenlos zusieht, wie sie sich zu Tode quälen? Ich spüre die gleiche Wut wie Jan in mir. Für eine Umkehr ist es zu spät. Selbst Geert denkt nicht mehr daran. Sollten wir hier jemals wieder herauskommen, werde ich nie wieder einen Fuß in ein Moor setzen, das schwöre ich.

Tag 20?:
??? Schritte. Die Zahlen des Schrittzählers verschwimmen vor meinen Augen. Ich hoffe, ich habe mich nicht verrechnet. Das ist mir wichtig. Ich glaube, ich werde wahnsinnig. Wüsstest Du, was zu tun wäre?

Ich vermisse Dich immer noch...

14

„Er weidet mich auf grünen Auen und führt mich zu stillen Wassern."

Psalm 23, Vers 2

„Anna! Anna! Sieh hier!"

Laut rufend ging Hein auf seine Frau zu. Er nahm sie bei der Hand und zog sie hinter sich her auf einen unscheinbaren, kleinen Graben zu, an dem Rick und Geert warteten. Er war nur etwas tiefer als der Torfboden und führte Wasser. Es war nicht viel, aber es schien aus dem Moor herauszusickern und sich dort zu sammeln.

„Endlich!"

Aufgeregt zeigte Hein den Graben entlang, und Anna folgte seinem ausgestreckten Arm mit einem Blick aus rotgeränderten Augen. Ihr Mund verzog sich zu einem schwachen Lächeln, und Hein nahm sie behutsam in den Arm. Julia trat langsam mit den Mädchen neben das Ehepaar.

„Was gibt es hier zu sehen?", fragte sie. Anna zeigte auf den Graben.

„Er ist schnurgerade, und er wird breiter und tiefer", krächzte sie. „Und dahinten sind noch mehr."

„Und was bedeutet das?"

„Das sind Entwässerungsgräben, Julia. Von Menschenhand angelegt“, antwortete Rick an Annas Stelle. „Wir haben auch einmal versucht, auf diese Art ein Stück Moor am Donnerfelsen trockenzulegen und für die Landwirtschaft zu nutzen.“

„Hat nur nicht so gut geklappt.“ Geert grinste. „Vermutlich waren die hier erfolgreicher. Es sind viele Kanäle, und sie sind tiefer.“ Er hob sein triefend nasses Bein. „Reicht bis übers Knie. Weiter vorne gibt es auch Anzeichen von alten Moorbränden. Vielleicht absichtlich gelegt.“

„Heißt das, hier gibt es Menschen?“ Julia wagte kaum, auf eine positive Antwort zu hoffen.

„Zumindest gab es sie“, antwortete Rick vorsichtig.

Jan kam auf die Gruppe zugelaufen. Er war so weit voraus gewesen, dass sie ihn aus den Augen verloren hatten. Wenig später blieb er vor ihnen stehen, drehte sich um und zeigte zum Horizont. Sein Gesicht sah ausnahmsweise entspannt und fröhlich aus. *Fast wie früher*, dachte Johanna.

„Das da hinten sind kleine Bäume!“, berichtete er aufgeregt. „Man kann sie so eben sehen.“

„Halleluja“, ließ sich Tado leise vernehmen.

Er hatte zusammen mit Oke als Letzter zur Gruppe aufgeschlossen. Johanna kniff die Augen zusammen und starrte in die Ferne. Aber so sehr sie sich auch anstrengte, nicht einmal der Schatten eines Baumes war zu erkennen. Deshalb schwieg sie, und auch alle anderen hielten sich mit Worten zurück. Niemand wollte seine Kraft mit vergeblicher Vorfreude verschwenden. Das Mädchen sah in die sonnenverbrannten, dreckverschmierten Gesichter. Was für ein schmutziger, kleiner Haufen! Oke konnte sich kaum auf den Beinen halten. Er war noch dünner geworden und schwankte bei jedem Schritt. Anna hustete bei jedem Atemzug.

Sollten sie es tatsächlich geschafft haben? Wieder hielt sich Johanna die Hand über die Augen und sah zum Horizont. Etwas flimmerte grün. Gab es da wirklich Bäume oder nur eine Fata Morgana wie in der Wüste? Unruhig wandte sie den Blick ab. Anna kniete hinter ihr und pflückte etwas. Langsam richtete sie sich wieder auf und hielt Johanna einen rosa Stängel unter die Nase.

„Na, was sagst du dazu?"

„Erika! Gute Güte, das ist Heidekraut", staunte Johanna. „Sind wir wirklich am Ende des Moores angekommen?"

„Ich weiß es nicht", gab Geert zu, „aber zumindest dieser Teil des Bodens, auf dem wir gerade stehen, sieht deutlich nach Heidelandschaft aus. Und das nicht von allein, sondern weil es Menschen gab, die Hand angelegt haben."

„Finden wir es heraus", meinte Hein.

Auf sein Wort hin setzte sich die kleine Gruppe wieder in Bewegung und schleppte sich weiter in Richtung Süden. Doch die vage Hoffnung beflügelte die Füße nicht wirklich. Zu sehr klebten sie an der immer noch feuchten Erde. Mit jedem einzelnen Schritt schienen sie schwerer zu werden. Dennoch überquerten die Wanderer mehrere kleinere Kanäle, dann tiefere Gräben, die noch mehr Wasser führten. Die Vogelstimmen kehrten zurück. Büsche und Sträucher wuchsen aus dem Boden, die Mächtigkeit des Torfbodens nahm weiter ab. Schließlich vererdete er ganz, und am späten Nachmittag sahen alle, dass Jan recht gehabt hatte. Nun konnte auch ein Kurzsichtiger ohne Brille den Saum eines Birkenwaldes erkennen. Ehrfürchtig hielten sie an und genossen den Anblick.

„Das Moor liegt hinter uns!", schrie Jan und warf die Arme in die Luft.

Dann rannte er lachend auf den Waldrand zu.

„Woher nimmt er nur diese Energie?", wunderte sich Anna krächzend und griff sich an den schmerzenden Hals. Kein Wort der Klage kam über ihre Lippen. Sie war dankbar, dass es Sönken wieder gut ging. Neugierig guckte er aus dem Tragetuch. Die sichere Aussicht auf Schatten beschleunigte ihre Schritte nun doch, und schon wenig später hatten sie die Bäume erreicht.

„Als würde man in eine Kirche kommen. Wie schön kühl es hier ist." Andächtig sah Johanna hinauf in das Blätterdach. „Ist das herrlich! Danke, Vater im Himmel", seufzte sie, als Jan neben ihr auftauchte.

Prompt erntete sie einen spöttischen Blick und biss sich schnell auf die Zunge, um nicht noch weiter laut zu beten. Aber die Vögel konnte Jan nicht zum Schweigen bringen. Unverdrossen sangen sie, zwitschernd wie helle Orgelpfeifen. Ein Bach plätscherte die muntere Begleitung. Johanna jauchzte auf, als sie das frische, klare Wasser entdeckte. Dankbar fiel sie nieder und trank, bis sie nicht mehr konnte.

„Niemals, ich schwöre, niemals hat Wasser so fantastisch geschmeckt", stöhnte Julia, die neben ihrer Tochter kniete. „Ich könnte den ganzen Bach aussaufen!"

„Aber Mama", tadelte Johanna sie grinsend. „Seit wann säufst du denn?"

„Seit ich im Moor auf sauberes, frisches Wasser verzichten musste", sagte Julia und legte beide Unterarme in das stetig dahinfließende Wasser. „Herrlich", grunzte sie und schloss kurz die Augen.

Dann wusch sie sich ausgiebig Gesicht und Hände. „Was gäbe ich für ein Bad!"

Anna war herübergekommen und hatte die letzten Worte gehört.

„Wir sind am Leben geblieben. Was macht da ein bisschen Schmutz?“, fragte sie.

Julia lachte und spritzte ihrer Freundin Wasser ins Gesicht.

„Stimmt! Du könntest trotzdem eine Dusche vertragen.“

Sie hielt sich die Nase zu. Anna hockte sich neben sie.

„Eine Dusche? Ach ja, der warme Regen. Jan hat mir davon erzählt. Es muss wunderbar sein.“

Schlagartig wurde Julia ernst. Würde sie je wieder heiß duschen, oder musste sie für immer um ihr Leben fürchten und sich in Bächen waschen? Wortlos stand sie auf und begann, wie Emily und die Männer nach Beeren und Pilzen zu suchen.

Nach einer halben Stunde trugen sie auf einer kleinen Lichtung zusammen, was sie gefunden hatten. Es war nicht viel. Jan kam von einem kleinen Erkundungsgang am Bachufer zurück und war ganz außer Atem, als er wieder zu ihnen stieß.

„Der Wald ist gar nicht so groß, wie er von Weitem ausgesehen hat“, keuchte er. Racker lief schwanzwedelnd um ihn herum. „Der Bach wird rasch breiter und fließt über eine Wiese. Es ist eine sehr große Wiese, und ...“ Er machte eine weitere Atempause.

„Ja?“ Geert wartete gespannt.

„Und der Bach mündet in einen kleinen See ...“

„Wir können baden!“, platzte es aus Johanna heraus.

„... der vor Fischen wimmelt.“

„Iih!“ Das Mädchen schüttelte sich. Geert griff nach seinem Bogen und sah zu Tado.

„Aber das ist noch nicht alles“, fuhr Jan fort. „Ich habe Schafe gesehen, die dort weiden. Bestimmt hundert Stück.“

„Worauf warten wir noch? Hein, Tado! Nehmt genügend Pfeile mit!“

Der Zimmermann wollte seinen Köcher holen, doch Jan fasste ihn am Arm.

„Nein! Halt, wir können keins von ihnen töten."

„Warum nicht?", fragte Geert.

„Sie sind markiert. Mit roter Farbe. Sie gehören jemandem."

„Vielleicht ist derjenige, der sie markiert hat, nicht weit", sagte Hein.

„Und wir wissen nicht, ob er ein Freund oder ein Feind ist", ergänzte Rick leise.

Das war etwas, was sie in letzter Zeit nicht wirklich bedacht hatten. Ihr Wunsch, eine fruchtbare Gegend zu erreichen und auf andere Menschen zu stoßen, war auf dem langen Marsch durch das Moor so übermächtig geworden, dass sie ganz vergessen hatten, dass diese auch zu Gegnern werden konnten. Was dann? Sie waren in ihrem Zustand kaum zur Gegenwehr in der Lage.

„Hat dich jemand gesehen?", fragte Geert. Jan schüttelte den Kopf.

„Nein, ich glaube nicht. Ich habe jedenfalls keine Menschen gesehen, auch keine Hütten oder Häuser. Das Gelände ist ziemlich flach. Da kann man sich nicht so leicht verstecken."

„Dann sind wir selbst auch schon von Weitem zu sehen", überlegte Hein und sah nachdenklich zum Horizont. „Also brauchen wir erst recht eine Pause. Ruht euch aus und esst etwas!"

Nach einem kurzen Nachmittagsschlaf versuchten die Frauen, ihre Haare und die der Mädchen zu entwirren und die Kleider etwas zu säubern. Einen Bollerwagen mit ihren Habseligkeiten versteckten sie im Wald hinter einer aus Zweigen gebauten Blätterwand.

„Wir werden in zwei Gruppen auf den See zugehen“, erläuterte Geert seinen Plan. „Lasst genug Abstand und beobachtet einander und die Umgebung. So kann eine der Gruppen auch dann noch fliehen, wenn die andere angegriffen wird.“

Bei diesen Worten fassten alle ihre Bögen fester. Hein reichte Julia seinen kleinen Sohn.

„Bitte nimm du ihn, du bist im Moment kräftiger als Anna und kannst notfalls schneller rennen!“

Julia rutschte das Herz noch tiefer in die Hose. Wo sollte sie denn hinlaufen? Etwa zurück ins Moor? Aber sie widersetzte sich nicht, sondern band Sönken mit Annas Hilfe fest auf ihren Rücken.

„Oke, du ziehst mit Racker zusammen den Wagen. Rick muss freie Hände haben, falls wir angegriffen werden“, erklärte Geert. „Hier ist der Boden fester, es geht ganz leicht, und Racker hilft dir.“

Und du kippst nicht so leicht um, wenn du dich an der Deichsel festhalten kannst, dachte Julia seufzend. Sie wandte sich von der traurigen Gestalt ab. Es war ein Wunder, dass er es überhaupt so weit geschafft hatte. Rick spannte den Mischling wie einen Schlittenhund vor den Bollerwagen. So würde das Gewicht ihn bremsen, falls er auf die Idee kam, ein Schaf zu jagen. Der Hund protestierte winselnd und versuchte vergeblich, sich loszureißen. Sein Herr ignorierte ihn und sprach ein einfaches Gebet:

„Unser Vater, wir danken dir, dass du uns aus diesem Moor herausgeführt hast. Wir wünschen uns sehr, auf Menschen zu treffen. Aber wir haben auch Angst, dass sie uns etwas tun könnten. Du weißt, dass wir schwach sind und Hunger haben. Bitte steh uns bei.“

Nach dem Amen setzte sich die erste Gruppe mit Geert und Tado, Jan, Johanna und Julia in Bewegung. Einige Minuten später folgte Rick mit Hein, Anna, Emily und Oke, der sich tatsächlich mehr an der Deichsel festzuhalten schien, als daran zu ziehen. Johannas Magen rumorte vor Anspannung. Er summte, als sei ein ganzer Bienenschwarm darin eingesperrt. Das blieb auch so, als sie nach einer knappen halben Stunde den kleinen See erreicht hatten, ohne einem Menschen zu begegnen.

„Mir läuft das Wasser im Mund zusammen", stöhnte Johanna, als sie die vielen Forellen sah, die sich im Wasser tummelten.

Geert beäugte das Wasserloch kritisch und zeigte dann auf Holzpflöcke, die am Ufer eingehauen waren.

„Das ist kein natürlicher See", meinte er. „Sieht mir eher nach einem künstlichen Teich aus. Als hätte ihn jemand angelegt, um die Fische zu züchten. Und diese Holzpflöcke könnten zum Trocknen von Netzen oder Fischen dienen."

Aufmerksam ließ er den Blick umherschweifen. Weit und breit gab es nur Schafe zu sehen. Es war eine große Herde, genau wie Jan es gesagt hatte, mit roten Farbtupfen auf jedem einzelnen Fell. Im Licht der untergehenden Sonne grasten sie friedlich.

Plötzlich tauchte am Horizont wie aus dem Nichts eine Gestalt auf. Die kleine Vorhut blieb wie angewurzelt stehen. Julia blickte sich nervös zu Hein um. Auch er hatte mit seinen Begleitern angehalten.

„Er ist allein", wisperte Tado beruhigend, dabei war der Fremde noch weit genug weg.

„Noch jedenfalls, und er kommt auf uns zu", ergänzte Geert.

Er legte einen Pfeil auf die Sehne seines Bogens und hob ihn an. Beide Männer stellten sich vor Johanna und Julia. Konzentriert und angespannt beobachteten sie die näherkommende Gestalt und suchten gleichzeitig die Gegend um sich herum mit den Augen ab. Wer wusste schon, ob nicht irgendwo noch mehr Menschen aus dem Boden wuchsen! Julia nahm ihre Tochter an die Hand und machte sich innerlich zur Flucht bereit, falls sie nötig sein sollte. Hein verharrte weiter mit der Nachhut an dem Platz, an dem sie gerade waren, und blickte immer wieder nach hinten, um die Rückseite zu sichern. Die Gestalt am Horizont ging mit gleichmäßigen, ruhigen Schritten, aber dennoch zügig auf sie zu. Es war tatsächlich ein Mann, und in der Hand trug er einen Hirtenstab. Offensichtlich war es der Eigentümer oder zumindest der Hirte der Herde, denn die Tiere scharten sich um ihn und blökten ihn an.

Jetzt war er so nah, dass man seine Stimme hören konnte. Er sprach zu den Schafen, und sie folgten ihm. Doch er führte sie nicht in die Richtung, aus der er gekommen war, sondern auf den Fischteich und damit genau auf die erste Gruppe zu. Nur ein paar Meter vor ihnen blieb er stehen, und erst jetzt sah er sie an. Sein Haar war braun, nicht blond wie das von Geert, Jan oder Tado. Er trug es kurz, und sein Bart war ordentlich gestutzt. Seine einfache Kleidung hatte er, soweit Johanna es beurteilen konnte, aus Leder gefertigt. Der große, unbewaffnete Mann hob die freie Hand zum Gruß.

„Fürchtet euch nicht! Ich bin allein. Außer mir ist niemand mehr da."

Langsam ließ Geert seinen Bogen sinken. Tado folgte seinem Beispiel.

„Willkommen! Ich hatte gehofft, dass noch jemand kommt. Dass die alten Geschichten wahr sind, die man sich erzählt: Es gibt ein Volk, das am Meer lebt, hinter dem Moor im Norden."

Jetzt hob er die Hand noch höher und zeigte auf den pechschwarzen Wolkenschleim, der am Abendhimmel klebte. Es sah aus, als ob er das Moorgebiet erreicht hatte. Geert drehte sich zögernd um. Der Anblick ließ ihn frösteln. Die Dunkelheit war ihnen nah auf den Fersen und haftete an ihnen wie ein Magnet. Am Donnerfelsen würde es bald dunkel sein.

„Aber ihr habt es bis hierher geschafft. Deshalb bin ich hiergeblieben. Ich habe auf euch gewartet. Mein Name ist Ben."

Er streckte Geert die Hand entgegen. Der Zimmermann zögerte einen Moment. Was, wenn er log und sie nur in eine Falle locken wollte? Doch nachdem er sich noch einmal gründlich umgesehen hatte, ergriff er die ausgestreckte Hand des Fremden. Auch Tado rückte stumm ein paar Schritte näher.

„Geert", stellte sich der Zimmermann selbst vor.

„Es ist mir eine Freude, Geert! Ruft doch eure Begleiter herbei. Ihr seht müde und hungrig aus, und ich habe gerade einen großen Kessel Suppe vorbereitet. Als hätte ich geahnt, dass Besucher kommen. Es wird für alle reichen", lud er sie ein.

Der Hirte nickte in die Richtung von Hein und Anna. Zum letzten Mal warf Geert einen prüfenden Blick auf Ben und die Umgebung. Dann winkte er den rothaarigen Anführer heran. Die Gruppe mit Hein und Anna bewegte sich sofort. Während sie näherkamen, wandte Ben ihnen den Rücken zu und führte die Schafe in einen offenen Ring aus hohen Sträuchern. Es war ein natürlicher Stall und deshalb in der Landschaft nicht weiter aufgefallen. Aber nun konnte Jan sehen, dass ein Holzgatter unter einigen hohen Grasbüscheln verborgen gewesen war. Ben hob es hoch, und als alle Tiere hineingetrottet waren, verschloss er damit die Schafhürde.

„Sie bleiben über Nacht hier", erklärte er dem Jungen ungefragt, der ihm bei der Arbeit zugesehen hatte.

Als Hein und Anna angekommen waren, begrüßte Ben auch die zweite Gruppe respektvoll. Sein geübtes Auge sah sofort, dass sich Emily, die an ihrer hustenden Mutter lehnte, kaum noch auf den Beinen halten konnte. Nachdem er Oke und Rick ebenfalls die Hand gereicht hatte, ging er langsam auf das Mädchen zu.

„Darf ich dir helfen?", fragte er Emily. Dann hob er sie mühelos vom Boden hoch, setzte sie zu Racker in den Leiterwagen und fasste an die Deichsel, um sie nach Hause zu ziehen. Doch Hein stellte sich ihm in den Weg.

„Wir haben noch so einen Wagen im Wäldchen gelassen. Zwei von uns sollten ihn erst holen."

„Nicht nötig", wehrte der Hirte ab, „im Dorf gibt es genügend Decken, Wagen, Töpfe und Pfannen. Dort könnt ihr euch nach Herzenslust bedienen. Es ist alles zurückgelassen worden. Vielleicht wird euer Wagen heute Nacht im Wald dringender gebraucht."

Der Hirte hob den Blick und sah nachdenklich auf das Wäldchen. Geert drehte sich verblüfft um. Was sollte das heißen? Sah der Hirte da drüben jemanden? Er konnte doch in der Dämmerung unmöglich bis zum Wald schauen! Auch Jan mit seinen Adleraugen konnte nichts entdecken. Trotzdem gab Hein nach und ging aus dem Weg.

„Danke", sagte Ben.

Er wandte sich wieder um und stapfte langsam voraus. Dabei passte er sein Tempo der erschöpften Gruppe an. Rick hatte seinen Hund losgebunden, und Racker sprang glücklich über die wiedergewonnene Freiheit voraus. Er bellte weder die Schafe noch Ben an, als hätte er verstanden, dass sich das jetzt nicht gehörte.

15

„… so würdest du ihn bitten, und er gäbe dir lebendiges Wasser."

Johannesevangelium, Kapitel 4, Vers 10b

Johanna hörte Schreie und schlug die Augen auf. Was für ein seltsamer Traum! Warum war sie nicht in ihrem Bett, lag aber trotzdem bequem und trocken? Natürlich: Sie war nicht mehr im Moor, sondern bei Ben. Sie schloss noch einmal die Augen und kuschelte sich in die warme, weiche Decke. Heute hatte sie es nicht eilig, aufzustehen. Stattdessen rief sie sich noch einmal den gestrigen Abend ins Gedächtnis.

Nachdem sie die Weideflächen der Schafe hinter sich gelassen hatten, war die Landschaft immer steiniger und hügeliger geworden. Dann kam eine richtige mit Steinen gepflasterte Straße dazu, auf der es sich wunderbar einfach laufen ließ. Die Füße blieben sogar trocken. An Bens Haus angekommen hatte es Suppe und gebratenen Fisch zum Abendbrot gegeben, zum Nachtisch eine warme Dusche. Johanna schüttelte bei der Erinnerung daran ungläubig den Kopf. Aber es war wirklich wahr. Ben besaß draußen vor seinem Haus eine einfache Kabine, in der man duschen konnte. Vier hohe Holzwände standen dort, hinter denen sogar der größte von ihnen, Tado, fast verschwunden war. Ein großer, mit Wasser gefüllter Holzeimer hing dort an einer langen Stange. Sein Rand war mit einem Seil umwunden. Ein Ende baumelte herab. Wenn man an diesem Seilende zog, kippte der Eimer, das Wasser schwappte über den Rand und ergoss sich auf den, der darunter stand. Und das Beste: Ben hatte für jeden warmes Wasser in den Eimer gefüllt! Selbst zu Haus hatte sie nie besser geduscht, und danach hatte sie wunderbar geschlafen.

Jetzt drang würziger Fleischgeruch durch die Holzritzen in der Wand direkt in Johannas Nase. Jemand wärmte den Eintopf auf. Gestern hatte Mama sie noch alle ermahnt, nicht zu viel zu essen, da ihr Magen das nicht mehr gewohnt sei. Heute Morgen würde es also die Reste geben. Moment, Morgen? War es wirklich Morgen? Die Sonne stand hoch am Himmel. Wie lange hatte sie geschlafen? Das Bett unter ihr war leer, auch das Lager auf dem Fußboden. Mama und Emily waren schon auf.

Johanna lauschte. Da waren wieder diese Schreie. Sie hatte gar nicht geträumt! Eine Männerstimme schrie, aber nicht in diesem Haus. Dafür klang sie zu gedämpft. Nein, das Geschrei kam aus der Scheune. Johanna sprang aus dem Bett. Nebenan hörte sie Anna husten. So klein das Holzhaus auch war, es gönnte sich den Luxus von Schlafkammern: drei winzige Räume mit schmalen, in die Wand eingebauten Betten. Eigentlich waren es nur große Holzregale, in die man schlafende Menschen statt Geschirr hineinschob. Geert war von der Idee fasziniert gewesen.

„So etwas könnte man sogar in Schiffe einbauen und anstelle der Hängematten benutzen“, hatte er gemeint. „Es nimmt nicht viel Platz weg.“

„Ja“, hatte Mama lachend erwidert. „Stell dir vor, genau das tut man in unserer Welt auch. Solche Betten nennen unsere Seeleute Kojen.“

Johanna schmunzelte noch in der Erinnerung an Geerts verblüfftes Gesicht, als sie die Tür hinter sich schloss und den einzigen großen Raum des Hauses betrat. Er war trocken und warm.

Ein langer Tisch mit Bänken, ein Regal mit großen Töpfen, Holzgeschirr und -besteck, ein kleines Brett über dem Herd, auf dem ein einziges, in Leder gebundenes Buch stand – das war die ganze Einrichtung. Ob es bei Melf, dem Altfelsler, zu Hause auch so aussah? Im Ofen brannte Feuer, und auf der Herdplatte stand ein riesiger Topf mit Zwiebelfleisch. Es köchelte leise vor sich hin und verbreitete diesen unwiderstehlichen Duft. Das Blubbern klang wie Musik in Johannas Ohren. Sie starrte in den Kochtopf, als liefe dort ein spannender Film.

„Hammeleintopf mit Zwiebeln", begrüßte Julia ihre Tochter, statt „Guten Morgen" zu sagen. Sie war eben von draußen hereingekommen, nahm ein Messer zur Hand und begann, große Scheiben von einem dunklen Brot abzuschneiden. Johanna wandte sich ihrer Mutter nur kurz zu, dann beobachtete sie wieder das Fleisch.

„Ich brauche wohl nicht zu fragen, ob du Hunger hast, oder?", fragte Julia.

„Nein." Johanna löste sich von dem Eintopfkessel und ging hinüber zu ihrer Mutter. „Guten Morgen", sagte sie und gab ihr einen flüchtigen Kuss auf die Wange.

„Guten Morgen, mein Schatz", sagte Julia lächelnd.

Die Eingangstür stand offen. Draußen nagte Racker an einem Knochen; auf der Leine über ihm flatterte Wäsche im Wind. Plötzlich hörten sie wieder die Schreie, und Johanna bekam eine Gänsehaut.

„Wer ist das?", fragte sie ihre Mutter.

„Das ist Oke, Johanna." Julia sah sie traurig an. „Er hat keinen Schnaps mehr, aber sein Körper verlangt danach. Ich weiß, es klingt furchtbar, und das ist es auch. Aber dieser Entzug ist seine einzige Chance, gesund zu werden."

„Ist er denn krank?"

„Ja. Alkoholsucht ist eine Krankheit. In unserer Welt wäre er in einer Klinik, und man könnte ihm mit Medikamenten helfen. Aber einfach ist es auch dann nicht."

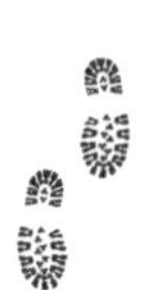

„Entzug", wiederholte Johanna nachdenklich. „Tut das denn weh?", fragte sie. „Schreit er deswegen so?"

„Das kann gut sein. Schmerzen durch Krämpfe, starke Übelkeit und Zittern gehören zu den üblichen Symptomen. Vielleicht hat er aber auch nur Halluzinationen. Das heißt, er sieht furchtbare Dinge, die nicht wirklich da sind. Gefährliche Tiere oder riesige Insekten. Dann schreit er nur vor lauter Angst. Mach dir also nicht zu viele Gedanken", tröstete sie ihre Tochter. „Rick war die ganze Nacht bei ihm. Er hat sich zusammen mit ihm im Schuppen einsperren lassen."

„Ihr habt ihn eingesperrt?!"

„Nur, damit er nicht weglaufen und sich verletzen kann. Wenn er aus Angst um sich schlägt, kann es auch gefährlich für andere werden."

Johanna schwieg betroffen. Stumm setzte sie sich an den Tisch. Emily kam herein. In den Händen trug sie eine Holzschüssel, und ihre Lippen glänzten vom Fett der Suppe.

„Guten Morgen, Johanna! Der Eintopf ist sehr gut!", schwärmte sie.

Julia füllte gerade eine Schüssel, um sie vor Johanna auf den Tisch zu stellen.

„Möchtest du noch einen Nachschlag?", fragte sie Emily.

„Nein, danke. Ich bin leider satt", sagte Jans Schwester.

Johanna neigte den Kopf. Sie dankte nicht nur für das Essen, sondern sprach in Gedanken auch ein kurzes Gebet für Rick und Oke, bevor sie den Löffel in den Eintopf tunkte. Nach ein paar Bissen sah sie an sich herunter. Oha, sie trug noch das grobe, viel zu große Wollnachthemd, das Ben ihr gestern gegeben hatte.

„Ich habe ganz vergessen, mich anzuziehen!"

Johanna wurde rot und sah sich schnell um. Julia lachte laut auf, als sie das Gesicht ihrer Tochter sah. Auch sie steckte in fremden Sachen, die Leute aus dem Dorf zurückgelassen hatten.

„Keine Sorge! Ben ist mit Hein und Geert unterwegs, und alle anderen schlafen noch."

„Jan auch?", fragte Johanna.

„Ja, er hat wohl noch bis in die Nacht mit Ben geredet. Du kannst also in Ruhe aufessen, dann wird die Wäsche draußen trocken sein."

Julia füllte eine weitere kleine Holzschüssel mit dem Eintopf und brachte sie Anna ans Bett. Sie überredete sie, dort zu essen, und kam mit Sönken auf dem Arm zurück. Emily übernahm ihren kleinen Bruder und verschwand nach draußen. Julia setzte sich neben ihre Tochter.

„Wo sind die drei denn hin?", wollte Johanna wissen.

„Zu den Schafen, um sie an den Bach und auf die Weide zu führen. Wahrscheinlich nutzen sie die Zeit auch, um den weiteren Weg zu besprechen."

„Wie weit kennt Ben die Gegend? Weiß er, in welche Richtung wir gehen müssen? Hat er eine Karte, oder kommt er mit uns?"

„Das kann ich alles noch nicht sagen, aber wir werden es sicher bald erfahren. Ich habe nur *eine* Frage gestellt."

„Und welche?"

„Ob es in der Nähe eine Linde gibt, und er hat Nein gesagt", erzählte Julia und lieferte die ernüchternde Antwort gleich mit. Dann sah sie ihrer Tochter nur noch beim Essen zu.

Als sie wieder ihre eigenen Kleider trug, setzte sich Johanna in die Sonne zu Emily, die Sönken auf dem Schoß hielt. Tado und Jan waren endlich wach und frühstückten gerade, während Anna wieder döste und sich weiter im Bett von ihrer Erkältung erholte. Heute war die Sonne angenehm. Johanna hielt ihr Gesicht in die warmen Strahlen. Sie drehte den Kopf. Irgendetwas fehlte ... Tatsächlich. Die Schreie waren verstummt, und Johanna hörte ein leises Wassergluckern.

„Das ist die Quelle hinter dem Haus", erklärte Emily, die den fragenden Blick ihrer Freundin bemerkt hatte. „Man hört das Plätschern bis hierhin. Der kleine Bach hinter Bens Hütte ist so sauber, dass man bis zum Boden gucken kann. Ich habe Insektenlarven unter den Steinen gefunden und winzige Fischchen."

„Quellwasser! Deswegen ist es so kühl und schmeckt so gut", stellte Johanna fest.

„Genau. Nicht so braun und muffig wie im Moor, sondern frisch und quicklebendig", bestätigte Emily und zeigte nach rechts. „Neben dem Haus schlängelt sich das Wasser durchs Gras hinunter wie eine Schlange und macht dabei lustige Geräusche. Es gluckst und gurgelt wie ich beim Zähneputzen."

Sie beugte den Kopf in den Nacken, imitierte das Geräusch und lachte hell. Sönken lachte mit.

„Steht nicht in dem Buch, dass Jesus lebendiges Wasser hat?", erinnerte sie sich. „Hast du schon einmal davon gelesen?"

„Ja, ich glaube, im Johannesevangelium. Da sagt Jesus, dass jeder, der von diesem lebendigen Wasser trinkt, nie mehr durstig wird. Das Wasser wird in ihm selbst zu einer Quelle, die bis ins ewige Leben quillt."

„Das klingt schön."

Emily schwieg nachdenklich und spielte ein bisschen mit Sönken. Sie ließ ihn auf ihrem Schoß reiten. Der Kleine lachte sein helles Babylachen. Johanna hätte es ewig anhören können.

„Du, Johanna? Glaubst du auch, dass Gott tot ist?“, fragte Emily plötzlich.

„Warum fragst du das?“

Johanna wurde blass.

„Weil Jan das sagt.“

Für einen Moment war Johanna sprachlos. Ihre Lippen zitterten. Ärgerlich blinzelte sie in die Sonne.

„Das ... das ist nicht wahr“, brachte sie schließlich mühsam hervor und musste immer noch nach Worten suchen. „Wie ... wie kommt er nur darauf, dir so etwas zu sagen? Das ist ziemlich gemein!“

„Oh, er hat es nicht mir gesagt, sondern Hein, aber ich habe es trotzdem gehört“, erklärte Emily ruhig.

Johanna schluckte.

„Gott kann nicht tot sein“, sagte sie, als wenn sie es sich selbst bestätigen müsste. „Er hat ja keinen Anfang und kein Ende. Er ist ewig. Er stirbt niemals. Kann er gar nicht, denn er ist das Leben selbst. Und deswegen kann er uns auch lebendiges Wasser geben“, behauptete sie und fand langsam ihre Sprache wieder. „Süß wie Honig, rein und frisch.“ Sie hielt kurz inne. „So wie diese Quelle.“

„Prima, er schenkt uns lebendiges Wasser und seinen Sohn“, fasste Emily zusammen.

Ihre nachdenkliche Stimmung war offenbar verflogen, denn plötzlich sprang sie von der Bank auf und hob ihren kleinen Bruder in die Höhe.

„Komm, Johanna! Wir schauen uns das Dorf in Bens Nachbarschaft an. Es ist nicht weit bis zu den ersten Häusern.“

„Hey, warte!“ Johanna hielt sie am Arm zurück. „Vielleicht sollen wir noch etwas helfen.“

„Nicht nötig, es reicht, wenn ihr Sönken mitnehmt.“

Julia lugte um die Ecke und lächelte ihnen zu. Johanna fragte sich kurz, ob ihre Mutter mehr als den letzten Satz gehört hatte. Dann lief sie mit Emily davon.

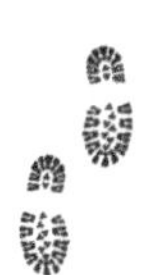

Zehn Minuten später erreichten sie die ersten Häuser. Das Dorf sah nicht viel anders aus als ihre Heimat am Donnerfelsen. Zwar fehlten das Meer und der Sand, und die Dächer waren hier mit Dachpfannen gedeckt anstatt mit Stroh, aber die Häuschen waren genauso klein wie zu Hause und eng aneinandergerückt. Dabei war hier Platz genug. Langsamer gingen die Mädchen weiter in den Ort hinein. Auf den ersten Blick sah alles friedlich aus. Doch wenn man genauer hinsah, bemerkte man die vertrockneten Pflanzen in den Gärten und die Risse in den Hauswänden. Wie braune Blitze zogen sie sich über den getünchten Lehm. Ein paar Fensterscheiben waren zersplittert. Die gleichen verräterischen Spuren hatten die Erdbeben auch am Donnerfelsen hinterlassen.

„Irgendwie unheimlich“, flüsterte Emily. „Wie ausgestorben.“

„Man sieht und hört niemanden“, stimmte Johanna zu. „Nicht einmal Katzen oder Hunde.“

Die Mädchen lauschten angestrengt. Eine Tür quietschte im Windzug. Johanna fuhr zusammen.

„Huch! Das ist ja eine richtige Geisterstadt.“

„Ei... Eine Geisterstadt?“, fragte Emily und tastete nach Johannas Hand. Ihre Freundin kicherte.

„Keine Angst, hier gibt es keine Geister. So nennt man Städte, in denen keiner mehr wohnt. Sie verfallen langsam, weil niemand mehr die Häuser repariert.“

„So etwas gibt es bei euch?“

„Oh, ich weiß gar nicht so genau, ob es das auch bei uns in Deutschland gibt, aber wir hatten das in der Schule.“ Wehmütig dachte Johanna an ihren Erdkundeunterricht. Sie seufzte. „Solche verlassenen Städte gibt es zum Beispiel hinter dem großen Meer. Wir nennen diesen Teil der Erde Amerika.“

„Warum tun die Menschen bei euch so etwas, ich meine, ihre Häuser zu verlassen?!“

„Entweder weil es zu gefährlich wird, dort zu wohnen, wie am Donnerfelsen, oder weil es keine Arbeit mehr gibt.“

Emily dachte an ihr Heimatdorf. Gefährlich, das leuchtete ihr ein. Aber keine Arbeit? Sie runzelte die Stirn. Das konnte sie sich gar nicht vorstellen. Es gab doch immer genug zu tun ...

Der Wind frischte auf und raschelte in den vertrockneten Blättern, als sei es Herbst. Einige Bäume trugen die Brandwunden des letzten Gewitters. Es musste länger her sein, sonst wäre die Erde nicht so ausgetrocknet. Sie staubte unter ihren Füßen. Je näher die Mädchen dem Ortskern kamen, desto mehr zerbrochene Fensterscheiben gab es. Ein paar Häuser standen so schief wie der berühmte Turm von Pisa. Den kannten zwar weder Emily noch Johanna, aber vielleicht wisst ihr, was ich meine. Andere Häuser hatten gerade Wände, dafür aber Löcher im Dach. Die meisten Haustüren standen offen, als hätte niemand mehr Zeit gehabt, sie zu schließen. Plötzlich blieb Johanna stehen. Sie stieß Emily an und hob den Arm. Ihre Freundin blickte nach vorn.

„Du, guck mal! Siehst du das da vorne auf der Straße?!“

„Den schwarzen Fleck? Klar. Gehen wir näher ran?“, fragte Emily.

„Ja, aber langsam.“

Vorsichtig gingen die Mädchen vorwärts, bis sie sehen konnten, dass der Fleck ein Loch war.

„Der Boden hat sich aufgetan", sagte Johanna.

Breit und tief wie ein Haus klaffte die Wunde in der Erde. Einzelne rote Pflastersteine waren in die Tiefe gerollt wie Blutstropfen. In sicherer Entfernung zum Rand hielten Emily und Johanna an und blickten erschrocken nach rechts und links. Der Riss im Boden zog sich in beide Richtungen fort. Er wurde zwar schmaler und enger, aber man konnte kein Ende sehen.

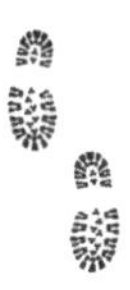

„Wahnsinn!", stammelte Johanna.

„Wenn so etwas bei uns mitten im Dorf passiert wäre, wären bestimmt auch alle weggelaufen und mit uns geflohen", sagte Jans Schwester.

„Vielleicht. Alle außer Melf. Ich kann die Leute gut verstehen. Mich hätten auch keine zehn Pferde mehr hier gehalten."

In diesem Moment schob sich eine Wolke vor die Sonne. Johanna und Emily starrten immer noch in das Loch, als sie plötzlich ein Vibrieren in den Füßen spürten, das sie nur zu gut kannten. Ein paar heil gebliebene Fensterscheiben in der Nähe klirrten. Die aufgerissene Erde vor den Mädchen geriet in Bewegung. Schon rieselten ein paar kleinere Steinchen von den Wundrändern und rutschten in den Krater vor ihnen. Johanna und Emily sprangen gleichzeitig zurück.

Das Vibrieren wurde stärker und erfasste ihren ganzen Körper. Immer mehr Erde und größere Steine gerieten ins Rutschen. Sie wackelten wie Milchzähne, fielen und polterten schließlich in die Tiefe. Wie auf Kommando drehten sich die Mädchen um und rannten so schnell sie konnten zurück, ohne auch nur einen Blick nach hinten zu werfen. Sönken lachte hell. Er liebte es, auf Emilys Rücken auf und ab zu hopsen, und hielt den Spurt für ein Spiel, das man ihm zuliebe spielte. Die Freundinnen rannten ohne Pause bis zu Bens Haus und ließen sich auf die Bank vor der Haustür fallen. Erst nach einer Weile konnte Johanna wieder sprechen. Hier bei Ben fühlte sie sich geborgen, als könnte selbst ein Erdbeben dem Hirten nichts anhaben. Sie war so froh, dass die Erde sie nicht verschlungen hatte. Jedenfalls noch nicht! Die Erde unter ihren Füßen war wieder still. Es war nichts mehr zu spüren.

Emily hob plötzlich den Kopf und zeigte in die Ferne.

„Guck mal! Da kommen die Männer zurück. Sie haben ein paar Schafe dabei."

Johanna stieg auf die Bank, um besser sehen zu können, und hielt sich die Hände an die Ohren.

„Ich kann schon das Blöken hören. Und da kommt Ben mit einem Schaf auf dem Arm. Vielleicht ist es verletzt."

Emily kletterte zu Johanna. Sie hatte genauso gute Augen wie Jan.

„Nein, das ist kein Schaf", sagte sie überrascht. „Das ist ein Mensch!"

„Bist du sicher? Wo soll denn auf einmal ein Mensch herkommen? Noch dazu ..." Sie unterbrach sich. „Emily, du hast recht. Das ist ein Kind. Ein Kind in grauen Kleidern, mit einem grauen Kopftuch!"

„In grauen Kleidern?" Plötzlich begriff Emily. „Es ist Dora!", rief sie und sprang von der Bank. Dann lief sie ins Haus. „Mama, Julia, stellt euch vor, sie haben Dora gefunden! Sie bringen das Mädchen von den Altfelslern!"

16

„Ich will dem Herrn singen mein Leben lang ..."

Psalm 104, Vers 33a

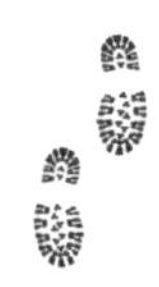

Das Mädchen Dora sah winzig aus. Schlaff und schmutzig hing sie in Bens Armen wie eine verwelkte Blume, die in den Schmutz gefallen war. Dünne Arme und Beine baumelten kraftlos von ihrem Körper, und ihr kleines, blasses Gesicht war unter der Dreckkruste kaum zu erkennen. Emily hatte sie mehr an der Kleidung erkannt, obwohl die viel zu groß für dieses Häuflein Mensch wirkte.

„Du meine Güte", sagte Julia und hielt die Tür weit auf, damit Ben die schlafende Dora ins Haus bringen konnte, ohne anzuecken. „Leg sie in mein Bett!", wies sie den Hirten an, ging an ihm vorbei und öffnete die Schlafkammer. Ben folgte ihr und legte das Mädchen in die untere Koje. Julia deckte Dora zu, berührte ihre Stirn und fühlte ihren Puls.

„Wir haben ihr zu trinken gegeben, mehr noch nicht", sagte Hein. „Ungefähr einen halben Becher Wasser hat sie getrunken."

„Gut", meinte Julia nickend, und niemand wusste, ob sie das Trinken oder den allgemeinen Zustand der Patientin meinte. Entschlossen wischte sie sich die Hände an der Schürze ab und ging zum Herd, um warmes Wasser und einen Lappen zu holen, als Rick die Stube betrat. Er kam aus dem Schuppen und war überrascht, alle im Haus anzutreffen. Niemand saß. Außer Julia standen alle vor der Tür der Schlafkammer und beachteten ihn nicht. Nur Annas Mann sah zu ihm herüber

„Oke ist endlich eingeschlafen", sagte Rick. „Die Nacht war hart für ihn, und der Vormittag noch schlimmer."

„Es geht also bergauf mit ihm", antwortete Hein. „Gott sei Dank!"

Rick nickte. Dann machte er neugierig einen Schritt auf Julias Kammer zu.

„Na, sieh mal an! Ist das nicht die Kleine von Melf?", fragte er überrascht.

„Ja. Sie muss uns heimlich nachgeschlichen sein. Wir haben sie beim Leiterwagen gefunden."

„Dora hatte sich im Wagen versteckt und mit diesem Lumpen zugedeckt", ergänzte Geert, der jetzt neben die beiden trat. Er hielt eine graubraune Decke in die Höhe, auf der kleine Nadelzweige und Ästchen festgenäht waren. „Eine hervorragende Tarnung! Wenn die Kleine nicht im, sondern neben dem Wagen gelegen hätte, hätten wir sie glatt übersehen."

Racker drängte sich schwanzwedelnd an den Menschen in dem vollen Häuschen vorbei und lief in Julias Kammer. Vorsichtig beschnupperte er Doras Hand, die kraftlos aus der Koje hing. Julia trug das warme Wasser zu ihrer Patientin und jagte den Hund hinaus.

„Sie braucht Ruhe", verlangte sie und zog die Tür hinter sich zu, um mit der Kranken allein zu sein.

Die Anwesenden ließen sich leise am Tisch nieder. Rick sah Racker an, der sich zu seinen Füßen gesetzt hatte, und tätschelte leicht den rauen Kopf seines treuen Gefährten.

„Hey, Kamerad, ich wusste, dass du unschuldig bist!" Der Hund spitzte die Ohren und schlug mit dem Schwanz auf den

Boden. „Ja, mein braver Junge, du wusstest, dass da noch ein Mensch ist. Hätte ich mir gleich denken können."

„Es tut mir leid, Rick, dass ich dir nicht geglaubt habe", entschuldigte Hein sich. „Ich dachte wirklich, es sei Racker, der sich an unseren Vorräten vergreift. Auf Dora wäre ich nie gekommen. Es ist mir ein Rätsel, wie sie das geschafft hat, und dann auch noch, ohne sich von uns erwischen zu lassen."

„Schon gut, Hein. Racker würde eher verhungern, als etwas zu fressen, das ich ihm verboten habe. Das Wichtigste ist, dass es doch jemand von den Altfelslern geschafft hat."

„Du hast vollkommen recht. Danke, dass du nicht nachtragend bist", sagte Hein und nickte. „Eine von den Atlfelslern", wiederholte er Ricks Worte. „Mein Freund, was für einen Sinn hat die Einteilung in verschiedene Kirchen, wenn es ums Überleben geht?"

„Gar keinen", sagte Rick.

In der Schlafkammer hatte Johannas Mutter Dora mittlerweile vom gröbsten Schmutz befreit. Während Julia es wusch, war das Mädchen wach geworden, hatte aber Mühe, die Augen offen zu halten. Die Krankenschwester stützte Doras Kopf und versuchte, der Patientin etwas von der kräftigen Fleischbrühe einzuflößen, die ihr Emily in einer kleinen Schüssel gebracht hatte.

„Komm, nimm einen halben Löffel", lockte sie und versuchte, nicht zu besorgt auszusehen.

Nie zuvor hatte Julia einen jungen Menschen gesehen, der so abgemagert war. Rippen und Wangenknochen zeichneten sich deutlich unter der Haut ab, wie bei einer Greisin. Die Augen waren viel zu groß für das schmale Gesicht und genauso blass und farblos wie die aufgesprungenen Lippen. Johannas Mutter griff mit der

Linken nach Doras Handgelenk. Der Puls war so flach, dass sie ihn kaum spüren konnte, aber immerhin ebenso regelmäßig wie vor ein paar Minuten. Sanft strich Julia dem Mädchen eine verfilzte Haarsträhne aus dem heißen Gesicht. *Wie alt kann sie sein? Sie sieht aus wie zehn, aber wahrscheinlich ist sie eher dreizehn oder vierzehn wie Johanna,* dachte Julia. Jetzt öffnete Dora die Lippen. Die warme Brühe konnte in ihren Mund fließen.

„So ist es gut", lobte Julia die Kranke, tauchte den Löffel noch einmal in die Suppe und lächelte die Patientin aufmunternd an. Doch Dora war zu schwach, um das Lächeln zu erwidern. Draußen wurde Jan ungeduldig.

„Sie hat noch überhaupt kein Wort gesagt, jedenfalls hört man hier in der Küche nichts", beschwerte er sich. Immer wieder sah Annas Sohn zur geschlossenen Tür und ging dabei auf und ab wie ein Raubtier im Käfig. Aber sein Gesicht sah nicht mehr so wütend aus. Er vergaß sogar, unfreundlich mit Johanna zu sprechen. „Sie hat immer den Zaun und die Wand gestrichen, jeden Tag. Ihre Fingernägel waren weiß von der Farbe", erinnerte er sich und zeigte auf die Tür, hinter der Dora lag, obwohl Johanna genau wusste, von wem er sprach.

„Ich weiß", sagte Johanna und fühlte einen kleinen Stich.

Es gefiel ihr nicht, wie Jan aussah, wenn er von dieser Dora erzählte.

„Früher hat sie gesprochen", flüsterte er weiter.

„Ich bin sicher, sie wird es auch heute noch tun", behauptete Johanna und verdrehte die Augen. „Sie ist nur furchtbar erschöpft und viel zu dünn, glaube ich."

Damit behielt Johanna im Großen und Ganzen recht. Nur in einem Punkt irrte sie sich: Dora blieb stumm. Nicht nur an diesem, sondern auch am nächsten und übernächsten Tag. Kein

Wort kam im wachen Zustand über ihre Lippen. Nur im Schlaf murmelte sie manchmal vor sich hin: „Weiß, weiß, alles muss weiß sein!“

Am Morgen des dritten Tages war Dora so weit zu Kräften gekommen, dass sie es allein aus dem Bett schaffte. Natürlich war sie noch nicht zu einem Spaziergang in der Lage, aber sie saß draußen auf der Bank in der Sonne. Das gute Essen und das frische Wasser trugen ihren Teil dazu bei, dass wieder Farbe auf ihre Wangen kam, aber am besten wirkte die liebevolle Zuwendung aller im Haus. Auch Anna war schon länger wieder auf den Beinen, und die Vorbereitungen für die Weiterreise waren so gut wie abgeschlossen. Nicht nur die Kranken, sondern auch alle anderen hatten sich gut erholt. Okes Schritte waren zwar noch ein wenig zittrig, seine Haut blass und die Augen gerötet. Aber er hatte sich beruhigt und wirkte wie ein anderer Mensch. Der Neufelsler sprach viel mit Rick und wich ihm kaum von der Seite. Johanna freute sich darüber, doch auch ihr brannte noch etwas auf dem Herzen. Sie musste einmal mit Ben allein sprechen, und so ergriff sie die nächste Gelegenheit, die sich ihr bot.

„Gehst du ein Stück mit mir spazieren?“, fragte sie den Hirten, als er nach dem Abendessen aus dem Haus kam.

„Sehr gern, Johanna“, sagte Ben.

Er trug einen kleinen Lederbeutel über der Schulter und wies hinter das Haus, um die Richtung anzuzeigen, in die es gehen sollte. Johanna stapfte los. Die Sonne schien ihr in den Nacken. Sie stand schon recht tief. Bald würde sie untergehen.

„Warum kommst du nicht mit uns, Ben, warum willst du hierbleiben?“, seufzte das Mädchen und klang wie eine Mutter, die ihr Kind fragt, ob es auch warm genug angezogen ist.

„Mach dir um mich keine Sorgen, Johanna", antwortete Ben und lachte. Er hob den Kopf und sah sie freundlich von der Seite an. Beim Gehen legte er die Arme auf den Rücken. „Weißt du, ich bin schon immer hier, solange ich denken kann. Als Schäfer lernt man Geduld. Mittlerweile bin ich es gewohnt, zu warten. Solange die Erdbeben nicht heftiger werden oder die Sonne ganz verschwindet, bleibe ich hier. Noch habe ich die Hoffnung nicht aufgegeben. Vielleicht war Dora nicht die Letzte. Vielleicht kommt doch noch jemand nach und schafft es über das Moor. Dann braucht er meine Hilfe."

„Ja, das hast du so ähnlich schon bei unserem ersten Treffen gesagt", erinnerte sich Johanna. „Aber du wartest nicht, bis es zu spät ist, oder?"

Ben sah jetzt zum Hügel hinauf.

„Keine Angst, ich verlasse mein Haus rechtzeitig. Vielleicht hole ich euch eher ein, als du denkst."

Er lächelte beruhigend und legte einen kleinen Sprint ein. Erst oben auf dem Grashügel hielt er an. Johanna schnaufte, als sie ihn erreichte, und stützte sich auf ihre Knie. Ben lachte und ließ sich ins Gras fallen. Der braune Lederbeutel rutschte ihm von der Schulter.

„Wie du siehst, kann ich sehr schnell laufen. Ihr dagegen werdet nur langsam vorankommen. Dora und Oke sind noch schwach, deshalb müsst ihr vor mir losgehen. Sonst könnte es für euch zu spät sein."

Der Hirte nahm etwas aus seinem Beutel. Es war das kleine braune Buch, das Johanna zuletzt auf dem Bord im Haus gesehen hatte. Mittlerweile wusste sie, dass es auch eine Lutherbibel war. Schon vor einigen Jahren war das Buch mit der guten Botschaft bis in dieses Dorf gekommen. Ein Reisender aus dem Süden hatte es mit in die Gegend gebracht. Ben hatte ihn nie persönlich getroffen, wusste aber, dass der Fremde damals zwei handgeschriebene Exemplare in Ebeling, der nächstgrößeren Stadt, zurückgelassen hatte. Eines dieser Bücher hatte der Reisende Bens Vater überlassen, da er einer der Wenigen war, die lesen konnten, und er hatte es auch seinem Sohn beigebracht. Die Bibel war in Schafsleder gebunden und genauso weich wie Bens Kleidung. Johanna spürte es, als der große Mann sie in den Arm nahm, wie ein Vater sein Kind in den Arm nimmt.

„Mach dir keine Sorgen um mich", wiederholte er. „Ich weiß, wann es nötig wird, diesen Ort hier zu verlassen. Und die Schafe wissen es auch."

Das Mädchen atmete den vertrauten Geruch seiner Kleider ein. Ben roch nach Leder und Schafen und ein bisschen nach Eintopf. Johanna hörte sein Herz gleichmäßig und beruhigend klopfen. Sie nickte, und ein verwegener Gedanke kam ihr. Bevor sie der Mut verließ, sprach sie ihn hastig aus.

„Ben, sag, bist du der ... der gute Hirte?", murmelte sie in seine Jacke. Der Stoff verschluckte die Worte etwas, aber Ben hatte die Frage verstanden. Er lachte leicht und drückte sie noch etwas fester. Dann schob er sie etwas von sich und sah ihr ins Gesicht.

„Nein", antwortete er grinsend. „Ich bin nur ein gewöhnlicher Hirte und hoffentlich ein guter, denn ich habe versucht, dem guten Hirten ähnlich zu werden." Er lächelte immer noch. „Bestimmt kennst du das Lied aus der Bibel, das David über diesen Hirten geschrieben hat? Den Psalm Nummer 23?" Johanna nickte.

Ben sprach weiter: „Natürlich. Das ist einer meiner Lieblingspsalmen. Vielleicht ist es sogar mein liebstes von den Liedern, die die Israeliten gesungen haben. Mir gefällt das Bild von Gott so gut: ein guter Hirte, der für seine Schafe sorgt und sie beschützt, weil er sie liebt."

Johanna nickte begeistert. Dann wurde sie rot. „So wie du", sagte sie leise und senkte den Kopf ein bisschen. Sie schwieg und sah nachdenklich in den Sonnenuntergang. Mit ihren letzten Strahlen verschwand auch das Leuchten aus Johannas Augen. Sie wurden dunkel und traurig. „Aber Mama liest nicht in der Bibel", sagte sie leise. „Wie kann sie dann wissen, wie gut Gott zu uns ist?"

Ben zog sie noch einmal an sich. Er war so nah, dass er den Honigduft roch, der aus ihrem Haar aufstieg.

„Wenn deine Mutter die Bibel nicht liest, dann lass sie dich lesen", sagte er leise in ihr Ohr. „Wenn Gott in dir lebt, kann sie ihn in dir erkennen. Dein Leben kann die gute Botschaft für sie sein."

Johanna nickte stumm. Ben überließ sie für eine Weile ihren Gedanken. Dann stand er auf. Er reichte ihr die Hand, zog sie hoch, und sie schlenderten den Hügel wieder hinunter. Als sie am Haus waren, lachte er plötzlich.

„Und noch etwas kannst du tun, Johanna: Sing doch einfach von Gott, wie König David es tat."

Genau als er das sagte, kam Dora durch die Haustür nach draußen. Sie hatte die letzten Worte gehört und blieb wie angewurzelt stehen. Ben sah ihr an, wie erschrocken sie war.

„Hallo, Dora", sagte er freundlich. „Du siehst wahrhaftig aus, als würdest du denken, dass singen verboten ist. Glaubst du das wirklich?", fragte er, aber Dora blieb stumm. „Oh nein, es ist ganz bestimmt erlaubt zu singen", gab Ben sich selbst die Antwort. „Ganz sicher, Gott freut sich, wenn wir ihn mit unseren Stimmen loben! Egal, wo und wann." Und dann begann er, aus vollem

Herzen einen Psalm anzustimmen. Johanna musste lachen, weil es so schrecklich schief klang. Ben traf nur ab und zu einen Ton. „Nun, bei mir selbst bin ich mir da nicht so sicher", gab er zwinkernd zu, „doch bei euren tollen Stimmen freut sich Gott bestimmt."

Dora starrte ihn mit offenem Mund an. Doch es sah nur so aus, als wollte sie etwas sagen. Kein Wort kam heraus.

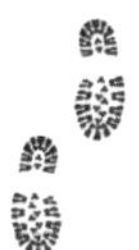

17

„... und die Vögel des Himmels kamen und fraßen es auf.“

Markusevangelium, Kapitel 4, Vers 4b

Nach dem Frühstück brachen sie auf. Ben führte seine Gäste an der Erdspalte entlang zu einer ganz bestimmten Stelle, die etwas schmaler war als der Rest. Sie lag im südlichen Teil des Dorfes und somit in der richtigen Richtung. Der Hirte hatte schon früher drei lange Holzbohlen darübergelegt, sodass eine kleine Brücke entstanden war. Man musste zwar etwas balancieren, kam aber sicher auf die andere Seite. Ben hatte auch tatsächlich eine kleine Karte für die Donnerfelsler angefertigt, auf der er den Weg in die nächsten Ortschaften und seine Erinnerung an das, was danach kam, festgehalten hatte.

„Es tut mir leid, dass es nicht genauer ist“, entschuldigte er sich, als er Geert die Karte gab, „aber ich bin nie über Ebeling hinausgekommen.“ Er zeigte auf die erste Stadt, die er eingezeichnet hatte. „Bis da sind es ungefähr drei Tagereisen Richtung Osten.“

Dann tippte er auf eine schraffierte Fläche hinter den Bergen, die nur als zackige Linien angedeutet waren und südlich von Ebeling lagen. Dort war eine weitere Stadt eingezeichnet. „Das hier sind nur Erinnerungen an das, was ich gehört habe. Ich weiß also nicht, ob auf der anderen Seite des Gebirges tatsächlich eine große Stadt namens Igrotta kommt. Vielleicht sind es nur

Gerüchte, genauso wie die Erzählungen von der Stadt, die in den Wolken schwebt."

Jan horchte auf.

„Die Stadt, nach der man fragt?", erinnerte er sich an etwas, das er gehörte hatte, als Johanna zum ersten Mal am Donnerfelsen war. Eine alte Frau hatte es so ausgedrückt. Ben nickte.

„Ja, so sagt man auch hier: die Stadt, nach der man fragt und die nicht mehr verlassen werden wird." Er zuckte mit den Schultern. „Ich wusste nicht, wo ich die hätte einzeichnen sollen. Aber die Berge gibt es. Man kann sie von Ebeling aus schon am Horizont sehen. Ihr werdet auch merken, dass es bis dorthin stetig bergauf geht. Die letzte Stadt vor diesem Gebirge heißt Ankrastan. Sie liegt südöstlich von Ebeling. Dass sie existiert und sehr gastfreundlich ist, das ist bekannt. Davon habe ich in Ebeling viele reden gehört. Ich denke, hinter dem Gebirge werdet ihr in Sicherheit sein. Warnt die Menschen, die euch auf dem Weg dorthin begegnen – vielleicht gehen sie mit euch."

Geert rollte die Karte zusammen und schloss Ben in die Arme.

„Danke", sagte er, „für alles, was du für uns getan hast!"

Auch die anderen verabschiedeten sich. Julia war nicht die Einzige, die Tränen in den Augen hatte. Nur Racker sprang begeistert voraus. Endlich ging es weiter! Für seinen Geschmack waren sie viel zu lange an einem Ort geblieben. Die Zweibeiner folgten ihm langsam. Nur Jan blieb noch eine Weile bei dem Hirten. Er wollte heute allein am Ende der Gruppe gehen. Johanna drehte sich immer wieder um, weil sie Ben winken wollte. Er winkte jedes Mal zurück. Doch irgendwann sah sie endgültig nach vorn.

„Mama, Gott ist wie Ben", sagte sie zu ihrer Mutter und begann, ein Liedchen vor sich hin zu summen.

Beschwingt schritt sie vorwärts. Julia starrte ihr nach.

Als Jan nun auch den anderen folgen wollte, hielt Ben ihn zurück.

„Einen Moment noch, junger Mann!" Der Junge blieb stehen. „Hast du mir nicht erzählt, dass dir dieses Buch schon einmal gestohlen wurde?"

Ben klopfte auf seinen Proviantbeutel mit der Bibel und blickte der Gruppe nach, die sich immer weiter entfernte.

„Ja, das stimmt", bestätigte Jan und dachte plötzlich an Johannas Lesebuch. „Es war tatsächlich schon das zweite Mal, dass mir jemand ein Buch weggenommen hat."

„Dann pass gut auf und lass dir nicht zum dritten Mal ein Buch stehlen", empfahl der Hirte dem Jungen.

„Warum?", fragte Jan. „Gibt es auf unserem Weg bis Ebeling Piraten oder Räuber?"

„Soweit ich weiß, nicht." Ben ignorierte Jans spöttischen Unterton. „Aber es gibt noch eine andere Art von Diebstahl."

„Ach ja? Und die wäre?"

Ben machte einen Schritt auf ihn zu und hob die Hand. „Es handelt sich um einen unsichtbaren Dieb, Jan", sagte er. Sein gebogener Zeigefinger klopfte nun leicht vor Jans Brust, so wie man an eine Tür klopft, von der man hofft, dass sie geöffnet wird. „Dieser unsichtbare Dieb stiehlt die Worte aus deinem Herzen. Und glaube mir: Das ist die schlimmste Art des Diebstahls, weil du dir nicht die Mühe machen wirst, das Gestohlene wiederzufinden."

Jan wartete, ob Ben noch etwas sagen würde. Aber der sah ihn nur freundlich an und ließ die Hand wieder sinken.

„Wie kommst du darauf, dass ich nicht versuche, etwas wiederzubekommen, das man mir gestohlen hat?"

„Weil du es nicht vermissen wirst, Jan. Du hast das Buch ja noch im Rucksack. Du wirst also gar nicht merken, dass es dir gestohlen wurde, denn seine Hülle ist noch da. Aber der Inhalt bedeutet dir nichts mehr."

Stumm starrte Jan Ben an.

„Auf Wiedersehen. Gott segne dich, mein Junge", sagte der Hirte.

„Auf Wiedersehen", erwiderte Jan, drehte sich um und lief den anderen nach.

Ben hatte recht – es ging sanft, aber stetig bergauf. Aber weil die Reisegefährten satt und erholt waren, bemerkten sie es beim Laufen gar nicht. Bei gutem Wetter ließ es sich leicht wandern, und die drei Leiterwagen, die sie mitgenommen hatten, rollten mühelos über die festen Wege, denen sie folgten. Im letzten Wagen lagen Stoffbahnen, aus denen sich einfache Zelte bauen ließen. Nur wenn sich die Wanderer von Zeit zu Zeit umdrehten, um zurückzublicken, wurde ihnen bewusst, wie hoch sie mittlerweile waren, denn die Straße lag unten im Tal. Oke ging es jeden Tag besser. Er trank nur noch Wasser wie alle anderen auch und aß wieder mehr, sodass er an Gewicht zunahm. Der Schafskäse, den Ben ihnen reichlich mitgegeben hatte, und auch das dunkle Brot würden noch ein paar Tage reichen. Ab und zu ergänzten sie den Speisezettel mit einem Kaninchenbraten am abendlichen Lagerfeuer.

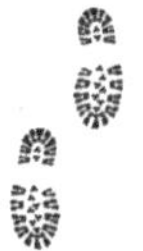

In den Nächten standen Geert, Hein und Rick abwechselnd Wache, obwohl nirgends ein Mensch zu sehen war. Selbst die einzelnen Häuser, die sie manchmal von oben sehen konnten, wirkten verlassen. Die Wanderer durchzogen mehrere kleine Wäldchen, kamen an einigen Seen vorbei und hörten immer irgendwo einen Bach in der Nähe. Sie genossen die hellen Vogelstimmen, das Rascheln der Blätter, das Plätschern des Wassers und das leise Wehen des Windes. Nach der Eintönigkeit der Moorlandschaft klang die Natur wie ein ganzes Orchester. Alles in der Landschaft wirkte gesund und normal, solange man nicht zu weit zurück oder nach Nordwesten in den Himmel schaute. Da konnte einem wirklich angst und bange werden.

Nach drei Tagen hatten sie Bens fruchtbares und grünes Tal endgültig hinter sich gelassen. Vor ihnen lag Ebeling, die kleine Stadt, und sie war nicht leer! Hein hielt kurz inne und genoss den Anblick der Häuser, deren Schornsteine qualmten und aus denen die Stimmen ihrer Bewohner klangen. Sie durften mit ihrer Gastfreundschaft rechnen, hatte der Hirte ihnen versichert.

„Es stimmt also tatsächlich, dass es hinter dem Moor noch mehr Menschen gibt. Ben und die ehemaligen Dorfbewohner waren nicht die Einzigen", sagte Tado.

„Ja, und der Boden hier scheint sehr fruchtbar zu sein", bestätigte Geert zufrieden.

„In der Tat, nur nützt das nichts, wenn das Wetter hier auch verrücktspielt", brummte Rick und stapfte weiter auf Ebeling zu.

Leider war das hübsche Städtchen bis auf den herrlichen Blick auf das Gebirge eine Enttäuschung für die Flüchtenden. Deshalb verlassen wir es schnell wieder, genauso wie die Donnerfelsler. Es war nicht etwa mangelnde Freundlichkeit, die zu ihrer raschen Abreise führte. Nein, die Einwohner von Ebeling waren sehr entgegenkommend und versorgten die Wanderer großzügig mit neuem Proviant. Dennoch ließen unsere Freunde die Stadt schnell wieder hinter sich, weil niemand ihren Worten Glauben schenken wollte.

Wenn du jemandem helfen möchtest, aber von ihm für einen Lügner oder bestenfalls für einen Dummkopf gehalten wirst, dann macht das sehr mutlos, oder? Na, also! Dann weißt du, wie sich die Donnerfelsler fühlten. Kein einziger Bürger ließ sich davon überzeugen, dass seiner Stadt eine Katastrophe drohte. Niemand wollte seine Heimat verlassen. Da nützten alle guten Worte und alle Zeichen am Himmel nichts. Die Menschen hier redeten so ähnlich wie am Donnerfelsen.

Deswegen brauche ich die Argumente gar nicht noch einmal aufzuzählen. Wir kennen sie schon, und dann langweile ich euch nur. Manchmal ist es eben so, dass man den Wald vor lauter Bäumen nicht sieht, weil man ihn nicht sehen will. Immerhin erzählten die Ebelinger ihnen etwas mehr über Ankrastan. Sie wussten mehr als Ben, weil sie näher an dieser Stadt wohnten als er. Es klang doch nicht ganz so freundlich, was sie sagten.

„Die Menschen dort sind komisch", meinte eine Frau, „Sie haben dunklere Haut als wir! Und ganz schwarze Haare."

„Ja, sie essen und trinken nicht dasselbe wie wir", bestätigte eine andere. „Ich würde gar nicht herunterbekommen, was die da kochen."

„Und ihre Kleider ... Meine Güte, die sind vielleicht seltsam! Die meisten tragen grüne, lange Gewänder, und zwar Männer und Frauen, stellt euch das mal vor", wunderte sich eine dritte kichernd. „Das habe ich jedenfalls so gehört", fügte sie noch schnell hinzu.

„Nehmt euch also in Acht!", warnte ein junger Mann eindringlich.

Johanna war nicht ganz klar, warum sie sich vor Menschen fürchten sollte, nur weil sie anders aussahen oder etwas anderes aßen als sie selbst. Sie schmunzelte, sah erst an sich herab und dann ihre Mitreisenden an. Alle trugen die einfache Kleidung aus Bens Dorf. Ihre moderne Ausrüstung hatten die Müller-Frauen in den Rucksäcken verstaut. Die Rucksäcke wiederum lagen im Wagen und waren mit Decken bedeckt. Wenn ihre Klassenkameraden diese Truppe hier sehen könnten, würde ihnen das auch komisch vorkommen. Trotzdem war sie immer noch Johanna. Sie selbst hatte sich nicht verändert, nur weil sie andere Kleidung trug und Schafskäse aß!

„Unsinn!", unterbrach ein älterer Mann seine Mitbürger energisch. „Geht lieber an die Arbeit, anstatt dummes Zeug zu reden." Er zeigte auf Heins Tasche, von der er wusste, dass sie eine Bibel enthielt. „Ich habe gehört, dass dieses Buch ihnen nicht ganz geheuer ist in Ankrastan. Geht damit also besser nicht so offen um, wie ihr es bei uns getan habt. Das ist alles, wovor ihr euch hüten müsst."

Dann murmelten die Leute einen Abschiedsgruß und gingen auseinander. Die Reisenden schüttelten den Staub von den Füßen und verließen Ebeling. Ihr Blick war fest auf das Gebirge vor ihnen gerichtet, obwohl es noch winzig klein aussah. Ankrastan lag immerhin sechs Tagereisen entfernt. Je näher sie der Stadt kamen, desto höher wuchsen die Berge in den Himmel. Bald sahen sie so mächtig aus wie die Alpen. Julia und Johanna blieben öfter stehen und dachten sehnsüchtig an die Ferien, die sie in Österreich verbracht hatten.

Ankrastan war nicht nur viel größer und wärmer als Ebeling, es lag auch höher und hatte enge, steile Straßen. Offenbar fing das Gebirge schon zwischen den Häusern an. Die Menschen sahen genau so aus, wie die Ebelinger sie beschrieben hatten: grünschwarz gekleidet, mit dunklem Teint und braunen Augen. Die schwarzen Haare der Frauen glänzten in der Sonne. Die Bauweise der Häuser überraschte die Donnerfelsler dagegen, denn niemand hatte davon gesprochen. Kreisrund und weißgetüncht verteilten sie sich mal kleiner, mal größer entlang der Berghänge und auf dem Plateau, das das Ortszentrum bildete. Ihre Dächer trugen sie wie runde, spitze Hüte. Fenster und Türen waren klein und ausnahmslos blau gestrichen. Sie leuchtete196n fröhlich in der hellen Sonne.

Im Zentrum gab es auch einen Markt. Dort herrschte Gedränge. Menschenmengen wogten auf und ab wie Wellen, schoben sich an den Ständen vorbei und stießen die Fremden mit sich. Im Vorbeigehen konnte Johanna Äpfel, Kirschen und Melonen in verschiedenen Farben erkennen. Sie sah Gemüsestände und hörte, wie ein Händler laut seine bunten Stoffe anpries. Schwarze, braune und weiße Hühner gackerten durcheinander; Tauben gurrten in Käfigen. Eine Frau hielt ihnen Tee und seltsame Gewürze unter die Nase. Nicht einmal Julia erkannte sie, obwohl sie jahrelange Erfahrung in Küchenfragen vorweisen konnte. Johanna machte große Augen, als sie Apfelsinen und Mandarinen erblickte. Sie schluckte das Wasser herunter, das ihr im Mund zusammenlief. Tado wunderte sich gerade laut darüber, dass die Natur hier weiter war als in Bens Tal und in Ebeling, da entdeckte Julias Nase einen ihr nur zu gut bekannten Duft.

„Kaffee!“, verkündete sie begeistert und blieb abrupt stehen. „Ich rieche Kaffee!“

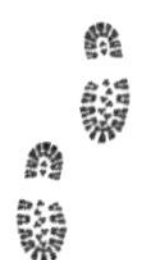

Das Menschenmeer teilte sich wie durch Zauberhand und floss plötzlich um Julia und ihre Begleiter herum. Auch Johanna hatte angehalten. Sie musste lachen. Ihre Mutter guckte wie Racker, wenn der ein Kaninchen witterte. Sie sog die Luft durch die Nase ein und drehte den Kopf in die Richtung, aus der der Duft kam. Entschlossen marschierte sie auf eins der kleinen, runden Häuser zu, die den Marktplatz umgaben. Erst vor der blauen Haustür hielt sie an, erschrocken über sich selbst. Hein schmunzelte und folgte Julia.

„Was soll's? Wir müssen ohnehin jemanden um eine Unterkunft bitten. Außerdem brauchen wir für eine Weile Arbeit und müssen nach dem besten Weg über das Gebirge fragen."

Obwohl er versuchte, seine Stimme zuversichtlich klingen zu lassen, war seinem Körper die Anspannung anzumerken, als er die Hand hob, um gegen die Holztür zu klopfen. Emily hielt den Atem an. Rick sah sich um, aber niemand schien sich über sie zu wundern. Anscheinend waren die Bewohner an Fremde gewöhnt. Nach einer Weile, in der sich die Sekunden zu Minuten dehnten, wurde die Tür schwungvoll geöffnet. Johanna erschrak kurz und zog den Kopf ein, doch dann blickte sie auch schon in zwei freundliche Augen, so grün wie eine Wiese im Frühling, und verlor alle Angst und Worte. Die junge Frau in der Tür trug ihr langes, glattes Haar offen. Es schillerte blau-schwarz und duftete nach Olivenöl und Rosen. Ein grünes Seidenkleid umfloss ihren Körper.

„Ja, bitte?", fragte sie und blieb abwartend stehen. Aber es hatte nicht nur Johanna die Sprache verschlagen. Auch die anderen hatte der Anblick der hübschen Frau verzaubert. Tado sah zu Oke und Rick zu Racker. Julia guckte von Anna zu Hein, dachte an den Kaffee und ergriff das Wort für die Gruppe.

„Guten Tag, mein Name ist Julia. Wir kommen von einem Ort, der sich Donnerfelsen nennt. Unsere Heimat liegt am Meer. Weil sie droht unterzugehen, sind wir durch das große Moor geflohen, das hinter Ebeling beginnt. Jetzt suchen wir nach einem Weg über das Gebirge."

Sie streckte zögerlich die Hand aus, unsicher, ob das hier die übliche Form der Begrüßung war. Die Frau lächelte, trat einen Schritt vor und ergriff Julias Hand.

„Willkommen in Ankrastan, Julia“, grüßte sie. „Ich heiße Midra, und mein Haus hat einen kleinen Schlafsaal für Reisende. Ihr seid also genau richtig.“

Sie ließ Julias Hand los und trat wieder einen Schritt zurück. Dann kreuzte sie die Arme auf der Brust und verneigte sich kaum merklich.

„Friede mit euch!“, sagte sie ruhig. „Es wäre mir eine Ehre, euch Frauen zu mir ins Haus zu nehmen. Die Männer können im Stall übernachten. Er ist sauber und geräumig. Anders schickt es sich leider nicht, da ich verwitwet bin“, fügte sie entschuldigend hinzu.

Als sie wieder aufsah, ahmte Julia ihre Begrüßung nach. Dann schielten ihre Augen sehnsüchtig Richtung Herd. Eine silberne Kaffeekanne stand darauf und daneben ein Schälchen mit Zucker sowie winzige Tassen aus demselben Edelmetall. Midra lächelte und deutete einladend zur Küche.

„Trinkt doch eine Tasse Kaffee mit mir!“

„Sehr gerne“, antwortete Julia sofort und betrat ohne zu zögern das Rundhaus. Sie folgte Midra durch die Küche. Ihre Augen leuchteten voller Vorfreude.

„Platz!“, wies Rick den Hund an, der sich daraufhin gehorsam neben der blauen Tür niederließ. Er hechelte und ließ die Zunge heraushängen.

In der Küche gab es keinen Tisch, aber im Nebenzimmer schon. Er war allerdings sehr niedrig, sodass er aussah, als hätte ihm jemand die Beine abgesägt. Er war ebenso rund wie das Haus und bot genügend Platz für alle. Johanna konnte fast ihr Gesicht in der Tischplatte erkennen, so glänzend war das dunkle Edelholz poliert. Auf Midras Ruf hin kam ein Mädchen herbei, das seine schwarzen Haare zu einem Zopf geflochten hatte. Es trug eine Schüssel mit Wasser, in der sie sich der Reihe nach die Hände wuschen, um sich dann auf den dicken, weichen Samtkissen rund um den Tisch niederzulassen. Nach allem, was sie in den letzten Wochen erlebt hatten, kam Johanna das Haus wie ein Palast vor. Schwere bunte Teppiche lagen auf dem Boden. Andere hingen an den Wänden und dämpften ihre Stimmen.

„Ich dachte immer, die gehören nur auf den Boden", raunte Johanna Dora zu, die sich dicht bei ihr hielt, aber stumm blieb. Jeder sprach einfach mit ihr, auch wenn sie nie eine Antwort gab.

An der einzigen freien Wand des Zimmers stand ein dunkler, kleiner Schrank. Er war kunstvoll geschreinert, und seine Türen hatte der begabte Handwerker gleich mit mehreren Holzmosaiken verziert. Sie stellten Vögel und Fische dar. Die einzelnen Teile waren so meisterhaft verarbeitet und zusammengefügt, dass die Tiere wie Skulpturen wirkten, obwohl sie Teil einer Fläche waren. Echt und lebendig sahen sie aus. Hinter der Glasscheibe, genau in der Mitte des Schrankes, stand ein in Silber gebundenes Buch. Bewundernd blieb Geert vor dem Holzkunstwerk stehen. Er betrachtete das Möbelstück sehr genau und sah schnell, dass die Bilder auf den Türen nicht eingefärbt, sondern aus unterschiedlichen Hölzern gemacht waren. Obwohl es zum Teil nur winzig kleine Stückchen waren, erkannte er die verschiedenen Holzarten an ihrer charakteristischen Maserung und Färbung,

„Das ist eine ganz wunderbare Arbeit", staunte er und konnte seinen Blick kaum von dem Schrank abwenden. „Meisterhaft!"

„Danke", sagte Midra schlicht. Sie gab den dampfenden schwarzen Kaffee vorsichtig in die kleinen Tassen. Dann stellte sie Wasser und Obst auf den Tisch. „Mein Bruder Medro hat ihn gemacht. Er versteht sich auf dieses Handwerk. Seine Werkstatt liegt am anderen Ende der Stadt."

„Ein wahrer Künstler!“

Geert fuhr vorsichtig mit dem Finger über den Schrank. Midra lächelte stolz.

„Ich hoffe, ihr bleibt lange genug, um ihn kennenzulernen.“

„Es wäre mir eine Ehre“, antwortete der Zimmermann.

„Hm“, seufzte Julia wohlig auf. „Das ist wirklich guter Kaffee.“

„Ja, wir haben Glück“, bestätigte die Hausherrin. „Die Karawanen bringen regelmäßig Zucker, Kaffee und Gewürze über das Gebirge.“

„Dann gibt es also eine Handelsstraße auf die andere Seite?“, fragte Hein. Er tat noch etwas Zucker in seine Tasse. Dieses braune Gebräu war ihm zu bitter. Er bevorzugte Tee. „Wir könnten uns einer Karawane anschließen!“

„Ich selbst war noch nie auf der anderen Seite. Medro hingegen schon. Er kennt die Felsenberge sehr gut.“

„Felsenberge? Heißt so das Gebirge?“, fragte Rick.

„Wir nennen sie so“, bestätigte Midra. „Allerdings ziehen die meisten Karawanen erst im Sommer. Jetzt im Frühjahr ist das Wetter noch zu unsicher. Es liegt sehr viel Schnee auf den Gipfeln.“

Julia und Anna sahen sich erschrocken an.

„So viel Zeit haben wir nicht“, sprach Rick aus, was Johanna dachte. „Wir müssen es früher wagen.“

Hein nickte und wandte sich an Midra.

„Kannst du uns helfen, Arbeit zu finden? Wir wollen für Essen und Unterkunft zahlen, während wir uns auf die Überquerung des Gebirges vorbereiten.“

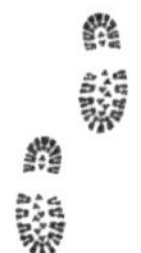

18

„Wenn jemand nicht arbeiten will, so soll er auch nicht essen."

2. Brief an die Thessalonicher, Kapitel 3, Vers 10b

Tag 30:
517 612 Schritte. Auf dem ganzen Weg bis Ankrastan gab es nicht eine einzige Linde. Beinahe alle Baumarten habe ich gesehen, angefangen von Ahorn über Birke und Kastanie bis hin zu Weiden und Zypressen, aber weit und breit keine Linde! Es ist wie verhext ... Auch von Ben bis jetzt keine Spur. Wahrscheinlich harrt er noch bei seinen Schafen aus. Bis auf Oke haben wir alle Arbeit gefunden. Er tut mir so leid. Aber die Ankrastaner haben ihm angesehen, dass er seit Jahren zu viel Alkohol trinkt, und der ist hier verpönt. Ihr heiliges Buch verbietet es, auch nur kleinste Mengen davon zu sich zu nehmen. Ja, es gibt tatsächlich ein weiteres heiliges Buch. Weil es so heilig ist, hat Midra es in Silber eingebunden und in diesen fantastischen Intarsienschrank gestellt. Und natürlich sind die Menschen in Ankrastan überzeugt davon, dass es wahr ist. Das einzig wahre, wahrhaftige göttliche Buch! Die wahre Botschaft stammt – wie könnte es anders sein – natürlich auch von ihrem Gott. Wenn es nicht so traurig wäre, würde ich lachen. Jedenfalls ist das Buch schuld daran, dass Oke nicht arbeiten kann, obwohl er nun nicht mehr trinkt. Das tut ihm nicht gut. Nur ein Nachbar hat ihn aus Mitleid seine Böden schrubben lassen. Hein und ich helfen auf der kleinen Patientenstation mitten in der Stadt. Sie liegt

zentral, damit es alle Kranken gleich weit haben. Interessante Idee. Die Ankrastaner sind weiter in der Medizin als die Menschen am Donnerfelsen. Geert hat als Zimmermann sofort Arbeit gefunden, und Rick hilft auf den Feldern. Er ist erstaunlich fit und scheint die körperliche Bewegung sowie die Arbeit mit den Tieren zu genießen. Racker wird von allen geduldet und von den fremden Kindern geliebt. Sie stecken ihm Leckerbissen zu. Johanna, Jan, Emily und Dora helfen auf einem Bauernhof am Stadtrand, und Anna kocht mit Midra für uns. Außerdem hat sie kleinere Näharbeiten angenommen, so kann sie bei Sönken bleiben. Tado hat eine Stelle bei einem Händler gefunden. Dort kann er den ganzen Tag reden und den Kunden Waren verkaufen. Das liegt ihm! Wenn er nur nicht so viel von Jesus erzählen würde. Midra hat es gehört, als sie vorbeikam, und ihn gewarnt.

Tag 31:
547 000 Schritte. Wir verdienen so gut, dass wir Midra Kost und Logis bezahlen können. Wenn wir weiter so arbeiten, dauert es nicht lange und wir sind in der Lage, alles zu kaufen, was wir für die Überquerung des Gebirges brauchen. Morgen soll Medro kommen und uns beraten. Midra hat nach ihm geschickt, damit er uns auf die Felsenberge vorbereiten kann. Vielleicht führt er uns auch selbst ein Stück ins Gebirge. Was bin ich froh, dass ich den Kompass mitgenommen habe!

Abends erzählen wir uns Geschichten. Anna ist richtig gut darin. Es macht nichts, dass alles, was sie erzählt, aus der Bibel ist. Man hat das Gefühl, selbst dabei zu sein, wenn sie von Saul und David spricht, so bildhaft beschreibt sie die Abenteuer. Ich wusste gar nicht, dass Israel Könige hatte und dass das alles ganz genau in der Bibel steht. Anna sagt, dass Gott selbst Israels König sein

wollte, aber die Israeliten wollten einen sichtbaren König, einen Menschen aus ihrem eigenen Volk, wie die Heidenvölker rings um sie herum. Also hat Gott ihnen einen König gegeben. Seltsamer Gedanke: Gott als König. Ich bin gegen die Herrschaft eines Einzelnen. Ein zu mächtiger Mensch wird zu leicht zum Diktator. Aber die Geschichten sind spannend, auch wenn ich nicht glaube, dass wirklich alles ganz genauso passiert ist. Man kann trotzdem daraus lernen. Auch Märchen enthalten meistens eine Moral.

Tag 32:
575 435 Schritte. Heute war Medro bei uns. Man sieht, dass er und Midra Geschwister sind, sogar Zwillinge. Die gleiche schmale Figur, die grünen Augen, das schwarze, glatte Haar und die feinen Gesichtszüge. Beide haben das gleiche freundliche Wesen und zeigen höfliche Zurückhaltung. Sie nennen uns „Menschen des Buches", weil auch wir ein heiliges Buch haben. Es scheint sie nicht zu stören, dass es ein anderes Buch ist. Nur als Tado wieder und wieder von seinem Jesus erzählt hat, wirkte Medro fast wütend. Er hat ihn eindringlich gewarnt, aber unser Prediger kann den Mund nicht halten. „Wir können nicht schweigen von dem, was wir gesehen und gehört haben", hat er behauptet. Lächerlich!

Was die drohende Gefahr am Himmel angeht, zeigten sich die Zwillinge besorgt und bestätigt. Hier gab es auch schon eigenartige Vorfälle. Die Bäume blühten dieses Jahr zu früh, der Regen kommt zu spät und zu selten. In den Bergen gibt es auffällig oft Felsabbrüche und Lawinen, der Schnee schmilzt schneller als sonst und sorgt für Überschwemmungen. Oke hat Midras Nachbarn vom Donnerfelsen und den Vorzeichen der Zerstörung erzählt. Aber sie glauben ihm nicht, und niemand hält es für nötig, Ankrastan zu verlassen. Medro will uns einen Tag lang begleiten, mehr Zeit hat er leider nicht. Als er erwähnte, dass er uns zwei Maultiere leihen will, die wir auf der anderen Seite bei einem Mann namens Eli abgeben sollen, hätte ich fast wie Tado „Halleluja“ gerufen.

Tag 33:
615 435 Schritte. Heute bin ich viel gelaufen. Überall haben wir nach Oke gesucht. Er ist wie vom Erdboden verschwunden. Ich habe kein gutes Gefühl! Als ich abends noch mal vor die Tür trat, schien mir der Himmel dunkler. Man hat so wenige Sterne gesehen. Vielleicht war es auch nur bewölkt. Hoffentlich.

Tag 34:
635 222 Schritte. Ein wunderbarer Tag! Nette Menschen, gutes Wetter. Wir sind etwas früher von der Arbeit gekommen. Habe mich mit Midra und Anna unterhalten. Ich wollte wissen, warum Midra keine Angst vor uns hatte. Sie sagte, dass ihr Gott Usla – ich kenne mittlerweile seinen Namen – ihr Gastfreundschaft gebiete und sie auf seinen Schutz vertraue. Nach ihrem Buch, das wir nicht lesen können, weil es in einer anderen Schrift geschrieben ist, hat er die Welt geschaffen, genau wie der Gott der Bibel. Allerdings hat er keinen Sohn wie Annas Gott. Es ist kompliziert, finde ich. Denn als Anna zu Midra sagte, dass Usla ihr bestimmt wohlgesonnen sei, wenn sie seine Gesetze so gewissenhaft befolge, sah Midra ganz verwirrt aus.

„Da kann ich nie ganz sicher sein“, hat sie geantwortet. „Er ist Usla. Er ist allmächtig und tut, was er will. Wie kann ich da jemals sicher sein, dass er mit mir zufrieden ist?“

Ich finde es grausam von einem Gott, seine Geschöpfe im Ungewissen zu lassen. So einen launischen Herrn wie Usla möchte ich nicht haben. Gut, dass ich meine eigene Herrin bin.

Abends beim Geschichtenerzählen beobachte ich Dora. Sie ist immer noch stumm. Aber es ist deutlich zu sehen, dass sie Jan mag. Sie versucht, neben ihm zu sitzen, und ihr Gesicht ist glücklich, wenn sie zu ihm hinsieht. Johanna hat es noch nicht gemerkt. Jan, glaube ich, auch nicht.

Tag 35:
661 883 Schritte. Wir sind alle betroffen und traurig, und Rick ist am Boden zerstört. Er hat Oke in einer Wasserpfeifenbar gefunden. Das Rauchen ist hier interessanterweise nicht verboten, obwohl auch Nikotin abhängig macht. Die Bar lag sehr versteckt in einer Seitengasse. Im Keller wurde heimlich Alkohol getrunken, und Oke saß sturzbetrunken unter einigen Ankrastanern. Er war nicht dazu zu bewegen, mit Rick zu Midra zu kommen. Er will dort bleiben. Die Flucht sei für ihn zu Ende, hat er gerufen. Er habe das Paradies bereits gefunden. Die Nachbarn, die schlecht über Oke denken, fühlen sich nun natürlich bestätigt. Außerdem ist heute einer unserer kleinen Patienten gestorben. Ich fürchte, es war nur eine Blinddarmentzündung, und man hätte ihm bei uns zu Hause sehr gut helfen können. Alle meine Antibiotika haben nicht gewirkt, und ich bin keine Chirurgin. Das bringt mir grausam in Erinnerung, wie wichtig es ist, nach Hause zu kommen. Auch Johanna könnte krank werden. Am liebsten würde ich alle Donnerfelsler nach Remsig mitnehmen.

Die Männer haben vor den Ankrastanern auf dem Marktplatz gesprochen und vom Donnerfelsen und den dunklen Wolken erzählt. Als sie dazu aufriefen, mit uns über das Gebirge zu fliehen, hat man sie laut ausgelacht. Das Meer sei weit, riefen die Menschen. Sie halten es für sicherer, hier zu bleiben, und wir können nichts tun. Ich wusste gleich, dass es nichts nützt, aber Hein meinte, man müsste trotzdem etwas sagen, das wären wir ihnen schuldig.

Tag 36:
688 000 Schritte. Gestern Abend hat Midra die schöne Geschichte von dem Vater mit den drei Söhnen erzählt. Habe Johanna versprochen, die Erzählung in mein Tagebuch zu schreiben. Hier ist sie:[2]

„Es gab einmal einen Mann, der einen einzigartigen, im wahrsten Sinne des Wortes bezaubernden Ring besaß: Wer den Ring trug, wurde von allen Menschen geliebt. Der Mann hatte ihn von seinem Vater geerbt und sollte ihn bei seinem Tod wieder an seinen liebsten Sohn weitergeben und diesen so zu seinem Nachfolger und Familienoberhaupt machen. Doch das war nicht so einfach, denn der Eigentümer des Zauberringes hatte drei Söhne, die ihm alle gleich lieb waren. Er wusste also nicht, was er machen sollte, und weil er keines der Kinder verletzen wollte, versprach er aus Verzweiflung jedem unter vier Augen, ihm den Ring zu hinterlassen. Heimlich beauftragte er einen Goldschmied, zwei genaue Duplikate des Schmuckstückes anzufertigen, und als sie geliefert wurden, waren sie so gelungen, dass selbst der Vater sie nicht vom Original unterscheiden konnte. Als der Vater starb, erhielt jeder der drei Söhne einen Ring und einen Brief, der ihn als Alleinerben auswies. Natürlich entdeckten die Geschwister bald den Schwindel, und da sie nicht klären konnten, welcher der echte Ring war, zogen sie vor Gericht. Doch der Richter weigerte sich, den Fall zu entscheiden. Er behauptete, dass sich schon herausstellen werde, welcher Ring der echte sei. Man müsse nur abwarten, welcher Sohn der liebenswürdigste von allen werde."

Ich erinnere mich dunkel an eine ähnliche Geschichte. Wahrscheinlich war es irgendeine Deutschlektüre in der Schule.

2 Frei nach „Nathan der Weise" von Gotthold Ephraim Lessing, 3. Aufzug, 7. Auftritt ab Zeile 1910.

Erstaunlich, es scheint noch mehr Verbindungen zwischen dieser Welt und meiner Welt zu geben. Für die Donnerfelsler und Johanna war das Märchen jedenfalls neu.

Tag 37:
708 054 Schritte. Habe mit Hein sogar während der Arbeit gestritten. Über die Ringparabel. Mir ist nämlich wieder eingefallen, dass die Geschichte so heißt und woher ich sie kannte. „Nathan der Weise" heißt das Theaterstück von Lessing. Der große Dichter wendet es auf die verschiedenen Religionen an. Da war es auch so: Der Ring hatte die Kraft, seinen Träger „vor Gott und Menschen angenehm zu machen", das war seine Zauberkraft. Also mochten alle den Besitzer des Ringes. Weil die streitenden Brüder sich aber alle drei nicht leiden konnten, kam der Richter zu dem Schluss, dass der echte Ring wahrscheinlich verloren gegangen sei. Wenn einer den echten Ring gehabt hätte, müsste der Zauber ja wirken und ein Bruder von den anderen beiden geliebt werden. Der Richter vermutete sogar, dass der Vater den Ring absichtlich hatte verschwinden lassen, um sich von der „Tyrannei des einen Rings", der einen und absoluten Wahrheit, frei zu machen.

Mir gefiel das super! Ist doch ein gutes Bild für die verschiedenen Gottesvorstellungen und Religionen. Egal, ob Jude, Christ, Muslim, Hindu oder Anhänger von Usla oder wem auch sonst. Vielleicht ist alles dasselbe, und Gott hat einfach mehrere Bücher schreiben oder Geschichten erzählen lassen. Warum kann ich nicht glauben, dass alle richtig sind?

Aber Toleranz geht ja nicht in Heins Dickkopf. Das hätte ich mir gleich denken können! Ich war so dumm zu glauben, dass er sich freut, wenn ich zugebe, dass ich mir Gott so vorstellen könnte wie diesen Vater in der Ringgeschichte. Das wäre doch ein gerechter Gott.

Hein war natürlich ganz anderer Meinung. Er fand die Geschichte zwar auch schön, aber er meinte, der Vater in der Geschichte könne nicht Gott sein, also jedenfalls nicht der Gott der Bibel. Denn der Vater in dieser Geschichte sei ganz und gar nicht wie der Gott, den sie beschreibt. Er habe nicht die gleichen Charaktereigenschaften. Zum ersten würde Gott keine Versprechen machen, die er nicht halten könne. Er habe auch niemals schwache Momente, sondern rede in heiliger Wahrheit. Er halte sein Wort. Immer. Weil er sich selbst daran gebunden habe. Außerdem sei Gott allmächtig und allwissend. So stelle er sich Abraham am Anfang der Bibel vor: „Ich bin Gott, der Allmächtige." Wenn er alles kann, könne er auch immer den echten Ring von den falschen unterscheiden, egal, wie gut die Kopien auch sind. Da er wisse, welcher der richtige Ring ist, müsse er folglich seine Söhne anlügen.

Der Gott der Bibel sei aber die Wahrheit in Person, er könne nicht lügen. Es passe einfach nicht zu seinem Wesen. Der Gott, der in der Bibel beschrieben ist, täusche die Menschen nicht. Niemals. Außerdem provoziere der Vater durch sein Verhalten einen Streit unter den Brüdern. Auch das sei seinem Gott völlig fremd. „Er ist unser Friede", stünde in der Bibel. Und was die Tyrannei oder Dominanz der einen Wahrheit beträfe, so habe er bis heute immer gedacht, es gäbe überhaupt nur eine Wahrheit. Als er das gesagt hat, hat Hein mich mitleidig angelächelt. Ein liebender Vater könne also nicht so handeln wie der in der Geschichte. Echte Liebe gäbe es nicht ohne Wahrheit, die die eine Wahrheit sei. Eine zweite gäbe es nicht.

Ich habe mich richtig aufgeregt über so viel Intoleranz. Mir ist eine Schüssel mit Waschwasser aus der Hand gefallen. Hein hat mir aufwischen geholfen. Immerhin hat er zugegeben, dass der Umgang miteinander unbedingt liebevoll, freundlich und respektvoll

sein müsse, egal, was mein Gegenüber glaubt, und dass sich die Wahrheit, die eine, die es nur gibt, schon zeigen würde. Wann, das wolle er Gott überlassen. Ich solle ruhig sein Leben und seine Taten beobachten. Dieser Mann ist unbelehrbar! Merkt er denn nicht, wie hochmütig es ist, zu glauben, nur das eigene Gottesbild sei das richtige?

Wo gibt es denn so etwas? Nur eine Wahrheit?! Eine absolute? Und er *hat sie natürlich gefunden. Dass ich nicht lache! Nein, ich halte Wahrheit für relativ und individuell. Es gibt mehrere Wahrheiten. Und jede gilt immer nur für den Menschen, der an sie glaubt. Je eher wir das akzeptieren, desto eher können wir in Frieden miteinander leben.*

19

„Glückselig seid ihr, wenn sie euch schmähen und verfolgen … um meinetwillen!“

Matthäusevangelium, Kapitel 5, Vers 11

„Tado sitzt im Gefängnis!“

Johanna schrie ihrer Mutter die Nachricht entgegen. Julia war gerade über die Türschwelle getreten. Langsam stellte sie ihren Rucksack auf den Boden und setzte sich. Sie war zu müde, um zu erschrecken. Johanna flog auf Julia zu und vergrub ihr Gesicht im T-Shirt ihrer Mutter.

„Seit wann?“, fragte Julia leise.

„Seit heute Morgen. Warum fragst du nicht lieber: ‚Warum?‘“, nuschelte Johanna.

„Weil ich mir den Grund denken kann“, seufzte Julia und strich ihrer Tochter über die Haare. Sie fühlte, wie ihr T-Shirt nass wurde. „Der liegt nämlich auf der Hand. Wahrscheinlich hat er zu laut von seinem Jesus gesprochen.“

„Midra sagt, dass darauf die Todesstrafe steht. Stimmt das?“

„Sie hat keinen Grund, etwas Falsches zu sagen, oder? Midra wird es wissen. Aber … “ Julia legte ihrer Tochter behutsam die Hand unter das Kinn und hob es an. Johannas Gesicht war ganz nass von den Tränen. „Hat sie auch gesagt, ob die Strafe wirklich vollzogen wird?“

„Was heißt das? Ist das möglich? Tado bekommt ein Todesurteil und wird dann doch nicht ... umgebracht?“

Johanna sprach das letzte Wort so leise, dass es kaum zu hören war, und wischte sich über die geröteten Augen.

„In unserer Welt kommt das tatsächlich vor. Da kann so ein Urteil in eine lebenslange Freiheitsstrafe umgewandelt werden. Oder die Hinrichtung wird einfach mehrfach aufgeschoben. Dann wartet der Gefangene sein ganzes Leben auf den Tod wie manchmal in Amerika.“

„Das ist doch schrecklich grausam!“, empörte sich Johanna. „Dann haben die doch die ganze Zeit Angst! Bei einem Mörder kann ich das vielleicht noch verstehen. Aber nur, weil einer was anderes glaubt? Wie krank im Kopf sind die denn hier?“

„Pscht“, beruhigte Julia sie. „Jetzt mal halblang, Johanna. Auch in unserer Welt werden Menschen um ihres Glaubens willen getötet und verfolgt. Wir sind doch bis heute nicht besser geworden. Und was hat es allein in Europa für große Glaubenskriege gegeben. Der helle Wahnsinn! Auch Christen waren daran beteiligt. Sie sind nicht unschuldig. So viel zu deinem heiligen Buch.“ Johanna schniefte. „Soweit ich weiß, haben Christen sogar andere Christen umgebracht oder töten lassen, nur weil sie sich nicht einig waren, ob man Babys oder Erwachsene tauft! Wie viele Menschen sind diesem Fanatismus zum Opfer gefallen? Ich kann mir nicht vorstellen, dass das irgendeinem Gott gefällt! An die Spaltungen und den Streit der Kirchen am Donnerfelsen muss ich dich erst recht nicht erinnern. Der ist noch nicht lange her, und du hast es selbst mitbekommen.“

„Warum nur?“, schniefte Johanna und zog die Nase hoch. Julia reichte ihr ein Taschentuch.

„Darauf habe ich keine Antwort. Aber deswegen finde ich die Geschichte mit den drei Ringen so gut. Ich möchte lieber an einen toleranten Gott glauben. Vielleicht dienen sowieso alle Religionen dem gleichen Gott."

Johanna schnaubte entschlossen aus. Es dauerte eine Weile, bis die Nase sauber war.

„Das kann nicht sein, Mama."

„Und warum nicht, bitteschön?"

„Weil das, was Midra und Medro uns über Usla erzählt haben, so ganz anders klingt als das, was die Bibel über Gott und Jesus Christus sagt. Sie haben Angst vor Usla, sie können sich nicht sicher sein, ob sie ihn zufrieden gestellt haben, egal, wie sie sich anstrengen. Usla hat keinen Sohn. Wenn es der gleiche Gott wäre, müsste er dann nicht die gleichen Eigenschaften haben?"

„Jetzt fängst du schon genauso an wie Hein", schimpfte Julia und wollte noch viel mehr sagen, doch in diesem Augenblick betraten die anderen Donnerfelsler das kleine Rundhaus, und Johanna berichtete ihnen von Tados trauriger Situation.

„Ausgerechnet jetzt, wo wir so kurz vor der Abreise sind. Wir können doch nicht einfach zwei unserer Gefährten hier in Ankrastan zurücklassen!"

Rick sah aus, als wolle er Plakate basteln und vor dem Gefängnis demonstrieren.

„Nein, wir werden für sie kämpfen", stimmte Hein ihm zu. „Wir sollten für die beiden beten. Nach dem Essen werde ich Tado besuchen, falls das möglich ist, und du kannst noch einmal mit Oke reden. Du hast dasselbe durchgemacht wie er."

„Ich sehe zu, was ich tun kann", versprach Rick, und auch Geert nickte.

Er sagte nicht, dass beide Männer selbst schuld an ihrem Unglück seien, auch wenn er das dachte. Hein ließ sich auf die Knie fallen und schloss die Augen.

„Unser Vater im Himmel, wir danken dir, dass du uns bis hierher gebracht hast. Bitte halte deine Hand jetzt ganz besonders über unsere Freunde und Brüder Tado und Oke! Schenke du ihnen inneren Frieden und Ruhe."

Anna, Rick und Johanna fügten noch ein paar Sätze hinzu; Dora und Emily schlossen schweigend die Augen. Auch Jan und Julia hörten stumm zu. Der eine mit der geballten Faust in der Tasche, die andere überrascht von der liebevollen Besorgnis, die aus allen Gebeten sprach. Sie hatte gedacht, Oke würde von allen immer noch als Belastung empfunden und Tado würde nicht nur ihr auf die Nerven fallen. Nun, da hatte sie sich wohl getäuscht ...

Nach dem Abendessen saßen sie stumm um den Tisch herum. Niemand hatte Lust, eine Geschichte zu erzählen. Rick und Hein waren bereits auf dem Weg zu Oke und Tado, den beiden Gefangenen. Wundert euch nicht, dass ich Oke dazuzähle. Auch eine Sucht ist wie ein Gefängnis. Die Mauern sind nur unsichtbar, und der Gefangene schleppt sie mit sich herum an jeden Ort, wie die Schnecke ihr Haus. Es ist mit ihm selbst verwachsen. Deshalb ist es auch so schwer, auszubrechen.

„Ich habe ihn mehrmals gewarnt", sagte Medro gerade zu seiner Schwester und hob hilflos die Hände. Man sah ihm an, dass es ihm wirklich leidtat um seine Gäste. „Jetzt kann ich nichts mehr tun. Wären sie doch nur gestern schon abgereist. Ich hätte es wissen müssen!"

„Nein, Medro! Midra und du, ihr habt schon mehr als genug getan. Ihr habt uns nicht nur beherbergt, sondern uns sogar geholfen, Arbeit zu finden. Wir sind euch so dankbar", widersprach Anna. „Tado und Oke sind in Gottes Hand. Es ist nicht eure Schuld."

Sie legte Sönken in das kleine Bett, das Midra besorgt hatte, und Dora trat zu ihr. Wie jedes Mal, wenn sie Annas Sohn ansah, wurde ihr kleines graues Gesicht ein wenig lebendiger. Die Mundwinkel wanderten kaum merklich nach oben, die Augen begannen zaghaft zu leuchten, und ihr Körper wirkte weniger angespannt. Gleichzeitig sah sie aber auch abwesend aus, so als sei sie mit Sönken allein und niemand sonst im Raum. Anna seufzte leise. *Dieses Mädchen lässt niemanden an sich heran,* dachte sie. Als sich ihre Blicke trafen, verschwand wie auf Knopfdruck die Offenheit aus Doras Gesicht. Auch das schwache Lächeln wurde ausgeknipst. Anna blickte rasch wieder zu Midra und ihrem Bruder.

„Ihr solltet dennoch morgen früh aufbrechen", drängte Medro.

„Was? Schon morgen?!", fragte Julia.

„Ja, ich weiß nicht, ob man euch nicht auch vorwerfen wird, dass ihr alle gegen unseren Glauben seid und versucht, die Menschen in Ankrastan von Usla wegzuziehen."

Medro rang die Hände und fuhr sich nervös durch die glänzenden schwarzen Haare.

„Aber das haben wir doch gar nicht getan!", protestierte Emily müde.

„Medro und ich wissen das, Emily, aber die anderen kennen euch nicht so gut. Sie können leicht irgendwelchen Gerüchten glauben. Deshalb hat Medro recht", pflichtete Midra ihrem Bruder bei. Sie sah Anna bittend an. „Geht so schnell wie möglich fort! Ihr habt doch schon fast alles zusammen, was ihr für den Marsch über das Gebirge braucht. Der Gedanke, dass ihr auch noch im Gefängnis landen könntet, ist für mich kaum zu ertragen."

Anna nahm sie in den Arm, als wolle sie sich schon jetzt verabschieden.

„Das werden wir tun, Midra. Hab keine Angst! Ich danke dir für deine Fürsorge und dein Mitgefühl. Wir haben uns bei dir wie zu Hause gefühlt."

Julia nickte dankbar.

„Wahrscheinlich sind Hein und Rick ohnehin für einen raschen Aufbruch, egal, was sie gleich für Neuigkeiten mitbringen", stimmte sie ebenfalls zu.

Doch die beiden Donnerfelsler kehrten nicht gleich, sondern erst weit nach Mitternacht in Midras Haus zurück. Anna war gerade auf, um nach dem weinenden Sönken zu sehen. Julia hatte einen leichten Schlaf und wurde wach, als sie die Männerstimmen hörte. Mit dem Rücken zu Anna lauschte Johannas Mutter neugierig Heins Bericht, ohne sich zu rühren.

„Tado ist ziemlich ernüchtert, aber er steht zu seinem Glauben", erzählte Annas Mann seiner Frau. „Er hat sachlich und ruhig mit mir gesprochen."

„Was hat er gesagt?", fragte Anna.

„‚Ich beuge mich dem Willen Christi, Hein. Gott kann zwar auch heute noch Wunder tun und mich hier herausholen, doch wenn nicht ... wenn es sein Wille ist, dass ich umkomme, so komme ich eben um'", zitierte Hein den Wunderfelsler.

Auf einmal wünschte sich Julia, Tado würde ihr bis ans Ende der Reise auf die Nerven fallen. Anna schluckte schwer, und eine Träne rollte langsam über ihre Wange. Sie wischte sie nicht fort. Ihr Mitgefühl glänzte als Perle im Mondlicht.

„Es stimmt tatsächlich“, fuhr Hein leise fort, seine Stimme dunkel vor Müdigkeit. „Bis zum Stadtoberhaupt bin ich geführt worden. Der Herrscher war sehr freundlich, aber ohne Nachsicht. Die öffentliche Verkündigung eines anderen Glaubens wird mit dem Tod bestraft.“

Anna legte sich die Hand auf den Mund, und Julia hielt den Atem an. Noch mehr Wassertropfen rollten lautlos über Annas Gesicht und ihren Handrücken. Von dort fielen sie auf Sönkens Kopf. Der Kleine hörte kurz auf zu trinken und guckte verwundert nach oben. „Selbst wenn Tado Besserung geloben und die Stadt verlassen würde, würde ihm das nichts mehr nützen. Es reicht, dass er offen seinen Glauben verkündet und trotz mehrmaliger Aufforderung nicht damit aufgehört hat. Es gibt zu viele Zeugen.“ Hein streichelte die nassen Haare seines kleinen Sohnes. „Immerhin behandeln sie ihn gut, weil ihr Buch ihnen das gebietet. Und ich habe erreicht, dass er seine Bibel zurückbekommt.“

Rick lächelte.

„Sein Gesicht hat gestrahlt, als wir sie ihm durch die Gitter gereicht haben“, ergänzte er.

Anna biss sich auf die Lippen. Sie hatten Tado hinter Gitter gesteckt. Den gutmütigen und harmlosen Schwärmer! Hein hob seinen Sohn hoch und legte ihn zurück in sein Bettchen. Dann nahm er Anna in den Arm.

„Tado sieht das Ganze als Gelegenheit, den Wärtern und Mitgefangenen von Jesus zu erzählen. Er will nicht, dass wir auf ihn warten. Wir sollen uns in Sicherheit bringen. Wenn er durch ein Wunder freikommt, wird er uns mit der nächsten Karawane folgen.“ Er drückte Anna einen Kuss auf das Haar. „Ich habe ihn unterschätzt, Anna, und schlecht über ihn gedacht. Das tut mir leid, und es war nötig, ihn um Vergebung zu bitten. Das habe ich getan."

„Das ist gut", flüsterte Anna. „Mir tut es auch leid." Julia schluckte, aber der Kloß saß fest in ihren Hals.

„Wir Menschen sind zu schnell in unserem Urteil über andere", gab Hein offen zu. „Dabei sehen wir doch nur, was vor Augen ist. Gott allein sieht tiefer."

„Er sieht das Herz an", flüsterte Anna und lächelte.

Dann wandte sie sich mit einer dunklen Ahnung an Rick.

„Und was ist mit Oke?"

Der Donnerfelsler seufzte.

„Bei Oke sah es schlecht aus. Er war immer noch betrunken und ließ nicht mit sich reden. Wir können nur für ihn beten."

Das taten sie leise, doch mitten im Gebet fiel Hein der Kopf auf die Brust, und er sackte zur Seite. Anna und Rick legten den schlafenden Mann lang hin und deckten ihn gemeinsam zu. Dann warf Heins Frau noch einen kurzen Blick auf ihren großen Sohn. Er hatte sich halb aufgesetzt und starrte mit versteinertem Gesicht aus dem Fenster. Offenbar hatte er zugehört. *Da dachte ich, Dora würde gesprächiger, wenn sie mit Jan zusammen ist, stattdessen lässt Jan sich von ihrem Schweigen anstecken. Nun haben wir bald zwei Stumme in unserer Gruppe!* Sie schloss die Augen und fügte noch ein stilles Gebet für Jan hinzu, bevor auch sie wieder einschlief.

20

„Ich bin der Weinstock, ihr seid die Reben.“

Johannesevangelium, Kapitel 15, Vers 5a

Julia warf noch einen Blick zurück auf die Stadt, in der sie ganze zehn Tage zugebracht hatten. Scheinbar friedlich und schon weit unter ihnen lag Ankrastan in der noch milden Morgensonne. Und doch war es der erste Ort, in dem der Name Jesus Christus nicht zu laut genannt werden durfte. Wie viele wohl noch folgen würden? Sie sah auf ihre Armbanduhr. Kaum zu glauben, aber wahr: Sie waren erst eine Wegstunde von Medros Heimatstadt entfernt.

Dicke Schäfchenwolken grasten am Himmel und bedeckten mit ihrer weißen Wolle fast ganz das restliche Blau, das noch übrig war und der Schwärze Widerstand leistete. Doch die dunklen Wolkengeschwüre hinter ihnen wuchsen beständig, lautlos wuchernd wie eine Krebserkrankung, die nicht behandelt wurde. Wie sollte man auch? Alle menschliche Heilkunst war hier vergeblich. Es ist ebenso aussichtslos, den Himmel zu heilen wie ein Mittel gegen den Tod zu finden. Dazu braucht es einen größeren Arzt. Nur ab und zu brach das Sonnenlicht durch den Wolkenvorhang. Dann wanderte die kleine Karawane im Lichtkegel des himmlischen Scheinwerfers. Wie ein riesiger Verfolger leuchtete er ihnen den Weg über eine endlose Bühne. Leider waren sie keine Schauspieler. Ihre Kulisse war die Wirklichkeit.

Medro ging voran und führte das erste Maultier, Hein folgte am Schluss mit dem zweiten. Noch stieg der Weg sanft an, und niemand musste sich anstrengen. Nur die Sorge um die beiden zurückgelassenen Männer lag ihnen wie Blei auf den Herzen. Jetzt tauchten in einiger Entfernung kugelige Hügel auf – riesige, halbrasierte Köpfe. Oben waren sie bewaldet, so als hätte der Friseur ein Büschel dunkelgrünes Haar stehen gelassen. Der hellgrüne Rest des Schädels war rundherum kurz geschoren. Doch als sie näherkamen, zeigte sich, dass die Pflanzen gar nicht abrasiert, sondern nur ordentlich gekämmt waren. In langen, stets parallelen Strähnen waren sie mal von Norden nach Süden, mal von Osten nach Westen gebürstet. Oder von oben nach unten und von rechts nach links drapiert, wenn ihr euch das besser vorstellen könnt. Manche verliefen auch diagonal. Doch alle bestanden aus den gleichen halbhohen Pflanzen, die gleichmäßig in Reihe und Glied wuchsen. Dazwischen sah man die erdige Kopfhaut.

Kleine Steinmauern, eine immer etwas höher am Hang gelegen als die vorige, teilten den Bewuchs in große, belaubte Stufen. Es war kein Ende zu sehen, und die Hänge waren recht steil. Dahinter sah man die Berge höher und felsiger werden. Hein und Anna betrachteten verwundert die kleinen, gedrungenen Stämmchen, von denen jedes einzelne sorgfältig an einen Holzpflock angebunden war. Dünne, frische Ruten mit hellgrünen, rundlich-herzförmigen Blättern sprossen zu beiden Seiten des Stammes hervor. Johanna und Julia erkannten sie sofort, und auch Jan waren sie von seinem Ausflug ins Rheinland vertraut. Doch die anderen wunderten sich.

„Medro! Was sind das für seltsame kleine Bäume?", fragte Rick. „So etwas habe ich noch nie gesehen. Die gibt es bei uns am Donnerfelsen nicht."

Johanna fing an zu lachen. Prustend hielt sie sich die Hand vor den Mund, um sich dann zu entschuldigen.

„Oh, es tut mir leid, Rick, ich wollte dich nicht auslachen", keuchte sie. „Aber das sind doch keine Bäume. Es sind Weinstöcke!"

„Weinstöcke?", staunte er und hob die Augenbrauen.

„Ja", kicherte das Mädchen. „Das hier sind Weinberge, stimmt's?", wandte sie sich an Medro.

Der Ankrastaner nickte lächelnd.

„Johanna, woher sollte Rick Wein kennen?", tadelte Julia ihre Tochter. „So weit im Norden wird er nicht angebaut. Es ist einfach zu kalt."

„Wein also, ja?", meinte Hein nachdenklich. Er machte einen Schritt auf die erste Reihe der Weinstöcke zu und fasste vorsichtig eines der Blätter. „Den tranken die Juden in Israel. Ich habe davon gelesen. So sieht er also aus, und aus den Beeren gewinnt man den Saft, den sie beim Passah und Abendmahl tranken und auf der Hochzeit zu Kana?"

„‚Saft' ist gut", gluckste Johanna.

Überrascht sah Medro Hein an.

„Wein kommt in eurem Buch vor?"

„Ja", bestätigte Rick, „aber noch tragen diese Weinstöcke keine Früchte, oder? Ich kann nur Blätter sehen. Es ist sicher zu früh."

„Ja, das hier sind die Blütenstände." Medro zeigte auf ein paar kleine, noch unscheinbare Tannenbäumchen mit winzigen grünen Kugeln an den Spitzen. „Sie heißen Gescheine. Die Trauben ernten wir erst bei der Lese im Herbst. Weintrauben schmecken sehr gut. Süß und saftig. Je kleiner die Beere, desto süßer ist ihr Saft."

„Aber wofür baut ihr denn Trauben an? Ich dachte, ihr trinkt keinen Alkohol. Stellt ihr denn überhaupt Wein her?“, erkundigte sich Hein.

„Das will ich meinen! Ankrastan ist bekannt für seinen guten Tropfen. Wir füllen den Wein in Schläuche und bringen ihn mit den Karawanen über das Gebirge. Er hält sich sehr lange und lässt sich gut verkaufen.“ Medro lächelte verschmitzt. „In Igrotta hat man nichts gegen Alkohol. Aber man kann die Trauben natürlich auch einfach so essen oder zu Saft pressen. Auch getrocknet als Rosinen sind sie gut und lange haltbar.“ Dora leckte sich die Lippen. *Traubensaft!* Den hatte Midra sie probieren lassen. Noch nie im Leben hatte sie so etwas Köstliches geschmeckt. Medro zeigte auf ein schlankes Gebäude, das oben, unmittelbar am Rand der Weinfelder, stand. „Das ist der Kelterturm. In ihm werden die Trauben nach der Ernte gepresst.“

Der Turm war aus behauenen, hellen Steinen gebaut und hatte ein rundes, fast flaches und dennoch kegeliges Dach. Sie stiegen immer höher und erreichten schließlich das runde Gebäude, das einen niedrigen, hausartigen Vorbau hatte.

„Hier lagert der Weingärtner seine Arbeitsgeräte. Er und seine Arbeiter wechseln dort auch manchmal ihre Kleidung. Aber im Moment braucht er nicht viele Helfer, denn die meiste Arbeit gibt es erst im Herbst“, erklärte Medro weiter.

„Eine Kelter ist eine Presse?“, fragte Anna. „Ihr presst damit den Saft aus den Trauben wie ein Imker den Honig aus den Waben?“

„Ja, genauso ist es. Die Trauben kommen in ein großes Holzfass. Rundum ist es mit Schlitzen versehen, durch die der Saft herauslaufen kann, wenn die große Holzscheibe von oben auf die Trauben gedrückt wird.“

„Ist es eine Spindelpresse?“, hakte Anna nach.

„Ja! Wie kommst du darauf?“, wunderte sich Midras Bruder.

„Ich habe selbst eine solche Presse beim Honigmachen benutzt. Sie war natürlich kleiner.“

Anna lächelte und blickte wehmütig zu dem Vorbau. Jan wusste, dass sie an ihren Schuppen oben bei den Gärten und auch an ihren ersten Mann, seinen leiblichen Vater, dachte. Er sah es ihren Augen an, die in die Ferne gerichtet waren und durch den Kelterturm hindurchzublicken schienen. Plötzlich trat ein Mann aus dem Gebäude hervor. Er war selbst so groß und so breit wie ein Turm. Dichte schwarze Haare umrahmten sein von der Arbeit im Freien braun gegerbtes Gesicht. Aufmerksam und ohne ein Anzeichen von Furcht sah er zu ihnen herüber. Während er die sich nähernde Gruppe beobachtete, strich er sich durch den vollen Bart.

„Friede mit dir, Jamin“, grüßte der Schreiner den Mann und stellte ihn als den Weingärtner vor.

„Friede mit dir und deinen Begleitern“, erwiderte der Winzer den Gruß und neigte dabei wie üblich den Oberkörper leicht nach vorn. Auch die Donnerfelsler deuteten eine Verbeugung an.

„Wohin des Weges? Doch nicht etwa ins Gebirge, um diese Jahreszeit, Medro?“, fragte Jamin.

Er blickte zu den Mulis, und eine Sorgenfalte erschien auf seiner Stirn.

„Doch, mein Freund. Diese Reisegruppe hat es eilig. Sie haben einige Zeit bei meiner Schwester gewohnt, und jetzt wollen sie noch vor dem Sommer über die Berge kommen. Ich zeige ihnen nur den richtigen Weg und kehre dann um.“

Ernst sah der Winzer sie an, während er langsam und bedächtig seine Arbeitshandschuhe auszog. Bei Sönken und Dora verweilte sein Blick etwas länger. Dann wandte er sich wieder an Medro.

„Sie wissen um die Gefahr?“, erkundigte er sich.

„Ja. Aber sie sind dennoch fest entschlossen.“

Medro nickte Hein zu und der ergriff das Wort, um für die Gruppe zu sprechen.

„In unserer Heimat an der Küste mehren sich die Anzeichen für eine nahende Katastrophe. Der Himmel hat dieselbe schwarze Krankheit wie bei euch hier. Sie ist nur schon weiter fortgeschritten. Das Wetter hält sich schon länger nicht mehr an die Jahreszeiten, und es gab schwere Erdbeben und Sturmfluten im Norden“, berichtete er. „Wir glauben, dass auch Ankrastan nicht sicher ist, und hoffen auf Rettung auf der anderen Seite der Felsenberge.“

Jamin hörte ruhig zu. Man sah ihm nicht an, was er dachte.

„Ein Gefährte von ihnen, er heißt Tado, hat unseren Leuten zu viel über Jesus erzählt“, ergänzte Medro. „Du hast vielleicht noch nicht davon gehört, dass er deshalb im Gefängnis sitzt.“

Der Weingärtner schüttelte bedauernd den Kopf.

„Dann seid ihr also gekommen, um uns zu warnen, und einer von euch wartet jetzt in Ankrastan auf seinen Tod“, fasste Jamin zusammen, und sein Blick verdüsterte sich.

„Einen weiteren Freund haben wir an den Alkohol verloren“, ergänzte Rick. „Sein Name ist Oke.“

„Ich verstehe.“ Der Weingärtner nickte wissend. „Und es tut mir sehr leid für eure Freunde.“

Er schwieg eine Weile, wie man es tut, wenn man an jemanden denkt. Dann machte er ein paar Schritte auf Hein zu. „Darf ich euch wenigstens eine kleine Stärkung anbieten? Oder ist es zu früh für eine Pause? Es gibt guten Traubensaft aus dem letzten Jahr, dazu Brot und Käse.“

„Ich verbürge mich dafür, dass das Brot nicht aus dem letzten Jahr stammt, sondern frisch gebacken ist", sagte Medro lachend.

Hein lachte mit.

„Es wäre uns eine Ehre und Freude. Nur zu gern wollen wir den Traubensaft probieren!"

Doras Augen leuchteten erwartungsvoll auf.

„Traubensaft ..."

Sie hielt den Kopf gesenkt, und das Wort war kaum hörbar geflüstert, aber Jan, der direkt neben ihr stand, hatte es genau gehört. Dora leckte sich die Lippen, als sei auf ihnen immer noch eine Spur der Süßigkeit zu schmecken. Jan starrte auf ihren Hinterkopf. Sie hatte tatsächlich gesprochen! Sein Herz schlug spürbar schneller. Er sagte nichts, blieb aber neben ihr und lauschte aufmerksam, um jedes weitere Wort aufzuschnappen. Doch es kam keins.

Die Gruppe folgte Jamin zu einem kleinen Haus, das ganz oben auf einem der Weinberge lag. Halb versteckt stand es am Waldrand und bot einen Rundumblick über die dauerwellige Weinlandschaft. Klein und weit weg lag Ankrastan, die quirlige Stadt, in der heißen Mittagssonne. In Jamins Haus dagegen war es angenehm kühl. Die Einrichtung ähnelte in ihrer Schlichtheit der in Bens Hirtenhütte, nur waren Jamins Möbel edler und nicht so grob gebaut. Man sah ihnen an, dass Medros Künstlerhände sie geschreinert hatten. Der Tisch war schnell gedeckt, und sie nahmen Platz. Doras Augen glänzten vor Vorfreude, als Jamin den roten Saft einschenkte, doch noch wagte sie es nicht, die Hand nach dem feinen Glas auszustrecken. Als Medro ihn darum bat, dankte Rick mit einfachen Worten für die Mahlzeit und die Freundlichkeit des Winzers. Dann stießen sie auf das Wohl ihres Gastgebers an. Dora führte das Glas so vorsichtig an die Lippen, als sei es statt Saft mit roter Glut gefüllt und sie hätte Angst, sich zu verbrennen. Jan erwartete fast, dass sie auf den Saft pusten würde, aber sie nahm nur einen kleinen Schluck und schloss beim Trinken die Augen.

„Süß", flüsterte sie, als sie sie wieder öffnete.

Diesmal hatten es alle gehört. Es wurde so still am Tisch, dass man das Weinlaub draußen rascheln hören konnte.

„Das will ich meinen. Er ist auch aus den besten Früchten der Welt gemacht", sagte Jamin und zwinkerte Dora zu. „Diese Trauben haben die Sonne eingefangen. Und ich hätte den Namen ‚Winzer' nicht verdient, wenn mein Saft eure Augen nicht zum Strahlen brächte."

Alle lachten, nur Anna starrte stumm die kleine Altfelslerin an. Julia stieß sie an.

„Tu einfach so, als sei nichts Besonderes geschehen", riet sie ihrer Freundin leise. „Dann wird es von ganz allein mehr."

Anna nickte und zwang sich, von Dora wegzusehen.

„Was macht ihr Winzer, damit die Stöcke so klein bleiben?", fragte Hein. „Die Stämme sind dick. Ich habe gesehen, dass einige Pflanzen stark austreiben und in alle Richtungen wachsen. Eigentlich müssten die Weinstöcke viel größer sein."

„Das ist richtig. Rebstöcke muss man erziehen, damit sie so wachsen. Das heißt, ich beschneide sie jedes Jahr mehrmals stark."

Jan guckte misstrauisch, als der Winzer aufstand, ein Messer aus einer der Schrankschubladen nahm und auf den Tisch legte. Es hatte einen hölzernen Griff und eine halbmondförmig gebogene Klinge.

„Sieht aus wie die Sichel von Miraculix, dem Druiden", sagte Johanna zu ihrer Mutter.

„Mit so einem Winzermesser werden zu Beginn des Jahres die eingetrockneten alten Ruten und Früchte entfernt und bis auf zwei Augen, also zwei Knospen, zurückgeschnitten. Nach einem späteren zweiten Schnitt ist etwa nur noch der zehnte Teil jedes Stockes übrig“, erklärte Jamin weiter.

„Nur der zehnte Teil!“, empörte sich Jan. „Das heißt ja, man schneidet fast alles ab, was gewachsen ist. Ihr verstümmelt die Pflanzen!“

Jamin schüttelte beruhigend den Kopf.

„Das könnte man denken, und es wäre sicher eine Art Verstümmelung, wenn es jemand ohne Erfahrung oder Überlegung macht. Aber tatsächlich ist das Gegenteil der Fall. Die Gefahr liegt eher darin, dass man zu wenig abschneidet.“

„Warum?“

„Die ganze Kraft muss in die neuen Triebe, denn nur so tragen sie mehr und bessere Frucht. Genau das möchte ich erreichen.“

Jamin ging zur offenen Tür und blickte über den Weinberg vor seinem Haus. Julia sah zu ihm. Sein Anblick erinnerte sie an Ben. Ebenso zärtlich hatte Ben auf seine Schafe gesehen. Sie glaubte dem Weingärtner nicht ganz, dass es ihm nur um die Früchte ging.

„Ich erinnere mich dunkel daran, dass der Rückschnitt sogar wichtig ist, um die Weinstöcke gesund zu halten. Stimmt das?“, fragte sie.

„Ja“, antwortete Jamin. „Ein gut erzogener Rebstock ist kräftiger und widerstandsfähiger. Er bekommt nicht so häufig Läuse oder Mehltau.“

„Das Beschneiden ist also eine nötige Operation, und der Winzer ist eigentlich ein Pflanzenarzt?“, fasste Julia zusammen.

„Genau so könnte man es nennen“, stimmte Jamin zu. „Gesunde Pflanzen bringen mehr Frucht, so ist auch dem Weingärtner gedient.“

„Sehr interessant“, sagte Hein und sah nachdenklich zu Julia.

Sie hätte gern gewusst, was er gerade dachte. Aber sie traute sich nicht, ihn zu fragen.

„Können wir einen Blick auf die Karte werfen?“, fragte Geert. „Ich möchte so viel wie möglich über die Felsenberge und ihre Gefahren wissen.“

Rick breitete die Karte aus, die er von Medro bekommen hatte.

„Hier sind alle sicheren Übernachtungsmöglichkeiten eingezeichnet. Dabei handelt es sich einmal um natürliche Höhlen und zum anderen um einfache Gebirgshütten, die wir Ankrastaner gebaut haben“, erklärte Midras Bruder. „Überall sind zusätzliche Vorräte und Feuerholz eingelagert. Zwischen den Unterkünften liegt jeweils eine Tagesreise, die im Sommer gut zu schaffen ist, wenn nichts dazwischenkommt.“

„Im Frühjahr allerdings kann schon das unbeständige Wetter einen Zeitverlust bedeuten oder euch zu Umwegen zwingen“, ergänzte Jamin.

„Denkt daran, aus der ersten Hütte den Schneeschutz und die Schneeschuhe mitzunehmen!“, mahnte Medro. „Solltet ihr über Schneefelder wandern müssen, was sehr wahrscheinlich ist, so geht es mit diesen Hilfsmitteln viel besser! Ich werde umkehren, sobald die Hütte in Sichtweite ist“, schloss er schließlich und erhob sich. „Dann seid ihr auf euch allein gestellt.“

„Wann wird das so weit sein?“, wollte Anna wissen.

„Noch bevor die Sonne untergeht. Dann bleibt mir genug Zeit für den Heimweg.“

Der Winzer stand auf, ging an die Tür und trat ins Freie. Zufrieden blickte er über seine Weinstöcke, während die Donnerfelsler ihre Sachen zusammensuchten.

„Ich werde mit Medro nach Oke und Tado sehen", versprach er zum Abschied.

Racker sprang den ganzen Weg zur ersten Hütte voraus. Nachdem er zu Beginn der Reise schmerzhafte Bekanntschaft mit den Hufen der Mulis gemacht hatte, hütete er sich, ihnen zu nahe zu kommen.

„Unsere Reittiere sind ausdauernd und trittsicher, aber auf Hunde nicht unbedingt gut zu sprechen", sagte Medro. Rick nickte.

„Das habe ich auch schon bemerkt", bestätigte er und klopfte seinem Maultier auf den kräftigen braunen Hals. „Sie werden unruhig und keilen aus, wenn Racker in der Nähe ist. Aber sie sind stark! Unser Gepäck scheint ihnen nichts auszumachen." Dann sortierte Rick die Lederfransen, die dem Maultier vom Stirnband ins Gesicht hingen. „Ein schönes Tier. So einen Augenschutz, der die lästigen Fliegen vertreibt, hätte ich auch gerne", schimpfte er und wedelte mit der Hand, um die Plagegeister wegzuscheuchen. Medro lächelte wissend.

„Dort oben ist die Hütte!", rief Johanna.

Sie zeigte auf ein kleines Haus, das an einem Berghang über ihnen zu sehen war. Jan legte sich die Hand über die Augen und folgte mit dem Blick ihrem ausgestreckten Arm.

„Sie steht frei", wunderte er sich laut, „ich sehe keine Bäume."

„Gut beobachtet! Dort oben wachsen nur noch niedrige Sträucher, für Bäume ist es zu hoch. Es sieht nah aus, doch tatsächlich liegen noch ein paar Wegstunden vor euch. Ich werde jetzt umkehren, da die Sonne den Zenit überschritten ... oh!"

Plötzlich brach Medros Stimme ab. Er streckte die Arme aus, um sein Gleichgewicht zu halten und auf den Beinen zu bleiben. Sein Körper zitterte. Nein, der Berg bebte! Zu ihren Füßen gerieten Steine ins Rutschen und kollerten den Hang hinunter. Noch während Johanna ihnen nachsah, wurde ihr klar, dass auch von oben welche kommen konnten, und sie blickte den Hang hinauf.

„Vorsicht!“, rief Medro, streckte eine Hand aus und riss Julia im letzten Moment zur Seite.

Beide fielen zu Boden. Ein großer Felsbrocken rumpelte an ihnen vorbei ins Tal und verfehlte sie nur um Haaresbreite. Erschrocken blieb Julia im Gras sitzen und lauschte dem steinernen Echo, das langsam leiser wurde, je weiter sich der Brocken entfernte. Aber Midras Bruder sprang auf und zog sie auf die Füße.

„Mir nach!“, rief er und lief zu einem Felsvorsprung. Darunter waren sie sicher. Während die Berge donnerten und es Steinchen hagelte, drückten sich die Wanderer möglichst nah an die Wand, um nicht verletzt zu werden. Der Gesteinsregen dauerte nicht lange. Als es still wurde, atmeten alle auf.

„Steinschlag“, sagte Medro. „Damit müsst ihr im Gebirge immer rechnen. Das kann jederzeit passieren. Die Berge arbeiten. Seht also öfter mal nach oben!“, ermahnte ihr Bergführer sie.

„Danke für den Rat“, sagte Geert. „Aber das war mehr als ein normaler Steinschlag, oder?“

„Ich denke, das war ein Erdbeben, wenn auch ein leichtes“, stellte Hein fest. „Gibt es die auch jederzeit?“

„Nein, eigentlich nicht“, gab Medro zu. „Sicher sind die Felsenberge irgendwie immer in Bewegung, aber das ... das hat sich tatsächlich anders angefühlt.“

Eine Denkfalte erschien zwischen seinen Augen, als er die Brauen zusammenzog. Rick nickte ernst. Er blickte in den nördlichen Himmel hinter ihnen. Der war unverändert schwarz.

„So hat es am Donnerfelsen auch angefangen. Ihr solltet wirklich überlegen, ob ihr nicht auch Ankrastan verlasst."

„Ja, bitte, Medro, versprich uns, dass du mit Midra noch einmal darüber redest und ihr auch eurem Stadtoberhaupt davon berichtet", bat Anna ihn. „Wenn es schlimmer wird, müsst ihr vorbereitet sein!"

„Ich verspreche es", sagte Medro.

Dann verbeugte er sich und verharrte in dieser Stellung.

„Möge Usla mit euch sein, meine Freunde!"

Mit diesen Worten verabschiedete sich Midras Zwillingsbruder und drehte sich um. Eine Weile sahen sie ihm nach, doch schon bald verschwamm sein grünes Gewand mit der Landschaft, und sie machten sich an den weiteren Aufstieg zur Hütte. Obwohl sie bereits zum Greifen nah schien, erreichten die Donnerfelsler erst am Abend ihr erstes Ziel.

21

„Mächtiger als die Meereswogen ist der HERR in der Höhe!“

Psalm 93, Vers 4b

Am frühen Morgen des nächsten Tages breitete Jan seine Abschrift von Medros Karte auf dem Hüttenboden aus, um sich den Weg und die Lage der Höhlen und Hütten erneut einzuprägen. Bereits in Ankrastan hatte er das Original abgezeichnet, um ein eigenes Exemplar zu besitzen. Der einfachste, aber längste Weg führte um mehrere Gipfel herum und zwischen den Bergen hindurch. Diese Route wählten die Karawanen. Abseits des Hauptreiseweges war ein langer, schmaler Grat gekennzeichnet. Er kürzte einen Teil der Strecke erheblich ab und war damit die schnellste, wenn auch nicht die ungefährlichste Wahl. Doch selbst dann war es weit bis zur nächsten Stadt auf der anderen Seite der Felsenberge, die den Namen Igrotta trug.

Irgendwo in diesem riesigen Gebirge gab es ein Kloster, das aber auf keiner der Routen direkt zu erreichen war. Für eine Übernachtung schied es aus, wenn man keinen Umweg in Kauf nehmen wollte. Selbst Medro war noch nie dort gewesen. Er hatte nur einen Kreis um den Ort gezogen, an dem er es vermutete, und erzählt, was er über die Mönche wusste. Spöttisch zog Jan einen Mundwinkel nach oben. Eine weitere Sorte von Verrückten, die sich gelb kleideten und ihrer eigenen Lehre folgten. Zur Abwechslung kam ihre Weisheit aber nicht von einem Gott, der sie ihnen offenbart, sondern von einem Mitmenschen, der sie gefunden hatte. In großer Armut lebten seine Nachfolger im Hochgebirge, nicht etwa darauf bedacht, einen Gott zufriedenzustellen, sondern sich von ihrem Ich zu lösen, um mit irgendetwas zu verschmelzen. Immerhin waren sie friedlich und drängten niemandem ihre Selbstauflösungsgedanken auf. Eine Hand legte sich auf Jans Schulter, und der Junge zuckte zusammen. Er hatte den Zimmermann nicht gehört.

„Was gäbe ich für deine Gedanken", sagte Geert leise, denn alle anderen schliefen noch.

„Ich versuche nur, mir den Weg zu merken", log Jan.

„So, so", meinte der Zimmermann und setzte sich neben den Jugendlichen. „Das ist eine hervorragende Idee!"

Gemeinsam guckten sie auf die Karte, bis Jan sie schließlich wieder zusammenfaltete. Erst jetzt fiel sein Blick auf das Lederband, das Geert in der Hand hielt.

„Ist das eine von den Schneebrillen?"

„Ja, so hat Julia es genannt."

Bereitwillig hielt er Jan den Gegenstand hin. Jan griff danach.

„Der Name von dem Ding war das Letzte, was ich gestern noch gehört habe. Dann bin ich eingeschlafen." Jan untersuchte das Leder mit den schmalen Sehschlitzen und band es probehalber um. Es saß bequem, aber das Sichtfeld war stark eingeschränkt. „Hat Julia sonst noch etwas gesagt?"

„Nur, dass Medros Warnung ernst zu nehmen sei. Schnee und Sonnenlicht können die Augen so blenden, dass sie sich entzünden und man erblindet." Geert grinste. „Steht dir gut, solltest du immer tragen."

Jan wurde rot, denn im gleichen Moment blickte Dora um die Ecke. Ihre Mundwinkel zuckten leicht, als wolle sie über Geerts

Witz lachen. Doch sie sah sofort wieder weg und begann, für alle Holzschüsseln auf den Tisch zu stellen. Dann legte sie Löffel daneben. Hastig band Jan die Schnur auf und streckte Geert den Augenschutz entgegen.

„Nein, behalte sie, ich hole mir eine neue", wehrte der Zimmermann ab. „Und pack sie am besten sofort in deine Tasche."

Jan gehorchte. Dann bot er Dora seine Hilfe an.

„Soll ich dir helfen?", fragte er.

Das Mädchen reichte ihm einen Mörser mit Haferkörnern, die noch zerstoßen werden mussten. Mehrmals öffnete Dora den Mund vergeblich und schluckte, während sie ein paar Rosinen gerecht auf alle Holzschalen verteilte.

„Gern", brachte sie schließlich mühsam hervor, ohne Jan anzusehen.

Sie hinterließen die Hütte, wie sie sie vorgefunden hatten. Nur neun Schneebrillen und neun Paar Schneeschuhe nahmen sie mit sich. Medro würde mit der ersten Karawane auch neue Ausrüstung mitbringen. Jan und Geert trugen ihre Bögen. Die anderen überließen ihre Waffen den Mulis. Der Weg blieb steil und wurde jetzt felsiger. Auch die letzten Bäume blieben zurück in der Tiefe und mit ihnen der Schatten. Erst schwitzten sie in der langärmeligen Kleidung, doch je höher sie stiegen, desto kühler wurde der Wind, und die Wanderer waren dankbar für die Sonne. Die kurzen Pausen verbrachten sie hinter oder unter einem Felsen, umkreist von großen Vögeln, die darauf hofften, etwas Fressbares zu ergattern. Bei einigen von ihnen waren Rücken und Brust aschgrau gefedert, andere waren komplett schwarz.

„Rabenkrähen und Nebelkrähen", sagte Geert.

Emily waren sie unheimlich, besonders wenn sie ihr quäkendes Rufen hören ließen, aber Jan lachte sie aus.

„Du bist doch viel größer als die Krähen und kannst sie einfach wegscheuchen."

„So viel größer ist sie nun auch nicht", widersprach Johanna. „Die Flügel sind bestimmt einen Meter breit."

„Pah", sagte Jan nur. Dann rannte er laut brüllend auf eine Gruppe Vögel zu. Die Krähen flogen auf und ließen sich etwas weiter entfernt wieder nieder. Emily zog vor Schreck den Kopf ein. Jan lachte sie aus.

„Es sind so viele, Mama", murmelte sie. Anna drückte ihre Hand.

„Aber sie sind harmlos", sagte Rick tröstend. „Auch wenn sie so groß aussehen."

„Die Murmeltiere mag ich trotzdem lieber."

Jans Schwester zeigte auf eins der Nagetiere, das sich in die Nähe gewagt hatte. Aufmerksam hob es die Vorderpfoten und drehte den Kopf in ihre Richtung. Dann stieß es schnell einige schrille Pfiffe aus, ehe es im Bau verschwand.

„Ich auch. Ist mehr dran." Jan ließ seinen Bogen sinken. „Schade, es war zu schnell für mich", bedauerte er.

„So habe ich das nicht gemeint", protestierte Emily.

„Reg dich ab. Hier oben, über der Baumgrenze, bekommen wir sowieso kaum noch welche zu sehen. Und die Gämsen sind zu weit weg. Selbst wenn ich eine träfe, würde sie so tief fallen, dass ich sie unmöglich bergen könnte." Emily guckte in die Richtung, die ihr Bruder anzeigte. Sie sah zu, wie die kleinen Huftiere sich waghalsig von Fels zu Fels stürzten. Zwei Bergadler zogen über ihnen ihre Runden. „Flügel müsste man haben", seufzte sie, denn ihr taten die Füße weh.

„Oder ein Flugzeug", meinte Johanna und dachte wehmütig an den Luxus der Zivilisation, die sie freiwillig verlassen hatte. Das alles schien Jahre zurückzuliegen. Energisch schob sie den Gedanken an ein bequemes Leben beiseite und richtete ihren Blick auf die Blumen am Wegrand, die sie aus dem Österreich-Urlaub kannte. In den dortigen Alpen blühten sie vereinzelt. Doch hier war der Boden stellenweise so verschwenderisch mit Edelweiß und blauem Enzian besät, als hätte jemand zu viel davon gehabt und die Blumen eimerweise ausgekippt. Offensichtlich waren sie in den Felsenbergen nicht vom Aussterben bedroht. Trotzdem pflückte Johanna keine der Blüten. Lebendig waren sie schöner.

Hein trug Sönken, der gerade fröhlich krähte und vor lauter Freude seinen Kopf gegen den Rücken seines Vaters schlug. Doch der schien es nicht zu bemerken, denn er hielt den Blick auf den Weg gesenkt.

„Woran denkst du?", wollte Anna wissen und griff nach seiner Hand. Hein sah nur kurz auf.

„Mich lässt der Wein nicht los", antwortete er.

„Oh, ich weiß, was du meinst. Ich finde das Bild auch beeindruckend."

Überrascht sah Hein sie an.

„Hast du dasselbe gedacht wie ich?"

„Woher soll ich denn wissen, was du denkst?", fragte Anna lächelnd. Hein drückte ihre Hand.

„Manchmal glaube ich, du weißt alles über mich", sagte er leise. Seine Frau lachte.

„Sicher nicht! Aber jetzt, wo ich diese Pflanzen gesehen habe, diese Weinstöcke, und der Winzer uns seine Arbeit erklärt hat, kann ich mir viel besser vorstellen, warum sich Gott mit einem

Weingärtner vergleicht. Und warum Jesus sagte, dass er der Weinstock ist und wir nur Frucht bringen können, wenn wir an ihm bleiben."

„Ich wusste es doch: Du kannst meine Gedanken lesen", meinte Hein und schmunzelte, doch Anna schüttelte immer noch lachend den Kopf.

„Nein, mein Lieber, das liegt nur daran, dass wir in demselben Buch lesen."

Jan, der hinter seinen Eltern ging, verzog genervt das Gesicht. Er ließ sich noch weiter zurückfallen, um nicht zuhören zu müssen, und stieß auf Dora. Sie sah ihn wortlos an. Mittlerweile konnte sie allen Donnerfelslern kurz ins Gesicht blicken oder wenige Worte mit ihnen sprechen. Beides gleichzeitig schien noch zu schwierig für das Mädchen zu sein. So hatten sich alle daran gewöhnt, ihr anzusehen, was sie wissen wollte. Auch Jan antwortete auf die unausgesprochene Frage in ihren Augen.

„Keine Angst, alles in Ordnung. Ich bin nicht müde, habe nur keine Lust mehr, diesen frommen Gesprächen zu lauschen. Findest du es nicht auch unsinnig?"

„Ich weiß nicht", sagte Dora leise und guckte schnell weg. „Ich weiß nicht, worüber sie reden."

„Natürlich, wie dumm von mir. Hier hinten konntest du die Worte ja kaum verstehen."

Jan errötete leicht. Wenn dieses Mädchen in der Nähe war, bekam er nichts Vernünftiges heraus. Manchmal verschlug es ihm sogar völlig die Sprache. Er zwang sich zu einer Erklärung.

„Also ... also, sie reden jeden Tag über das Gleiche. Über die ... Bibel", stieß er hervor. „Ich habe das ja auch eine Weile geglaubt, aber wenn dieses Buch wirklich die Wahrheit wäre, dann müsste es den Menschen doch Frieden bringen, oder? Wie kann es dann

sein, dass die, die vorgeben, danach zu leben, so uneinig sind und sich untereinander sogar bekämpfen? Sie müssten doch die glücklichsten und friedlichsten Menschen der Welt sein!"

Er guckte seine Zuhörerin von der Seite an. Gespräche mit ihr waren beinahe wie Selbstgespräche. Oft nickte sie nur oder schüttelte den Kopf. Jan sah wieder nach vorn. Sie hatten nun einen größeren Abstand zu Geert, der mit Anna und Hein voranging. Hinter ihnen kamen die anderen. Zum Schluss, mit dem letzten Muli, liefen Rick und Racker, denen heute Julia und Johanna Gesellschaft leisteten.

„Du sahst auch nicht gerade fröhlich aus, als du die Wände eurer Kirche gestrichen hast", sagte Jan plötzlich und wusste selbst nicht, warum er Dora persönlich angriff. „Warum hast du das überhaupt getan?"

Das zarte Mädchen sah immer noch zu Boden. Ihre Antwort war kaum hörbar.

„Weil ... weil man mir gesagt hat, dass ... dass es sein müsste, weil es Gott gefällt", flüsterte es.

„Ach ja?" Jan schnaubte. „Vom Wändestreichen steht aber nichts in der Bibel."

Doch Dora war in Gedanken am Donnerfelsen und bei ihren Eltern. Als hätte sie den Einwand nicht gehört, sprach sie weiter.

„Gott gefällt Weiß. Es ist die Farbe Gottes. Weiß wie Schnee."

„Aber sicher, die Ankrastaner sagen Grün, und die Verrückten im Kloster sagen, Gelb sei die göttliche Farbe. Warum nicht Blau wie der Himmel?", spottete Jan.

„Ich weiß nicht, warum Gott Weiß mag. Ich kannte sein Buch gar nicht. Wir durften es nicht lesen. Es war zu schwer für uns zu verstehen. Nur sonntags haben sie es geöffnet und uns gesagt, was die Worte bedeuten. Gott war so weit weg." Dora klang, als würde sie nur laut denken und hätte vergessen, dass jemand zuhörte. „Aber Hein, Hein liest es anders. Wenn er über das Buch spricht, wird es lebendig. Als wäre es eine Person, kein Ding; kein Etwas, sondern ein Jemand. Und er sagt, dass dieser Jemand Gott ist und mich liebt wie ein Vater sein Kind. Wie er Sönken und Emily und Jan liebt."

Ja, sie hat mich vergessen, dachte Jan.

„Und Gott tröstet, wie eine Mutter tröstet. Wie Anna Sönken stillt, so will Gott meinen Durst stillen. Den Durst und die Sehnsucht nach Liebe und Frieden. Frieden mit Gott. Vielleicht glauben die Menschen mehr an ihre eigene Lehre als an das, was wirklich in diesem Buch steht, und geraten deswegen in Streit."

Auf einmal guckte Dora zu Jan. Sie sah aus, als sei sie gerade aus einem Traum erwacht, aber aus einem schönen. Jan blickte sie entgeistert an. Das durfte doch wohl nicht wahr sein! Sie klang schon genauso wie seine Eltern! Hatten die ihr das Gehirn gewaschen? Auf einmal konnte sie reden wie ein Wasserfall, und dann das?! Er spürte, dass er wütend wurde. So dumm konnte sie doch nicht sein!

„Und wie kannst du dir jetzt sicher sein, dass man dich nicht wieder anlügt? Wer sagt dir, dass es nicht nur ein anderer Betrug ist, auf den du hereinfällst? Einer, der nur besser klingt?"

Mit Genugtuung beobachtete Jan, wie das Leuchten aus Doras Augen wich und der Angst Platz machte. Das Gesicht des Mädchens versteinerte und wurde wieder zu der grauen Maske, die sie so lange getragen hatte. Für einen kurzen Moment tat es Jan leid, doch das Gefühl der Reue war schnell vorbei. Dann verfinsterten sich auch seine Züge. Er ließ Dora stehen und stampfte schneller bergauf, als sie laufen konnte. Bald hatte er das Mädchen weit hinter sich gelassen und wieder zu seinen Eltern

aufgeschlossen. Aber die waren immer noch beim gleichen Thema. Anscheinend gab es kein Entkommen.

„Und wenn Gott uns erziehen oder, um im Bild zu bleiben, beschneiden muss, können wir darauf vertrauen, dass er sich auskennt und es gut mit uns meint. Wir werden gesund, bringen mehr Frucht, und das dient zu Gottes Ehre, wenn wir seine Jünger werden, wie Johannes es in diesem Kapitel seines Evangeliums schreibt ..."

„Na, herzlichen Glückwunsch!", unterbrach Jan seine Mutter böse. „Eine Jüngerin habt ihr schon gemacht!"

Erschrocken hielt seine Mutter inne. Jan zeigte auf Dora, doch Anna begriff nicht, wovon ihr Sohn sprach.

„Könnt ihr nicht einmal über etwas anderes reden?", schimpfte Jan. „Ich kann das alles nicht mehr hören. Es kommt mir schon zu den Ohren raus. Gott, Jesus! Kannst du nicht einmal den Mund halten?"

„Jan, wie sprichst du mit deiner Mutter?!"

Auch Heins Stimme wurde laut. Anna legte ihm die Hand auf den Arm.

„Das geht dich gar nichts an! Ich rede, wie ich will", brüllte Jan seinen Stiefvater an.

Für die beiden Erwachsenen kam dieser Ausbruch nicht wie der berühmte Blitz aus heiterem Himmel. Nein, sie hatten längst gewusst, dass sich in ihrem Sohn ein Gewitter zusammenbraute. Anna seufzte und schickte ein Stoßgebet zum Himmel, während neue Worte auf sie herabdonnerten.

„Wie ich dieses Gerede hasse!", schrie Jan. „Wenn das alles wahr wäre, dann sähe die Welt anders aus!"

Julia und Rick sahen nur kurz zu ihnen hoch und wanderten dann weiter. Sie konnten den Streit nicht verfolgen, sondern mussten sich ganz auf den Weg konzentrieren, denn der Pfad wand sich in immer schmaleren Schlangenlinien bergauf. Nicht nur die Wand auf der einen, sondern auch der Abhang auf der anderen Seite rückten immer näher. Kleinere Geröllfelder mussten überquert werden. Rechts von ihnen ging es steil hinab. Julia hatte deutlich vor Augen, was passieren würde, wenn sie hier danebentrat. Also richtete sie den Blick zu Boden.

„Ihr seid so dumm!", rief Jan jetzt und erhöhte sein Tempo noch einmal.

Hein wollte etwas Scharfes hinterherrufen, doch Anna hielt ihn zurück.

„Lass, Hein. In dem Jungen brodelt es schon genug."

„In mir brodelt auch gleich was", murmelte ihr Mann, schluckte aber die für Jan gedachte Erwiderung hinunter. Anna sah ihrem Sohn hilflos nach. Er hatte seinen Rucksack geöffnet und griff nach Julias Fernglas. Weil er dabei kurz den Weg aus den Augen lassen musste, stolperte er. Anna zuckte zusammen.

„Pass auf!", schrie sie. Nur mit großer Mühe konnte Jan das Gleichgewicht wiedererlangen.

„Ja, ich kann schon auf mich aufpassen", brüllte er zurück und sprintete weiter.

„Hoffentlich fällt er nicht noch", schimpfte Hein.

Schnell war Jan hundert Höhenmeter über ihnen. Oberhalb eines kleinen Geröllfeldes kletterte er auf einen Felsbrocken und hielt sich das Fernglas vor die Augen. Dann kontrollierte er mit dem Kompass, den er sich von Julia geliehen hatte, die Himmelsrichtung.

„Was macht er denn da?"

Hein und Anna blieben kurz stehen, um zu verschnaufen, die Augen besorgt auf Jan gerichtet. Als sie weitergingen und

näherkamen, sahen sie, dass sein zuvor vor Wut und Anstrengung gerötetes Gesicht totenblass geworden war. Er sah wieder durch das Fernglas. Eilig schloss Hein zu ihm auf und kletterte ebenfalls auf den Felsen.

„Um Gottes Willen, was ist denn los?“, keuchte der rothaarige Mann, als er den Jungen endlich erreicht hatte.

Stumm reichte Jan ihm Kompass und Fernglas.

„In dieser Richtung liegt der Donnerfelsen“, sagte Hein, nachdem er den Kompass benutzt hatte. Dann hob er den Feldstecher und sah hindurch. Das Glas beschlug etwas, weil Hein so schwitzte. Doch da es ein außergewöhnlich klarer Tag war, konnte er mit diesem Gerät aus der anderen Welt trotzdem weit und lupenscharf sehen. Selbst mit nur einem Auge ...

Doch Heins Freude an der Technik währte nicht lange. Am liebsten hätte er sofort wieder weggesehen, so grauenvoll war das Bild, das sich ihm bot, und so nah, als wollte es ihm ins Gesicht springen. Dort hinten am Horizont fiel schwarzer Regen in ein schwarzes Meer. Und wo einmal das Dorf am Donnerfelsen gestanden haben musste, war nur noch Wasser zu sehen: Ein düsteres, wild gewordenes Seeungeheuer, sehr viel näher und größer, als er es nach dem Blick auf den Kompass vermutet hätte.

Gerade schickte es eine Riesenwelle heran. Kaltblütig überspülte sie alles, was einmal Land gewesen war. Die See, eine skrupellose Mörderin, die Menschenleben wegwischte wie ein nasser Schwamm die Kreideschrift an der Tafel. Jetzt krachte das Wasser mit ungeheuerlicher Wucht über den heimatlichen Felsen hinweg, riss Gesteinsbrocken wie Kieselsteine mit sich und zermalmte sie. Hein war es, als könnte er das Getöse hören, und ihm wurde übel.

Der Orkan über dem Meer hatte die Teerwolken zu gigantischer Größe aufgeblasen. Sie klebten wie Riesenschmarotzer am Himmel. Parasiten, die ihre Krallen in den Körper ihres Wirtes schlugen, um sein Blau aufzusaugen. Fliegende Monster, die gelbrote Blitze auf die See schleuderten. Die perfekte Kulisse für einen Horrorfilm. Und Hein war zum Zuschauen verdammt. Wie gefesselt starrte er in das Inferno auf der dunklen Leinwand. Schon pflügte die nächste Mauer aus Wasser über das Meer. Ebenso schwarz wie der Himmel vermischte sie sich mit ihm. Unmöglich zu sagen, wie hoch sich die Welle türmte und wo die Wolken begannen. Erbarmungslos rollte sie heran, schnappte nach dem Felsen wie ein Raubtier nach Beute. Brüllend riss die See ihr Maul auf und schlug die Zähne in das Fleisch der wehrlosen Küste. Große Brocken verschwanden brodelnd in der Tiefe. Hein atmete schwer. Dann senkte er das Glas und schloss die Augen. Seine zitternde Hand tastete nach dem kühlen Felsen. Er musste sich anlehnen und hätte sich fast übergeben.

„Siehst du, wozu all der Streit führt?", fuhr Jan ihn an, als sei er schuld an der Dickköpfigkeit der Zurückgebliebenen. „Wir wussten, dass es so kommen würde. Wir wussten, dass der Felsen untergehen würde. Wir hätten den alten Melf und seine Helfer im Meer versenken und alle anderen zwingen sollen mitzukommen. Du! Du hättest sie alle zwingen können! Stattdessen hast du sie bei diesem Dickkopf gelassen. Du ... du Mörder!"

Jan schrie sich heiser. Er zeigte mit dem Finger auf Hein. Es fehlte nicht viel und er hätte auf ihn eingeprügelt. Der schüttelte verzweifelt den Kopf. Seine Augen flehten den wütenden Teenager an.

„Nein, Jan, das kann nicht dein Ernst sein! Dann wären wir doch nicht besser gewesen als der Schwarze Piet all die Jahre. Oh,

nein, mein Junge! Diese Zeiten sind vorbei. Die Menschen am Donnerfelsen sind frei, ihre eigenen Entscheidungen zu treffen. Wir können sie nicht zwingen. Auch nicht zu ihrem Glück oder zu ihrer Rettung."

„Ich bin nicht dein Junge!" Jan spie die Worte hervor und zeigte auf den Horizont. „Und jetzt sind gar keine Menschen mehr am Donnerfelsen. Verstehst du? Sie sind alle im Meer versunken. So frei sind sie. Frei und tot!"

Er knirschte mit den Zähnen. Hein stand hilflos vor dieser Wand aus menschlicher Wut und Verzweiflung. Jedes Wort war vergeblich, das wusste er. Trotzdem versuchte er es und hob beschwörend die Hände.

„Wir dürfen die Menschen nicht zu etwas zwingen, Jan. Gott tut das auch nicht. Er hat Geduld mit uns, so lange schon. Und selbst wenn sich Melf diesmal geirrt hat und andere dadurch leiden mussten: Gott entscheidet. Ich habe nicht zu richten, ich habe nur zu vergeben."

„Musst du alles immer direkt auf die Bibel beziehen?!" Jans bleiches Gesicht wurde wieder rot.

„Aber hier liegt es doch so nah. Wir dürfen nicht selbst Gott spielen."

„Ich will nichts mehr von Gott hören!"

Mit diesen Worten sprang Jan von dem Felsen herunter auf den Weg. Er konnte nicht ahnen, was dieser Sprung für Folgen haben würde. Er wollte nur weg von Hein. Die Gruppe, die eben noch auseinandergezogen wie eine Ziehharmonika gewandert war, hatte sich gerade wieder einander angenähert. Als Erste erreichte die kleine Dora den Felsen, auf dem Vater und Sohn standen. Leider hatte Jan sie in der Hitze des Gefechts nicht kommen gesehen und landete nun direkt vor ihren Füßen. Der

Junge erschrak und machte einen Ausfallschritt nach vorn auf das Geröllfeld. Weil er stark und sportlich war, konnte Jan sich gerade noch halten, doch sein schwerer Rucksack traf Dora. Dadurch stieß er das Mädchen mit Schwung nach vorn und auf das Geröllfeld. Die leichtere Dora hatte keine Chance gegen das schwere Gepäck, obwohl sie instinktiv die Hände nach vorn riss, um sich abzufangen. Rutschend und sich überschlagend kullerte sie inmitten von losgetretenen Steinen den Hang hinunter. Ihre Hände fanden nirgendwo Halt. Jan hörte seine Mutter schreien und Racker laut bellen. Unter ihm sprangen Julia und Rick zur Seite, um nicht von den herabstürzenden Brocken getroffen zu werden. Geert und Emily standen weit genug weg, doch Johanna wurde von einem Stein am Kopf erwischt und stürzte zu Boden. Stöhnend rappelte sie sich gleich wieder auf, um nach Dora zu sehen. Da, ziemlich tief unter ihnen, lag das stille Mädchen, regungslos und blutig.

„Dora!“, schrie Johanna auf. Blut lief ihr über das Gesicht. „Oh, nein! Mama! Ist sie tot?“

„Ich weiß es nicht, oh Gott, ich weiß es nicht“, stammelte Julia. „Wir müssen zu ihr hinunter. Aber Vorsicht! Das Wichtigste zuerst“, ermahnte sie sich selbst.

Julia fischte den Verbandskasten aus ihrem Rucksack, nahm eine Mullkompresse heraus und drückte sie ihrer Tochter auf die Stirn. Dann führte sie Johannas rechte Hand in die Höhe.

„Fest draufdrücken. So ist es gut. Du bleibst hier sitzen, ist das klar?“

Johanna nickte. Zitternd verfolgte sie, wie ihre Mutter zu Geert und Rick lief. Sie sprachen miteinander und machten sich dann vorsichtig an den Abstieg. Wie ein Zuschauer starrte auch Jan in die Tiefe. Von Weitem wirkte er ruhig, doch sein Gesicht

war kreidebleich vor Entsetzen. Sein Gehirn weigerte sich zu begreifen, was da eben geschehen war. Er hatte doch gar nichts gemacht! Trotzdem war Dora gefallen, sehr tief gefallen. Jetzt lag sie dort unten, weit weg und winzig klein. Gekrümmt wie ein Angelhaken, schwer verletzt oder ... tot?! Das kleine graue Gesicht rot vom Blut. Die Farbe brannte in seinen Augen. Und er war schuld! Einen Moment verharrte der Junge neben dem Felsen, als sei er selbst aus Stein. Dann hetzte er den Berg hinauf, ohne noch einmal zurückzusehen.

22

Psalm 121, Vers 1

Jan presste die rechte Hand fest auf den Bauch. Hunger wühlte in seinen Eingeweiden, kratzte und schaufelte in seinem Magen wie ein Maulwurf unter der Erde.

Wie lange war er jetzt schon unterwegs? Stunden, Tage? Wochen?

Er hatte keine Ahnung, war einfach nur bergauf gehetzt wie ein flüchtendes Reh. Immer weiter bis in die Nächte hinein, von denen jede einzelne bitter und kalt gewesen war. Wie viele es genau waren, wusste er nicht. Er hatte aufgehört, sie zu zählen, und aus Angst, Feuer zu machen, einfach in den Hütten und Höhlen weitergefroren. Es war egal. Er konnte nicht zurück, er wollte nicht zurück, er durfte niemandem begegnen!

Seine Schritte hatten längst an Schnelligkeit und Kraft verloren. Der knietiefe Schnee erstickte jedes Geräusch. Er zwang Jan, die Füße höher zu heben, als er es wollte, und knirschte ärgerlich unter seinen Füßen, wenn er ihn zusammentrat. Ohne die Schneeschuhe wäre dieser Teil der Strecke gar nicht zu schaffen gewesen.

Sein Zorn war schon lange verschwunden, weggerannt genau wie er selbst, weggehungert und weggedurstet. Dann hatte die klirrende Kälte den letzten Funken Wut ausgelöscht. Von dem heißen Brand in seinem Herzen war nichts übrig als kalte Asche. Zorn und Wut, diese elenden Lügner, hatten ihn betrogen, als sie ihm versprachen, ihn bis ans Ende der Welt zu tragen und von innen zu wärmen. Stattdessen hatten sie sich davongemacht, die Verräter, und ihn allein gelassen. Ihr Feuer war aus.

Nur Jans Körper brannte vor Schmerz. Arme und Beine wehrten sich gegen jede Bewegung; die Lunge war wund. Wie Schmirgelpapier fuhr der kalte Atem darüber: kratzig und hart. Jan ignorierte den Schmerz und schnappte trotzdem nach der dünnen Luft wie ein Ertrinkender. Er brauchte immer mehr davon, auch wenn er immer langsamer ging. Noch hielt sich sein lustloser Körper aufrecht und ließ sich Schritt für Schritt vorwärts über den Schnee zwingen.

Jan leckte über seine aufgesprungenen Lippen und unterdrückte mühsam einen Hustenreiz. Der trockene Husten erleichterte das Luftholen nicht. Er raspelte nur stärker über die Lungen und verursachte noch mehr Halsweh als jeder einfache Atemzug. Auch der dumpfe Schmerz in Jans Kopf nahm zu und schien seinen Schädel auseinandersprengen zu wollen. Der Wind, der laut heulend über den Gipfel strich, riss die letzten klaren Gedanken mit sich. Stumpfsinnig stapfte der Flüchtige vorwärts ...

Irgendwann bemerkte Jan, dass es aufgehört hatte zu schneien. Endlich sah er die Sonne wieder. Fühlen konnte er sie nicht, denn ihre Strahlen drangen nicht durch die steifgefrorene Kleidung. Er spürte sie nicht einmal im Gesicht. Die Haut war taub gefroren. Der Junge blinzelte und bemühte sich, den rechten Handschuh auszuziehen. Es dauerte viel zu lange. Die Wolle schien mit seiner Hand verwachsen zu sein. Als er endlich in die Hosentasche fassen konnte, tastete er nach seinem Augenschutz. Das

Leder fühlte sich trotz der Kälte weich an, ein tröstliches Gefühl. Seine Fingerkuppen fuhren über die schmalen Sehschlitze.

Dieser Weg ist verflucht schmal! Nicht ausrutschen, ermahnte er sich selbst und lehnte sich mit dem Rücken an die steile Felswand zu seiner Rechten, die fast schneefrei war. Flach atmend versuchte er, die Augenbinde anzulegen, um seine Augen gegen das gleißende Licht zu schützen. Doch seine steifen Finger gehorchten ihm nicht. Jan stöhnte. *Nur nicht nach unten gucken!*

Der Berg schien sich um ihn zu drehen, und er schloss rasch die Augen. Mit dem Rücken lehnte er sich an den Felsen und griff auch mit den Händen an das Gestein, bis der Schwindel nachließ. Etwas löste sich aus seiner klammen Hand. Schon wenig später begriff er, was es gewesen war.

„Verdammt!", stieß Jan krächzend hervor.

Direkt unter ihm, nur ein paar Meter tiefer, lag seine Schutzbrille im Schnee. Trotzdem war sie zu weit entfernt, unmöglich zu erreichen. Eine solche Kletterpartie über eisige Felsen war schon unter normalen Umständen riskant, aber in seinem geschwächten Zustand würde sie den sicheren Tod bedeuten, und er wollte nicht sterben. Er durfte nicht sterben, er musste weiterleben mit seiner Schuld. Sie tragen als Strafe, wie ein Bleigewicht um seinen Hals. Oder hatte er einfach nur Angst vor dem Sterben? Klammerte er sich nur deshalb an das Leben, um den Tod zu vermeiden? Und das, was danach kam? Konnte es wirklich noch etwas Schlimmeres geben als diese Hölle auf Erden?

Jan hob den Kopf. Er wollte unbedingt drüben ankommen, auf der anderen Seite des Gebirges. Dort, wo ihn keiner kannte, würde er ein neues Leben anfangen. Arbeiten, um die Schuld abzubüßen. Gutes tun, das Dora selbst hätte tun können, wenn er sie nicht getötet hätte. Er würde für sie leben. Ein Lachen drang an seine Ohren, und es dauerte, bis er verstand, dass es seine eigene Stimme war, die vor Verzweiflung lachte. Lächerlich. Er wusste, dass das Gute, das er tun wollte, niemals genug sein würde. Er schlug sich vor den Mund, um das Lachen zu ersticken. Dann war er still, aber die quälenden Gedanken ließen sich nicht vertreiben. Sie wohnten in seinem Kopf, nisteten in seinem Herzen. Hilflos richtete Jan den Blick auf den Weg voller Schnee.

Weiter, weiter, immer weiter. Hinauf und hinunter, irgendwo muss die nächste Hütte kommen. Ich bin zu hoch. Ich muss hinab, zwischen den Gipfeln hindurch. Genau so, wie der Weg auf der Karte eingezeichnet war.

Warum war er so hoch geraten? Er wusste es nicht. Weiter durch den Schnee. Seine Gedanken rissen in Fetzen ...

Weiß, weißer Schnee. Kleider, weiß wie Schnee. Doch da war Tod. Rot wie Blut. Doras Blut ...

Jan blinzelte. Die Tränen gefroren auf seiner Haut, seine Nase trug kleine Eiszapfen. Obwohl er alles angezogen hatte, was er mit sich trug, und sich sogar die Decke umgebunden hatte, fror er bis ins Mark seiner Knochen.

Beweg dich, dann wird dir warm. Warm. Du musst in Bewegung bleiben, das ist wichtig!

Wieder lachte er verzweifelt. Aber ja, er würde in Bewegung bleiben. Gleich. Aber erst musste er sich hinsetzen. Nur ganz kurz, um die Enttäuschung zu verkraften, dass er jetzt ohne Schneebrille war, ohne Schutz. Er schloss die Augen, um auch ihnen eine Pause zu gönnen. Doch die Bilder in seinem Kopf wurden dadurch nur noch klarer. Sein inneres Auge war unermüdlich. Es zeigte ihm ganze Filme, bewegte Bilder, wie er sie in Johannas Computer gesehen hatte. Lebendige Bilder, so gestochen klar und deutlich, dass sie selbst im Traum zum Greifen nah waren:

Johanna. Dora. Blut. Schuld. Ob der Film auch im Jenseits noch lief? Was sagte die Bibel dazu? Er konnte sich nicht erinnern. Ben hatte recht gehabt: Die Worte waren weg. Gestohlen aus seinem Herzen. Es war leer.

Jan rutschte langsam zur Seite und wurde erst wach, als er auf den Schnee fiel. Er musste im Sitzen eingeschlafen sein! Aber er fühlte sich besser und konnte sich zwingen aufzustehen. Er machte sich nicht die Mühe, den Schnee von den Kleidern zu klopfen. Einen Fuß vor den anderen setzend, den Blick fest auf den vermutlichen Weg gerichtet ging der Junge los, die Augen weit aufgerissen. Zeit und Raum verschwanden im ewigen Weiß. Irgendwann begann er, sich mit dem Handrücken über die Augen zu reiben. Es kratzte und juckte, als hätte er Sand hineinbekommen. Noch einmal zog er mühsam den Handschuh von den Fingern und rieb sich die tränenden Augen. Er kniff sie zusammen, er blinzelte, er drückte auf die geschlossenen Augenlider. Der Sand blieb.

Aber hier gibt es keinen Sand. Es ist nur Einbildung!

Mühsam ignorierte er das Kratzen und zwang seine Hand zurück in den nassen, steifen Wollklumpen. Er war müde, unendlich müde. Warum nicht einfach stehen bleiben, sich in den warmen, weichen Schnee fallen lassen?

Unsinn! Der Schnee ist nicht warm. Der Schnee ist kalt.

Er sah nur warm aus und sauber wie ein frisch gemachtes Bett.

Das ist nur ein Streich deiner Fantasie. Du darfst nicht nachgeben! Lass dich auf keinen Fall fallen. Das ist dein Tod!

Da unten musste bald die Hütte kommen. War da nicht eine hölzerne Wand? Er bückte sich, steckte etwas Schnee in den Mund und schluckte das Wasser. Wo war die Wand geblieben? Angestrengt blickte er nach unten und versuchte, das Ziel anzupeilen, zog den Schneeschuh hoch und setzte ihn wieder auf den Schnee. Links, rechts, links, rechts ... wieder und wieder.

Versuch, die Schritte zu zählen: Eins ... zwei ... drei ... zu langsam! Sieben oder acht? Geh nur auf die Wand zu!

Sein Atem rasselte, und dann sah er es: Ein riesiges Tier stand dort unten und versperrte ihm den Weg zur Hütte. Sein Fell leuchtete heller als der Schnee, glänzte goldgelb wie Honig. Jan wusste, dass er so etwas zum ersten Mal sah, und doch kam es ihm bekannt vor. Weder am Donnerfelsen noch in Remsig gab es dieses Tier. Aber in Johannas Computer war er ihm schon begegnet: dem König der Tiere.

Er lauerte vor der Berghütte, als bewache er seinen Palast, starrte ihn aus seinen bernsteinfarbenen, geschlitzten Augen an, reglos, Ehrfurcht gebietend. Dann schüttelte die Raubkatze ihre Mähne und knurrte drohend. Beinahe fiel Jan auf die Knie. Ein Löwe im Schnee?! Das Tier ließ ihm keine Zeit, darüber nachzudenken, denn jetzt lief es auf ihn zu. Nein, es lief nicht, es schritt. Majestätisch.

Er hatte nicht gewusst, dass diese Geschöpfe so beeindruckend groß waren. Geschmeidig, lautlos kam der Jäger näher, bereit zum Sprung. Jan stand einfach da. Dann verharrte der Löwe, riss das Maul auf, brüllte. Die Felsen warfen seine Stimme tausendfach zurück, als hätte eine Armee von Riesen ihre Posaunen geblasen. Das Gebrüll ließ die Berge erzittern, drang durch Mark und Bein.

Jans Knochen klapperten, seine Zähne schlugen aufeinander. Oder war es doch nur der Wind, der pausenlos über und durch die Bergspitzen fegte und in seinen Ohren brauste? Jan schüttelte den Kopf, um den Blick freizubekommen. War der Löwe Einbildung? Eine Fata Morgana? Nein! Jetzt setzte die Katze zum

Sprung an. Jan konnte sich nicht rühren. Wie am Boden festgefroren erwartete er den Biss der Fangzähne.

Er tötet mich. Er hat das Recht dazu! Gleich ist es vorbei.

Jan schloss die Augen und hielt den Atem an. Gleich würde er keinen Schmerz mehr in der Brust fühlen ...

Da! Plötzlich ein schwaches Geräusch ganz in der Nähe, leise, fast zaghaft: das Blöken eines Lammes. Jan vergaß den Löwen. Wo war das Schaf? Er sah es nicht, streckte aber den Arm aus in die Richtung, aus der das Geräusch gekommen war, und ... seine Finger berührten Fell! Warm und weich, rein und weiß wie der Schnee. Deswegen hatte er es nicht sehen können! Er spürte die Wärme des Tieres durch die gefrorenen Handschuhe. Wie war das möglich? Jans Hand ruhte auf dem Kopf des Tieres. Stumm und traurig sah es ihn an, mit sanften, dunklen Augen, und er spiegelte sich darin. Sein Gesicht war ihm fremd geworden.

Suchend sah Jan sich um. Der Hirte fiel ihm ein.

Ben, bist du auch hier? Ist es eins deiner Schafe?

Da sprang das Lamm auf. Jetzt sah er es deutlich: Es lief von ihm fort, direkt auf den Löwen zu! Sein Richter und Henker zögerte nicht, die Todesstrafe zu vollziehen. Er biss zu. Der Junge hörte die Knochen knacken und knirschen. Das Lamm starb schnell. Es tat seinen Mund nicht auf.

„Nein!"

Jans Schrei durchschnitt die Luft, zerkratzte ihm den Hals. Er schmeckte Blut, als er seine Lippe zerbiss, und er sah Blut: kleine, rote Tropfen im weißen Schnee. Der Löwe packte das Lamm am Genick und schritt mit ihm davon. Ohne Eile. Niemand konnte ihm seine Beute streitig machen.

„Nein! Komm zurück! Du wolltest doch mich", schrie Jan. „Du hast den Falschen erwischt!"

Er stöhnte auf und fiel erneut in den Schnee. Er wollte trauern, aber seine Tränen waren gefroren wie das ewige Eis, das ihn umgab.

Plötzlich kam die Nacht. Der Himmel, eben noch blendend hell, war dunkel, tiefschwarz und ohne Sterne. Jan kniete sich hin und rieb sich die Augen. Geschlossen, fest zusammengekniffen, und er war nicht in der Lage, sie wieder zu öffnen! Vorsichtig tastete sich Jan an dem Felsvorsprung entlang, bis er das Ende erreicht hatte. Er griff in die Luft – einmal, zweimal – und versuchte, sich gegen die aufsteigende Panik zu wehren. Tatsächlich: Er war blind! Unmöglich, so den Weg zu finden. Er würde die Felswand hinunterstürzen oder an der Hütte vorbeikriechen. Er hatte schon vergessen, in welche Richtung sie lag. Und wenn er sitzen blieb und wartete, bis er die Augen wieder öffnen konnte? Wie lange würde das dauern? Zu lange. Bis dahin wäre er erfroren. Egal, was er tat: Er hatte verloren. Das Lamm war umsonst gestorben.

Gott, wenn du da bist ...

Durfte er zu einem Gott beten, auf den er wütend war? Was, wenn Gott wütend auf ihn war, zornig wie der Löwe? Dann gab es keine Hilfe! Er hatte den Zorn, das Urteil verdient.

Ich hebe meine Augen auf zu den Bergen: Woher kommt mir Hilfe?

Woher kamen diese Worte?

Meine Hilfe kommt von dem Herrn, der Himmel und Erde gemacht hat! Er wird deinen Fuß nicht wanken lassen und der dich behütet, schläft nicht.

Schöne Worte. Jan zog sich weiter vorwärts, tastend.

Der Herr behüte dich vor allem Übel, er behüte deine Seele.

Starke Worte. Stück für Stück vorwärts.

Herr, sei mir gnädig! Heile meine Seele, denn ich habe gegen dich gesündigt!

Wahre Worte. Wie hatte er seinen Retter so lange vergessen und von sich stoßen können?!

Nur wenige Meter vor der Schutzhütte blieb Jan liegen. Er konnte die Tür nicht sehen, sie nicht öffnen, obwohl sie zum Greifen nah war. Er wurde ohnmächtig.

23

„Meine Hilfe kommt von dem Herrn, der Himmel und Erde gemacht hat!“

Psalm 121, Vers 2

Tag 47:
Immer noch 708 054 Schritte. Wir hängen in der Hütte fest. Seit einer Woche vermissen wir Jan. Noch am Tag des Unglücks haben sich Hein und Rick auf die Suche gemacht. Sie versuchen, ihn mit Rackers Hilfe zu finden. Allein kann er es nicht über die Schneefelder schaffen. Man muss beisammenbleiben, hat Medro gesagt. Das liegt jetzt sieben Tage zurück. Gott sei Dank ist der Junge zäh. Er hat die Karte dabei und ein gutes Gedächtnis. Johanna weint nicht mehr. Ihre Platzwunde ist gut verheilt. Die Klammerpflaster sind Gold wert, ebenso das Desinfektionsmittel. Nichts hat sich entzündet, wahrscheinlich wird man die Narbe kaum sehen.

Bevor die Männer mit dem Hund los sind, haben sie noch geholfen, Dora zu bergen und zur Hütte zu bringen. Geert ist bei uns Frauen und Kindern geblieben und versucht, etwas zu Essen aufzutreiben. Johanna und Emily helfen ihm. Sie werden immer besser bei der Jagd. Anna betet viel. Anna, ach, meine arme Freundin! Sie hat hohes Fieber bekommen. Ich musste sie zur Bettruhe zwingen. Gut, dass Emily und Sönken gesund sind, und Gott sei Dank lebt Dora! Ein Wunder, so wie sie aussah. Seltsam, dass ich auf einmal solche Worte gebrauche. Der arme Jan musste denken, dass sie tot ist. Ich war selbst furchtbar erschrocken, auch wenn ich schon viele Verletzte gesehen habe. Jeder ist einer zu viel ...

Tag 48:
Gestern war ich zu traurig, um weiterzuschreiben. Hoffentlich finden sie Jan bald. Es ist nichts geschehen, was nicht in Ordnung gebracht werden könnte. Dora war nach dem Sturz einige Zeit bewusstlos, aber ihre Atmung blieb normal. So konnten wir sie zur Hütte bringen, ohne dass es ihr wehtat. Mittlerweile sind die Platzwunden ebenso gut verheilt wie bei Johanna, die Blutergüsse färben sich schon gelb. Ihre Handgelenke sind nur verstaucht, doch der linke Unterschenkel ist gebrochen. Geert hat mir geholfen, das Bein zu schienen. Er ist nicht nur handwerklich geschickt, sondern auch erfinderisch. Zum Glück war es kein offener Bruch. Anfangs habe wir Dora Tag und Nacht überwacht, doch es kam nichts mehr nach. Sie ist klein und zart, aber stärker, als man denkt. Noch eine Weile, dann können wir den Männern hinterhergehen. Dora wird auf einem der Maultiere reiten. Sie ist munter; keine inneren Verletzungen, soweit ich das hier beurteilen kann.

Tag 49:
Es ist deutlich wärmer geworden. Wir müssen ungefähr zweitausend Meter hoch sein. Nachts haben wir selbst in der Hütte immer alles angezogen, was wir besitzen. Wir haben Feuer gemacht und versucht, die Wärme drinnen zu halten, um das wenige Brennholz möglichst gut auszunutzen. Doch nun scheint es sehr plötzlich Sommer zu werden. Die Sonne ist richtig warm, fast heiß. Geert sagt, vermutlich setze auch weiter oben Tauwetter ein. Wenn das stimmt, wird unsere Weiterreise einfacher als gedacht. Vielleicht

gibt es dann auf der Wanderhöhe keine Schneefelder mehr zu überqueren. Die nächste Hütte ist nicht ganz so weit entfernt. Wenn wir sehr früh morgens aufbrechen, könnten wir es vielleicht bis abends dorthin schaffen, auch wenn wir um Doras Willen ein langsameres Tempo anschlagen und viele Pausen machen müssen. So habe ich Geert auch geantwortet, als er mich heute fragte.

Die Kleine spricht oft mit Anna. Ich ertappe mich dabei, dass ich gerne zuhöre. Sie reden zwar meistens über die Bibel, aber die Vergleiche gefallen mir. Heute ging es darum, dass Gott, also: ihr Gott, der wohl auch der Gott der Juden war – oder muss ich schreiben: „ist?!" –, wie ein Arzt ist. Dass er „ihr Arzt" ist. Ein schöner Gedanke, einen Gott zum Arzt zu haben. Jemand, der allmächtig und allwissend ist, wird sich weder in der Diagnose noch in der Therapie irren. Was hätte ich noch vor ein paar Tagen darum gegeben, für Dora wenigstens ein Röntgen- oder Ultraschallgerät zu haben und bedienen zu können! Besonders, als sie bewusstlos war und mir nicht sagen konnte, was ihr wehtat. Die Angst, das Falsche zu tun und ihr damit zu schaden, war furchtbar.

Tag 50:
Hein und Rick sind immer noch nicht zurück. Wenn der Junge da oben irgendwo im Schnee liegt, wird er erfrieren. Um uns herum plätschert alles, und die Bäche schwellen an. Wir hören und sehen unzählige Wasserfälle. Das Schmelzwasser kommt von überall. Es geht viel zu schnell. Wir sind bereit zur Weiterreise. Morgen früh ist es so weit.

Tag 51:
730 112 Schritte. Heute haben wir am späten Abend die nächste Hütte erreicht. Es ist dunkel, und ich schreibe bei Kerzenlicht.

Alles ging gut, auch wenn wir extrem langsam vorankamen. Kein Wunder! Das hier ist Hochgebirge, und wir kommen alle aus dem Flachland. Die Wege sind schwierig, anstrengend, auch wenn wir uns durch die Zwangspause gut akklimatisiert haben. Morgen werden wir wieder einen Tag Pause machen.

Tag 52:
Rick ist zurück. Sie haben Jan gefunden. Sein lauter Schrei hat sie in die richtige Richtung geführt. Er lag bewusstlos im Schnee vor der übernächsten Hütte. Nur zwei Tagereisen entfernt. Rick sagt, er habe sich verirrt, sei mehrmals im Kreis gelaufen und viel zu hoch geraten. Als Racker ihn fand, glühte er vor Fieber. Er hat furchtbar gehustet und später in der Hütte auch angefangen zu fantasieren. Aber sie konnten keine Erfrierungen oder Verletzungen feststellen, bis auf die Schneeblindheit. Er kann die Augen nicht öffnen. Da sie die Schneebrille nicht bei ihm finden konnten, nehme ich an, dass er sie verloren hat. Hoffentlich behält er keine Schäden zurück.

Anna geht es besser. Sie wäre am liebsten sofort losgerannt. Doch wir müssen bis morgen warten. Hier kann man nur bei Tag wandern. Alles andere wäre Wahnsinn. Hein ist bei Jan geblieben.

Tag 53:
759 765 Schritte. Wir werden schneller. Dora hat sich an das Reiten gewöhnt. Sie scheint keine Schmerzen mehr zu haben, oder sie sagt nichts. Pausen hat sie abgelehnt. Wir übernachten wieder in einer Höhle. Es ist erstaunlich kühl am Tag und warm bei Nacht, so viel besser als in den ersten Hütten, selbst hier in der Höhe. Das hätte ich nicht gedacht. Wenn ich es nicht besser wüsste, würde ich schwören, hier ist eine Klimaanlage installiert. Durch die Holzwand, mit der der Eingang abgedichtet ist, zieht es nicht einmal.

Wir haben einen Ofen, schmale Betten und wieder einen guten Vorrat an Feuerholz und unverderblichen Lebensmitteln vorgefunden. Kaum zu glauben, dass die Menschen sich hier so viel Komfort eingebaut haben. Es muss noch mehr natürliche „Hotels“ in der Nähe geben, denn eine ganze Karawane kann hier sicher nicht unterkommen. Doch wir sind zu müde und ungeduldig, um auf Erkundungstour zu gehen. Der Wasserfall in der Nähe dient als eiskalte Dusche. Herrlich. Denn die Sonne brennt.

Tag 54:
797 000 Schritte. Wir haben die Hütte erreicht. Jan sah so alt aus, dass ich mich erschrocken habe. Faltig und so mager, dass man seinen Körper unter den Decken kaum ausmachen konnte. Sein Rachen leuchtete feuerrot, sein Atem ging schwer und rasselnd. Die Augenlider sind immer noch verkrampft und fest geschlossen. Kühlende Umschläge. Das ist das Einzige, was ich hier gegen die Schneeblindheit tun kann. Wenigstens trinkt er. Hein flößt ihm ständig etwas ein. Jetzt versuchen wir es mit Brühe. Im Fieberwahn spricht der Junge von Tieren, die es hier oben nicht gibt: ein Lamm, ein Löwe. Der Löwe verschlingt das Lamm. Wie von Zauberhand verändert er seine Gestalt! Jetzt sieht er selbst wie ein Lamm aus. Aber als das Lamm das Maul öffnet, brüllt es wie ein Löwe. Immer wieder beschreibt Jan stammelnd diese Szene. Dann schreit er und versucht aufzustehen.

Hoffentlich wird Jans Geist wieder klar! Die Temperatur scheint endlich zu sinken. Hein sagt, er fühle sich nicht mehr so heiß an, obwohl mein Thermometer noch 39 Grad Celsius zeigt. Seit einer Weile ist Jan jetzt still und schläft tief und fest. Endlich wirkt er ruhiger, atmet leichter und weniger flach. Hein sieht richtig erleichtert aus. Er hat den Jungen sehr lieb. Das Fieber scheint von allein zu gehen. Das muss es auch, denn ich habe keine Medikamente mehr. Oder sind es doch die Gebete und der große Arzt? Ich bin mir auf einmal nicht mehr so sicher.

Tag 55:

Jan ist heute Morgen zu sich gekommen. Es dauerte, bis er begriff, wo er ist und warum es um ihn herum dunkel ist. Dann kam die Erinnerung zurück. Er stöhnte, als läge ein Stein auf seiner Brust. Immer wieder nannte er Doras Namen und warf sich im Bett herum. Ich dachte schon, das Fieber sei wieder gestiegen. Nur mit Mühe konnte Hein ihn festhalten und wiederholte immer wieder, dass es Dora gut geht, bis es endlich in Jans Bewusstsein drang und er sich entspannte. Da schlief er noch einmal für etwa eine Stunde ein. Erst danach konnte Hein ihm alles erklären und die letzten Tage für ihn zusammenfassen.

Wenn er so mit seinem Sohn spricht und ihn ansieht, erinnert er mich an Ben. Dieser sanfte Blick! Später hat Dora nach Jan gesehen und ihm gesagt, dass sie wüsste, dass er es nicht absichtlich getan habe, und dass sie ihm vergebe. Es war faszinierend, wie diese Worte auf den Jungen gewirkt haben. Man konnte zusehen, welche Last von ihm abfiel. Sogar sein Gesicht spiegelte wider, wie erleichtert er war, und das, obwohl er noch den Verband über den Augen trägt. Jedes Wort von ihr war besser als Medizin. Jan hat auch schon wieder Appetit, und Anna versorgt ihn liebevoll. Sönken krabbelt auf ihm herum und fasst mit den kleinen Händchen in seine Haare. Als ich ihn nachmittags untersuchte, war keine Halsentzündung mehr zu sehen. Die Temperatur ist normal, und sogar der Husten ebbt ab.

Fast ebenso unglaublich ist, dass nirgendwo mehr Schnee zu sehen ist. Tagsüber fühlt es sich an wie über 30 Grad. Wenn ich mir

vorstelle, dass es in Deutschland so schnell tauen würde ... Dieses Tempo müsste im Alpenvorland zwangsläufig zu Bergrutschen und Schlammlawinen führen. Später würde es Jahrtausendhochwasser an den Flüssen geben, auch bei uns am Rhein. Hoffentlich ist so etwas nicht in Ankrastan geschehen oder in Ebeling.

Tag 56:
Bei Sonnenaufgang haben wir den Verband abgenommen. Jan war ganz still, es war ein dankbares Schweigen, kein trotziges. Es hat uns alle angesteckt. Stumm sahen wir zu, wie er den noch dämmrigen Raum anstarrte. Dann blickte er einem nach dem anderen ins Gesicht. So gründlich und genau wie ein Maler, der uns gleich mit geschlossenen Augen malen will. Als Letztes guckte Jan seine Eltern an. „Ich kann sehen", sagte er lächelnd. Anna liefen die Tränen über das Gesicht, bevor sich Jan für sein Benehmen und die Probleme, die er verursacht hat, entschuldigte. Das war beeindruckend.

Johanna, Dora und seine Eltern umarmten Jan, als wollten sie ihn nicht mehr loslassen. „Eines weiß ich: dass ich blind war und jetzt sehend bin!", sagte Jan, obwohl es ja alle wussten. Anscheinend haben diese Worte eine tiefere Bedeutung für die Donnerfelsler. Ich weiß nicht, was es ist, aber es muss etwas Schönes sein.

Nur Geert reagierte komisch. Dieser letzte Satz von Jan scheint ihn getroffen zu haben. Er hat die Hütte daraufhin schnell verlassen. Dabei müsste er sich doch freuen. Denn man sieht, dass auch er Jan gernhat wie einen eigenen Sohn.

Überhaupt sind wir uns alle näher gekommen durch die gemeinsam überstandenen Gefahren. Nicht nur die Kinder sind mir ans Herz gewachsen.

Morgen wollen wir langsam weiterziehen. Das Wetter ist stabil und sehr angenehm. Die Mulis sind so kräftig, dass eins der Tiere

Dora und Jan gleichzeitig tragen kann. Er wird sicher nicht die ganze Zeit laufen können, und ich denke, er sollte, während er in der Sonne reitet, noch die Augen geschlossen halten.

24

„Ich bin die Tür."

Johannesevangelium, Kapitel 10, Vers 9

Die kleine Gruppe wanderte über einen flachen, aber sehr dichten Blütenteppich, der kein Ende nahm. Auch wenn die Stängel kurz und die Blüten eher klein waren, lockte der Duft der Blumen in der Morgensonne die ganze Welt der Insekten herbei. Aus allen vier Himmelsrichtungen reisten sie an, krabbelten in die Blüten, rutschten gelbbestäubt wieder heraus und taumelten trunken vom Nektar im millionenfachen Rausch von einer Pflanze zur nächsten. Das Brummen der unzählbaren Flügel klang wie eine Armee Soldaten mit Rasierapparaten.

„Kaum zu glauben: Hier oben ist richtig Frühling", staunte Jan.

Johanna lächelte ihn freundlich an. Er lief heute schon den ganzen Tag auf den eigenen Beinen und wirkte überhaupt nicht müde. Dora saß wieder allein auf dem Maultier. Sie guckte gerade in ihre Richtung und winkte ihnen fröhlich zu. Johanna winkte zurück. Die Kleine sah aus, als sei sie zum ersten Mal in ihrem Leben wirklich entspannt.

Auch Johanna war glücklich. Erstens war Jan wieder bei ihnen, und er war gesund. Er schien fast der Alte zu sein. Zweitens sah Doras Bein gut aus. Es war deutlich abgeschwollen und würde wohl vollständig heilen. Und drittens hatten sie die Felsenberge endlich so gut wie überquert. Auf der Karte war nur noch eine letzte Höhle verzeichnet, bevor sie ins Tal hinuntersteigen und in die große Stadt Igrotta kommen würden, von der Medro so viel erzählt hatte.

„So hoch oben sind wir jetzt gar nicht mehr“, sagte Rick. „Bald ist es geschafft. Obwohl ich ehrlich sagen muss, dass ich gar nicht so wild darauf bin, diese Stadt zu erreichen.“

„Ich habe auch Angst. Wer weiß, wie die Menschen dort in Igrotta sind“, bestätigte Anna. Sie lief ausnahmsweise an der Spitze der Wanderer, da sie heute ohne Sönken unterwegs war. Der schlief bei Hein, der mit Julia und dem zweiten Maultier am Schluss ging, auf dem Rücken. Sie waren ins Gespräch vertieft und schienen kaum einen Blick für die Herrlichkeit um sich herum zu haben.

„Warum, Mama? Medro hat doch gesagt, dass sie Handel treiben und friedlich sind!“

„Ja, sicher, Emily. Friedlich waren die Ankrastaner auch, solange man nichts von Jesus erzählte“, seufzte ihre Mutter. „Jedenfalls nicht zu laut.“

„Man sollte sich schon an die Regeln der Einwohner halten“, mahnte Geert. „Aber sicher können uns die Bürger der nächsten Stadt Auskunft darüber geben, was uns bei ihnen erwartet und welche Fehler wir vermeiden müssen.“

„Ja, bestimmt, da hast du recht ... nur, ich glaube nicht, dass es ein Fehler ist, von Jesus zu sprechen, Geert“, warf Jan vorsichtig ein.

„So, so. Bis vor Kurzem klangst du aber noch ganz anders. Du wechselst deine Meinung wohl schneller als ich mein Hemd“, spottete der Zimmermann und beschleunigte seinen Schritt. Nun ging er allein voraus. Jan wurde rot.

„Nimm ihm das nicht übel“, versuchte Anna, ihn zu trösten. Sie ging nun zwischen ihrem Sohn und Johanna. „Er hat dich gern wie einen Sohn, und es schmerzt ihn, dass du seine Ansichten nicht mehr teilst.“

„Ich mag ihn auch."

„Ich weiß, Jan, deswegen tut es dir auch weh, wenn er zeigt, dass deine Worte ihn ärgern", sagte Anna.

„Und er hat ja auch recht. Ich hatte Gott aus meinem Leben verdrängt", fuhr Jan fort.

„Wir bleiben alle fehlerhaft", sagte Anna leise. „Und manchmal machen wir große Fehler, ehe wir aufwachen."

„Manchmal auch ein paar große Fehler hintereinander", sagte Jan lächelnd. „Geert und ich waren uns nahegekommen. Jetzt scheint er so weit weg."

„Das ist normal, Jan. Niemand kann verstehen, was Jesus uns bedeutet, der ihn nicht selber kennt."

„Genauso geht es mir mit Mama", sagte Johanna und blinzelte eine Träne fort.

Anna legte jedem von ihnen eine Hand auf den Arm.

„Wir werden sie einfach weiter lieb haben und ... "

„Und ...?", fragte Johanna.

„Und diese herrliche Aussicht genießen", antwortete Anna lachend. „Wir freuen uns an Gottes Schöpfung und nehmen jeden Tag dankbar aus seiner Hand. Er erhört Gebet."

„Das tut er", bestätigte Jan und pikste Johanna in die Seite. Die quietschte auf.

„Hey, was soll das? Na, warte!"

Schon rannte sie hinter dem flüchtenden Jan her. Ein paar Dutzend Bienen und Hummeln flogen auf. Doch nach wenigen Minuten endete das Spiel. Jan hob die Hände und gab auf, als Johanna ihn fast eingeholt hatte.

„Ich ergebe mich", sagte er hustend. „Du darfst mich auch kitzeln. Ich habe keine Lust, mich so anzustrengen." Besorgt blieb Johanna stehen.

„Geht es dir auch wirklich gut?"

„Aber ja, ich will es nur nicht übertreiben. Aber bald", fügte er schief grinsend hinzu, „bald bin ich wieder ganz gesund, und dann hast du keine Chance mehr gegen mich."

„Abwarten", meinte Johanna schmunzelnd, dann zeigte sie auf ihre Mutter, die immer noch angeregt ins Gespräch mit Hein vertieft war. Sie waren ein ganzes Stück weiter hinten. Anna und Rick waren stehen geblieben und schienen auf die Nachzügler warten zu wollen. „Möchte zu gerne wissen, über was die reden."

„Oh, das kann ich dir verraten", sagte Dora.

Ihr Muli war herangetrabt und knabberte an Johannas Ärmel, als sei er essbar.

„He, lass das!" Johanna drückte das weiche Maul des Tieres energisch zur Seite. „Na los, erzähl schon!"

„Sie sprechen über die Tür", berichtete Dora und ließ das Muli langsam weitergehen.

„Welche Tür?", fragte Johanna. Sie und Jan hielten mit dem Tier Schritt.

„Die Tür der Hütte im Schnee, vor der sie Jan gefunden haben."

Johanna sah stirnrunzelnd zu Hein und Julia.

„Und was ist daran so spannend?", fragte sie.

Dora lachte fröhlich.

„Hein erzählt deiner Mama von der Bibelstelle, in der Jesus von sich sagt: Ich bin die Tür."

„Sie sprechen über die Bibel? So lange schon ..."

Johanna konnte es kaum glauben. Jan fasste ihren Arm.

„Das ist doch eine gute Nachricht, oder? Immerhin hört sie zu, und es scheint ihr zu gefallen."

Johanna nickte nur stumm.

„Ich habe auch gerne zugehört", sagte Dora und streichelte das graue Fell des Maultiers. Sie starrte auf dessen Mähne, während sie berichtete. Gleichmütig setzte das Muli Huf vor Huf. „Es ist alles so neu für mich, was Hein und Anna erzählen: all diese Bilder, die Gott uns von sich gegeben hat, damit wir uns besser vorstellen können, wie er ist. Weil wir ihn nicht sehen können, vergleicht er sich mit Dingen oder Personen, die uns vertraut sind. Er benutzt Berufe, die uns seine Eigenschaften beschreiben. Er ist wie ein Hirte, ein Vater, eine Mutter ... "

„Ein Weingärtner", warf Jan ein. „Oder eben eine Tür."

„Komischer Beruf", sagte Johanna lachend, doch Dora blieb ernst.

„Ich habe auch ein ganz falsches Bild von Gott gehabt." Dora sah flüchtig zu Johanna. „Mein Gott machte mir Angst. Furchtbare Angst, denn er sah und hörte alles, was ich tat und dachte, und rächte sich für jeden kleinen Fehler, so dachte ich. Ich war nie gut genug für ihn. Egal, wie viel Mühe ich mir gab." Johanna und Jan blickten die kleine Reiterin mitleidig an. „Melf und Olga haben sich so sehr ein Kind gewünscht und mich nach dem Tod meiner Eltern bei sich aufgenommen. Sie waren herzensgut zu mir. Ihr dürft nicht schlecht von ihnen denken. Sie hätten mich nie bestraft. Es reichte schon, wenn ich spürte, dass sie enttäuscht von mir waren. Ich wollte doch niemanden enttäuschen. Nicht mal mit Worten. Melf sagte immer, wir sollen langsam zum Reden sein. Da habe ich dann irgendwann gar nichts mehr gesagt." Sie schluckte. „Ich vermisse sie", flüsterte sie.

Johanna und Jan schwiegen mit ihr und dachten an ihre eigenen Väter. Jan blieb in einer Kurve stehen und ließ den Blick über die Landschaft im Tal schweifen. Von so hoch oben sah alles winzig aus: die Flüsse wie kleine blaue Wollfäden, die jemand von einem

Knäuel abgewickelt und dann liegen gelassen hatte. Stille hing über allem, als würde ein unsichtbares Glasdach jedes Geräusch abschirmen. Selbst der Wind hielt den Atem an, um den Frieden dort unten nicht zu stören. Doch die Kinder hatten genug erlebt, um zu wissen, dass es im Tal lange nicht so friedlich sein musste, wie es von oben aussah. Manche Gefahren sah man erst aus der Nähe.

„Mama glaubt, es interessiere Gott nicht, ob die Menschen leiden oder glücklich sind, ob sie Gutes oder Böses tun. Er sei gleichgültig uns gegenüber. Mit so jemandem will sie nichts zu tun haben", seufzte Johanna und ging weiter.

„An so einen Gott würde ich auch nicht glauben wollen", gab Jan zu. „Ich weiß nicht, was schlimmer ist: der Überwachungs-und-Rache-Gott, wie du ihn dir vorgestellt hast, Dora, oder jemand, dem wir völlig egal sind."

Johanna zuckte die Schultern.

„Deine Mutter irrt sich. So ist Gott nicht", sagte Dora.

„Ich weiß, aber wie soll ich sie vom Gegenteil überzeugen?"

Dora tätschelte den Hals des Maultiers. Wann war ihr der Verdacht gekommen, dass Gott anders sein könnte, als sie ihn sich vorgestellt hatte? Während sie versuchte, sich zu erinnern, strichen ihre Finger weiter über das Fell des Mulis. Der Vierbeiner genoss die Streicheleinheiten sichtlich und wurde etwas langsamer. Gleich würde er mit geschlossenen Augen stehen bleiben. Dora hörte auf, ihn zu streicheln, und stieß ihm die Füße in die Flanken. Da fiel es ihr ein.

„Ich habe einmal zufällig gehört, was Rick bei euch gepredigt hat. Er sprach sehr laut. Eure Kirchenfenster standen offen. So konnte ich jedes Wort verstehen."

„Ja, genau so habe ich Ricks Predigten in Erinnerung: vor allem laut", sagte Jan grinsend.

„Was er über Gott erzählte, klang so anders, und ich wollte mehr davon hören. Also lauschte ich öfter sonntags in der Nähe des Fensters. Dass ich mich das überhaupt getraut habe!“ Sie schüttelte verwundert den Kopf. „Ich glaube, damals ahnte ich schon, was ich jetzt endlich verstanden habe.“

„Das kann gut sein“, ergänzte Johanna langsam. „Ich habe mal etwas darüber in unserer Gemeinde in Remsig gehört.“

„Was denn?“, fragte Jan.

„Ich glaube, es war ein Bibelvers. Dort stand, dass der Glaube aus der Predigt kommt.“

Jan nickte eifrig.

„Ich weiß, was du meinst. Paulus schreibt es im Römerbrief: ‚So kommt der Glaube aus der Predigt, das Predigen aber durch das Wort Christi.‘“

„Und was meint Paulus damit?“, wollte Dora wissen.

Das Muli blieb stehen und fraß ein paar Blumen. Dora ließ es gewähren.

„Vielleicht ist es so“, antwortete Johanna. „Weil Gott ein Gott ist, der mit uns spricht, müssen wir wohl von ihm hören, wenn wir ihn kennenlernen wollen. Von ihm hören und dann seinen Worten glauben.“

„‚Hören‘ ist ein gutes Stichwort“, tönte eine Männerstimme neben ihr. Sie schrak auf, als Rick ihr die Hand auf die Schulter legte. Wo kam er auf einmal her?

„Ihr seid an dem Abzweig zur Höhle vorbeigelaufen.“ Er deutete zurück und lachte. „Wir haben gerufen und gerufen, aber ihr habt alle drei nicht gehört.“

Die Jugendlichen drehten sich um. Tatsächlich: Hinter ihnen lag ihre letzte Bergunterkunft.

„Aber holla", entfuhr es Rick, und jetzt zeigte er nach vorn an dem Felsen vorbei, den sie schon fast umrundet hatten. „Wenn ich euch nicht hinterhergegangen wäre, dann hätte ich diesen herrlichen Anblick verpasst!" Die Blicke der Kinder folgten seinem ausgestreckten Arm. Weit unter ihnen lag die Stadt Igrotta und machte sich im Tal fast doppelt so breit wie Ankrastan. Die Abendsonne ließ die Dächer rot leuchten. „Wir werden wohl die Ersten sein, die dieses Jahr von der anderen Seite zu Besuch kommen und um Gastfreundschaft bitten."

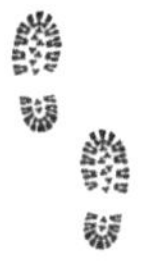

25

„Denn leben wir, so leben wir dem Herrn, und sterben wir, so sterben wir dem Herrn."

Römerbrief, Kapitel 14, Vers 8

Anna wunderte sich, wie gekonnt die Maultiere den schwierigen Abstieg bewältigten. Langsam, aber zielstrebig und trittsicher setzten sie auf dem schmalen Weg Huf vor Huf. Dora, die immer noch ritt, war wahrscheinlich so sicher wie in Abrahams Schoß, wo auch immer der war. Für einen mittelmäßigen Fußgänger war die Gefahr abzustürzen jedenfalls sehr viel höher.

„Ich kann mir nicht vorstellen, wie hier eine ganze Karawane ohne Stolpern ins Tal hinabkommen will", schimpfte Julia vor sich hin, die gerade wieder einmal umgeknickt war.

Seit der Übernachtung in der letzten Höhle war sie traurig, wusste aber nicht wirklich, warum. Ziel und Ausgang dieses Unternehmens waren doch von Anfang an unsicher gewesen. Warum dann ausgerechnet heute mutlos sein? Heute Morgen hatte sie den vierundsechzigsten Eintrag in ihr Tagebuch vorgenommen. Doras Bein würde heilen. Es ging Jan gut. Seit einer Woche war er wieder auf den Beinen. Also waren sie etwas länger als neun Wochen hier, rund zwei Monate.

Aber was hieß dieses „hier" überhaupt? Was für eine Welt war das? In den letzten Tagen hatte sich die Landschaft auf einmal stark verändert. Pflanzen und Tiere kamen ihr nicht mehr typisch europäisch vor. Kakteen, Oleander und Oliven, ja, selbst Palmen gab es auch in Italien oder Spanien. Aber Bambus und Eukalyptus? Auch wenn die Kinder von den Kolibris begeistert gewesen waren, das alles passte nicht zusammen! Fehlte nur noch ein Koala oder ein Känguru, dann könnte man denken, man sei in Australien.

Vielleicht habe ich deshalb das Gefühl, mich immer weiter von meiner Heimat zu entfernen?, dachte Julia. *Und immer weiter von einer europäischen Linde?* Vielleicht löste diese Tatsache die leichte Wehmut aus. Oder forderten nur neun Wochen wechselndes Klima und die anstrengende Reise ihren Tribut? *Ich bin schließlich nicht mehr die Jüngste.* Julia fühlte sich alt und ... ängstlich. Was erwartete sie in dieser fremden Stadt, die sie wahrscheinlich heute erreichen würden, falls sie nicht zwischenzeitlich abstürzten? Seit einem halben Jahr hatte niemand mehr die Felsenberge überquert, da der Weg vom Spätherbst bis in den Sommer zu gefährlich war. Genauso lange konnten keine Neuigkeiten zwischen den Menschen hin und her reisen. In fast sechs Monaten konnte viel passieren.

„Na, Julia, warum guckst du so missbilligend?“, fragte Geert lachend, der sie schon eine Weile beobachtete.

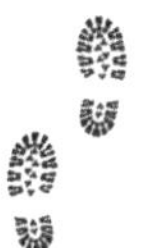

„Sieht man mir meine Panik an?“, versuchte sie zu scherzen. „Es ist nichts, alles in Ordnung, ich bin nur nicht für solche Wege gemacht. Im Gegensatz zu denen da.“

Julia hob den Kopf und zeigte auf die Reittiere. In diesem Augenblick stolperte sie erneut, der linke Knöchel gab nach, und sie schwankte Richtung Abgrund. Plötzlich fiel ihr Blick hundert Meter tief hinunter, und sie wusste sofort, dass ihr Körper ihm folgen würde. Alles begann sich zu drehen. Sie konnte sich nicht mehr halten. Vor Schreck hörte ihr Herz auf zu schlagen, als hätte es begriffen, dass seine Arbeit keinen Sinn mehr hatte. Julia akzeptierte den Tod. Sie schrie nicht einmal vor Angst. Doch kurz bevor sie in die Tiefe stürzte, griff eine Hand nach ihr und riss sie zurück auf sicheren Boden. Dieselbe kräftige Hand zog sie weiter an einen menschlichen Körper. Starke Arme fassten nach ihr und umschlangen sie. Ihre Beine wurden weich und gaben nach, doch die Arme hielten sie aufrecht. Erst jetzt begann Julia, heftig zu zittern. Sie wäre tot gewesen, wenn Geert sie nicht gerettet hätte!

„Langsam! Und immer schön auf den Weg achten", sagte der Zimmermann beruhigend. Er hielt sie weiter mit festem Griff und führte sie ein paar Meter bis zu einer etwas breiteren Stelle des Weges, an der ein großer Stein lag. „Wir machen mal Pause und lassen die anderen vorbei", bestimmte er.

Julia wehrte sich nicht. Der Boden unter ihren Füßen fühlte sich immer noch wie Pudding an. Gehorsam setzte sie sich auf den Stein und nahm das Wasser, das Geert ihr reichte. Sie war dankbar, dass er sie mit Worten in Ruhe ließ. Still, aber aufmerksam stand der Zimmermann neben ihr und beobachtete, wie sie den Schlauch mit zitternden Händen an die Lippen setzte. Heimlich sah sie ihn von der Seite an. Er war ein völlig anderer Typ als Simon und ihm doch so ähnlich. Auch Geert dachte praktisch und konnte zupacken. Es waren Fähigkeiten, die er genau wie Simon ohne zu zögern in den Dienst von anderen stellte, wenn es nötig war.

„Ich glaube, ich bin nur ein bisschen erschöpft von der langen Reise, und ich mache mir Sorgen", versuchte sie, sich ihre Panikattacke selbst zu erklären. Langsam nahm sie einen weiteren Schluck Wasser aus dem Wasserschlauch. Geert nickte.

„Das ist wohl normal", sagte er ruhig und sah dabei ins Tal. „Ich habe bis jetzt auch keine Linde gesehen, die Ähnlichkeit mit der vom Donnerfelsen hatte."

Mit dieser Bemerkung traf er genau den wunden Punkt, und Julia wurde klar, wie sehr ihr die Verantwortung für Johanna und die Ungewissheit der Rückkehr wirklich zu schaffen machten. Die ersten Wandergenossen schlossen zu ihnen auf. Rick und Hein guckten fragend, gingen aber weiter, als Julia ein betont fröhliches Gesicht machte. Racker bellte kurz.

„Du hast recht. Das ist es wohl, was mir Sorgen macht."

Nachdenklich blickte sie ins Tal. Je tiefer sie kamen, desto mehr Kleinigkeiten waren dort unten zu erkennen. Schon jetzt sah man deutlich, dass das Grün der Bäume, das eigentlich um diese Jahreszeit frisch und hell sein sollte, dunkel und zum Teil sogar bräunlich war. So, als hätte es nicht genügend geregnet. Auch gab es einige hässliche schwarze Flecken auf dem Boden, die wohl von kleineren Bränden herrührten.

„Was erwartet uns wohl in Igrotta, Geert?" Prüfend sah Julia zum Himmel. Der schwarze Schatten aus klebrigen Pechwolken war durch das Gebirge in ihrem Rücken fast verdeckt, aber er war noch da und wucherte weiter. „Ich hatte gehofft, auf der anderen Seite der Berge wären wir in Sicherheit. Aber das scheint nicht der Fall zu sein. Was macht es mit den Menschen, wenn die Natur zur Bedrohung wird? Wenn es nicht genug zu essen und zu trinken gibt? Ich habe Angst, dass sie aufeinander losgehen. Und was machen sie erst mit uns Fremden, wenn einige aus der Gruppe von ihrem Jesus erzählen?"

Johanna und Jan gingen mit Dora vorbei. Die drei wirkten in den letzten Tagen fast unzertrennlich. Demonstrativ setzte Julia die Wasserflasche an ihre Lippen und schluckte. Gut, dass

Johanna nicht gesehen hatte, wie sie um ein Haar abgestürzt wäre!

„Alles in Ordnung“, sagte Julia zu ihrer Tochter, die besorgt in ihre Richtung guckte. „Ich ruhe mich nur ein bisschen aus.“

Johanna nickte und lächelte ihrer Mutter zu, während sie an ihr vorüberging.

„Ich glaube“, setzte Johannas Mutter ihr Gespräch mit Geert fort, „mein Bild von der Welt ist hier etwas ins Wanken geraten. Unser Leben zu Hause war so anders ... einfacher und geregelter. Und man hatte nicht ständig den eigenen Tod vor Augen.“

„Ich kenne eure Welt nicht. Sicher ist das Leben dort anders als am Donnerfelsen. Das war es in Ebeling und Ankrastan auch schon ... Aber sind die Menschen nicht überall die Gleichen?“, fragte Geert.

„Ich bin nicht sicher. Wenn ich an Tado denke oder Rick, wenn ich Anna und Hein so zuhöre ... Ihre Beweggründe, ihre Gedanken kommen mir so fremd vor.“

Geert seufzte.

„Aber es zieht dich doch irgendwie an, stimmt's? Irgendetwas daran fesselt dich.“

Überrascht wandte Julia ihm ihr Gesicht zu. Klang er enttäuscht? Aber er lag wieder einmal richtig. Was hatten diese Menschen bloß an sich, das sie so faszinierte? Simon, dieser verflixte Simon, war auch so ein Mensch. Und der stammte sogar aus ihrer eigenen Welt. Aber sie hatte nicht vor, sich weiter von ihm fesseln zu lassen. Ganz bestimmt nicht!

„Vielleicht fasziniert mich nur, dass sie so überzeugt von ihrem Glauben sind“, versuchte sie, den Zimmermann und sich selbst zu beruhigen. „Ich teile ihre Ansichten nicht, aber man hat den Eindruck, dass sie auf alles vorbereitet sind. Egal, was am nächsten Tag kommt. Sie würden für ihren Glauben auch ins Gefängnis gehen, wie Tado, oder sogar sterben."

„Du würdest doch auch ohne zu zögern für deine Tochter ins Gefängnis gehen oder sterben."

„Das ist doch etwas ganz anderes! Ich hoffe, ich würde für Johanna sterben, also für einen geliebten Menschen, aber nicht für den Glauben an irgendetwas. Findest du, dass man für eine Überzeugung sterben sollte? Sie stirbt doch mit dir!"

Geert zögerte einen Moment.

„Warum denkst du überhaupt ans Sterben?", lenkte er dann ab. „Wir haben doch den Donnerfelsen verlassen, um am Leben zu bleiben, oder?"

Anna und Emily, die Sönken trug, kamen jetzt auch an dem Stein an und setzten sich zu Julia. Sie hatten genau wie Johannas Mutter eine Pause nötig, waren jedoch so vertieft in ein Gespräch, dass sie es trotz der Zuhörer weiterführten. Anna versuchte, Emily zu beruhigen, die ähnliche Sorgen hatte wie Julia.

„Du brauchst vor den Menschen in Igrotta keine Angst zu haben, Emmi", sagte Anna gerade. „Als Nachfolger Jesu müssen wir mit Widerstand rechnen, das stimmt, aber ich denke immer an den Vers mit den Spatzen. Weißt du, welchen ich meine?"

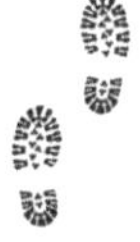

„Ja, den aus dem Evangelium nach Matthäus", antwortete Emily und zog Sönken auf den Schoß.

„Genau. Die Menschen können uns nichts tun, wenn Gott es nicht zulässt." Dann zitierte Anna den ganzen Zusammenhang. „‚Und fürchtet euch nicht vor denen, die den Leib töten, die Seele aber nicht zu töten vermögen; fürchtet vielmehr den, der Seele und Leib verderben kann in der Hölle! Verkauft man nicht zwei Sperlinge um einen Groschen? Und doch fällt keiner von ihnen auf die Erde ohne euren Vater.'" Sie strich Emily über die blonden

Locken. „‚Bei euch aber sind selbst die Haare des Hauptes alle gezählt. Darum fürchtet euch nicht! Ihr seid mehr wert als viele Sperlinge!‘“ Anna drückte Emily und Sönken an sich. „Gott hat uns lieb, Emily. Sein Interesse an uns ist noch viel größer als an den Spatzen. Er ist immer bei uns. Er lässt uns nicht allein.“

Julias Zittern hatte aufgehört, und so standen Geert und sie auf und gingen langsam weiter.

„Siehst du, genau das meinte ich“, sagte Julia nach einer Weile zu ihrem Begleiter.

„Ja, ich weiß, und das macht die ganze Sache so gefährlich ansteckend.“

„Ansteckend? Das klingt, als wäre der Glaube von Anna und Hein eine gefährliche Krankheit“, versuchte Julia zu scherzen und lachte. „Aber anscheinend bist du dagegen immun. Verrätst du mir, wie ich mich vor einer Infektion schützen kann?“

Doch Geert war nicht mehr nach Lachen zumute. Er kannte diese Anzeichen nur zu genau. Julias Unsicherheit zeigte, dass sie auf der Suche war, und diese Suche war der erste Schritt. Wahrscheinlich fehlte nicht mehr viel, und die anderen hatten sie überredet. *Sie wird auch noch Christ. Und dann bleibe ich allein zurück,* dachte er und seufzte.

„Wie man sich und sein Herz davor schützen kann, weiß ich nicht“, antwortete er. „Aber ich weiß, was diesen Glauben so gefährlich ansteckend macht. Denn die Christen leiden oder sterben eben nicht für eine Überzeugung oder für eine Sache.“

„Wofür denn dann?“, fragte Julia verwundert.

„Sie leben und sterben für eine Person, die sie lieben. Genau wie du.“

26

„Wie ein Hirsch lechzt nach Wasserbächen, so lechzt meine Seele, o Gott, nach dir!

Psalm 42, Vers 2

Je tiefer sie hinabstiegen, desto heißer wurde es. Der stetige Wind hatte die Temperatur eines Haartrockners. Kühlung konnte man von ihm nicht verlangen. Auch wenn man den Bächen ansah, dass sie normalerweise mehr Wasser führten, tröpfelten sie jetzt nur noch ins Tal. Deshalb ermahnte Geert alle, ihre Flaschen und Schläuche wieder aufzufüllen, sobald sie auch nur halb leer waren, und auch an die Reserveschläuche zu denken. Prüfend sah der kräftige Mann zum Himmel.

„Kein Wölkchen zu sehen. Strahlend blau – abgesehen von unserem schwarzen Feind dort oben, der uns so zäh an den Fersen klebt."

Das trockene Gras knisterte unter Heins Füßen, als er neben ihn trat. Die Luft roch staubig.

„Hier hat es länger nicht geregnet", stellte er fest. „Hoffen wir, dass es weiter unten und in der Stadt noch andere Wasserquellen gibt."

Er rückte das Tuch zurecht, das er wie alle anderen auch über dem Kopf trug, um sich gegen die Sonne zu schützen.

„Es ist fast wie im Moor, nur weniger schwül", sagte Johanna.

„Und es gib nicht so viele Insekten, die es auf unser Blut abgesehen haben", erinnerte Julia sie.

„Stimmt, es ist viel besser als im Moor", sagte Johanna und lachte. Es war ein trockenes Lachen.

Da sie schon unterhalb der Baumgrenze waren, gingen sie so oft wie möglich im Schatten. Langsam nahm die Zahl der Bäume zu, doch kaum einer sah gesund aus. Anstatt saftig zu rauschen, raschelte das Blätterdach wie trockenes Papier, und zu viele gelbe Blätter lagen am Boden. Die Kronen hatten sich gelichtet und ließen Sonnenstrahlen hindurch, als stünde der Herbst unmittelbar vor der Tür. Auch unter ihnen war es stickig und heiß. Deswegen kam keine Unterhaltung zustande, die die Zeit verkürzt hätte. Bei dieser Hitze hatte niemand Lust, seine Kraft an Worte zu verschwenden.

Es war still, doch die Stille war nicht friedlich, sie war tot. Kein Vogel sang. Selbst die Insekten hatten sich versteckt. Die Hitze lastete auf dem Land wie Eisen. Die sengende Sonne stach auf der Haut und hatte die Erde zu ihren Füßen längst zu Staub getrocknet. Alles schrie stumm nach Wasser. Besorgt blickte Rick sich um, während Racker etwas Flüssigkeit aus seiner Hand leckte. Dann richtete er sich plötzlich auf und zeigte in Richtung Süden. Die Bäume dort sahen ein wenig grüner und gesünder aus.

„Da hinten ist der Fluss!", sagte er aufgeregt.

Hein nickte erleichtert.

„Dort können wir trinken. Es sieht viel besser aus."

Geert blieb stumm, doch Rick ahnte, was er dachte. Auch er selbst traute dem idyllischen Anblick nicht. Es sah einfach zu schön aus.

Schon von Weitem entdeckten sie die Wasserwächter. Die einheitlich rote Kleidung der Männer leuchtete durch das welke Laub; ihre Körperhaltung ließ die Krieger erkennen. Aufrecht und mit wachem Blick sahen sie den Donnerfelslern entgegen. Männer, die es nicht nur gewohnt waren, zu kämpfen, sondern auch zu gewinnen. Obwohl sie die Fremden längst bemerkt hatten, rührten sie sich nicht vom Fleck. Gastfreundschaft sah anders aus. Aufmerksam ließ Geert seine Augen dem schmalen Flusslauf folgen und suchte das Ufer ab. Überall auf dem Weg nach Igrotta schienen rot gekleidete Posten Wache zu stehen. In der anderen Richtung bot sich das gleiche Bild.

„So wie es aussieht, haben wir keine andere Wahl, als sie anzusprechen, wenn wir Wasser wollen. Also können wir es genauso gut schon hier tun", überlegte er.

„Wenn sie uns feindlich gesonnen wären, hätten sie uns längst angegriffen", sagte Hein. „Oder den Befehl dazu erteilt."

Rick wies auf zwei braun gekleidete Männer, die nur etwa fünfzig Meter entfernt standen. Wie die Krieger am Fluss trugen auch sie Hosen, die ihnen um die Beine schlackerten, weite Hemden und breitkrempige Hüte zum Schutz vor der Sonne. Nur der Wasserschlauch vor dem Bauch fehlte und das große Schwert an der Seite. Dafür steckten kleinere Messer an ihrem breiten Gürtel. Vermutlich waren sie dadurch beweglicher bei ihrer Arbeit, wie auch immer die aussah. Julia wich einen Schritt zurück. Warum hatte sie diese Menschen nicht eher gesehen?

„Meine Güte, sind die unauffällig", flüsterte Johanna ebenfalls erschrocken.

„Gut getarnt und leise." Jan trat neben sie. „Friedliche Händler hatte ich mir anders vorgestellt."

Hein zog Anna zu sich, schloss die Augen und sprach ein kurzes Gebet. Dann ging er zielstrebig auf den Mann in Braun zu, der ihnen am nächsten stand. Jan bemerkte, dass dessen Füße nur mit Stoff umwickelt waren. Die Braunen trugen keine Schuhe – deswegen waren sie so leise.

„Sei gegrüßt!"

Hein kreuzte die Arme auf der Brust und beugte sich leicht nach vorn, so wie er es von Medro gelernt hatte. Doch der Mann erwiderte den Gruß nicht. Vielleicht hatte er keine Erlaubnis zu reden. Sein Gesicht war gelblich wie altes Pergament. Die Augen saßen dunkelbraun über der fast zu kleinen Nase. Stumm wies der Braune Hein auf einen der rotgekleideten Posten am Ufer hin. Hein verbeugte sich erneut und marschierte los. Die anderen folgten. Der Stumme sah ihnen hinterher, verblüfft von so viel ungewohnter Höflichkeit.

„Sei gegrüßt!"

Hein beugte sich vor dem Roten ein bisschen tiefer und blieb ein bisschen länger unten, bevor er sich aufrichtete und ihm ins Gesicht blickte. Es hatte die gleiche Farbe wie das des Stummen, nur war die Pergamenthaut zerknittert, und die Augen waren noch dunkler, fast schwarz. „Ich bin Hein. Wir bringen euch Grüße von Medro, dem Händler aus Ankrastan, und wollen zu Eli, dem Händler aus Igrotta."

Der Rote blickte ihn selbstbewusst an. Er legte sich nur die linke Faust auf das Herz. Seine Verbeugung geriet so winzig, dass man sie kaum erkennen konnte.

„Ehre ... wem Ehre gebührt!"

Julias Augenbrauen rutschten nach oben, als sie den seltsamen Gruß hörte. Der Soldat schien nicht die Absicht zu haben, seinen Namen mitzuteilen.

„Ihr seid die Ersten, die dieses Jahr über die Felsenberge kommen", stellte er fest. Jan unterdrückte ein Grinsen. *Als wenn wir das nicht selber wüssten,* dachte er. Aufmerksam musterte der rote Soldat die Gruppe und das Gepäck der Maulesel. „Eure Karawane ist klein, und ich sehe nicht viele Waren."

„Wir handeln nicht. Wir sind nur auf der Durchreise", erklärte Hein. „Unsere Heimat ist der Donnerfelsen am Meer, weit im Norden. Wir waren gezwungen, ihn zu verlassen. Auf der Flucht vor Sturmfluten und Erdbeben suchen wir seitdem eine sichere neue Heimat. Doch leider gibt es auch in Ankrastan, auf der anderen Seite der Felsenberge, Anzeichen dafür, dass sich die Natur gegen uns wendet." Hein zeigte auf die seltsamen Wolken und die vertrockneten Pflanzen. „Ich fürchte, hier sieht es nicht viel besser aus. Ihr kämpft mit einer Dürre. Warum? In den Felsenbergen gab es eine viel zu frühe und schnelle Schneeschmelze. Wo ist das Wasser aus den Bergen geblieben?"

Die Miene des Wasserwächters blieb unbeweglich, als fände er langweilig, was Hein ihm erzählte. Vielleicht wusste er es längst.

„Wenn der Schnee schmilzt, fließt das meiste Wasser nach Ankrastan. Das war schon immer so. Auf unserer Seite regnet oder schneit es seltener. Außerdem führt eine kleine Senke das Gebirgswasser von Igrotta fort."

So wie der Rote es sagte, klang es nach mehr als einer reinen Feststellung der Tatsachen. In den wenigen Worten schwang etwas Bedrohliches mit. Der Soldat gab einem der braunen Männer ein Zeichen. Dieser setzte sich lautlos in Bewegung und entfernte sich in Richtung Stadt. Ihre Ankunft würde kein Geheimnis bleiben. Dann wandte er sich wieder an Hein.

„Diese Straße führt nach Igrotta. Sie verläuft in einiger Entfernung fast immer parallel zum Fluss. Ihr könnt auch dem

Fußweg direkt am Fluss folgen. Aber rührt sein Wasser nicht an!"

„Wir haben einen langen Weg hinter uns und haben Durst", versuchte es Rick.

Der Wächter zog spöttisch einen Mundwinkel nach oben.

„Durst haben wir alle, Fremder. Das Wasser ist wegen der Dürre rationiert. Niemand darf es aus dem Fluss oder anderen Quellen entnehmen."

Man sah ihm an, dass er von seinem Befehl nicht abweichen würde. Hein verbeugte sich zum Abschied, jetzt ebenfalls mit der linken Faust auf dem Herzen.

„Ehre ...", begann er. Doch er hatte das Wort „Ehre" kaum ausgesprochen, da fiel ihm sein Gegenüber ins Wort.

„... wem Ehre gebührt!", ergänzte der Rote.

So funktioniert das also, dachte Johanna, als sie sich ebenso wie alle anderen verbeugte und dabei die Körperhaltung annahm, die hier üblich schien.

Geert führte sie zur Straße. Dort gab es weniger fremde Ohren als auf dem Pfad in Wassernähe, und der Fluss war nicht ständig sichtbar. Der Anblick des erfrischenden Wassers wäre nur eine unnötige Qual für die Wanderer gewesen. Sie hielten sich im dünnen Schatten der vertrockneten Bäume.

„Gut, dass wir unsere Reserveschläuche und Flaschen noch haben", meinte Anna tröstend zu Emily, als sie sich ein gutes Stück von dem Wächter entfernt hatten. „Die werden wir uns gut einteilen. Die Stadt ist nicht weit, und wenn wir langsam gehen, schwitzen wir weniger."

Johanna schüttelte sich. Das unfreundliche Benehmen und die Zeichensprache der uniformierten Männer waren ihr irgendwie unheimlich. Ängstlich sah sie sich um.

„Wer weiß, wie viele Spione hier noch durch das Unterholz huschen und uns beobachteten?!“

„Ist doch egal. Unser Ruf eilt uns sowieso voraus“, meinte Jan, der den Boten auch gesehen hatte, der auf einen Wink des Roten losgeeilt war. „Wenigstens können wir uns nicht mehr verlaufen. Schon von oben konnte ich ganz genau sehen, wo die Stadt liegt“, versuchte er, Johanna aufzumuntern. „Die Häuser sind nicht rund und weiß wie in Ankrastan, sondern eckig und rötlich. Sie haben keine richtigen Dächer, sondern mit dem letzten Stockwerk hat man einfach aufgehört weiterzubauen.“

„Flachdächer nennt man das“, sagte Johanna, die die Häuser genauso gesehen hatte.

„Passt, der Name“, meinte Jan.

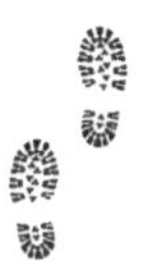

Nur ein Gebäude ragte aus der Stadt heraus. Es war sehr viel größer und hatte lange, dünne Türme. Eben dieses Gebäude bekamen sie jetzt von Weitem zu sehen. Die Sonne neigte sich langsam, und die Schatten wurden länger, was die Hitze aber nicht zu stören schien. Sie blieb einfach. Johannas Mund war trocken, und sie sehnte sich nach einer Pause. Ihre Zunge schien anzuschwellen, aber eisern sparte sie ihr Wasser auf.

„Komisch, warum begegnet uns eigentlich niemand?“, wunderte sie sich.

„Wahrscheinlich haben sie alles Anstrengende in die Abend- und frühen Morgenstunden verlegt“, erklärte Julia. „So macht man das bei uns in den südlichen Ländern wie Italien.“

Italien! Bella Italia! Das klang noch exotischer als sonst und unglaublich weit weg. Johanna ließ sich die Wörter auf der Zunge zergehen und dachte an Eiscreme. Sie seufzte. Leider stillten auch geschmolzene Wörter den Durst nicht.

Nach einer weiteren Stunde Fußmarsch erhob sich endlich ein leichter Wind, und das Stadttor kam in Sicht. Seine großen dunkelroten Flügel waren weit geöffnet und wurden von vier roten Kriegern bewacht. Man konnte ungehindert in die Stadt hineinsehen. Die Straßen waren leer und still. Ein süßlicher Duft wehte den Ankömmlingen entgegen. Johanna wusste nicht mehr, woher sie ihn kannte. Julia blieb erschrocken stehen.

„Was ist?", fragte Hein.

„Dieser Geruch verheißt nicht unbedingt etwas Gutes", erklärte Julia. Dann half sie dem Gedächtnis ihrer Tochter auf die Sprünge. „Erinnerst du dich an unseren letzten Urlaub in Holland?"

„Amsterdam", fiel es Johanna ein. „Die vielen Tulpen."

„Genau. Nur ist das hier kein Blumenduft."

27

„Meine Seele dürstet nach Gott, nach dem lebendigen Gott ..."

Psalm 42, Vers 3a

Die Wächter rührten sich nicht, als die Wanderer durch das Stadttor schritten. Sie ließen sie unbehelligt passieren.

„Das Schöpfen von Wasser aus den Brunnen der Stadt sowie die Entnahme aus dem Fluss sind verboten!", verkündete einer der Roten nur laut.

„Auch in der Stadt?! Und wie kommen wir dann an frisches Wasser?", fragte Hein.

„Jeder bekommt, was ihm zusteht", sagte der Soldat und war zu weiteren Auskünften nicht mehr bereit.

„Wir werden schon herausfinden, was das bedeutet", versprach Geert, mühsam seine Wut über die mangelnde Hilfsbereitschaft zurückhaltend.

Endlich war es kühler und damit angenehmer geworden. Die Igrottanis verließen den Schutz ihrer Häuser, und im Nu füllten sich die Straßen, bis sie schier überquollen. Es wimmelte vor Menschen wie freitagnachmittags vor dem Kölner Dom. Ein paar neugierige Blicke trafen die Fremden, doch die meisten der Einwohner guckten unbeteiligt und stumpf, als sie an ihnen vorübereilten. So wussten sie nicht, wen sie ansprechen sollten.

„Die Sonne geht hier früher unter", meinte Hein.

„Der schwarze Schatten schluckt sie eher", sagte Geert.

„Vielleicht hat deshalb niemand Zeit für ein Plauderstündchen mit uns“, versuchte Anna, die Gleichgültigkeit der Bewohner zu erklären. „Sie scheinen alle in Eile zu sein.“

„Wir bleiben am besten auf dem geraden Weg“, schlug Rick vor.

Anna nickte. Aufmerksam sah sie sich um. Von der Hauptstraße, die geradeaus führte, gingen mehrere Gassen ab. Winzige, ärmliche Häuschen mit blinden Fensterscheiben lehnten sich darin so dicht aneinander, dass sie sich fast über die Straße wölbten und einen Tunnel zu bilden schienen. Gestank kroch aus ihnen heraus. Auch Julia brauchte nur einen kurzen Blick nach rechts und links zu werfen, um Ricks Vorschlag aus ganzem Herzen zuzustimmen. Denn im Gegensatz zu den nach Müll und Verrottung stinkenden Gassen sah die Straße vor ihr sauber aus. Sie war mit den gleichen rötlichen Steinen gepflastert, die die Baumeister auch für die Gebäude verwendet hatten. Es ließ sich gut darauf gehen.

Je näher sie dem Stadtzentrum kamen, desto größer und breiter wurden die Häuser der Igrottanis. Nur ihre Fenster blieben klein. Jetzt wurden die meisten davon geöffnet, um etwas kühlere Luft in die Häuser zu lassen. Frische Luft konnte man es nicht nennen, denn fast überall waberte hellgrauer Qualm durch die Gassen. Wohin die Donnerfelsler auch kamen, der graue Nebel war vor ihnen da. Er trocknete Mund und Hals nur noch mehr aus, und so war es unangenehm, ihn einzuatmen.

Johanna gewöhnte sich zwar schnell an den Geruch, musste aber immer noch ab und zu husten. Es war nicht schwer, die Quelle der Rauchschwaden auszumachen. An jeder dritten Straßenecke gab es einen kleinen steinernen Tisch oder genauer gesagt: einen Altar mit einer Tierstatue. Johanna entdeckte zuerst ein Huhn, dann sah sie einen Hund, ein Eichhörnchen und schließlich sogar einen Adler. Jedes Tier war mit Blumen geschmückt und trug Menschenkleidung. Manche hatten sogar menschliche Arme oder Beine. Doch eins war immer gleich: Auf jedem Altar lagen Lebensmittel, als bräuchten die steinernen Wesen Nahrung. Und überall steckten unzählige kleine Räucherkerzen in mit roter Erde gefüllten Schalen und qualmten beständig vor sich hin.

„Es sieht ganz so aus, als seien die Götter hier aus Stein", meinte Julia zu ihrer staunenden Tochter. „Wir sollten sehen, dass wir jemanden finden, der uns weiterhelfen kann. Was meinst du? Welche Farbe tragen hier wohl die Fremdenführer?"

„Ich weiß nicht. Außer der roten und braunen Kleidung habe ich noch zwei andere Farben gesehen: Männer in gelben oder schwarzen Hosen und Hemden", antwortete Johanna.

„Die Frauen tragen ihre Kleider in denselben vier Farben. Ist dir aufgefallen, dass sie kürzer sind als die der Ankrastanerinnen?", fragte Julia.

„Ja, sie gehen nicht bis zum Boden. Schwarz und Braun sieht man häufiger als gelb und rot. Komisch, dass Medro die Kleidung nicht erwähnt hat!"

Nach einer Weile öffnete sich die Straße zu einem weiten Platz. Er war gesäumt von besonders hohen Gebäuden mit großen bunten Fenstern. Zu ihrem Bau hatten die Igrottanis nicht nur den typischen roten Stein verwendet, sondern auch einen dunkleren, fast schwarzen miteingefügt. An den Giebeln schlängelten sich fremdartige Schriftzeichen in Gold bis unter das Dach. Niemand von den Wanderern konnte sie entziffern. Sehnsüchtig sah Emily auf einen großen Brunnen mitten auf dem Platz, der von roten Wächtern umstellt war.

„Ich denke, wir sollten in ihrer Kirche nachfragen." Hein marschierte entschlossen auf das einzige Bauwerk mit hohen Türmen zu. „Ganz bestimmt bekommen wir dort Hilfe oder wenigstens etwas zu trinken. Falls dort auch niemand für uns zuständig ist, wissen sie vielleicht, an wen wir uns wenden müssen."

„Für mich sieht es eher aus wie einer dieser Tempel in Asien", meinte Julia zu Johanna.

Der Qualm wurde dichter und der süßliche Geruch aufdringlicher, je näher sie der Kirche oder dem Tempel kamen. Vor dem überraschend kleinen Eingang standen links und rechts zwei große Katzenstatuen, die jeweils über eine große Schale mit schwelenden Kräutern wachten. Die Igrottanis standen Schlange, um ihre Nasen über den Rauch zu beugen. Die meisten trugen braune oder schwarze Kleidung. Sie nahmen ein paar tiefe Atemzüge und gingen dann ihres Weges. Wie gebannt sahen die Donnerfelsler zu. Argwöhnisch beäugte Julia die beiden etwa drei Meter hohen grünen Pflanzen, die sich wie ein Dach über den Katzen wölbten. Die Blätter waren handförmig, die Blüten grün und büschelig. An der Außenwand des Tempels waren unter kleinen Vordächern Hunderte dieser Büschel an den kräftigen Stielen zum Trocknen aufgehängt.

„Das habe ich befürchtet", sagte Julia laut. „Hanfpflanzen. Man gewinnt daraus eine Droge, die die Sinne benebelt. So vergisst man für eine Weile alle Sorgen. Passt auf, dass ihr nicht zu nah an den Rauch herangeht", mahnte sie. „Der macht willenlos und süchtig."

Sofort traten ihre Gefährten einen Schritt zurück.

„Hilft es den Menschen auch gegen den Durst?", fragte Anna betroffen.

„Ich weiß nicht“, meinte Julia, „Erst vielleicht, aber so wie ich es gelernt habe, bekommt man eher einen trockenen Mund, als dass es den Durst löscht. Jedenfalls scheint es den Rauch hier umsonst zu geben. Im Gegensatz zum Wasser.“

Ein weiß gekleideter Mann trat aus dem Tempel zu den Katzen und füllte neue getrocknete Blätter in die Schalen. Sein Pergamentgesicht sah aus, als hätte aus Versehen jemand zu viel Haut für den kleinen Kopf verwendet. Es hatte so viele Falten, das es von Weitem schwierig war, die Augen und die Nase zu erkennen.

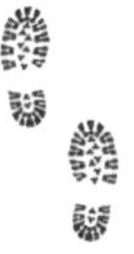

„Wenn der mal nicht besonders wichtig ist. Der Erste, der hier in Weiß rumläuft“, raunte Geert Emily zu. Dann ergriff er die Gelegenheit, ging auf den Mann zu und verbeugte sich.

„Ehre ...“

„... wem Ehre gebührt!“, ergänzte der Angesprochene. „Willkommen, Fremder.“

„Danke! Mein Name ist Geert. Geert vom Donnerfelsen, und du bist der Erste, der uns willkommen heißt.“

„Mein Name ist Jahnu, treuer Diener unserer erhabenen Göttin Visha.“

„Ich danke dir, Jahnu. Die anderen Igrottanis scheinen das Sprechen und die Gastfreundschaft verlernt zu haben.“

Der Priester guckte gleichmütig. Er rechtfertigte seine Mitbürger nicht.

„Kannst du uns etwas zu trinken geben? Wie du siehst, haben wir einen staubigen Weg hinter uns und ein kleines Kind dabei.“

Das Faltengesicht zeigte auch jetzt keine Regung.

„Ich kann euch die Regeln erklären.“

Mit einer knappen Geste wies Jahnu auf ein kleines Haus, das sich in unmittelbarer Nähe zum Tempel befand. Es war schmucklos und unscheinbar. Geert nickte Hein zu. Sie banden die Maultiere an einem kleinen Zaun fest und folgten ihrem Gastgeber in sein Zuhause. Auf den ersten Blick schien es nur aus einem großen Raum zu bestehen. Er war fast leer. Ein weicher cremefarbener Teppich bedeckte den Boden. Ein dunkler, niedriger Tisch diente als Ablage und Geschirrschrank zugleich. Auf dem eisernen, freistehenden Ofen stand eine Teekanne aus Silber. Sie war ein kleines Kunstwerk und mit Rosen und Ranken verziert. Sonst gab es keine Einrichtung.

„Nehmt Platz", sagte Jahnu und wies auf den Teppich.

Die Wanderer ließen sich nieder. Jahnu nahm die Teekanne vom Ofen und ging zu dem kleinen Tisch. Auf einem Tablett standen winzige Teetassen. Langsam, als sei es eine heilige Handlung, füllte ihr Gastgeber sie zur Hälfte mit der heißen Flüssigkeit. Johanna zählte mit. Es waren genau zehn Tassen. Für jeden eine, außer für Sönken. Es begann, nach Pfefferminz zu duften, frisch und sauber. Jahnu ließ das Tablett herumgehen, und jeder Donnerfelsler nahm sich eine Tasse herunter. Misstrauisch schnupperte Julia an dem Tee. Er schien tatsächlich harmlos zu sein. Doch der Inhalt der Tasse war kaum geeignet, den Durst zu löschen. Es war mehr ein Tropfen auf den berühmten heißen Stein. Racker dagegen bekam eine eigene Schale mit Tee auf den Boden gestellt, was Julia zu einem Kopfschütteln veranlasste. Gleichzeitig mit Jahnu setzten sie das Tässchen an den Mund und tranken.

„Die erhabene Göttin Visha schenkt Ruhe, Vergessen und geschärfte Sinne. Der Rauch vor dem Eingang stammt von ihrer Lieblingspflanze", erklärte der Priester, das Teetässchen in der Hand haltend. Er spreizte den kleinen Finger ab, als sei er in London bei König Charles dem Dritten zu Gast.

„Hanf. Der ist auch bei uns bestens bekannt", sagte Julia. Sie kochte innerlich. *Die Menschen hier brauchen wohl eher etwas anderes als Ruhe und Vergessen, zum Beispiel Wasser,* dachte sie. *Und halt den Finger nicht so!*

„Wir nennen sie Canava, und sie wächst auch auf ausgelaugten und verhärteten Böden. Aus ihren Fasern stellen wir Kleidung und Papier her. Es ist ein sehr vielseitiges Material."

Jahnu hob die winzige Tasse und nahm einen noch winzigeren Schluck. Geert wurde ungeduldig. Die gefährliche Pflanze interessierte ihn nicht.

„Was meint der rote Torwächter, wenn er sagt, dass jeder das Wasser bekommt, das ihm zusteht?", unterbrach er den Mann in Weiß und klang nicht so freundlich, wie er es eigentlich vorgehabt hatte.

Der Priester setzte den Tee bedächtig ab, sah Geert durchdringend an und räusperte sich, bevor er fortfuhr.

„Wir Priester und die Gelehrten tragen weiße Kleidung. Landbesitzer und Krieger, von denen du eben sprachst, sind rot gekleidet. Händler und Handwerker sind berechtigt zu gelber Kleidung. Schwarz steht für Diener, Knechte und Tagelöhner. Braun bedeutet die unterste Stufe. Diese Menschen räumen den Müll weg und kümmern sich um Kranke und Tote", zählte er gleichmütig auf, als sei das alles ohne Bedeutung, und er würde es täglich den Touristen erklären.

„Das heißt, die Menschen sind in fünf Gruppen eingeteilt", stellte Hein widerwillig fest.

„Selbstverständlich, warum auch nicht?" Jahnu wirkte überrascht.

„Und ich nehme an, jeder Gruppe steht nicht nur eine Farbe, sondern auch eine bestimmte Wasserration zu?", fragte Hein.

Ihr Gastgeber nickte zustimmend und legte die Fingerspitzen aneinander.

„Das ist richtig."

„Wie viel?"

„Nun, der weißen Klasse zehn Liter, der roten acht, der gelben vier, der schwarzen zwei und der braunen ein Liter pro Tag", sagte Jahnu auf.

„Das ist nicht Ihr Ernst!", entfuhr es Julia. „Niemand kann mit einem Liter Wasser pro Tag überleben. Schon gar nicht bei diesem Wetter!"

Anna legte ihr die Hand auf den Arm. Sie konnten es sich nicht leisten, jemanden wütend zu machen. Aber Jahnu reagierte gar nicht auf Julias Worte. Er schien kein schlechtes Gewissen zu haben.

„Wer teilt die Gruppen ein?", hakte Hein nach.

„Die Geburt natürlich."

Jahnu sah sein Gegenüber an, als läge jede andere Antwort völlig außerhalb seiner Vorstellung.

„Natürlich! Das ist ungemein praktisch, wenn man zu den Gewinnern gehört", spottete Geert.

„Und die Fremden, die keine Händler sind?", fragte Hein unbeirrt weiter.

„Nun ... sie ...", druckste Jahnu herum. Er wirkte jetzt etwas nervös und sah öfters zum Fenster. „Sie ... sie gehören in die braune Gruppe."

„Das nenne ich Gastfreundschaft", murmelte Rick.

„Auch wenn sie Grüße von Medro, dem Händler aus Ankrastan, und Maultiere für Eli mitbringen?", fragte Geert.

„Von Grüßen allein kann man nicht leben. Eli ist fortgezogen, und Medro, ja, ich kenne ihn. Er war einmal ein wichtiger Partner“, sagte Jahnu lächelnd, und es klang, als spräche er vom letzten Jahrhundert. „Aber die Regierung hat ... wie soll ich es sagen? ... gewechselt, und der Ankrastaner ist ohne Bedeutung. Wir werden den Handel ohnehin bald einstellen.“

Das klang bedrohlich. Jahnu stand auf und ging wie zufällig zu dem kleinen Fenster, als müsse er sich die Beine vertreten.

„Gibt es eine Möglichkeit, sich Wasser dazuzuverdienen? Oder in eine höhere Gruppe aufzusteigen?“ Hein bemühte sich immer noch um einen sachlichen Ton.

„In eine höhere Gruppe gelangt man nur in einem nächsten Leben, wenn man sich in diesem bewährt hat als ein guter Diener der Göttin und ihrer Kinder“, antwortete der Priester ruhig und verschränkte die Hände ineinander.

Noch einmal warf Jahnu einen Blick aus dem Fenster. Dann drehte er sich zu ihnen um, und seine winzigen Augen wurden plötzlich kalt.

„Und was das Verdienen betrifft ... Es gibt da seit Kurzem eine Möglichkeit.“

Als Geert begriffen hatte, was damit gemeint war, war es schon zu spät. Die Tür ging auf, und mehrere rote Krieger betraten das Zimmer, in dem sie gerade noch nichtsahnend ihren Tee getrunken hatten. Weitere hatten das Häuschen bereits umstellt. Jeder Fluchtversuch war zwecklos. Wo hätten sie auch hingesollt? Selbst Racker wagte nicht zu bellen.

„Sehr gut, Jahnu!“, lobte der Rote, der als Letzter über die Schwelle getreten war. Er schien der Anführer zu sein, denn er trug als Einziger eine metallene Rüstung und warf dem Priester einen kleinen Lederbeutel zu. „Ihr seid verhaftet!“ Das galt den Donnerfelslern.

Wütend sah Geert den Verräter an. Dann machte er einen großen Schritt auf den Anführer der Roten zu und baute sich drohend vor ihm auf.

„Warum?“, wagte er, nach dem Grund der Festnahme zu fragen.

Die Antwort folgte unverzüglich, aber anders, als der Donnerfelsler es sich gedacht hatte.

„Ruhe!“, schnauzte der Krieger, der ihm am nächsten stand, und schlug dem Zimmermann ins Gesicht. Geert konnte nicht einmal mehr die Hände hochnehmen, so schnell ging alles. „Das könnt ihr unseren Raja fragen, den Herrscher über alle Igrottanis, wenn er es euch erlaubt.“

28

„Und wenn ich auch wanderte durchs Tal der Todesschatten …“

Psalm 23, Vers 4a

Geerts Nase hatte endlich aufgehört zu bluten. Sie war auf das Doppelte ihrer Größe angeschwollen und färbte sich langsam blau. Johanna traute sich kaum, Geert anzusehen, so entstellt sah sein Gesicht aus. Doch hier unten in ihrem unterirdischen Verlies kam es nicht auf gutes Aussehen an. Die Ungewissheit schmerzte mehr. Bis jetzt hatte Geert noch keine Antwort auf seine letzte Frage bekommen. Keiner der roten Wächter, geschweige denn der Raja selbst ließ sich hier unten blicken und nannte ihnen den Grund für ihre Festnahme. Stattdessen führten die stummen Braunen und einige Diener und Knechte in Schwarz die Aufsicht im Gefängnis. Offensichtlich war die Arbeit unter der Erde eines Kriegers unwürdig.

Die Augen der Donnerfelsler hatten sich schnell an die Dunkelheit gewöhnt. Deutlich konnten sie den Raum um sich herum sehen. Er war groß, größer als das Zimmer des Verräters Jahnu. Nur der Boden war aus kaltem Stein, eine Wohltat nach der Hitze draußen. Die erdigen Wände begrenzte nach oben nur eine Holzdecke, und es gab drei schmale Holzpritschen, auf denen man liegen oder bei Tag sitzen konnte. Durch ein kleines Fenster knapp unterhalb der Decke fiel bereits das erste Tageslicht und beschien das Stroh, das an der Wand aufgeschüttet war.

„Jetzt bin ich fast froh über die Trockenheit“, sagte Julia leise. „Das bedeutet wenig Grundwasser, also trockene Wände.“

Johanna sah ihre praktisch denkende Mutter traurig an. Ihr Hals war ebenso ausgetrocknet wie die Wände, da war es schwierig, sich über fehlendes Wasser zu freuen. Sie saßen nebeneinander auf einem schmalen Strohlager, und das Mädchen hatte den Kopf auf den Schoß der Mutter gelegt. Sanft streichelte Julia ihr die braunen Haare.

„Hey, das ist etwas Gutes, Johanna, denn so bleiben wir eher gesund, als wenn das Loch hier auch noch feucht und kalt wäre“, versuchte sie, ihrer Tochter Mut zu machen. „Und auch, dass wir alle noch zusammen sind, ist gut.“

Hein stand an der Gittertür und starrte hinaus in den Gang, in dem ein Aufseher ständig auf und ab ging. Doch es war unmöglich, um die Ecke zu den beiden anderen Zellen zu sehen. Sie hatten keine Ahnung, ob es noch mehr Gefangene gab. Gestern Abend, als man sie hereingebracht hatte, war es schon zu dunkel gewesen, um bis in die hinterste Ecke jedes Raumes zu sehen. Hein lauschte angestrengt, doch außer den fast lautlosen Schritten des Braunen und dem Knistern der Fackeln an der Wand war kein Laut zu hören. Anna saß Julia gegenüber. Sie hatte links Emily und rechts Dora im Arm. Plötzlich hörten sie am Fenster ein leises Bellen. Rick stand vom Boden auf und blickte nach oben. Eine schwarze Hundeschnauze schnüffelte am Gitter.

„Es ist Racker“, freute er sich und streckte die Hand aus. Der Rüde leckte an seinen Fingern. „Brav, alter Junge, du bist auch noch da! Du wartest da draußen auf uns. Du gibst die Hoffnung nicht auf.“

Jan hatte Sönken auf und ab getragen. Jetzt setzte er ihn auf den Boden und stellte sich neben Rick. Racker bellte lauter und kratzte mit den Pfoten an der Erde. Noch bevor Rick ihn zur Ruhe ermahnen konnte, hörte man jemanden schimpfen. Steine flogen und trafen die Hauswand, dann jaulte Racker auf und verschwand. Emily und Johanna starrten erschrocken zum Fenster.

„Keine Sorge, er wird wiederkommen", beruhigte Rick sie. „Und dann wird er schlauer sein."

Er setzte sich wieder auf den Boden, öffnete seinen Rucksack und nahm seinen letzten Wasserschlauch heraus.

„Seltsam, dass sie uns unser Gepäck zurückgegeben haben", wunderte sich Anna.

Hein ließ die Gitterstäbe los.

„Nun, die Messer fehlen. Alles andere nützt uns hier drinnen nicht viel. Außer dem Wasser natürlich."

„Meine Bibel ist auch weg", seufzte Jan. „Diesmal wohl endgültig."

Anna kramte in ihrem Rucksack.

„Wir haben unsere noch." Sie schlug den 23. Psalm auf und begann, ihn langsam und deutlich vorzulesen. „‚Der Herr ist mein Hirte, mir wird nichts mangeln. Er weidet mich auf einer grünen Aue und führet mich zum frischen Wasser.'"

Ihre warme, volle Stimme wirkte beruhigend. Oder waren es die Worte selbst, die die Gefangenen trösteten, obwohl sie nicht wussten, was diese Nacht bringen würde? Sehnsüchtig lauschten sie. Frisches Wasser, das wäre herrlich. Selbst Sönken war still. Er spielte mit einem Strohhalm.

„‚Er erquicket meine Seele, er führet mich auf rechter Straße um seines Namens willen.'"

Jan blickte zu dem Braunen auf dem Gang. Der war im Fackelschein stehen geblieben und starrte in ihre Richtung. Wollte er sie genauer beobachten und womöglich für das Lesen bestrafen? Nein, es wirkte eher, als würde er zuhören.

„‚Und ob ich schon wanderte im finstern Tal, fürchte ich kein Unglück, denn du bist bei mir, dein Stecken und Stab trösten mich.'"

Hatte der Aufseher ihm wirklich gerade zugezwinkert? Jan traute seinen Augen kaum.

„‚Du bereitest vor mir einen Tisch im Angesicht meiner Feinde, du salbest mein Haupt mit Öl und schenkst mir voll ein.'"

„Hm, schön wäre es ...", murmelte Geert und hob den Wasserschlauch an den Mund. Er zuckte kurz, als er an seine aufgeplatzte Lippe stieß. Anna ließ sich nicht stören und las nach einer kleinen Pause einfach weiter.

„‚Gutes und Barmherzigkeit werden mir folgen mein Leben lang, und ich werde bleiben im Hause des Herrn immerdar.'"

Jan hatte sich nicht geirrt, der Braune nickte ihm kaum merklich zu und lächelte. Dann nahm er plötzlich Haltung an, und sie hörten Schritte auf der Treppe. Jemand stieg herunter. Der Braune salutierte. Ein roter Wächter kam auf sie zu und musterte sie ausführlich.

„So sehen also gefährliche Verbrecher aus."

Hein ging wieder ans Gitter, und Geert folgte ihm.

„Wir sind keine Verbrecher, sondern friedliche Reisende", stellte er klar. „Wir haben niemandem etwas zuleide getan. Ihr haltet uns zu Unrecht gefangen."

„Was meinst du, wie oft ich das hier unten schon gehört habe? Ihr hattet Bögen und Messer bei euch."

„Nur um uns selbst zu verteidigen und um zu jagen. Wir kommen aus einer kleinen Stadt am nördlichen Meer und waren dort Fischer und Zimmerleute."

„Ein Meer? Ja, ich habe gehört, dass es so etwas geben soll. Warum seid ihr nicht dort geblieben?“, fragte der Rote gelangweilt. Geerts Gesicht verdunkelte sich.

„Weil es Überschwemmungen und schwere Erdbeben gab. Wir sind auf der Suche nach einer neuen, sicheren Heimat, denn unsere wurde zerstört. Und wir sind hier, um euch zu warnen. Denn auch hier deutet sich eine Katastrophe an. Auch der Himmel über Igrotta ist schwarz, und auch diese Dürre ist nicht normal, oder?“

„Was ist schon normal? Etwa, dass ihr alle das gleiche Buch dabeigehabt habt oder dass ihr neue Worte aufschreibt?“ Julia erschrak. Ihr Tagebuch! Sie fasste in ihren Rucksack. Es war noch da. „Wir gehen davon aus, dass ihr Spione seid“, teilte der Rote mit.

„Spione?“ Geert lachte wütend. „Aber ja, natürlich, und für wen, bitte?“

Der Krieger verzog keine Miene. Ohne Mitleid sah er Geert ins geschwollene Gesicht.

„Zügle deine Zunge, sonst bist du sie los, ehe eure Gerichtsverhandlung stattfindet.“

Johanna und Julia schnappten nach Luft. Dora und Emily fingen leise an zu weinen. Anna drückte sie fester.

„Wir sind über die Felsenberge gekommen, weil wir einen Zufluchtsort suchen, von dem wir gehört haben. Eine große Stadt, fast in den Wolken. Sie liegt weit genug weg vom Meer, und vielleicht gibt es dort genügend Wasser.“ Hein sprach beschwörend und beruhigend auf den Wächter ein. „Kommt mit uns, bevor ihr alle verdurstet.“

„Hier verdurstet so schnell niemand. Unser neuer Raja hat an alles gedacht. Auch daran, dass Spione aus Ankrastan kommen könnten.“

Er lächelte sie herablassend an.

„Das ist doch Unsinn! Medro kommt seit Jahren in eure Stadt. Die Ankrastaner sind eure Freunde. Ihr handelt miteinander.“ Hein wurde etwas lauter.

„Jetzt nicht mehr. Obwohl sie so manches haben, was uns interessiert. Vor allem Wasser.“

Heins Hände umklammerten das Gitter so fest, dass die Knöchel weiß wurden, und seine Wangen berührten das Eisen. Er hatte Mühe, seine Stimme zu zügeln.

„Ihr wollt uns als Vorwand benutzen, um eure Freunde zu überfallen? Ihr wollt behaupten, sie hätten Spione geschickt, damit ihr einen Grund habt, Ankrastan anzugreifen und euch zu nehmen, was ihr wollt? Ist es das?“

„Siehst du, der Raja hatte recht: Ihr seid Spione. Sie haben euch geschickt, um unsere Pläne auszukundschaften. Wie schade! Jetzt, da du sie kennst, hast du keine Gelegenheit mehr, sie zu warnen.“

Gelassen drehte er sich um. Der braune Wächter salutierte ernst, als er an ihm vorbeiging und die Treppe hinaufstieg. Hein stöhnte und fuhr sich mit den Fingern durch die Haare.

„Was ist nur in diese Leute gefahren? Wo sind die friedlichen Händler, von denen Medro gesprochen hat?“

„Hey, Brauner!“, rief Geert. „Wann bekommen wir etwas zu essen und zu trinken?“

Es gab weder für ihn noch für Hein eine Antwort. Frustriert schlug Geert mit der Faust gegen das Gitter. Dann ließ er sich auf eines der Strohlager sinken und schloss die Augen. Still setzte sich der Braune wieder in Bewegung und marschierte vor dem Gitter hin und her. Nach einer Weile kam ein anderer und löste ihn ab. Noch war etwas Wasser in ihren Schläuchen. Das

wussten auch die Aufseher. Doch ihre Nahrungsmittelvorräte befanden sich in den Packtaschen der beiden Maultiere und waren damit unerreichbar. Wahrscheinlich ließ Jahnu es sich gerade schmecken. Vielleicht waren die Lasttiere auch Teil seiner Belohnung gewesen.

Einmal stimmte Anna ein Lied aus dem letzten Gottesdienst am Donnerfelsen an. Sie dachte an Tado, der ganz allein im Gefängnis saß. Doch je mehr Zeit verging, desto schläfriger wurde auch sie. Die Angst forderte ihren Tribut. Warten macht müde, wenn man nicht weiß, worauf man wartet und wann es geschieht. Auch Julia musste wohl eine Weile geschlafen haben, denn als sie die Augen aufschlug, ließ das Tageslicht schon wieder nach. Draußen ging die Sonne unter. Auch im Gefängnis wurde es dunkel, und der Aufseher war erneut ausgetauscht worden. Nun war es wieder derselbe wie heute Morgen. Oben am Fenster hörte sie ein leises Winseln. Rick sprach beruhigend auf Racker ein, der gelernt hatte, dass es besser war, nicht zu bellen.

„Platz!", kommandierte Rick leise, und Racker ließ sich neben dem Fenster auf der Erde nieder. Etwas Staub rieselte in das Verlies. „So ist's brav. Warte!"

„Auf was soll er denn warten?" Geert war schlecht gelaunt. Die Gefangenschaft bekam ihm nicht. „Lass ihn sich lieber etwas zu fressen suchen."

„Er ist satt, sonst wäre er nicht gekommen", behauptete Rick.

Auf einmal unterbrach ein Flüstern die Stille. Sie blickten sich um, konnten jedoch keinen Menschen sehen. Lediglich der Wächter stand unbeweglich neben seinem Tisch.

„‚Und wer da will, der nehme das Wasser des Lebens ...'"

Jetzt konnte man Worte verstehen. Hein richtete sich auf. Alle waren auf einmal hellwach und spitzten die Ohren. Woher kam die Flüsterstimme? Jan guckte zu dem Braunen. Doch der sah demonstrativ weg. Johanna starrte auf den Boden.

„‚Und wer da will, der nehme das Wasser des Lebens ...'"

Das war ein Mann, und seine Stimme kam aus dem Boden! Er klang, als warte er auf etwas. Da, noch einmal wiederholte er die wenigen Worte:

„‚Und wer da will, der nehme das Wasser des Lebens ...'"

Geert bückte sich und begann, das Stroh und die sandige, lockere Erde zu ihren Füßen zusammenzuschieben. Der braune Wächter sah garantiert absichtlich weg, und unter ihnen musste jemand sein! Anna stieß Hein an.

„Du sollst den Vers ergänzen! Er will, dass wir den Satz beenden."

„Äh, ja klar, äh ...umsonst!", stotterte Hein. „‚Und wer da will, der nehme das Wasser des Lebens umsonst!'"

Beim zweiten Mal klang er schon zuversichtlicher. Kaum war er am Ende des Zitats angelangt, öffnete sich im Fußboden vor ihm eine kleine Falltür.

„Denn der Feind verfolgt meine Seele; er hat mein Leben zu Boden getreten ..."

Psalm 143, Vers 3a

Ein Mann kletterte heraus und zupfte sich die Strohhalme aus den dunklen Haaren. Er war schlank, kaum größer als Johanna und ganz in schwarz gekleidet. Als er den Kopf schüttelte, flog roter Sand in alle Richtungen. Im ersten Moment dachte Julia, Bens jüngerer Bruder stünde vor ihr. Aber das war er natürlich nicht. Ärgerlich rieb sie sich die Augen. Sie musste aufhören, in jedem Gesicht Ben wiederzuerkennen! Von unten reichten ein paar fleißige Hände nacheinander einige Brote, Wasserschläuche und ein paar getrocknete Beeren herauf.

„Guten Abend, Jesse", grüßte der Aufseher leise vom Gang her den Neuankömmling. Überrascht sah Jan zu ihm, und der Mann in Braun grinste ihn an.

„Ja, ich kann reden", bestätigte er.

„Hallo, Anila", antwortete der Mann aus dem Untergrund. „Ist die Luft rein?"

„Im Moment, ja."

Anila ging auf die Treppe zu und behielt sie im Blick.

„Lasst es euch schmecken", lud der Mann, den der andere Jesse genannt hatte, sie leise ein. „Keine Sorge. Unser Bruder gibt uns ein Zeichen, sobald es gefährlich wird. Jan, kannst du Anila beobachten?“

Der Junge nickte überrascht.

„Klar!“ *Bruder* hatte Jesse gesagt, und er kannte Jans Namen ...

„Während ihr esst, erkläre ich euch, was in der Stadt geschehen ist und wer ich bin. Wir müssen nur leise sein. Rutscht näher heran, Freunde aus Ankrastan!“

Johanna nahm zuerst einen großen Schluck Wasser, dann biss sie herzhaft in das weiche Brot. Es war köstlich. Dicht aneinander gedrängt lauschten die Donnerfelsler Jesse, der über Igrotta berichtete.

„Mit der anhaltenden Dürre hat sich alles verändert. In den letzten Monaten fingen unsere lieben Mitbürger an, Wasser in ihren Häusern zu horten und es aus dem Fluss zur Bewässerung ihrer Felder abzuleiten. Dieses Vorgehen musste der Raja nach einiger Zeit verbieten. Er war dazu gezwungen, weil der Fluss immer weniger Wasser führte und bald nur noch ein Bach war. Dadurch kam nicht mehr genug in den Zisternen der Stadt an, die normalerweise vom Flusswasser gespeist werden. Eigentlich war unser Volk Fremden gegenüber immer aufgeschlossen und gastfrei ...“, überlegte Jesse und nahm selbst einen Schluck Wasser. „Doch im Moment sind wir vorsichtig; denn ein Fremder war es, der unsere Stadt so veränderte. Ein fremder Händler, der sein Geschäft wahrlich verstand und bald bei unserem Raja ein- und ausging.“

Er holte tief Luft, um seinem schweren Herzen mehr Platz verschaffen.

„Und eines Tages vor einigen Wochen war der Raja auf einmal wie vom Erdboden verschwunden. Und der Fremde war der neue Raja.“

Jan hielt den Braunen fest im Blick, um auf das kleinste Anzeichen einer Warnung zu achten. Doch noch war alles ruhig. Er biss vorsichtig in sein Brot, als dürfe er auch beim Essen keinen Lärm machen, und nahm sich ein paar Rosinen, ohne den Blick vom Aufseher abzuwenden oder etwas von Jesses Ausführungen zu verpassen.

„Dann hat er sein Geld und seine Beziehungen genutzt, um ein Netzwerk der Macht aufzubauen. Plötzlich waren die meisten Priester und Gelehrten ebenso wie die Krieger und Wächter auf seiner Seite und achteten darauf, dass die neuen Regeln eingehalten wurden, die der Fremde aufgestellt hatte. Dabei gingen sie hart und brutal vor, denn seine Regeln sind grausam und ungerecht. Niemand hält sie freiwillig“, schloss ihr Besucher gerade. Hein nickte kauend.

„Die Wasserverteilung?“, mutmaßte er.

„Ja“, antwortete Jesse, „zum Beispiel die Wasserverteilung.“

Er sah zu Anila, der beruhigend abwinkte.

„Immer noch alles still. Die Roten feiern.“

„Ein ungerechter Herrscher muss Gewalt anwenden, wenn er die Macht behalten will“, fuhr Jesse fort, „denn Ungerechtigkeit treibt die Menschen dazu, sich dagegen aufzulehnen.“

Ein wahres Wort, dachte Julia, nicht nur für diese Welt.

„Außerdem betonte und vergrößerte der falsche Raja die Standesunterschiede und sicherte sich so die Unterstützung der drei höchsten Gruppen.“ Er seufzte und kratzte sich am Kopf. „Er belohnt und bevorzugt sie. Sie leben auf Kosten der sogenannten ‚niedrigeren‘ Menschen. Aber ich muss zum Ende kommen“, ermahnte er sich selbst. Anila grinste ihm zu und nickte.

„Er hört sich gern reden“, neckte er seinen Freund.

Jesse lachte leise. Dann wurde er wieder ernst. Er sah plötzlich erschöpft aus.

„Wir gehören einer kleinen Gruppe an, die Widerstand leistet. Unsere Mitglieder versuchen, das Elend der Armen so gut es geht zu lindern, und besuchen die Gefangenen. Unter anderem bauen wir unterirdische Gänge und verteilen Wasser aus einer geheimen Quelle an alle, die es nötig haben. Und wir versuchen, den wahren Raja wiederzufinden."

„Hört sich anstrengend an", stellte Geert anerkennend fest.

Jesse war ein Mann nach seinem Geschmack.

„Ihr seid Christen, oder?", fragte Anna.

Jesse hob den Kopf und sah die Bibel auf Annas Schoß.

„Ja, das sind wir, Menschen des Buches. Wir kennen den, der lebendiges Wasser hat."

Annas Mundwinkel gingen nach oben. Jesse fasste Heins Arm.

„Deswegen wollen wir auch euch helfen. Die meisten von uns kommen aus der armen Bevölkerung. Doch wir haben Kontakte fast überallhin, sogar bis in die Nähe des falschen Rajas."

Jan sah zu Anila.

„Er ist auch einer von euch", stellte er fest. „Einer aus dem Widerstand."

Anila grinste breit und zeigte seine Zähne.

„Wie kommt ihr an die Bibel? Wer hat das Buch über die Felsenberge zu euch gebracht?", wollte Johanna wissen.

„Oh, es kam gar nicht von da. Es kam aus der anderen Richtung. Ein Reisender hat es vorbeigebracht."

Jan beugte sich interessiert vor.

„Aus der anderen Richtung? Was liegt dort?"

„Im Süden? Ein großer, dichter Wald. Dort wachsen Pflanzen und Bäume, deren Stämme so breit sind, dass sie wie hölzerne

Mauern vor dir stehen. Die Igrottanis haben sich schon immer gefürchtet, ihn zu durchqueren. Unsere Priester erzählen, es gäbe dort Menschen, die jeden töten, der ihr Gebiet betritt."

„Und dann?", fragte Jan.

„Dahinter, aber so weit ist noch niemand von uns gekommen, dahinter liegt ... "

„Die Stadt, die in den Wolken wohnt?", unterbrach Johanna ihn.

Jesse wirkte überrascht.

„Oh, sogar ihr habt davon gehört. Die Stadt, nach der man fragt."

„Und die nicht mehr verlassen werden wird", sagte Jan.

„Wer weiß, vielleicht stimmt es", ergänzte Anila. „Vielleicht gibt es diese Stadt tatsächlich. Denn der Reisende behauptete, von da oder besser gesagt aus der Nähe dieser Stadt zu kommen. Er sagte, er habe den Auftrag, dieses Buch immer wieder abzuschreiben und weiterzugeben. Er nannte sich Peter, Mann des Waldes."

„Wir haben diesem Mann gut zugehört", fuhr Jesse fort, „und waren begeistert von dem Gedanken, dass alle Menschen gleich viel wert sein sollen. Dass es nur ein Leben auf dieser Erde gibt und dass wir uns den Himmel oder die Gunst eines Gottes nicht verdienen können. Er sprach von dem einen, dem lebendigen Gott, der uns sieht und hört, der so anders ist als all die Statuen, die wir bis dahin verehrten, und auch anders als der Usla der Ankrastaner. Den meisten Priestern gefiel das nicht, aber der alte Raja duldete den neuen Glauben. Mit dem neuen Herrscher ist es leider anders. Wir waren gezwungen, im wahrsten Sinne des Wortes in den Untergrund ..."

„Pst!"

Jan stieß ihn plötzlich an. Jesse verstummte und öffnete die Falltür, um unter ihr zu verschwinden. Anila begann wieder, auf und ab zu marschieren. Näherte sich da jemand der Treppe? Doch nach einer Weile blieb der Braune erneut stehen und lauschte. Per Handzeichen gab er Entwarnung. Jesse kam wieder hervor und ließ die Falltür offen stehen. Er sammelte die leeren Wasserschläuche und Brotbeutel ein und ließ sie geräuschlos in die Öffnung fallen. Erst dann beendete er seinen angefangenen Satz.

„Wir waren gezwungen, im wahrsten Sinne des Wortes in den Untergrund zu gehen, und treffen uns heimlich. Um uns einander zu erkennen zu geben, benutzen wir Parolen."

„Zum Beispiel halbe Bibelverse", sagte Hein schmunzelnd. Jesse grinste.

„Manchmal. So können wir sicher sein, dass wir es wirklich mit Menschen zu tun haben, die das Buch kennen. Wir wissen, dass wir ihnen vertrauen können. Ich schicke morgen noch einmal jemanden mit einem Mittagessen für euch. Bis dahin versuchen wir herauszubekommen, was sie mit euch vorhaben."

„Der Wächter eben sprach von einer Gerichtsverhandlung. Sie halten uns für Spione aus Ankrastan", erklärte Geert. „Was hat das zu bedeuten?"

„Pah!", schnaubte Jesse, „die Verhandlungen vor dem sogenannten Gericht sind nur Theater. Sie tun so, als ob, aber die Urteile stehen von Anfang an fest."

Geert schüttelte leicht den Kopf.

„Das heißt, wir haben schon verloren?"

„So gut wie ... Es sind übrigens zwei von uns auf dem Weg, um unsere Freunde, die Ankrastaner, zu warnen. Nicht nur der falsche Raja hat seine Augen und Ohren überall."

„Wenigstens eine gute Nachricht", sagte Julia erleichtert. „Danke, dass du versuchst, uns aufzumuntern, Jesse. Aber ich fürchte, auf Spionage steht hier die schlimmste aller Strafen, oder?"

In diesem Moment gab ihnen Anila erneut ein Zeichen. Schnell und beinahe lautlos verschwand ihr Besuch unter der Klappe. Rasch verteilten die Donnerfelsler das Stroh und die rote Erde so, dass der Eingang zum Tunnel wieder unsichtbar wurde. Im Nu war nichts mehr zu erkennen. Johanna bemühte sich, woanders hinzugucken. Anila marschierte pflichtbewusst auf und ab. Diesmal waren auf der Treppe deutliche Schritte zu hören. Jemand, der keine Eile zu haben schien, nahm langsam die Stufen nach unten, eine nach der anderen. Schließlich war er am Ende der Treppe angelangt.

Anila blieb stehen und grüßte den kleinen blonden Mann. Mit so hohem Besuch hatte der einfache, wieder zur Stummheit bestimmte Braune nicht gerechnet! Der falsche Raja höchstpersönlich stand vor ihm, herausgeputzt wie zum Staatsempfang. Offensichtlich mochte er schöne Kleider. Er trug das Weiß der Priester, dazu war das Hemd mit glänzenden Goldknöpfen verziert. Die ebenfalls weißen Schuhe zierten goldene Schnallen und hatten Absätze, wohl um ihren Träger etwas größer wirken zu lassen. Sein blonder Bart war sorgfältig gepflegt und nur etwas länger gewachsen als früher. Selbstgefällig verschränkte der Raja die Arme vor der Brust und sah auf seine Gefangenen.

„Was für eine Überraschung! Man sieht sich immer zweimal im Leben“, spottete er.

Rick fand als Erster die Sprache wieder und nahm dieselbe Haltung an wie der Raja.

„Das überrascht mich in der Tat“, gab er zurück. „Ich dachte immer, deine Lieblingsfarbe wäre Rot, Klaas. Weiß steht dir nicht. Damit siehst du so blass aus.“

„Wenn euch nun der Sohn frei machen wird, so seid ihr wirklich frei."

Johannesevangelium, Kapitel 8, Vers 36

„Nun, die Zeiten ändern sich, Pirat! Hier tragen die wichtigen Leute Weiß. Und ich bin wichtig; der Wichtigste, um genau zu sein." Klaas trat ganz nah an das Gitter, das ihn von den Gefangenen trennte. Seine Stimme war gefährlich leise. „Ich nenne mich nun Raja. Das solltet ihr inzwischen mitbekommen haben, Rick. Und ich warne euch! Ein Wink von mir, und ihr verschwindet in das nächste Leben." Seine Hand winkte tatsächlich und zerschnitt dann die Luft, als würde er jemandem die Kehle durchschneiden. Er lachte. „Falls es ein solches gibt. Seid also hübsch freundlich zu mir."

Rick hob beschwichtigend die Hände.

„Wer ist denn unfreundlich, Klaas? Bis jetzt haben wir doch nur über Kleidung geredet."

„Ja, das ist wahr. Was für eine Zeitverschwendung. Lass uns lieber über Bücher reden. Du bist doch ein Bücherfreund, nicht wahr, Hein? Und du, Jan? Bist du immer noch so versessen auf die alte Bibel? Hast du vergessen, dass man sich an Büchern die Finger verbrennen kann?"

Er sah Jan nicht einmal an, als er seinen Namen erwähnte. *Nur, wenn ein Dummkopf sie ins Feuer geworfen hat,* dachte der Angesprochene, doch er war schlau genug, diesen Gedanken für

sich zu behalten. Wenn man eingesperrt ist, sollte man niemanden unnötig provozieren, schon gar nicht einen Tyrannen. Das wusste Hein auch.

„Worauf willst du hinaus?“, fragte Annas Mann deshalb nur.

„Hinkebein und ich haben es über das verdammte Moor geschafft, Smutje“, wechselte Klaas unvermittelt das Thema. Er entfernte sich einen Schritt vom Gitter und begann, auf und ab zu gehen wie ein Tiger in einem zu kleinen Käfig. Man hätte denken können, er sei der Gefangene. „Wir schlugen uns durch ein paar kleinere Dörfer, blieben eine Weile in Ankrastan und überquerten die Felsenberge mit einer Karawane. Es war verdammt anstrengend, das kannst du mir glauben.“ Er warf Hein einen bösen Blick zu, als sei der schuld daran, dass sie sich mit dem Schatz aus dem Staub gemacht hatten.

„Gold ist so verflucht schwer, es spielt keine Rolle, ob man es zieht oder trägt, aber es hat uns überall Freunde gemacht. Doch egal, wohin wir auch kamen, gab es schon Anhänger dieses verflixten Buches.“ Offensichtlich sprach er von der Bibel. „Die meisten von ihnen lassen sich nicht so schnell etwas vormachen. Auch Bestechung hat nicht so leicht funktioniert.“

Er machte eine kleine Pause, und Julia sah ihm an, dass er zu gern gewusst hätte, woran das wohl lag. „Doch hier in Igrotta“, sprach der Raja weiter, „da hat es sich dann endlich richtig gelohnt. Diese Stadt ist noch größer als Ankrastan. Sie hat genau die richtige Größe, damit einer wie ich sich zur Ruhe setzen kann. Endlich bin ich am Ziel meiner Träume. Die Leute hier sind so herrlich einfältig. Die Möglichkeit konnte ich mir nicht entgehen lassen.“ Er lachte wieder. „Wer glaubt schon an Götterstatuen! Ich fürchte kein totes Metall oder tote Steine. Und dann ausgerechnet eine Katze als höchste Göttin! Was für ein Zufall. Sie erinnert mich jeden Tag daran, dass der Schwarze Piet auf einer einsamen Insel verrottet ist. Eine sehr erheiternde Vorstellung."

Klaas fühlte sich so sicher, dass es ihn gar nicht störte, dass einer seiner Untergebenen zuhörte. Anila stand immer noch stocksteif da und demonstrierte Ehrfurcht. Seine Überraschung darüber, dass sein Herrscher die Gefangenen kannte, ließ er sich nicht anmerken.

„Sein Schicksal sollte dir eher eine Warnung sein."

Geert ertrug es nicht, diesem Angeber zuzuhören, ohne etwas zu sagen. Wie konnte man nur so eingebildet und selbstverliebt sein? Doch der Einwurf störte Klaas nicht im Geringsten. Der falsche Raja kostete den Triumph aus.

„Es war nicht schwer, den Leuten einzureden, dass sich Menschen im Wert unterscheiden. Das waren sie schon gewohnt. Es gibt eben bei jeder Krise Gewinner und Verlierer, und ich gehöre zu den Gewinnern, davon hatte ich sie schnell überzeugt." Er rieb sich die Hände. „Jetzt kann ich endlich die Früchte meiner Arbeit genießen!"

„Ganz der Alte, Klaas." Geert gab sich keine Mühe, die Verachtung in seiner Stimme zu verbergen. „Nur von Arbeit sprich besser nicht. Damit kennst du dich nicht aus. Andere Menschen arbeiten – du stiehlst. Du nimmst fremde Früchte und beutest Menschen aus. Du bist eine Schande für die Menschheit!"

Er spuckte auf den Boden. Die anderen hielten vor Schreck die Luft an.

„Oh, gut gebrüllt, Geert", meinte Klaas nur lachend. „Für einen Zimmermann nicht schlecht. Aber Worte prallen an mir ab. Egal, ob sie gesprochen sind oder in Büchern stehen. Das solltest gerade du wissen. Für Männer wie uns zählen nur die Taten, nicht wahr? Nun, morgen wirst du Taten sehen", sagte

er ruhig und wandte sich wieder an Hein. „Nur will ich vorher wissen, was an eurem Buch so Besonderes ist."

Er winkte einem der Wächter oben auf der Treppe. Dieser kam sofort heruntergestiegen. Er hielt Jans Bibel in einer Hand und gab das dicke Buch an den Raja weiter, der es in der Hand wog.

„Was ist sein Geheimnis, Smutje? Sag es mir! Vielleicht lässt es sich zu Gold machen. Schwer genug wiegt es ja. Warum schleppst du dieses sperrige Gepäck durch die Gegend, obwohl man es weder essen noch trinken kann? Dafür muss es doch einen Grund geben."

„Den gibt es", sagte Hein.

„Wie verzauberst du die Menschen damit? Warum folgen sie dir?"

„Du möchtest über andere bestimmen und herrschen können? Das gefällt dir, nicht wahr?", fragte Hein.

„Wer mag das nicht?" Klaas legte das Buch auf den kleinen Tisch, öffnete die Schließen und schlug das Buch auf. „Ich habe gesehen, wie dieses Buch Menschen beeinflusst. Es verändert sie. Sie kommen auf so seltsame Ideen, wie ihre Wasserrationen zu teilen. Ängstliche werden mutig, und Gelehrte bauen plötzlich Tunnel."

Er blickte zu Geert, um zu sehen, welche Wirkung seine Worte auf ihn hatten. Doch der Zimmermann hatte sich im Griff. Man sah ihm den Schreck nicht an.

„Du glaubst, mit diesem Buch könntest du die Menschen kontrollieren und deine Macht ausbauen, aber da irrst du dich." Hein blieb sachlich. „Es geht bei diesem Buch um das genaue Gegenteil von Kontrolle."

„Nämlich?"

„Um Vertrauen, Klaas!“

„Aber sicher.“ Der Raja guckte spöttisch. „Genau das will ich doch, Hein: Die Menschen sollen mir vertrauen. Diese Narren hier in Igrotta sind so wunderbar leichtgläubig. Sie fallen auf alles herein.“

„Du verstehst das falsch, Klaas. Wenn man diesem Buch glaubt, hört man auf, über andere bestimmen zu wollen. Du hörst sogar auf, dein eigener Herr zu sein. Du vertraust nicht mehr auf dich selbst oder auf andere Menschen, sondern auf Gott. Gott übernimmt die Herrschaft in deinem Leben. Gott, den wir den großen Unbekannten nannten. Erinnerst du dich? Durch dieses Buch kannst du ihn kennenlernen und beginnst, ihm zu gehorchen.“ Heins Stimme klang jetzt freundlich und einladend. „Nur dadurch wird man stark und frei. Wir müssen uns und ihm die eigene Schwäche eingestehen.“

„Natürlich erinnere ich mich an das Geschwätz der alten Weiber. Es wird nicht besser, wenn du es nachplapperst. Sie sind schwach, aber ich bin stark genug und vertraue niemandem außer mir selbst. Schon gar nicht jemandem, den man nicht sehen kann. Damit bin ich immer gut gefahren.“ Er grinste. „Oder auch gesegelt, wenn du so willst.“

„Das mag dir so vorkommen, Klaas; aber sieh, was aus dir geworden ist. Wie fühlst du dich, wenn ich frage, was mit Hinkebein passiert ist und wo sich der alte, der rechtmäßige Raja befindet?“

Die Augen des Herrschers wurden für einen Augenblick unsicher, doch schnell hatte er sich wieder gefangen. Seine Stimme nahm einen gefährlichen Unterton an.

„Hinkebein gehörte auch zu den Verlierern. Er hat es nicht anders verdient, und der rechtmäßige Raja bin ich!“

„Du weißt, dass das nicht stimmt.“

Hein blieb immer noch ruhig und freundlich. Er hielt dem hasserfüllten Blick seines Gegenübers stand.

„Falsch, Hein! Es ist die Wahrheit. Meine Wahrheit. Die des Siegers. Das Leben ist ein Krieg. Grausam und andauernd. Wo ich auch hinkam – überall kämpfte jeder gegen jeden. Und den Krieg hier in Igrotta habe ich gewonnen!“ Er pochte auf den Tisch. „Also bin ich auch der rechtmäßige Herrscher. Ich habe alles unter Kontrolle.“

Julia sah ungläubig auf den Raja. *Größenwahnsinnig!* Mehr fiel ihr dazu nicht ein. Heiß und innig wünschte sie sich zurück in die deutsche Demokratie mit all ihren Schwächen und Fehlern. Hein gab noch nicht auf.

„Aber Klaas, du weißt doch nicht einmal, woher du kommst und wohin du gehst! Wie willst du da alles unter Kontrolle haben?

„Irrtum, Smutje! *Ich* weiß sehr genau, woher ich komme und wohin ich will! Aus Armut und Schmutz bin ich die Stufen zu diesem Thron emporgeklettert, und nun habe ich hier alles in der Hand!“

Hein schüttelte schon wieder den Kopf.

„Kein Mensch hat alles in der Hand. Klaas, du hast keine Ahnung, wer du wirklich bist und wohin du gehst, wenn dieses Leben vorbei ist! Denn die endgültige Antwort auf diese Fragen kann dir nur Gott geben. Weil er vor uns existierte und weil er uns geschaffen hat. Er will, dass du ihn kennenlernst und dich mit ihm versöhnen lässt. Er will, dass du ihm gehörst, denn er liebt dich! Nur er kann deinem Schmerz und deinem Mangel abhelfen. Das schafft kein Gold, kein Krieg und keine Macht dieser Welt!“

„Du irrst dich“, erwiderte Klaas gähnend, „und du langweilst mich. Das ist eine gefährliche Mischung.“

Hein rüttelte an den Gitterstäben.

„Klaas, *du* irrst! Gott selbst hat uns doch diese Sehnsucht ins Herz gelegt. Wir dürsten nach der Ewigkeit, nach ewigem Leben! Nicht einmal die Liebe eines Menschen kann dieses Verlangen stillen. Frieden und Ruhe finden wir nur bei Gott selbst. Nur er macht uns wirklich frei. Gib deinem Herzen einen Stoß und lass uns hier raus!"

Klaas betrachtete seine sorgfältig manikürten Fingernägel.

„Bist du jetzt fertig? Stell dir vor, es gibt eine Menge Menschen hier, die behaupten, ich hätte gar kein Herz." Er guckte Hein spöttisch an. „Vielleicht haben sie ja recht? Kein Herz, kein Durst! Keine Sehnsucht ... keine Gnade – für euch."

Hein versuchte es noch ein letztes Mal.

„Klaas, auch du kannst Frieden und ...Vergebung find..."

„Danke, nicht nötig", schnitt der Raja Hein das Wort ab. „Ist das alles? Ein anderes Geheimnis hat dieses Buch nicht zu bieten?"

Der Gefangene ließ die Gitterstäbe los, und seine Hände fielen kraftlos herunter.

„Nein, das ist alles." Hein sah erschöpft und alt aus. „Dieses Buch ist beides: lebendiges Wasser und Brot des Lebens."

„Wie witzig!" Klaas lachte, aber es klang nicht belustigt. „Brot? Mal sehen, wie es mir schmeckt."

Er ging noch einmal zu dem Tisch, auf dem die aufgeschlagene Bibel lag, und blätterte scheinbar unbeteiligt ein paar Seiten um. Dann las er den Titel des Buches der Bibel, das er gerade aufgeschlagen hatte, laut vor:

„Der Prophet Obadja. Ha, was für ein Name! Lasst uns doch einmal hören, was dieser Prophet zu sagen hat."

Er nahm die schwere Bibel vom Tisch, baute sich wie ein Schauspieler vor den Donnerfelslern auf und zitierte mit vor Spott triefender Stimme.

„*Und es werden Befreier auf den Berg Zion hinaufziehen, um das Gebirge Esaus zu richten. Und die Königsherrschaft wird dem Herrn gehören!*“ Er sah auf und fixierte Hein mit den Augen. „Da siehst du es! Was für ein Blödsinn! *Berg Zion, Gebirge Esaus!* Wo soll das sein? Ich bin da jedenfalls nie durchgekommen. Und ich bin weit gereist. *Und die Herrschaft wird dem Herrn gehören.* Ach ja? Vielleicht irgendwann. Jetzt gehört sie jedenfalls noch mir. Und wenn sich euer Herr Befreier nicht beeilt, gehört sie morgen früh auch noch mir.“

Klaas legte das Buch aufgeschlagen auf den Boden und vergewisserte sich, dass alle zusahen. Dann nahm er eine Fackel von der Wand und warf sie auf die Bibel. Im Nu fing sie Feuer.

„Nein!“, schrie Jan. Hilflos musste er mit ansehen, wie sein Eigentum endgültig ein Raub der Flammen wurde, und diesmal konnte er das Buch nicht retten. Doch Klaas lachte nur wie irre.

„Na, siehst du, dem Feuer schmecken die Worte besser als mir. Nimm ihnen die anderen Bibeln auch weg!“, befahl er dem Wächter. „Und schmeiß sie dazu. Ins Feuer damit.“

„Jawohl!“ Anila schlug die Hacken zusammen. „Gebt eure Bibeln heraus!“, befahl er.

„Wir sehen uns dann alle morgen im Gerichtssaal.“

Immer noch lachend stieg Klaas die Treppe hinauf, ohne abzuwarten, ob die Gefangenen gehorchten und Anila auch wirklich die Bibeln einsammelte.

„Das ist so furchtbar“, flüsterte Anna.

Julia strich ihrer Freundin behutsam über den Rücken.

„Keine Sorge, Jesse holt uns hier bestimmt rechtzeitig raus“, sagte sie.

Doch Anna schüttelte den Kopf.

„Nein, Julia, das meine ich nicht. Ich mache mir keine Sorgen um uns, sondern um Klaas. Er ist schlimmer dran als wir.“ Sie hustete wegen des Qualms, den die brennende Bibel im Verlies verbreitete. „Sehr viel schlimmer. Dieser elende Mensch ist sein eigener Sklave.“

31

„Und mein Geist ist verzagt in mir, mein Herz ist erstarrt in meinem Innern."

Psalm 143, Vers 4

Als die Bibel bis auf die metallenen Schließen verbrannt war – es war bei Jans Bibel geblieben –, wurde Anila von einem weiteren namenlosen Wächter in Braun abgelöst. Jan starrte düster auf das verkohlte, noch schwelende Papier. Obwohl ihm der beißende Qualm die Tränen in die Augen trieb, konnte er den Blick nicht abwenden. Anilas Nachfolger kontrollierte nicht, ob der Aschehaufen groß genug war. Er richtete auch kein einziges Wort an die Gefangenen, denen das Atmen schwerfiel. Die Rauchschwaden fühlten sich in dem kühlen Kellergewölbe wohl. Sie ärgerten die Nasen und füllten die Lungen aller Personen, die das Pech gehabt hatten, Zeugen der Hinrichtung eines Buches zu werden.

Unbeirrt begann der Braune seinen Marsch durch den nun wieder dunkleren Gang. Nur einmal blieb er stehen und trank einen Schluck aus seinem Wasserschlauch, als müsste er den rauen Hals ölen. Die regelmäßigen Schritte ihres Bewachers hätten einschläfernd wirken können, doch außer Sönken fand niemand in den Schlaf. Selbst Emily lag mit offenen Augen auf ihrem schmalen Lager. Doch die schlechte Atemluft war es nicht, die die Donnerfelsler wachhielt. Es war auch nicht zu hell in ihrem Verließ. Der große und rötliche Mond hatte sich freundlicherweise in eine dicke Decke gehüllt. Sein Licht reichte heute nur, um die Wolken wie blutige Wattetupfer aussehen zu lassen.

„Das da draußen ist nicht gerade ein ermutigender Anblick", seufzte Julia, die bei Mondaufgang durch die Gitter in den Himmel geblickt hatte. Ihr Herz pochte vor Aufregung. Sie war sich sicher, Anna und Johanna würden es klopfen hören, als sie sich neben die beiden auf das schmale Bett setzte. Doch Anna nickte nur.

„Ja, dort sieht man besser nicht hin", meinte sie.

„Ich habe Angst vor der Gerichtsverhandlung", flüsterte Johanna.

Julia nahm ihre Tochter in den Arm, obwohl sie wusste, dass sie sie hier nicht wirklich beschützen konnte. Das war ein scheußliches Gefühl.

„Ich fürchte mich auch", gab Anna zu. „Das ist normal. Niemand möchte sterben."

„Wie kannst du jetzt über das Sterben reden? Hör auf, meinem Kind Angst zu machen", fuhr Julia ihre Freundin an.

Anna lächelte müde. Sie nahm Julia die Worte nicht übel.

„Diese Angst muss ich niemandem machen. Sie ist von Anfang an in unser Herz gesät. Wenn wir auf die Welt kommen, schlummert der Same bereits in uns", antwortete sie. „Und sobald wir uns bewusst werden, dass wir leben, treibt er Wurzeln und Blätter. Versuchen wir, ihn zuzuschütten, um den Keim zu ersticken, dann wirkt das nur wie Dünger."

„Das ist ja verrückt", sagte Julia und wusste doch, dass Anna recht hatte. Die Todesangst hockte längst neben ihnen. Sie wartete nicht auf eine Einladung, sondern kam als ungebetener Gast.

„Mama, ich will nicht streiten."

Johanna sah zu dem Wärter, der gerade noch einen Schluck aus seinem Wasserschlauch nahm. Sie hätte selbst gern getrunken und auch etwas von dem Brot gegessen, aber dann hätte der Stumme gewusst, dass sie einen Helfer hatten. Er war nicht blind und leider auch nicht taub, und so konnten sie auch nicht über Jesse oder Anila reden. Ob es den beiden wohl gelang, sie vor oder nach der Gerichtsverhandlung zu befreien? Wie würden sie unbemerkt die Luke im Boden öffnen, wenn die Gefangenen unter ständiger Beobachtung standen, und was wusste der Raja wirklich über das geheime Tunnelsystem? Jan ließ das Gitter los und ging zu einem freien Bett.

„Wie, denkt ihr, wird die Verhandlung morgen ablaufen?", fragte er.

„Sicher nicht so gerecht wie bei uns am Donnerfelsen", antwortete Rick. „Dafür wird Klaas schon sorgen."

„Auch wenn er sich nicht selbst zum Richter aufspielt, wird er jedenfalls durch seine bloße Anwesenheit Einfluss auf das Urteil nehmen."

Hein sprach leise, aber die Frauen konnten trotzdem jedes Wort verstehen.

„Falls es nicht schon geschrieben ist", überlegte Rick. Hein zuckte die Schultern.

„Das wäre ihm zuzutrauen. So oder so, ich glaube nicht, dass wir wirklich eine Möglichkeit bekommen, uns zu verteidigen."

„Hein hat recht. Wir können unser Heil nur in der Flucht suchen."

Den letzten Satz wisperte Rick so leise, dass nicht einmal Johanna ihn verstehen konnte. Doch sie sah ihm an, woran er dachte.

„Klaas tut mir leid“, wiederholte Anna traurig. „Er wird sich eines Tages für seine Taten verantworten müssen. Vor dem Richter, der ewig, gerecht und unbestechlich ist. Und weil er den einzigen Anwalt ablehnt, den es an diesem göttlichen Gericht gibt, wird er sich selbst vertreten müssen. Ich möchte nicht in seiner Haut stecken. Er hat den Prozess schon verloren, wenn er seine Meinung nicht ändert und umkehrt.“

Johanna bekam Gänsehaut, und Julia wusste nicht, was sie sagen sollte. Noch wollte sie sich nicht auf das Jenseits vertrösten lassen. Mitleid hatte Klaas schon gar nicht verdient. Wenn es nach ihr ginge, gehörte er bereits in diesem Leben bestraft! Anna stand auf, um sich ein bisschen die Beine zu vertreten.

„Wie hat Klaas es nur so schnell geschafft, die Herrschaft an sich zu reißen?“, zerbrach Jan sich den Kopf. „Wie können die Menschen auf so jemanden hereinfallen?“

Hein zog die Augenbrauen hoch.

„Das ist ihm auf der Seekatze doch auch gelungen“, erinnerte er den Jungen. „Schon vergessen? Er kann gut mit Worten umgehen und Lügen als Wahrheit verkaufen. Und schon hielten wir ihn für den Retter.“

„Ja“, knurrte Geerd. „Wahrscheinlich musste er nur die Unzufriedenen ein wenig aufstacheln und die wichtigen Leute bestechen oder einschüchtern. Dann hilft er im richtigen Augenblick mit Gewalt nach, und schon hat er sich selbst zum König gemacht. Die meisten laufen ihm bereitwillig nach, solange es genügend Vorteile bringt. Wie wir gehört haben, ist es nur eine kleine Gruppe, die versucht, den wahren Raja wiederzufinden. Die anderen scheinen ganz zufrieden zu sein.“

„Es ist leider eine menschliche Unart, die guten Könige bereitwillig abzusetzen“, dachte Rick laut und kratzte sich am Kopf.

„Wie meinst du das?“, fragte Julia. „Gab es schon mal einen König am Donnerfelsen?“

Rick schmunzelte bei der Vorstellung.

„Nein, aber ich habe davon gelesen. Beim Volk Israel.“

„Ich erinnere mich! Anna hat mir aus dieser Zeit erzählt, als wir noch ziemlich am Anfang unserer Reise waren.“ Julia blätterte in ihrem Tagebuch. Irgendwo hatte sie das doch notiert. „Aber die haben doch ihre Könige gar nicht selbst eingesetzt, oder?“

„Nein, der Thron wurde vererbt, also meistens vom Vater auf den Sohn.“

„Was meinst du dann?“

„Ich dachte daran, wie es überhaupt dazu kam, dass Israel ein Königreich wurde.“

Jetzt hörten alle Rick zu. Selbst Dora richtete sich auf, stützte sich auf die Unterarme und lauschte der Stimme, die laut und deutlich sprach. Rick beschrieb die Szene, die sich vor Tausenden von Jahren ereignet haben musste, als sähe er alle Beteiligten leibhaftig vor sich.

„Es war eine traurige Angelegenheit, wahrlich kein Grund zum Feiern. Die Ältesten des Volkes Israels, also ihre Anführer, kommen eines Tages zum großen Propheten Samuel. Schon als Junge, von frühester Jugend an, lebte dieser weise Mann im Tempel Gottes. Er diente an seinem Altar und hatte Übung darin, auf das Wort des Herrn zu hören. Mittlerweile alt geworden, verkündete er den Israeliten den Willen des Herrn, und regelmäßig suchten sie bei Schwierigkeiten seinen Rat. Auch jetzt hört der Prophet die Volksvertreter geduldig an.

Was wollt ihr?, fragt er sie und kann die Antwort selbst nicht fassen. *Wir wollen einen König! Er soll über uns richten, so wie die Könige der Heiden es tun!*, verlangen sie einstimmig.

Samuel muss der Atem gestockt haben, so ungeheuerlich war dieser Wunsch! Reichte es nicht, dass er, der Prophet und Richter, zwischen Gott und dem Volk vermittelte? Dass er ihnen den Willen des Herrn kundtat und ihre Streitigkeiten schlichtete? Jetzt verlangten sie so etwas von Gott? Was wollten sie mit einem König?! Aber der weise Mann schweigt vor den Menschen. Er betet zu Gott und beschwert sich bei ihm über das Volk. Doch der Herr überrascht ihn mit einer ungeheuerlichen Anweisung:

Tu, was sie sagen!

Wie bitte, Herr? Ich soll tun, was sie sagen?! Warum?

Auch die nächste Antwort ist so ganz anders, als Samuel es sich gedacht hat.

Denn nicht dich haben sie verworfen, sondern mich haben sie verworfen, dass ich nicht König über sie sein soll!

Samuel wird ganz klein, als er das Ausmaß des Wunsches und die Folgen begreift. Gott, der Allmächtige selbst, wollte der König Israels sein, aber sie sehen das nicht und rufen nach einem schwachen Menschen, der sie anführen soll! Und obwohl Samuel sie eindringlich warnt und erklärt, was ein menschlicher König alles von ihnen verlangen wird, bleiben sie bei ihrer Forderung. Es ist ihnen egal, dass der Herrscher ihre Söhne zu Soldaten machen und ihre Töchter für sich arbeiten lassen wird. Es stört sie nicht, dass er ihnen den zehnten Teil ihres Einkommens und die besten Äcker wegnehmen wird. Sie wollen wie alle Völker um sie herum sein. Und obwohl Samuel das Verhängnis kommen sieht, gehorcht er Gott. Er gibt ihnen, was sie wollen.“

Rick konnte gut erzählen und gut erklären. Johanna kam es so vor, als liefe selbst der Wächter etwas langsamer, weil er sich bemühte zuzuhören.

„Das heißt“, schloss Rick, „sie setzten Gott als König ab und tauschten ihn gegen einen sichtbaren, aber fehlerhaften Herrscher ein. Sie wussten nicht wirklich, was sie sich damit eingehandelt hatten. Es ging nicht gut aus mit den Königen von Israel.“

„Verstehe“, sagte Julia knapp.

„Die Menschen heute sind nicht schlauer“, stellte Rick fest und schwieg.

Johanna gähnte und streckte sich doch noch einmal lang aus. Emily ließ sich zurück auf das Bett fallen und lauschte ihrer Mutter, die leise den dreiundzwanzigsten Psalm vor sich hin murmelte.

Etwas später waren die meisten Donnerfelsler doch eingeschlafen. Nur Hein und Rick wurden Zeugen eines seltsamen Vorgangs. Sie hörten, wie etwas über die Wand scheuerte, und sahen zu ihrem namenlosen braunen Wächter. Er stand nicht mehr aufrecht, sondern lehnte an der Wand. Jetzt rutschte er langsam an ihr herunter, bis er auf dem Boden saß, und kippte dann zur Seite. Seine Augen waren geschlossen. Er lächelte selig, und ab und zu flatterten seine wulstigen Lippen beim Ausatmen. Rick und Hein sahen sich überrascht an. Ihr Wächter schlief!

32

„Du bereitest vor mir einen Tisch angesichts meiner Feinde …“

Psalm 23, Vers 5a

Die Bodenluke öffnete sich einen winzigen Spalt breit. Anila lugte vorsichtig hindurch und vergewisserte sich, dass sein Kollege eingeschlafen war. Erst dann kam er heraus.

„Ja, ja, die Priester unserer Göttin Visha kennen sich noch mit anderen besonderen Pflanzen aus. Eine davon beschert Vergessen und tiefen Schlaf“, sagte er und freute sich über die verblüfften Gesichter der beiden Männer. „Glücklicherweise! Klaas wird euch morgen sicher nicht vor Gericht treffen, so wahr uns Gott helfe.“

Leise und vorsichtig weckten sie die anderen. Der Braune atmete weiter ruhig und tief ein und aus. Er würde auch nicht das kleinste bisschen von ihrer Flucht mitbekommen.

„Der Raja hat mir Angst gemacht“, sagte Jan und schüttelte sich, um richtig wach zu werden. „Weiß er von diesem Tunnel?“

„Nein, keine Sorge, er hat nur ein paar kleine Tunnel aufgespürt, die wir nicht mehr benutzen. Das war Teil unseres Plans. Er sollte denken, er sei schlauer als wir und wüsste über alles Bescheid.“

„Hat geklappt“, sagte Jan.

„Ja, aber jetzt nichts wie raus hier. Wir brauchen einen möglichst großen Vorsprung.“

„Werden sie die Falltür nicht entdecken?", fragte Geert.

„Nicht, wenn Jesse sich so schnell darum kümmert, wie er es versprochen hat."

Anna zeigte auf Sönken, den Hein auf ihren Rücken gebunden hatte.

„Ich kann nicht garantieren, dass er die ganze Zeit still ist", sagte sie besorgt.

„Das ist auch nicht nötig. Wir sind meistens so weit unter der Erde, dass man uns nicht einmal hören könnte, wenn wir alle brüllen würden wie die Löwen. Der Letzte macht die Tür zu!"

Mit diesen Worten ließ sich ihr Befreier in das Loch fallen, und die Donnerfelsler folgten ihm so schnell wie möglich. Johanna machte die Augen zu, als sie hinabsprang.

Der Gang war erdig, schmal und niedrig, doch dann weitete er sich rasch, und sogar die Männer konnten aufrecht gehen. Anila lief voraus, eine kleine Fackel tragend. Er schwieg und schlug ein schnelles Tempo an. Johanna und Emily stolperten hinterher. Viel sahen sie nicht. Johanna geriet bald außer Atem. Sie fühlte sich unwohl unter der Erde, weil sie nicht sehen konnte, wohin sie trat, und Sorge hatte, auf eine Ratte oder Maus zu treten. Außerdem ekelte sie sich vor den dicken Spinnennetzen, die sich stellenweise wie eine Haut über die Tunnelwände zogen. Jedes Mal, wenn sie mit dem Kopf hineingeriet, erschrak sie und zupfte hektisch die Fetzen aus ihren Haaren. Wer wusste schon, wie groß die Schöpfer solch dichter Gespinste waren?! Aber all das war weit besser, als morgen vor einem Gericht zu erscheinen, das wahrscheinlich schon ihren Tod beschlossen hatte.

Ob Racker sie wohl wiederfinden würde? Hein, der direkt hinter ihr ging, keuchte auch. Er trug Dora. Weil er größer war als die Kinder, musste sich der Arme bücken – und das mit der

Last auf dem Rücken! Doch er beschwerte sich nicht; er war auf dem Weg in die Freiheit. Da spielte es keine Rolle, dass der Weg unbequem war. Als Johanna schon befürchtete, sie würden endlos so weiter marschieren, endete der Gang plötzlich vor einer dunklen Tür. Anila stemmte sich dagegen und schob sie auf. Ein zweites Paar Hände half von der anderen Seite. Sie gehörten Jesse. Die Flüchtlinge betraten einen gemauerten Keller. Hier war die Rückseite der Tür ein Regal voller Tonkrüge. Hein ließ Dora auf den Boden gleiten, stöhnte und hielt sich das Kreuz.

„Willkommen", begrüßte Jesse ihn und schloss die Tür.

Ein weiterer Mann in Schwarz stand am Fuß der Treppe und hielt Wache. Sie waren noch nicht in Sicherheit und mussten weiter auf der Hut sein. Ihr Freund drückte jedem ein Brot und einen prall gefüllten Wasserschlauch in die Hand.

„Hier! Esst und trinkt, während wir weitergehen."

„Auf Wiedersehen", verabschiedete sich Anila. „Gott mit euch! Ich habe freiwillig morgen die erste Schicht übernommen und werde so zeitig da sein, dass ich die Zelle aufschließen kann, bevor der Nachtwächter aufwacht. Ich lasse die Tür offen, dann wirkt es so, als wäret ihr auf diesem Wege geflohen."

Sie umarmten sich stumm.

„Das letzte Stück führe ich euch", erklärte Jesse und nahm Dora auf den Rücken.

Hein versuchte, nicht allzu erleichtert zu gucken. Sie folgten Jesse und durchquerten mehrere kleine Kellerräume. Das Haus über ihnen musste riesige Ausmaße haben. Im letzten Raum verdeckte wieder ein Regal den geheimen Ausgang. Diesmal war es leer. Eine Frau stand daneben und grüßte stumm. Dann schob sie die Tarnung zur Seite.

„Danke, Najam“, sagte Jesse und verschwand im nächsten Gang.

Die Tür schloss sich lautlos hinter ihnen. Diesmal lief Rick mit der neuen Fackel in der Hand voraus. Sie gingen jetzt langsamer, damit sie sich nicht an Brot und Wasser verschluckten. Trotzdem bemerkte Johanna, dass der Weg deutlich bergab führte. Die Luft wurde feucht, und am Boden sah sie manchmal im Fackelschein kleine, schlammige Stellen. Die Wände bestanden nicht länger aus Erde, sondern aus hartem Gestein. Wenn alle schwiegen, konnte Johanna vereinzelt Wassertropfen von der Decke fallen hören.

„Sind das hier natürliche Tunnel?“, fragte Jan erstaunt.

„Ja, ein Teil besteht aus natürlichen Felsengängen“, antwortete Jesse. „Wir haben sie zufällig entdeckt. Einer davon, am südöstlichen Ende der Stadt, führt sogar Wasser. Er wird aus einer unterirdischen Quelle gespeist, die trotz der Trockenheit noch nicht versiegt ist. Dort fühlt man sich wie am Bach Krit, und wir können mit dem frischen Wasser einige arme Familien versorgen.“

„Fehlen nur noch die Raben“, scherzte Rick.

„Krit? Wo liegt das?“, fragte Geert. Jesse lachte.

„Wenn du mir Dora ein bisschen abnimmst, verrate ich es dir.“

Melfs Tochter protestierte leise, als sie von Jesses Rücken rutschte.

„Es tut mir so leid, dass ich euch Mühe mache. Ich kann versuchen, allein zu laufen. In der Zelle hat es schon ganz gut geklappt“, meinte sie schüchtern, doch Julia wehrte ihren Wunsch ab.

„Nein, Dora, zum Laufen ist es noch zu früh. Deine Versuche im Gefängnis waren ein guter Anfang, mehr nicht. Du bist nur ein paar Schritte weit gegangen und konntest jederzeit Pause machen. Wenn wir ein Paar Krücken hätten, sähe die Sache anders aus. Damit könntest du dein Bein entlasten", erklärte Julia. „Ohne die geht es aber leider nicht. Mach dir keine Sorgen. Die Männer sind stark genug."

„Außerdem bist du ein Leichtgewicht. Es ist uns ein Vergnügen, Euch zu helfen, Eure Majestät!"

Geert lächelte Dora freundlich an. Dann kniete er sich auf einem Bein nieder, wie Ritter Lanzelot vor König Artus, und beugte den Kopf. „Bitte aufsitzen", bat er.

Doras rote Backen fielen im Dämmerlicht niemandem auf. Schnell humpelte sie um Geert herum und kletterte stumm auf den breiten Rücken des Zimmermanns. Er erhob sich vorsichtig. Jesse legte Dora kurz die Hand auf die Schulter.

„Es ist nicht mehr weit, kleine Freundin. Bald kommt ein weiterer Keller. Dort liegen Krücken für dich bereit. Dann kannst du es versuchen. Leider war es unmöglich, eure Mulis auch noch zu befreien."

Julia sah Jesse bewundernd an, doch der bemerkte es nicht. Er ging sofort weiter und begann damit, dem Zimmermann die Geschichte des Propheten Elia zu erzählen. Auf Geerts Rücken konnte Dora jedes Wort verstehen. Still freute sie sich über ihren Logenplatz, denn auch Jesse war ein guter Erzähler. Das Mädchen sah den bösen König Ahab leibhaftig vor sich stehen. Dora stellte ihn sich vor wie eine Mischung aus dem Schwarzen Piet und Klaas.

Sie fieberte mit Elia, der auf Gottes Befehl hin eine Dürre ankündigte und sich vor der grausamen Königin Isebel verstecken musste. Auch sie war schließlich gerade auf der Flucht vor einem gefährlichen Feind! Dora sah Elia vor sich, wie er in seinem

Versteck dankbar Wasser aus dem Bach trank, der den Namen Krit trug, und wie ihn die Raben auf Gottes Befehl hin täglich mit Fleisch und Brot versorgten. Sie begleitete Elia zur Witwe nach Zarpat und war auch am Berg Karmel bei seinem Wettstreit mit den Baalspriestern auf seiner Seite. Dann hörte sie die Priester aus hundertfachen Kehlen stundenlang vergeblich nach ihrem Baal rufen und wunderte sich, dass der Prophet zwölf Krüge Wasser über sein Brandopfer schütten ließ. Sie hielt den Atem an, als Elia seinen Gott in einem einfachen, kurzen Gebet um Feuer bat, und wischte sich verstohlen ein paar Tränen weg, als es tatsächlich vom Himmel fiel.

Die Geschichte des Propheten Elia ist eine sehr lange und spannende Geschichte, und als Jesse am Ende angelangt war, führte der unterirdische Weg wieder bergauf. Der Gang wurde trockener. Schließlich endete er in einer kleinen Höhle. Sönken wurde wach und krähte los.

„Gut, dass uns hier niemand hört“, meinte Anna dankbar und drückte ihrem Sohn etwas Brot in die Babyhand. Sofort begann er, daran zu saugen. Die Donnerfelsler ließen sich kurz nieder und tranken die Wasserschläuche leer.

„Ich weiß gar nicht, wie wir euch danken sollen“, meinte Hein zu Jesse, bevor sie wieder aufbrachen und Dora auf Ricks Rücken kletterte.

„Dankt Gott und bleibt am Leben. Das wäre die größte Belohnung für uns.“

„Das haben wir vor“, knurrte Geert.

Als sie die Höhle gerade durchschritten hatten, bebte auf einmal der Felsen. Jesse schwankte und fiel auf die Knie. Alle anderen waren in der Nähe der Wand gewesen und hatten sich instinktiv festgehalten. Einige Steine rieselten von der Decke.

Emily hob schützend die Arme über den Kopf. Geert ließ aufmerksam die Blicke umherschweifen und schüttelte sich den Staub aus den Haaren.

„Erdbeben! Das hatte ich fast schon vermisst", behauptete er.

„Ja, Erdbeben, monatelange Dürre, schwarze Wolken am Himmel. In der letzten Nacht sah der Mond aus wie in Blut getaucht. Wo gibt es noch einen Zufluchtsort?", fragte Jesse.

„Das wissen wir auch nicht", seufzte Anna.

„Jedenfalls nicht im Nordwesten", sagte Hein, „dort ist es eher noch schlimmer."

„Ja, ich weiß, dass auch Ankrastan längst nicht so sicher ist, wie unser Raja glaubt." Ihr Anführer rappelte sich auf. „Die Tunnel führen uns nach Südosten zum großen Wald. Zwischen dem Ausgang und ihm ist nur noch ein kleines Stück freies Feld zu überqueren. Wenn wir dort sind, wird es aber dunkel sein, sodass ihr den Wald erreichen solltet. Was euch dann erwartet, kann ich auch nicht sagen, aber alles ist besser für euch, als in Igrotta zu bleiben. Und nicht nur für euch." Er rieb sich die Knie. „Woher kennt ihr den neuen Raja eigentlich?"

„Das ist eine lange Geschichte", meinte Jan und gähnte.

„Nun, der Weg ist auch noch lang. Wir haben also Zeit", ermutigte Jesse ihn und trat durch ein kleines Loch in der Felswand in einen weiteren Gang. „Und im nächsten Keller gibt es nicht nur die Krücken für dich, Dora, sondern auch einen Kaffee!"

„Kaffee?"

Ungläubig blickte Julia ihn an.

„Doch, wirklich", beteuerte Jesse, „ein Überrest aus besseren Tagen. Das wird unser Abschiedsgeschenk."

Von dieser Aussicht beflügelt erhöhten sie das Tempo. Mit knappen Worten erzählte Anna Jesse die Geschichte von der

Seekatze, dem Schwarzen Piet und Klaas, dann mit schwerem Herzen auch vom Donnerfelsen und seinem vermutlichen Ende.

Schließlich wurde das Felsgestein wieder von roter Erde abgelöst. Der gegrabene Gang führte sie nun auf gleichbleibender Höhe weiter, wurde aber schmaler und niedriger. Selbst Emily war froh, als sie endlich an dem Keller ankamen. Wie mussten sich erst die großen Männer fühlen? Diesmal endete der Gang unter einer Treppe, und sie mussten sich an Fässern und allerlei Krempel vorbei ins Freie drängen. Auch hier stand eine Frau Wache.

„Jesse", sagte sie leise. „Wie geht es euch?"

„Gut, Gopi, Gott sei Dank", antwortete Jesse. „Hast du die Krücken besorgen können?"

Sie nickte.

„Kann ich sonst noch etwas für euch tun?"

„Nein, im Moment nicht."

Johanna war überrascht, denn Gopi trug gelbe Kleidung und gehörte somit offensichtlich zu der höheren Klasse der Händler und Geschäftsleute. Immerhin würde daher der Kaffeeduft, der die Treppe hinaufstieg, sie wohl nicht verraten. Mittlerweile graute der Morgen, und die reichen Igrottanis konnten sich das schwarze Getränk ab und an zum Frühstück leisten. Im angrenzenden Raum war tatsächlich ein typischer niedriger Tisch gedeckt. Um ihn herum lagen Sitzpolster verteilt. Süßer, noch warmer Kuchen und dampfender Kaffee standen darauf. Julia genoss mit geschlossenen Augen den tiefschwarzen Trank. Er schmeckte anders als in Ankrastan, stärker und so, als hätte man Gewürze hinzugefügt. Sie schnupperte.

„Kardamom und Zimt", sagte Gopi. Julia nickte.

„Wunderbar! Vielen Dank.“ *Wenn ich jemals wieder nach Hause komme, dann trinke ich meinen Kaffee auch so,* nahm sie sich vor.

Gopi lächelte und gab für die Kinder etwas Honig und Sahne in den Kaffee.

„Hier, das hilft euch, noch eine Weile wach zu bleiben. Aber Achtung, er ist heiß.“

Johanna nahm die Tasse in beide Hände und nippte vorsichtig.

„Lecker“, urteilte sie überrascht.

Auch Emily und Dora schmeckte es. Wachsam behielt Gopi die Treppe im Auge.

„In der Stadt herrscht schon Aufruhr, Jesse. Sie suchen überall nach den Geflüchteten, der Raja schäumt vor Wut. Für Charu sieht es nicht gut aus.“

Jesse presste die Lippen fest aufeinander, und Julia sah die Gewissensqual in seinen Augen. Auch sie fühlte sich plötzlich schuldig, als Gopi erklärte, das Charu der Wächter war, den sie hatten betäuben müssen. Der Kuchen schmeckte nur noch halb so gut.

„Das war zu erwarten. Wir werden sehen, was wir für ihn tun können“, sagte Jesse nach einer Weile und klang zuversichtlicher, als er war.

Als die Donnerfelsler ihr Luxusfrühstück beendet hatten, musste Johanna schmunzeln. *So hat Gott uns tatsächlich den Tisch angesichts unserer Feinde gedeckt,* erinnerte sie sich an den Vers aus dem dreiundzwanzigsten Psalm. Doch ihr blieb keine Zeit, ihren Gedanken laut auszusprechen. Oben im ersten Stock hörten sie plötzlich Lärm und wütende Stimmen. Gopi guckte erschrocken.

„Schnell!“ Sie reichte Dora die Krücken. „Verschwindet!“

Eilig ergriffen sie ihre Sachen und flüchteten mit Jesse in den nächsten Kellerraum. Dort befand sich ein weiterer Ausgang hinter einem drehbaren Schrank. Das Tor war bereits geöffnet, und nachdem sie hindurchgestolpert waren, glitt es hinter ihnen nahezu lautlos an seinen Platz. *Die perfekte Tarnung,* dachte Jan bewundernd.

In der nächsten Stunde traute sich niemand, ein Wort zu sagen oder sich umzusehen. Alle strebten nur noch vorwärts. Dora mühte sich tapfer mit den Krücken ab und verschwieg, dass ihr langsam die Arme wehtaten. Julia aber kannte die Probleme und nahm dem Mädchen schließlich die hölzernen Stützen weg.

„Das reicht für den Anfang“, befahl sie. Dora seufzte erleichtert.

„Danke.“

„Keine Ursache.“

Hein nahm sie huckepack, und Julia trug die Krücken, bis sie endlich wieder eine Höhle erreichten. Sie diente als Vorratskammer und Notlager. Die Wände waren trocken. In den Felsnischen standen Holzkisten, und auf dem Boden war eine dicke Lage Stroh verteilt. Johanna sah sich neugierig um. Ein paar graue und braune Tauben gurrten in einem Käfig und pickten die Körner, die Jesse ihnen zuwarf. Emily gähnte und streckte sich. Mittlerweile hatte die Wirkung des Kaffees stark nachgelassen. Nur Sönken krähte fröhlich. Er hatte als Einziger die meiste Zeit geschlafen und war weder erschöpft noch müde. Ihr Anführer nahm ein paar Decken aus den Kisten.

„Wir haben es fast geschafft. Nicht weit von hier endet der Gang in einer großen, dicken Hecke. Wenn ihr alle nah aneinanderrückt, könnt ihr hier eine Mütze voll Schlaf nehmen. Ich kümmere mich um unseren kleinen Freund hier und wecke euch, wenn es draußen dunkel genug ist, um zum Waldrand zu laufen.“

Mit diesen Worten nahm Jesse Anna ihren kleinen Sohn ab. Dankbar wickelte sich Johanna fest in ihre Decke und rutschte auf dem Stroh ganz nah an Julia heran. Ihre Mutter wiederum lag Rücken an Rücken mit Emily, die mit Anna kuschelte. So hielten sie sich gegenseitig warm und konnten tatsächlich einschlafen.

33

„Fürchte dich nicht, denn ich habe dich erlöst! Ich habe dich bei deinem Namen gerufen; du bist mein."

Der Prophet Jesaja, Kapitel 43, Vers 1b

Tag 66:
985 607 Schritte. In der Dunkelheit sind wir unentdeckt bis zum Waldrand gekommen und unter sein Blätterdach geschlüpft. Die Bäume sehen gesünder aus als die in und um Igrotta herum. Aus ihren dicken Stämmen wachsen kräftige Äste, die sich zahlreich verzweigen und in mächtigen Kronen enden. Aufgespannt wie schwarze Schirme sind sie, und so dicht ist ihr Laub, dass fast kein Mondlicht auf den Boden dringt. Deshalb ist es unter ihnen so dunkel. Das ist jedenfalls meine Erklärung. Johanna behauptet, der Mond habe in den ersten Stunden der Nacht überhaupt nicht geschienen. Jedenfalls mussten wir uns zentimeterweise vorwärtstasten. Dabei wäre ich am liebsten gerannt vor lauter Panik, dass man uns einholt.

Jetzt machen wir Pause. Ein Lagerfeuer können wir nicht anzünden. Viel zu gefährlich! Es würde uns verraten. Noch sind wir nicht tief genug in das schützende Dickicht eingedrungen. Deshalb haben wir uns in unsere Decken eingerollt und auf den Boden gelegt. Ich bin an der Reihe mit Wachehalten und zwinge mich, ein paar Dinge aufzuschreiben. Es wird langsam heller, so kann ich ahnen, wo die Linien auf dem Papier sind. Die Dunkelheit weicht, nur meine Angst bleibt. Immer noch zucke ich bei jedem Geräusch zusammen, dabei ist es nur der Wind in den Zweigen.

Jesse hielt zum Abschied noch zwei besondere Überraschungen für uns bereit. Mitten in dem Trubel, der in der Stadt herrscht, haben seine Freunde es geschafft, Ricks Hund zur Höhle zu bringen. Racker hat tatsächlich gelernt, nicht zu bellen. Ich freue mich so für Rick! Er hängt sehr an diesem Tier.

Wir haben unsere Rucksäcke neu gepackt. Alles, was mir von zu Hause noch geblieben ist, sind der wasserdichte Kompass und meine Erste-Hilfe-Tasche, wenn auch ihr Inhalt stark zusammengeschrumpft ist. Dann natürlich mein Tagebuch sowie dieser letzte Bleistift. Als wir über das freie Feld rannten, hat Sönken wirklich geschlafen. Gott sei Dank, würde Johanna sagen. Da Geert der Stärkste ist, trug er Dora. Wir haben uns also in Sicherheit gebracht.

In Sicherheit? Sind wir das wirklich? Gibt es die hier in diesem seltsamen Land überhaupt? Die Igrottanis fürchten den Wald, weil sie glauben, er sei verflucht und von gefährlichen Waldmenschen bewohnt. Sie nennen ihn den „Wald ohne Ende" und werden uns nicht weit folgen, meint Jesse. Ich hoffe, er behält recht. Ich meine, damit, dass sie uns nicht verfolgen. An Flüche glaube ich nicht.

Aber wie wird es weitergehen? Noch ist es warm und trocken, doch auch in der Morgendämmerung ist kaum ein Weg zu erkennen. Und was ist, wenn der Wald tatsächlich kein Ende hat? Ob die Waldmenschen wirklich jeden sofort töten? Ich hoffe und wünsche mir, dass es nur ein Gerücht ist. Oder ist das schon ein Gebet, wenn es ständig in meinem Kopf flüstert: Bitte mach, dass die Waldmenschen friedlich sind!?

Und ich wünsche mir, dass uns möglichst viele Igrottanis folgen können, bevor sie in ihrer Stadt verdursten oder die Erdbeben so

stark werden, dass alles zusammenbricht. Das ist nämlich die zweite Überraschung. Die Tauben in der Höhle waren Brieftauben. Jesse hat uns zwei mitgegeben. So können wir ihm per Luftpost berichten, welche Gefahren hier wirklich lauern und welche nur Hirngespinste sind. Er braucht diese Nachrichten, um seine Pläne zur Evakuierung überzeugender vortragen zu können. Auch er will mit den anderen Christen nach der Stadt, „die in den Wolken wohnt", suchen. Hoffentlich hören viele auf ihn und lassen ihren Besitz zurück, um ihr Leben zu retten. Ich habe so viel geschrieben. Viele Worte gemacht und doch das Wichtigste verschwiegen.

Tag 67:
30 784 Schritte. Mein Schrittzähler hat sich genullt. Zwar sind nach Johannas Rechnung zu Hause noch keine 24 Stunden um. Aber dieses Ding hat nicht mehr als sechs Stellen …

Es war viel angenehmer, bei Tageslicht zu laufen. Doch der Tag ließ lange auf sich warten, und kaum war es richtig hell, wurde es schon wieder dunkel. Wir werden nicht verfolgt. Sie hätten uns sonst längst erreicht, sagen die Männer. Ich teile ihre Meinung. Wir mussten darauf vertrauen, dass die Soldaten des Rajas den Wald meiden, denn wir hätten gestern keinen einzigen Schritt mehr weitergekonnt. Hoffentlich begegne ich diesem Klaas nie wieder!

Obwohl wir tagsüber besser sehen, ist es schwierig, voranzukommen. Die Stämme der Bäume rücken immer dichter zusammen, die Luft wird schwüler. Wir laufen nach dem Kompass streng in südöstlicher Richtung. Eine andere Hoffnung als die Gerüchte und Erzählungen haben wir nicht. Die Wolken über uns können wir meistens nicht sehen, doch seit heute Mittag scheint es, als sei auch das Tageslicht rötlich verfärbt. Die ersten Ausläufer des schwarzen Teerfeldes müssen die Sonne erreicht haben, meint

Hein. Wenn es nicht die falsche Tageszeit dafür wäre, könnte man die Sonnenuntergangsstimmung genießen.

Dora hält sich gut, nur auf manchen Pfaden ist es mit den Krücken wirklich unmöglich vorwärtszukommen. Zu eng oder zu matschig. Die Männer wechseln sich dann wie gewohnt mit dem Tragen ab. Unsere Vorräte sind fast aufgebraucht. Wir müssen bald genießbares Wasser finden. Bisher war alles am Wegrand bitter und schlammig. Selbst Racker sah aus, als müsse er sich überwinden, davon zu trinken. Er schleckte nicht mehr als nötig mit der Zunge. Der Matsch an manchen Stellen zeigt, dass es irgendwo Wasser geben muss. Vielleicht unterirdisch? Haben die Bäume so lange Wurzeln? Essbare Früchte oder Pflanzen wären auch nicht schlecht. Vielleicht reicht ihr Saft, um den Durst etwas zu stillen. Hier ist alles so grün, aber wir kennen die Bäume und Pflanzen nicht. Keine Ahnung, ob man Teile davon essen kann, etwa die vielen Blüten.

Ich muss das Geheimnis bewahren, um Johanna und mich zu retten. NOCH.

Tag 68:
60 777 Schritte. Alles unverändert. Häufig Pause, viel Zeit zum Nachdenken und zum Reden. Heute Abend werden wir zum ersten Mal ein Feuer entfachen. Trotzdem bin ich schlecht gelaunt. Musste plötzlich an Joachims Unfall denken. Sah die Bilder wieder genau vor Augen. Mein Herz schlug wie wild. Nach so langer Zeit! Warum tut es immer noch so weh? Dieser Fahrer des anderen Autos, der einfach weitergefahren ist, ohne sich um den Verletzten zu kümmern … Ich glaube, ich könnte ihn umbringen, wenn er mir hier über den Weg laufen würde. Ohne diesen Typen wäre alles anders, wäre meine Welt noch in Ordnung. Wäre ich nie weggelaufen. Dann kam mir in den Sinn, dass ich mich mehr um Johanna hätte kümmern müssen.

Um ihre Trauer, ihre Ängste, ihre Probleme in der Schule damals. Warum habe ich so lange nicht gemerkt, wie schwer ihr das Lesen fiel? Warum habe ich ihr nicht eher von dem Termin bei der Psychologin erzählt? War ich wirklich so sehr mit mir selbst beschäftigt? Wir könnten noch zu Hause sein. Es war meine dämliche Idee, hierher zu kommen! Es ist meine Schuld. Ich versuche, die Gedanken zu verdrängen, aber ich kann an nichts anderes mehr denken. Seit Emily sagte, dass sie froh sei, dass Gott ihren Namen kenne. Ihr täten die braunen Namenlosen in Igrotta so leid. Ein Name sei doch wichtig, um jemanden anzusprechen oder an ihn zu denken. Er gehöre doch zu dem Menschen, unterscheide ihn von anderen.

Ausgerechnet die Braunen musste das Kind in diesem Zusammenhang erwähnen. Zwei von ihnen kennen wir mit Namen, aber nur einer davon taucht ständig in meinen Gedanken auf, schwimmt wie ein Schiff auf dem See meiner Erinnerung. Unsinkbar wie die Titanic im eisbergfreien Wasser. Dieser eine Name! Ich werde ihn nie mehr vergessen können, so sehr ich es auch wünsche. Er wird das Meer meiner Seele durchkreuzen bis ans Ende meines Lebens – ohne Gnade. Und es geschieht mir recht. Auch ich war ohne Mitleid.

Tag 69:
93 478 Schritte. Die Bäume werden immer größer. Manche Stämme sind so dick, dass man sie nicht mal mit mehreren umfassen kann. In dieser Hinsicht stimmen die Gerüchte. Wenn man davorsteht, ist es wirklich wie eine hölzerne Wand. Aber die Vegetation verändert sich, je weiter wir in diesen Dschungel eindringen. Ja, Dschungel scheint mir jetzt das richtige Wort zu sein.

Ich habe noch gar nichts von den Schmetterlingen geschrieben. Es gibt so viele davon. Aber sie und die anderen Insekten meiden uns. Sie fliegen genau wie die Vögel immer über unseren Köpfen.

Das Leben spielt sich hier nur in den Baumkronen ab. Keine Chance, etwas zu jagen. Zumal wir unsere Waffen nicht mehr haben. Nur Geert hat von Jesse ein Messer bekommen. Zum Glück, denn die Waldmenschen gibt es wirklich! Aber sie nehmen keinen Kontakt mit uns auf. Sie helfen uns nicht, und sie schaden uns nicht. Sie bleiben rätselhaft. Heute Mittag hat Emily ganz kurz einen von ihnen gesehen. Es war ein Mann, und zwar ein sehr großer, mit hellbrauner Haut und pechschwarzen Haaren. Sie sah ängstlich aus, als sie uns davon erzählte. Er muss in ihren Augen ein Riese gewesen sein und hatte nackte Beine und Arme. Kein Wunder bei dem Wetter. Ich würde mir auch am liebsten alles vom Leib reißen, aber ich habe Angst vor unsichtbaren Insekten. Was, wenn es hier Malaria-Mücken gibt oder andere Parasiten?

An manchen Orten im Wald hängen seltsame Baumscheiben mit roten Zeichnungen darauf in den Zweigen. Eine sah aus wie eine Sonne, eine andere wie ein Mond. Wir haben nichts angefasst und gebührenden Abstand gehalten. Es wäre gut möglich, dass die Waldmenschen Sonne und Mond als Gottheit verehren, so wie die Igrottanis die Katze und andere Tiere. Wir diskutieren unterwegs über die Waldmenschen und stellen Vermutungen an. Das tut gut und lenkt von den eigenen Problemen ab. Ich stelle sie mir wie große Azteken oder Inkas vor, so wie Emmi den Mann beschreibt. Als ich erwähnte, dass sie vielleicht auch an eine Wiedergeburt glauben, sagte Hein natürlich, dass es das nach der Bibel nicht gäbe, ein weiteres Leben auf dieser Erde. „Es ist den Menschen bestimmt, einmal zu sterben, danach aber das Gericht“, zitierte er wieder einmal. „Man kann sich nicht hocharbeiten auf eine höhere Stufe, wie die Igrottanis glauben. Es führt kein Weg von unten nach oben, nur von oben nach unten. Deshalb musste Gott sich zu uns herunterbeugen und uns in seinem Sohn Jesus entgegenkommen. Deshalb ist

er Mensch geworden. Das war die einzige Möglichkeit, die Menschen mit Gott zu versöhnen, und es ist nach wie vor der einzige Weg." Ich bin mir nicht sicher, ob ich das alles richtig verstanden habe. Es klingt aber durchaus logisch, und ich kenne die Geschichte natürlich. Weihnachten. Meine Güte, ist das weit weg, jedenfalls für mich.

Wir haben nichts mehr zu trinken. Racker hat Glück. Er kann aus den Pfützen schlecken und tut es immer öfter. Ich traue mich das nicht und rate auch den anderen davon ab. Zu groß ist die Gefahr von Durchfallerkrankungen. Wer weiß, was da für Keime schlummern? Doch was ist, wenn der Durst zu groß wird? Vielleicht stürze ich mich dann auch bald auf das dreckigste Wasser. Ich wünschte so sehr, Joachim wäre hier. Dann hätte ich nicht allein die Verantwortung für Johanna. Dann könnte ich jemanden um Rat fragen, und wir könnten gemeinsam entscheiden. Ich könnte ihm mein Geheimnis verraten. Am liebsten möchte ich es mittlerweile laut herausschreien.

Tag 70:
130 856 Schritte. Der Wald hat sich wieder verändert. Auf einmal sehen wir überall Blumen. In allen Farben und Größen stehen sie am Wegrand oder wachsen von den Bäumen. Am besten gefallen mir die duftenden Sterne in Lila mit einer kleinen gelben Sonne innen drin. Sie haben zwei Reihen mit je zwölf Blütenblättern, sogar die Staubblätter sind zweifarbig. Gelbe kleine Bürsten mit einer lilafarbenen Spitze. Aber auch die länglichen rosa Blumen, die wie Würste vom Blätterhimmel hängen, mag ich, weil sie ganz weich und flauschig sind.

Und, hurra! Wir haben endlich etwas zu Essen gefunden: eine Gruppe von Bäumen, ungefähr zehn Exemplare, die Früchte trugen. Sie waren so reif, dass sie schon herunterfielen, und so riesig, dass man beide Hände braucht, um sie aufzuheben. Ich habe noch nirgendwo solches Obst gesehen. Die Schale ist knallrot und essbar. Racker hat sofort hineingebissen. Der arme Kerl muss auch Hunger gehabt haben. Selbst er hat bisher kein größeres Tier erwischt, nur ein paar kleine Regenwürmer. Die Vögel kommen einfach nicht herunter aus den Bäumen.

Als wir sahen, dass Racker die Früchte nicht schadeten, versuchten wir sie auch. Erst probierten wir eine kleine Portion. Sie waren sehr saftig und himmlisch süß, schmeckten wie eine Mischung aus Pfirsich und Apfelsine. Es fiel mir wirklich schwer zu warten, denn mein Hunger war groß. Ich glaube, so ein Obst gibt es bei uns nicht, nicht mal in Afrika, Asien oder Südamerika. Es ist ein Geschenk des Himmels. Wir haben so viel wie möglich gegessen und in die Rucksäcke gepackt.

Tag 71:
161 762 Schritte. Habe heute mit Anna gestritten. Zum ersten Mal. Wenn ich ehrlich bin, habe nur ich gestritten. Sie meinte, es sei falsch, bei dem Urteil über mich selbst mein eigenes, menschliches Maß anzulegen. Ich müsse mein Leben mit Gottes Maßstab messen. Um sich von Gott loszusagen und von ihm getrennt zu sein, bräuchte man nichts zu tun, das in den Augen der Menschen besonders schlimm sei. Es reiche bereits, ihn als Herrn abzulehnen, wie damals die Israeliten, als sie nach einem König verlangten. Das sei Auflehnung und damit schlimm genug. Der Entschluss, selbst bestimmen zu wollen und selbst zu wissen, was gut und böse ist, stünde dann zwischen mir und Gott wie eine Mauer. Sie trennt den Menschen von seinem Schöpfer, und man fühlt sich einsam und allein. Woher will sie wissen, wie ich mich fühle?! Sie hat doch gar keine Ahnung, welcher Druck auf mir lastet. Wenn sie wüsste, was

ich wirklich getan habe oder viel mehr, was ich nicht getan habe! Man kann auch durch Nichtstun töten. Ich schäme mich so.

Tag 72:
189 155 Schritte. Ich glaube, ich werde langsam verrückt, weil dieser Wald kein Ende nimmt. Ich fühle mich beobachtet. Falsch! Wir werden *beobachtet, das ist inzwischen sicher. Auch wenn wir nichts hören oder sehen. Selbst Racker reagiert nicht. Aber sie sind da, die Waldmenschen, unsichtbar und lautlos. Und sie lassen uns immer noch in Ruhe.*

Außer Geert und mir glauben alle, dass Gott die Welt erschaffen hat. Nur durch sein Wort, also, als er es sagte, da entstand alles, quasi auf seinen Befehl. Erinnere mich dunkel an den Schöpfungsbericht aus dem Religionsunterricht. Johanna wollte es mich lesen lassen, aber ich habe abgelehnt. Es tut mir leid, dass ich so schroff zu ihr war. Aber in meinem Kopf herrscht langsam genauso ein Dickicht wie um mich herum. Rick erklärte es mir dann noch einmal, als sei ich schwerhörig. Das bin ich nicht. Wenn ich an die letzte Nacht in der Höhle denke, möchte ich sagen: Das bin ich leider nicht.

Doch dann fügte er noch etwas Neues hinzu. Er sagte, dass es mit dem geistlichen Leben, also dem inneren Menschen, genauso sei. Dieses innere Leben entstünde auch nur durch das Wort Gottes. Man könne es natürlich nicht sehen, wie man Menschen oder Tiere und Pflanzen sehen kann. Aber die Auswirkungen, die könne man beobachten. Nur aus dem Hören oder Lesen des Wortes Gottes wachse der Glaube, der dasselbe sei wie Vertrauen. Man hört also das Wort oder liest es und glaubt es, vertraut also darauf, dass es die Wahrheit ist. Oder eben nicht. Schon wieder Vertrauen. Wenn ich daran denke, dass man mir vertraut, dreht sich mir der Magen um. Mein letzter Bleistift ist fast aufgebraucht … Ich weiß auch nicht, warum ich überhaupt alles aufschreibe. Es ist alles völlig sinnlos und nutzlos. Niemand wird es je wieder lesen. Hoffentlich.

Tag 73:
221 497 Schritte. Wir haben einen See entdeckt! Ich möchte wie Tado laut Halleluja schreien. Er ist so riesig wie die Bäume an seinem Ufer. Sie strecken ihre Wurzeln in das Wasser, das weiter hinten von Seerosen bedeckt ist. Ihre Blütenknospen haben die Größe von kleinen Melonen und die Blätter den Durchmesser von LKW-Reifen. Es sieht aus, als könne man darüber laufen wie auf einer Straße. Racker konnte es. Dann ist er von einem Blatt ins Wasser gesprungen.

Ich möchte lieber nicht darüber nachdenken, ob es hier Fische gibt und wie groß sie vielleicht sind. Jedenfalls kam der Hund heil ans Ufer zurück. Das Wasser ist süß, sauber und kühl. Wir haben nach Herzenslust getrunken, dann alle ein Bad genommen und dabei in den rötlichen Himmel über uns gesehen. Bei so viel Schönheit kann ich verstehen, dass Menschen glauben, Gott sei in der Natur zu finden. Mittlerweile habe ich verstanden, dass ER sie geschaffen hat, aber selbst mehr ist als das Geschaffene. ER ist daran zu erkennen, aber nicht dort zu finden. Ja, ich glaube, so würden Anna und die anderen es ausdrücken.

Schließlich fing es an zu regnen. Der Regen war warm. Eine himmlische Dusche. Ich hätte stundenlang so stehen und mich vollregnen lassen können. Bis auf die Haut nass waren wir ja schon. Den anderen ging es genauso. Die Sonne wärmte durch den Vorhang aus Wassertropfen, und auch das letzte Körnchen Schmutz, der Schweiß der letzten Tage, wurde weggespült und fortgewaschen. Ich fühle mich fast wie neugeboren, aber nur fast. Ob es wohl auch so ein „Wasserbad" für den inneren Menschen gibt?

Eines, das meine ganze Angst, alle Sorgen und auch meine Schuld abwäscht ...? Wie lange kann ich mein Geheimnis noch mit mir herumtragen, ohne unter der Last zusammenzubrechen?

Tag 74:
252 963 Schritte. Es gibt keinen Ausweg aus diesem Wald. Immerhin haben wir noch einmal Bäume mit diesen essbaren Früchten gefunden. Die Wasserflaschen sind voll, und wir versuchen, die südöstliche Richtung zu halten. Es ist aber schwierig, weil das Unterholz wieder dichter wird. Heute Morgen hat es gehagelt. Groß und schmutzig waren die Eiskörner, wie aus rotbraunem, gefrorenem Blut. Unter den Bäumen waren wir zwar geschützt, aber noch mehrere Stunden später tropfte das ekelhafte Schmelzwasser von den Blättern. Ein abstoßender Anblick. Ebenso wie die toten Tiere, die wir jetzt immer öfter sehen. Affen, kleine Raubkatzen und unzählige Vögel. Sie liegen da, von den Bäumen gefallen wie überreife Früchte. Wir rühren sie nicht an, wer weiß, was für Krankheiten sie in sich tragen. Noch stinkt es nicht. Der Tod scheint hier immer jung zu sein. Aber er ist trotzdem nicht schön.

Johanna hatte recht mit dem Mond. Er scheint nicht mehr lange. Ungefähr ein Drittel der Nacht ist ohne Licht, ebenso fast schon ein Drittel des Tages. Wir sehen und spüren die Sonne nicht. In diesen Stunden kühlt es sich schnell ab. Unserer Jacken sind mit den Maultieren verschwunden.

Doras Bein ist seit heute voll belastbar. Wir haben die Krücken zurückgelassen.

Tag 75:
289 244 Schritte. Ich halte es nicht mehr aus. Ich muss reden. Heute noch. Jetzt.

34

„Wenn wir aber unsere Sünden bekennen, so ist er treu und gerecht, dass er uns die Sünden vergibt und uns reinigt von aller Ungerechtigkeit."

1. Johannesbrief, Kapitel 1, Vers 9

Die Farbe wich aus Heins Gesicht. Das konnte Julia sogar im Schein des Lagerfeuers sehen. Annas Mann starrte sie mit aufgerissenen Augen an.

„Sag das noch mal. Was hast du in der Höhle gehört?"

Johannas Mutter liefen die Tränen über das Gesicht. Sie konnte nicht wiederholen, was sie Hein und den anderen soeben gebeichtet hatte. Krampfhaft unterdrückte sie ein lautes Schluchzen, um die Kinder nicht aufzuwecken. Emily und vor allem Johanna durften nichts mitbekommen!

Julia wandte den Blick von Hein ab und starrte zu Boden. Sie wollte niemandem in die Augen sehen. Minutenlang herrschte Schweigen. Rick, der gerade an der ersten Nachricht für Jesse schrieb, ließ den geliehenen Bleistift sinken. Julias Tränen tropften geräuschlos auf die Erde. *Wenn sie mir doch wenigstens Vorwürfe machen und mit mir schimpfen würden,* dachte sie sehnsüchtig. Aber keiner sagte etwas, nicht einmal Geert. Beteten sie etwa?

Julia drehte sich um und sah ängstlich nach den schlafenden Kindern. Der Schweiß brach ihr aus, dann begann sie plötzlich zu zittern. Sie wusste nicht mehr, ob ihr heiß oder kalt war. Anna legte ihr die Hand auf den Unterarm und sagte leise ihren Namen. Endlich ein Ton, der die rauschende Stille in Julias Ohren durchbrach.

„Julia“, flüsterte sie beruhigend, „hör mir zu. Anila hat diesen Weg freiwillig gewählt, als ihm klar wurde, dass sie Charu sonst nicht helfen können.“

Geert nickte grimmig. Er hatte gute Ohren und war derselben Ansicht wie Anna.

„Wir hätten ihn nicht abhalten können.“

Hein legte die linke Hand vor das Gesicht und massierte sich mit den Fingerspitzen die Augenlider. Dann wischte er sich über die Nase, um sich schließlich durch den Bart zu fahren. Er räusperte sich.

„Was glaubt ihr, können wir noch irgendetwas für ihn tun?“, fragte er in die Runde. „Ich meine, außer zu beten?“

Julia hörte keine Antwort. Ihr Herzschlag geriet wieder aus dem Takt. Sie presste sich die Hand auf die Brust und bemühte sich, langsamer zu atmen. Rick streckte mechanisch die Hand aus und kraulte seinen Hund, der angefangen hatte zu winseln. Racker spürte genau, dass etwas nicht in Ordnung war.

„Still“, wies Rick ihn milde zurecht. Der Hund verstummte augenblicklich und klopfte zweimal mit dem Schwanz auf den Boden, als sein Herr ihn lobte. „Brav!“ Dann wartete Rick noch einen Augenblick, ehe er sich an die anderen wandte, die in der Runde um das Feuer saßen. „Ich glaube, es ist zu spät, um umzukehren und sich zu stellen“, meinte er dann. „Klaas hat nie lange gefackelt. Sehr wahrscheinlich ist Anila bereits gestorben.“ Julia schlug die Hand vor den Mund und keuchte. Anna zog sie in ihren Arm. „Es tut mir leid, aber ich denke, das ist die Wahrheit", bedauerte Rick.

Geert legte etwas Holz nach und blickte kurz auf die beiden Frauen. Dann stimmte er Rick mit ungewohnt sanfter Stimme zu.

„Das glaube ich auch. Er war ein mutiger Mann und wusste genau, was er tat. Dagegen ist es ganz und gar nicht sicher, ob die Waldmenschen uns noch einmal friedlich durch ihr Gebiet ziehen lassen. Doch selbst wenn sie das täten und wir dann bis nach Igrotta zurückgehen, um dort zu sterben – dann wäre Anilas Opfer umsonst gewesen. Jesse hat gesagt, wir sollen am Leben bleiben. Das wäre die größte Belohnung für sie. Unser Tod wäre nicht in seinem Sinne."

Rick schrieb die Botschaft für Jesse sorgfältig zu Ende, rollte das Blatt zusammen, steckte es in eine schmale Kapsel und befestigte sie behutsam an der braunen Taube. Es war ausgemacht, dass sie zuerst fliegen sollte. Er streichelte das Tier beruhigend, während er weiterredete.

„Es ist auch nicht im Sinne der anderen Igrottanis. Wir müssen das südöstliche Ende des Waldes erreichen, wenn es das gibt. Erst dann werden wir wissen, was dahinter ist. Vielleicht kann man von dort schon die Stadt sehen, die in den Wolken wohnt. Nur wenn wir den Waldrand erreichen, können wir die letzte Taube fliegen lassen. Ohne uns haben unsere Freunde keine Nachricht darüber, ob diese Route bis zum Schluss sicher ist oder ob sie woanders ihr Glück versuchen müssen."

„Wir nützen ihnen mehr, wenn wir am Leben bleiben und die Aufgabe erfüllen, die uns zugefallen ist", pflichtete Hein den beiden bei. „Alles, was wir kennen – Ebeling, Ankrastan, die

Felsenberge, Igrotta –, all das wird vermutlich untergehen wie der Donnerfelsen oder zur Wüste werden.“

Er blickte hinauf in den Himmel. Der Mond war schon halb zu sehen; er kam gerade hinter dem schwarzen Belag hervor, der in schier unersättlicher Gier immer mehr Sterne verschluckte und die Nacht noch dunkler machte, als sie sowieso schon war.

„Die Tage werden kürzer statt länger, und der Sonne bleibt immer weniger Zeit, die Erde zu wärmen. Wir haben keine Wahl mehr. Wenn einer für uns alle gestorben ist, danken wir es ihm am besten, indem wir für ihn weiterleben“, schloss Annas Mann.

„Julia“, sprach der dann die nun lautlos weinende Frau an. „Selbst wenn du uns Bescheid gesagt hättest und wir sofort umgekehrt wären ...“ Er stockte und beendete den Satz nicht. Anna tat das für ihn.

„... es wäre vergeblich gewesen. Jesse und Gopi haben es uns in der Nacht absichtlich verschwiegen, dass Anila die Schuld auf sich nehmen wollte.“ Sie drückte Julia. „Sie wollten nicht, dass Charu als Unbeteiligter dafür bestraft würde, dass sie uns zur Flucht verholfen haben. Das scheint mir offensichtlich. Doch sie wollten genauso sicher, dass wir entkommen.“

Johannas Mutter befreite sich aus Annas Umarmung.

„Anna, du verstehst nicht! Ich hätte es euch eher sagen müssen, was ich wusste“, stieß sie heftig hervor. „So habe ich für uns alle entschieden, euch vor vollendete Tatsachen gestellt. Ich ... ich wäre gar nicht umgekehrt. Selbst, wenn es möglich gewesen wäre, Anila zu retten. Begreifst du jetzt?“, fragte sie. Ihre Stimme zitterte, so entsetzt war sie von sich selbst. „Ich habe einfach nur gehofft, dass niemand außer mir wach war und das Gespräch mitgehört hat. Ich habe nur an Johanna und mich selbst gedacht. Ich wollte überleben, ich wollte nicht sterben, ich bin nicht bereit dazu! Ich, ich, ich! In meinem Kopf ging es immer nur um mich." Sie verbarg ihr Gesicht hinter den Händen. „Es ... es tut mir so furchtbar leid", flüsterte sie. „Ich hätte nicht gedacht, dass ich so selbstsüchtig sein könnte. Aber ich war es." Sie weinte eine Weile. Dann hob Julia das Gesicht wieder und starrte in die Flammen. „Falsch, ich *war* nicht nur selbstsüchtig, ich *bin* es immer noch. Auch jetzt würde ich Anilas sicheren Tod in Kauf nehmen. Immer wieder würde ich über seine Leiche gehen, um mich selbst zu retten."

Das Feuer flackerte, und Jan hustete im Traum. Racker sah Julia mit traurigem Hundeblick an. Er wagte nicht zu winseln, kroch aber zu ihr und schleckte ihr vorsichtig die Hand. Anna lächelte.

„Niemand, der bei klarem Verstand ist, wünscht es sich, zu sterben, Julia", stellte sie fest. „Es ist in Ordnung, am Leben bleiben zu wollen. Und es ist auch normal, dass wir falsche Entscheidungen treffen. Im Laufe unseres Lebens werden wir alle schuldig. Wir sind nur Menschen."

„Ja, ich weiß", hauchte Johannas Mutter und nickte. „Nicht die Gesunden brauchen den Arzt, sondern die Kranken, hast du gesagt. Und ja, ich fühle mich ganz schön krank!"

„Genau, Jesus hat das gesagt", bestätigte Anna. „Er ist der Arzt, und er ist nicht gekommen, um Menschen ohne Fehler zu sich zu rufen, sondern Sünder."

„Menschen mit Fehlern ... mit tödlichen Fehlern." Johannas Mutter hatte es verstanden.

„Sei nicht zu hart zu dir, Julia. Wir sind nicht besser als du. Jeder Einzelne von uns verdankt Anila sein Leben", sagte Rick ganz einfach. „Wir vergeben dir, Julia, dass du uns nicht eher etwas gesagt und allein entschieden hast. Lasst uns beten und

dann versuchen, noch etwas zu schlafen", schlug er vor. „Vertraue einfach auf Gottes Gnade."

Geert stand auf und ging zu seiner Decke. Julia blieb sitzen. Sie fühlte sich wie betäubt. War das alles? „Wir vergeben dir? Und vertraue auf die Gnade?" Das mit dem Vertrauen hatte Simon auch einmal gesagt. Das war lange her. Eine bleierne Müdigkeit überkam sie. Fühlte sich so Vergebung an? Ihr Kopf schien zu schwer für ihren Hals zu sein, und doch zwang sie sich, den Worten der Beter zu lauschen, bis sie merkte, dass ihre Gedanken abschweiften. Der Unfallverursacher, er hatte die Flucht ergriffen, statt Joachim zu helfen. Er hatte nur an sich selbst gedacht. *Genau wie ich!* Sie wusste nicht, ob Joachim überlebt hätte, wenn jemand schneller Erste Hilfe geleistet und den Rettungswagen gerufen hätte. Die Ärzte hatten ihr keine sichere Auskunft geben können. Oder hatten sie es nicht gewollt? *Egal, es ist, wie es ist.* Der Mann war geflohen, und auch wenn er letztlich seine Strafe bekommen hatte, Joachim brachte das alles nicht zurück. *Wohin mit der Schuld? Könnte man sie ausziehen wie schmutzige Kleidung …*

Julia beobachtete Rick. Er stand im Feuerschein und hielt die Brieftaube mit beiden Händen nach oben über den Kopf. Dann entließ er sie in die Freiheit. Das Tier hatte keine Angst. Es flog ruhig eine Kurve über die erschöpften Menschen und stieg dann zielsicher durch das Blätterdach gen Himmel empor.

Johannas Mutter legte sich am Feuer nieder und starrte nach oben in die Dunkelheit. Der blutrote Mond brannte ein Loch in den schwarzen Samtvorhang der Nacht, und die Wolken sahen aus wie Rauch. Bald würde er verschwinden, und es würde so dunkel, dass man die Hand vor Augen nicht mehr sah. Rick setzte sich. Der geflügelte Briefträger war nicht mehr zu sehen.

Die Taube kennt ihren Weg zurück nach Hause, zu ihrem Herrn, dachte Julia und zog ihre Decke fester um sich. *Gott im Himmel, vergib mir, ich will ja glauben, hilf mir zu glauben!* Mit diesem Gedanken fiel Johannas Mutter endlich in einen unruhigen Schlaf. Anila, Charu und Jesse geisterten durch ihre Träume, bis die ersten kraftlosen Sonnenstrahlen ihre Nasenspitze kitzelten.

35

„Die Sonne soll verwandelt werden in Finsternis und der Mond in Blut …“

Der Prophet Joel, Kapitel 3, Vers 4a

„Glaubst du, es gibt diese Stadt wirklich?“

Skeptisch betrachtete Johanna das letzte Stück der roten Frucht in ihren Händen. Es roch nicht nur unappetitlich, sondern es stank.

„Schmeiß das lieber weg. Es ist vergoren“, sagte Julia statt einer Antwort. „Unser Frühstück fällt nicht gerade üppig aus“, meinte sie bedauernd und reichte Johanna ein winziges Stück Trockenfleisch. Es war anders gewürzt als das vom Donnerfelsen, aber diese Art der Konservierung kannten auch die Igrottanis.

Während Johanna das Fleisch lutschte wie ein Bonbon, ließ Julia den Blick schweifen. Vielleicht hatten sie weitere Obstbäume gestern im Dunkeln nur übersehen? Doch ihre Augen fanden nichts, das essbar aussah. Die Pflanzen waren ihr so fremd, als stünde sie in einem botanischen Garten, Abteilung Südamerika, Asien oder Afrika. Nur gab es in diesem Dschungel leider keine Erklärtafeln. Die beiden Müller-Frauen saßen etwas abseits. Noch waren die Sonnenstrahlen kraftlos, und Johanna fror selbst am Feuer. Julia hatte mit ihrer Tochter unter vier Augen gesprochen und ihr so ungestört von gestern Nacht erzählen können. Ihre Freundin Anna hatte es übernommen, Jan, Emily und Dora über Anila zu informieren. Alle waren alt genug für die Wahrheit.

„Glaubst du, es gibt diese Stadt wirklich?", wiederholte Johanna fröstelnd.

„Kommt es darauf an, ob ich das glaube?", fragte Julia zurück und zog ihre Tochter an sich. Sie rieb ihr die Arme, um etwas Wärme auf der Haut zu erzeugen.

„Jetzt schon", antwortete Johanna und strahlte ihre Mutter an. Sie war glücklich, auch wenn sie um Anila trauerte und obwohl sie hungrig war und fror. Sie war glücklich, obwohl sie schon Monate unterwegs war und nicht einen einzigen Lindenbaum gesehen hatte. Obwohl sie ständig in Lebensgefahr schwebte und sich schmutzig und müde fühlte. Alles war leichter zu ertragen, seit sie wusste, dass ihre Mutter nun auch Gott vertraute. Dem Gott, den sie so nötig hatte und an den zu glauben sie sich so lange geweigert hatte.

„Kannst du mir verzeihen? Ich war solch eine Idiotin", bat Julia.

„Quatsch! Du bist schlau, Mama. Nur ein wenig misstrauisch ..."

Julia lachte leise, und Johanna kuschelte sich an ihre Mutter. Sie schloss die Augen und stellte sich vor, zu Hause in Remsig zu sein und Simon und Laura wiederzusehen. Ihr Herz war so leicht und so warm, als hätte jemand eine kleine Kerze hineingestellt. In den Armen ihrer Mutter taute auch Johannas Körper langsam auf. Julias Herz klopfte regelmäßig und ruhig. Ihr Gesicht sah jung aus. Am liebsten hätte Johanna die Zeit angehalten. Dieses Glück würde immer größer sein als alles, was an Leid noch kam.

Plötzlich knackte es im Gebüsch genau neben ihnen, und Johanna wurde aus ihren Träumen gerissen. Auch ihre Mutter zuckte zusammen. Sie sprangen auf, und Julia stellte sich vor

ihre Tochter. Etwas bewegte die Blätter der Sträucher, dann die riesigen Farnbüschel daneben. Angestrengt starrten sie auf das Dickicht, ohne etwas zu sehen, und wichen langsam zurück. Auch die anderen waren aufmerksam geworden und hatten sich erhoben. Hein und Jan hielten brennende Holzscheite in den Händen, Geert das Messer. Racker stand aufmerksam bei Rick und knurrte leise. Was kam da auf sie zu?

Langsam teilten sich die Zweige vor Julia. Ein paar braune Augen auf beigem Grund guckten aus dem Gebüsch, bevor der Körper folgte. Es war eine Katze, aber kein niedliches Exemplar dieser Art. Nein, das hier war kompakt gebaut, bestimmt zwei Meter lang und einen Meter hoch. Der runde Kopf wirkte fast zu klein für ein so großes Tier. Das kurze, dichte Fell schillerte goldgelb mit einem Stich ins Rötliche. Ein Netz von dunkelbraunen und schwarzen Flecken war über den herrlichen Körper gezogen. Der Jäger verharrte reglos, die muskulösen Beine zum Sprung geduckt. Doch er sprang nicht. Lauernd beobachtete die Katze die Menschen, die aus Versehen ihren Weg gekreuzt hatten.

Niemand wagte es, sich zu bewegen. Racker hörte auf zu knurren und begann zu winseln. Er zog sich hinter Rick zurück. Dieser Gegner war ihm wohl eine Nummer zu groß. Doch die Raubkatze interessierte sich nicht weiter für den Hund. Sie konzentrierte sich auf die Beute, die vor ihr auf dem Boden lag. Johanna entdeckte sie jetzt erst: Es war eine große Schildkröte. Als die Katze verstand, dass niemand der Donnerfelsler vorhatte, ihr das Essen streitig zu machen, beugte sie gleichmütig den Kopf. Dann schlug sie ihre langen Eckzähne in den Panzer des Reptils. Er knackte wie eine Walnuss im Nussknacker. Die Schildkröte fauchte nur kurz. Dann wandte die Großkatze sich um und verschwand mit ihrer Beute im Unterholz.

„Puh!“, Rick wischte sich den Schweiß von der Stirn. „Es gibt also doch Tiere in diesem Urwald.“

„Auf diese Sorte hätte ich gerne verzichten können“, stellte Julia fest. Sie hatte das Knacken des Panzers noch im Ohr und schüttelte sich. „Das war ein Jaguar, oder? Mit seinen Zähnen möchte ich lieber keine Bekanntschaft machen.“ Ängstlich sah sie nach oben und suchte die Bäume über sich ab. „Sie sollen auch gut klettern können“, hauchte sie.

„Die arme Schildkröte“, sagte Johanna.

„Sollten wir welche von diesen Kröten finden, würden wir sie wohl auch essen, bevor wir verhungern“, meinte Anna.

„Ich habe zwar noch nie eine gekostet, aber früher hat man sie bei uns gegessen. Man kochte eine Suppe daraus.“

Entrüstet sah Johanna ihre Mutter an.

„Das ist heute hoffentlich verboten!“

„Ja, schon, aber ich glaube kaum, dass das Washingtoner Artenschutzabkommen auch hier gilt.“ Sie versuchte, den Schrecken davonzujagen, doch dann hielt sie die Nase in die Luft. „Ich rieche Qualm und Rauch. Irgendwo muss es brennen.“

Suchend sahen sich die Donnerfelsler um, aber ein Brand war nirgendwo ausfindig zu machen. Trotzdem wurden sie den Geruch für heute nicht mehr los. So weit sie auch liefen, er ging als ständiger Begleiter mit ihnen, wurde sogar intensiver. Irgendwann blieb Geert vor einem hohen, kräftigen Baum stehen, dessen Zweige fast bis zum Boden reichten. Schon länger hatte er nach so einem Baum gesucht.

„Das hier ist der ideale Ausguck. Jan, was hältst du davon, mal bis in den Wipfel zu klettern und zu schauen, was da los ist?“, forderte er den Jungen auf.

„Das lass ich mir nicht zweimal sagen. Schade, dass wir das Fernglas nicht mehr haben“, bedauerte Jan und machte sich an den Aufstieg.

Ein wenig neidisch sah Johanna ihm nach. Sie hätte es auch gerne versucht. So hohe Bäume gab es zu Hause nicht. Aber Mama blieb stur.

„Nein! Es reicht, wenn sich einer den Hals bricht“, bestimmte sie, und Johanna gab nach.

Die Äste waren bequem zu erreichen, und schnell war Jan ein paar Meter über dem Erdboden. Er achtete darauf, immer nur eine Hand- oder Fußposition zu ändern, und blieb dicht am Stamm. Das war umso wichtiger, je höher er kam. Er wollte nicht herabfallen, weil er einen morschen Ast übersah. Vorsichtig zog er sich höher und höher. Den Zuschauern regneten ein paar Blätter ins Gesicht.

„Es sieht aus, als wenn er in den Himmel klettert“, flüsterte Emily.

Jan sah schon ganz klein aus. Schließlich ging es nicht mehr weiter. Die Äste wurden zu dünn, und der Baumkletterer war fast in der Krone angelangt. Der Stamm begann, sich zu biegen, und Jan rutschte wieder ein paar Zentimeter tiefer. Wenn der Baum aufgerichtet blieb, konnte er weiter gucken. Er versuchte, sich in alle Richtungen umzusehen, und tatsächlich: Hinter sich entdeckte er die Ursache für den Rauch: In etlichen Kilometern Entfernung loderten Flammen am Horizont. Er war sich nicht sicher, ob der Wald brannte oder ob das Feuer noch hinter dem Wald lag, dafür war es zu weit weg. Jedenfalls trieb der Wind den Rauch in ihre Richtung, und deshalb rochen sie ihn. Auch das Feuer würde der Luftströmung gehorchen müssen. Es war nur eine Frage der Zeit, bis es sie erreicht hatte.

„Das sieht nicht gut aus", stöhnte Jan.

Er ruhte sich noch einen Augenblick aus und beobachtete den Brand. Dann machte er sich an den Abstieg. Johanna wusste aus eigener Erfahrung, dass herunterzuklettern manchmal anstrengender war, als hinaufzukommen. Arme und Hände wurden müde, und der Erdboden schien weiter weg als vorher der Wipfel des Baumes. Doch Jan hatte seine Kräfte gut eingeteilt und stand bald wieder sicher bei ihnen. Nicht nur Anna atmete auf.

„Und, mein Sohn?", fragte Hein gespannt. „Was hast du gesehen?"

Jan klopfte seine Kleider aus. Ein paar Ameisen hatten sich unter sein Hemd verirrt.

„Nichts Gutes, fürchte ich. Es ist tatsächlich ein Feuer, ein sehr großes", berichtete er. „Der Wind treibt es nach Südosten."

Sogar Emily wusste, was das bedeutete.

„Und was hast du in der anderen Richtung erkennen können?", wollte Geert wissen.

Jan schüttelte den Kopf. Er wusste genau, worauf Geert hoffte.

„Tut mir leid", sagte er. „Kein Ende des Waldes in Sicht. So weit das Auge reicht: nur Bäume."

Julia nickte. Sie waren also weiter auf den Kompass angewiesen. Geert brummte enttäuscht, sagte aber nichts.

„Ich habe keine Stadt gesehen. Auch nicht am Horizont."

„Das ist zwar bedauerlich, aber es heißt nicht, dass es die Stadt nicht gibt", behauptete Rick. „Vielleicht war der Blickwinkel einfach nicht günstig."

Hein und Anna sahen sich an. Sie brauchten keine Worte, um sich auszutauschen. Beide wussten, was der andere dachte, und sie lächelten sich zu.

„Wir gehen einfach weiter“, sagte Hein, „Schritt für Schritt, immer einen Fuß vor den anderen.“

„Was bleibt uns auch anderes übrig“, schnaubte Geert. „Aber langsam sollte uns euer Gott mal wieder etwas Essbares besorgen.“

In der Nacht fing es an zu regnen. Die kalten Tropfen weckten die Wanderer schnell. Sie tranken das frische Wasser von den Blättern und füllten ihre Schläuche neu, solange der immer tiefer sinkende Blutmond noch etwas Licht gab. Auch in der Dunkelheit danach mussten sie ständig in Bewegung bleiben, um nicht zu frieren. An Schlaf war nicht zu denken, dennoch waren sie dankbar für die Sauberkeit, die der Regen gebracht hatte. Eng aneinander gedrängt tasteten sie sich vorwärts, bis sie unerwartet auf eine Lichtung stießen. Die Sonne ging endlich auf und vertrieb die Wolken. Sie beschlossen, zu rasten und sich hier trocknen zu lassen. Plötzlich jauchzte Emily auf.

„Blaubeeren“, rief sie und rannte auf ein großes Feld der Zwergsträucher zu, die sie soeben entdeckt hatte.

„Tatsächlich“, sagte Anna schmunzelnd. „Lecker!“

Sie boxte Geert in die Rippen, der sie erstaunt ansah.

„Da hat Gott sich aber eine besondere Überraschung für uns einfallen lassen, oder?“, neckte sie ihn.

Er lachte gutmütig. Angesichts einer solchen Mahlzeit wollte er nicht widersprechen. Johanna schmatzte schon. Sie hatte blaue Finger und blaue Zähne. Ihre Mutter trug Blaubeerflecken im Gesicht, und sogar Rackers Zunge, die er hechelnd heraushängen ließ, war blau geschminkt.

„Ich wusste gar nicht, dass Hunde Blaubeeren fressen“, sagte Dora lachend und ließ sich satt und glücklich auf einem schon getrockneten Stein nieder. Er war so groß, dass auch die beiden anderen Mädchen Platz hatten.

„Herrlich", stöhnte Emily. Sie strich sich über den Bauch. „Von hinten bin ich trocken", behauptete sie und zog ihre Bluse zurecht. „Jetzt muss nur noch vorne die Sonne drauf scheinen."

Sie legte sich auf den Rücken, schloss die Augen und breitete ihre noch feuchten Haare auf dem Stein aus. Julia setzte sich neben die drei. Sie sah in den Himmel, der endlich einmal nicht durch ein Blätterdach verdeckt war, und genoss die Wärme der Sonne, die nicht lange dauern würde. Da fiel ein Schatten auf die Mädchen. Emily dachte erst, es sei eine Wolke, und machte sich nicht die Mühe, die Augen zu öffnen. Doch dann hörte sie das Geräusch. Ein merkwürdiges Schwirren lag in der Luft. Neugierig schlug sie die Augen auf und sah wie die anderen in den Himmel. Dort war tatsächlich eine dunkle Wolke, und sie bewegte sich sehr schnell. Sie kam näher, und das Geräusch wurde lauter. Es klang jetzt wie Blätterrauschen, nur dass es gar keinen Wind gab.

„Die Wolke ist lebendig", bemerkte Geert, und nicht nur Emily riss die Augen auf.

Was für ein Anblick! Ein Heuschreckenschwarm biblischen Ausmaßes zog über sie hinweg. Minutenlang nahm der fliegende Teppich ihnen das Sonnenlicht. Julia sah auf die Uhr. Erst nach einer knappen halben Stunde war das Schauspiel vorbei. Das mussten Milliarden von Tieren gewesen sein! Obwohl es rasch wieder wärmer wurde, fröstelte sie noch eine ganze Weile. Dann wandte sie sich an ihre Tochter.

„Schatz, um auf deine Frage zurückzukommen ...", sagte sie.

„Welche Frage?"

„Die von gestern Morgen beim Frühstück."

„An das winzige Frühstück erinnere ich mich, aber wie war die Frage?“

„Du wolltest wissen, ob ich glaube, dass es die Stadt wirklich gibt, die in den Wolken wohnt, und ich muss sagen, mich wundert so langsam fast gar nichts mehr. Selbst eure Wolkenstadt halte ich nicht mehr für unmöglich.“

Ihre Tochter lächelte, und Geert wandte sich kopfschüttelnd ab.

36

„... und ein Rauch stieg empor aus dem Schlund, wie der Rauch eines großen Schmelzofens, und die Sonne und die Luft wurden verfinstert von dem Rauch des Schlundes.“

Offenbarung, Kapitel 9, Vers 2

„Dieser Wald gruselt mich langsam“, gab Anna zu. Sie lief neben Julia. Der Rauchgeruch war dank des Regens schwächer geworden, und die Frauen konnten gut atmen. Sie gingen nicht schnell.

„Wo hatte diese große Katze nur die Schildkröte her?“, wunderte sich Jans Mutter. „Ich suche jetzt schon, seit wir losgegangen sind, alles mit Blicken ab und kann nirgendwo welche entdecken. Nur Krabbelgetier, aber sonst nichts. Es ist, als wären alle Tiere weggelaufen. Wenn sie nur gestorben wären, müssten wir doch ihre Kadaver finden.“

Julia pflichtete ihrer Freundin bei.

„Es ist mir auch ein Rätsel. Ich habe überhaupt noch nie einen Wald wie diesen gesehen. Die Pflanzen hat wohl jemand aus sämtlichen Erdteilen zusammengepuzzelt. Hier ein Stück Regenwald inklusive Jaguar, dort ein Stück undurchdringlicher

Dschungel, der uns zu Umwegen zwingt, weil man einfach nicht vorwärtskommt. Dann plötzlich ein europäischer Mischwald mit Heidelbeeren." Sie schüttelte den Kopf. „Und erinnerst du dich an den See mit den Bäumen, die im Wasser standen? Sie hatten unglaublich kräftige Wurzeln und sahen aus wie Mangroven."

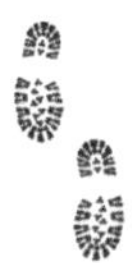

Anna dachte nach. Natürlich erinnerte sie sich noch an das erfrischende Bad und die riesigen Seerosenblätter, auf denen Racker gelaufen war. Aber sie hatte noch nie von Mangrovenwäldern gehört und fragte auch nicht, woher Julia sie kannte.

„Wir sehen zwar keine Tiere, aber ich glaube, ich höre sie die ganze Zeit. Jedenfalls bilde ich es mir ein. Diese Geräusche machen mich noch verrückt, wenn ich nicht aufpasse. Sind das Affen- oder Vogelschreie? Oder brüllen doch Raubtiere? Das geht mir an die Nerven."

Julia stöhnte und sah zu ihrer Freundin. Anna nickte verständnisvoll.

„Mir geht es genauso."

„Glaubst du, wir erreichen diese sagenhafte Stadt?", fragte Julia.

Sie schob einen tief hängenden Zweig, der ihnen den Weg versperrte, zur Seite.

„Das ist nur eine der beiden Fragen, die ich mir ständig stelle."

„Und wie lautete die andere? Nein, halt, lass mich raten. Du fragst dich, ob dieser Wald je ein Ende hat."

Anna lachte.

„Das war nicht schwer zu erraten", behauptete sie. „Ich frage mich die ganze Zeit, warum Jan kein Ende sehen konnte auf seinem Ausguck."

„Bist du schon zu einem Ergebnis gekommen?"

„Vielleicht. Was ist, wenn die Bäume in südöstlicher Richtung höher wären oder höher stehen als Jans Kletterbaum? Dann wäre ihm der Blick einfach versperrt gewesen. Und der Wald hätte nur deshalb endlos ausgesehen."

„Das könnte tatsächlich sein. Hier unten im Dickicht ist nicht festzustellen, ob es leicht bergauf oder bergab geht. Jeder Weg sieht gleich aus, und man kann nur einen Steinwurf weit sehen."

„Ich habe beschlossen, es mir so zu erklären, damit ich genügend Kraft habe weiterzugehen."

Anna sah auf einmal müde aus. Julia griff ihre Hand und drückte sie. Sie kannte das Gefühl nur zu gut. Anna hatte recht. Wer stark sein musste, brauchte Hoffnung.

„Und was denkst du über die Stadt?", nahm Julia das Gespräch wieder auf. Es lief sich einfach besser, wenn man sich unterhalten konnte. „Warum hat Jan sie nicht gesehen, wenn sie doch in den Wolken wohnen soll?"

„Das verstehe ich leider auch nicht. Sie müsste hoch genug sein, sodass man sie sogar über den Baumwipfeln sieht."

„Ja, zumindest sollte man das annehmen." Dann runzelte Julia plötzlich die Stirn. „Es sei denn ...", begann sie und stockte dann.

„Was?"

Julia blieb stehen und starrte Anna an. Sie dachte an die zahlreichen Bergtouren, die sie in den Alpen gemacht hatte.

„Es sei denn, die Stadt liegt gar nicht so hoch, sondern die Wolken liegen tiefer als gewöhnlich", sprach sie den neuen Gedanken aus. Anna runzelte die Stirn. „Manchmal, wenn ich in den Bergen bei uns wandern war, sind die Wolken bis in die Täler hinabgefallen, und ich konnte von oben auf sie herabsehen. Das wäre eine Erklärung."

Anna gefiel die Idee.

„Durchaus möglich“, erwiderte sie nickend und kletterte über einen Baumstamm. „Daran werde ich in den nächsten Tagen glauben.“

„Mama!“, rief Johanna, die weiter vorne ging. Sie hatte sich umgedreht und wartete auf die beiden Frauen. „Guck mal, was ist das?!“

Julia ging zu ihrer Tochter. Dort, wo Johanna stand und wartete, war der Wald nicht mehr grün. Auf den Blättern schien schmutziger Schnee zu liegen, aber das konnte nicht sein. Es war viel zu warm. Schnee würde schmelzen. Doch je näher sie Johanna kamen, desto mehr hatten sie das Gefühl, in einer Winterlandschaft zu wandern. Die Pflanzen waren mit hellgrauem Puder bestäubt, und diese Schicht wurde immer dicker. Auch die Männer rückten auf, und Hein griff neugierig nach einem Blatt.

„Es ist trocken“, sagte er überrascht. Er fuhr mit dem Finger über den Belag. „Und es sieht aus wie Asche.“

„Wo soll die denn herkommen?“, fragte Rick laut. „Das Feuer war doch hinter uns. Wenn der Wind die Asche hergetrieben hat, hätte sie eher nach unten fallen müssen, nicht erst hier, oder?“

Niemand antwortete, auch Geert nicht. Er sah sich die Blätter genau an und zerrieb das Pulver zwischen den Fingern. Dann lief er stumm weiter. Jan und die anderen folgten ihm. Der falsche Schnee wurde immer schmutziger und dunkler. Geert griff immer wieder nach den Blättern und prüfte den Belag mit den Fingern. Schließlich blieb er stehen und wartete, bis alle Donnerfelsler bei ihm waren. Seine Fingerkuppen waren jetzt dunkelgrau.

„Das ist keine Holzasche“, behauptete der Zimmermann. „Ich tippe eher auf winzige Steinchen oder trockenen Sand. Es fühlt sich auf der Haut nicht weich, sondern scharf an, und es lässt sich nicht zerreiben. Ich vermute, es löst sich im Wasser auch nicht auf.“

Julia nahm sich auch eine Probe der seltsamen Asche. Sie roch daran und spürte die körnige Beschaffenheit.

„Ich weiß, was du meinst", sagte sie zu Geert.

Johanna trat neben ihre Mutter und blickte nachdenklich auf ihre Hände.

„Das ist Vulkanasche", sagte sie verblüfft.

„Ja", stimmte Julia zu. „Und sie muss von der anderen Seite des Waldes kommen, denn in Igrotta und Umgebung gibt es keine Vulkane."

Jan runzelte die Stirn. Er hatte sich Medros Karte so genau eingeprägt, dass er sie mit geschlossenen Augen vor sich sah.

„Vulkane sind nirgendwo auf der Karte eingezeichnet gewesen, auch hier nicht, aber was heißt das schon? Wahrscheinlich ist nie jemand aus Ankrastan so weit wie wir in diesen Urwald vorgedrungen, oder er hat nicht wieder zurückgefunden und konnte deshalb die Karten nicht verbessern."

„Mama, erinnerst du dich noch an die Bilder vom Eyjafjallajökull?", fragte Johanna. Sie war in Gedanken noch bei der Asche und erinnerte sich an die Berichterstattung vor einigen Jahren, als der isländische Vulkan mit dem unaussprechlichen Namen ausgebrochen war.

„Sehr gut sogar."

„Ich war zwar erst sechs, aber eins habe ich mir gemerkt."

„Das auf den Blättern ist keine echte Asche, da bei einem Vulkanausbruch nichts verbrennt. Es handelt sich um kleinste Teilchen vom Gestein. Deshalb fühlt es sich auch wie Sand an", sagte Julia.

„Das meine ich nicht", meinte Johanna und klang etwas ungeduldig.

„Worauf willst du dann hinaus?"

„Ich meine die Wirkung, die so ein Ausbruch auf die Sonne hat. Ich kann mich noch gut an die wunderschönen Sonnenuntergänge erinnern, die sie im Fernsehen gezeigt haben. Das lag an den ganzen Aschepartikeln in der Luft. Aber es sah nur schön aus. Der Reporter sagte damals, dass die Sonnenstrahlen reflektiert werden und nicht mehr bis zur Erde kommen."

„Das hast du dir tatsächlich gemerkt?"

Julia hätte stolz auf ihre Tochter sein können, doch sie klang bedrückt, denn sie erinnerte sich auch an die Auswirkungen, die so ein Ascheschild auf das Klima hat.

„Das heißt, es wird dunkler und kälter", erklärte Johanna den anderen.

„Das wäre dann auch die Erklärung für die immer kürzeren Tage und den rötlichen Schein der Sonne", stellte Hein fest.

„Wie weit können denn solche Vulkane entfernt sein?", fragte Jan nach, während Dora und Emily noch Mühe hatten, den Gedanken Johannas zu folgen.

„Sehr weit", antwortete Julia. „Die Asche ist leicht und kann weit fliegen. Deshalb haben wir hier nichts gehört von einem Ausbruch. Sonst wären wir wahrscheinlich auch nicht mehr so gesund, wie wir es Gott sei Dank noch sind."

Sie sah an sich herab. Dann scheuchte sie die anderen auf.

„Lasst uns vorangehen. Wir müssen aus dem Aschegebiet heraus. Sie kann für Menschen und Tiere giftig sein. Wenn wir jetzt etwas Essbares finden, ist es ungenießbar. Das gilt auch für das Wasser."

Die Donnerfelsler gehorchten ohne ein weiteres Wort. Rick band Racker zum ersten Mal wieder an die Leine.

Ihre stumme Wanderung dauerte mehrere Stunden. Die Vulkanasche schluckte das Geräusch ihrer Schritte, und die Schreie, die Julia so nervten, hallten nicht mehr so lange nach. Gebete wurden nur still in Gedanken gesprochen. Nach und nach veränderte sich die Vegetation unter dem grauen Aschelaken, aber sie sahen es nicht sofort. Wäre nicht alles mit dem gleichen Grau zugedeckt gewesen, hätten sie eher gemerkt, dass es Früchte an den Bäumen gab. Ihre leicht gelbliche Farbe wäre zwischen den großen grünen Blättern viel eher aufgefallen. Doch so liefen sie hungrig an dem gedeckten Tisch vorbei. Erst als sie auf eine Ansammlung von etwa vier Meter hohen Palmen mit langen, kräftigen Blättern stießen, wurde Emily auf die seltsamen Fruchtstände aufmerksam. Sie stieß Dora an.

„Guck mal!", sagte sie und zeigte auf einen kräftigen Ast, der bei der Palme direkt vor ihnen aus dem Stamm wuchs. An seiner Spitze schien eine große Blüte zu sitzen. Darüber befand sich eine schwere Frucht, die den Ast Richtung Boden zog. Er bog sich unter der Last.

„Das sieht aus wie ein länglicher Kürbis."

Dora streckte die Hand aus und strich die Asche vorsichtig beiseite. Sie rieselte zu Boden. Der vermeintliche Kürbis zerteilte sich, Zwischenräume wurden sichtbar. Überrascht zog Dora ihre Hand zurück.

„Nein, das sind mehrere Früchte", wunderte sie sich. „Sie sehen aus wie dicke Finger. Bestimmt zehn oder fünfzehn pro Hand. Ob man die essen kann?"

Auch Julia und Johanna waren jetzt aufmerksam geworden. Julia zögerte etwas, denn hier wuchsen die Finger anders, als sie es kannte, nicht nach oben, sondern nach unten, und sie waren kürzer. Es mochten fünfzehn Zentimeter sein.

„Ich glaube, das sind Bananen", behauptete sie dann trotzdem. Sie pflückte eine Probe von dem Obst und pustete die letzten grauen Körner beiseite. Ein zartes Gelb kam zum Vorschein, weniger knallig als das einer reifen Zuchtbanane. Julia hielt die Frucht an ihre Nase und schnupperte. Der Duft war nicht so intensiv, kam ihr aber bekannt vor. Mittlerweile standen alle Donnerfelsler um Johannas Mutter herum. Sie hörte Magenknurren.

„Bananen sind essbar. Manche Sorten muss man erst kochen, aber es ist zumindest einen Versuch wert."

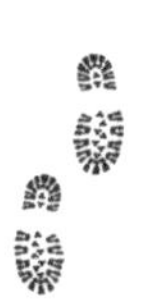

„Und wenn die Vulkanasche giftig ist?", erinnerte Rick sie an ihre eigenen Befürchtungen.

„Die dicke Schale ist der beste Schutz für den Inhalt. Die Asche bleibt draußen. Ich glaube, es ist ungefährlich", antwortete Julia.

Sie versuchte, die Banane mit den Fingern zu schälen, musste sich aber doch von Geert das Messer leihen.

„Oh!", machte Johanna, als sie endlich das Innere der Frucht sehen konnten.

Das weißlich-beige Fruchtfleisch war von kugeligen braunen Samen durchsetzt. Julia biss trotzdem hinein. Sie kaute vorsichtig und spuckte die harten Körner aus. Racker kam schwanzwedelnd heran. Er nahm ein Samenkorn ins Maul und kaute auf dem braunen Ball herum. Speichel lief aus seiner Schnauze, dann ließ er den Klumpen fallen und beäugte ihn misstrauisch. Er schüttelte sich und wandte sich enttäuscht ab. Emily lachte. Doch Julia nickte.

„Mir schmeckt es", stellte sie zufrieden fest. Sie fuhr sich mit der Zunge über die stumpfgewordenen Schneidezähne. „Auch wenn sie noch mehr Stärke als Zucker enthalten, sie werden uns satt machen. Esst nur langsam und nicht zu viel. Tüchtig kauen", riet sie den anderen.

Eine Stunde später waren alle satt, und jeder Rucksack war mit möglichst vielen Bananen vollgestopft. Vielleicht würden sie noch etwas nachreifen. Zeit hatten sie, denn es sollte noch zwei weitere Tage dauern, bis die künstliche Winterlandschaft vor ihnen wieder grün wurde und das Aschepuder von den Blättern verschwand. Als es endlich so weit war, war ihr Durst unerträglich geworden.

37

„Und die Stadt bedarf nicht der Sonne, noch des Mondes, dass sie in ihr scheinen; denn die Herrlichkeit Gottes erleuchtet sie, und ihre Leuchte ist das Lamm."

Offenbarung, Kapitel 21, Vers 23

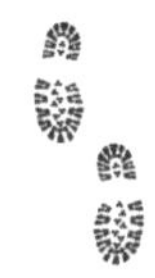

Am Morgen des dritten Tages begann es wieder zu regnen. Es war noch dunkel, aber niemand beschwerte sich über die verkürzte Nachtruhe. Gierig sperrten die durstigen Wanderer den Mund auf und ließen sich das Wasser von den Blättern in den Mund rinnen. Nun bestand keine Gefahr mehr, sich zu vergiften, und das genossen sie in vollen Zügen. Als der Regen nachließ und die Sonne aufging, konnten sie erkennen, dass der Wald sich lichtete. Das Blätterdach bekam immer mehr Löcher. Julia sah nach oben, als sie das Schwirren eines weiteren Heuschreckenschwarmes hörte. Er war kleiner als der erste, aber groß genug.

„Diesmal habe ich sofort gewusst, was es war", sagte sie zu Anna.

Ihre Freundin seufzte nur. Beide froren in der kühlen Morgenluft.

„Ich habe heute Nacht Sterne vom Himmel fallen sehen“, meinte Emily.

Ihre Zähne schlugen aufeinander. Sie hüpfte auf und ab, um warm zu werden.

„Du meinst Sternschnuppen?“, fragte Johanna.

„Ja, wahrscheinlich. Es waren nur so viele, und ihr Licht war so groß. Es sah anders aus als sonst.“

„Hm“, machte Johanna. Sie hatte fest geschlafen und nichts mitbekommen. Das Mädchen sah angestrengt nach vorn. Wurde es da noch heller, oder täuschte sie sich? „Komm, lass uns etwas schneller gehen“, schlug sie ihrer Freundin vor und rieb ihre klammen Hände.

Racker rannte bellend an ihnen vorbei. Er war glücklich, die Leine endlich los zu sein, und das zeigte er lautstark.

Schnell liefen sich die Mädchen trocken und warm. Im Laufe des Tages drangen immer mehr Sonnenstrahlen bis zum Waldboden vor, und die Wanderer kamen besser voran, weil sich auch das Unterholz lichtete. Am späten Nachmittag schließlich wurde es allen zur Gewissheit: Sie hatten es geschafft.

„Und ich dachte, dieser Wald hört niemals auf.“

Jan wagte als Erster einen Schritt unter den Bäumen hervor. Dann stand er im zu frühen Abendrot und strahlte Dora an. Vorsichtig griff seine Hand nach der ihren. Das Mädchen überließ sie ihm und errötete leicht. Johanna war dicht hinter ihnen und beobachtete die beiden. Sie wunderte sich über sich selbst. Warum verspürte sie nicht den leisesten Hauch von Eifersucht? Als sie den Blick hob und die Augen nach vorn richtete, verschwanden auf einmal auch Hunger, Durst und Müdigkeit. Ihre Sorgen und Fragen lösten sich auf wie Nebel in der Sonne, und nichts tat ihr mehr weh. Sie öffnete und schloss den Mund wie ein Fisch auf dem

Trockenen. Dora und Jan verhielten sich ähnlich. Es hatte allen dreien die Sprache verschlagen, auch das Denken setzte kurz aus.

„Ja, Jan, das haben wir wohl alle gedacht", sagte Rick und trat neben die Kinder.

Dann verstummte auch er, denn plötzlich und unerwartet lag sie einfach so da, vor ihren Augen: die Stadt! Endlich! Nur ein wenig tiefer im Tal, quasi zu ihren Füßen, am Ende eines sanften Hügels schien sie schon immer auf die Flüchtlinge gewartet zu haben. Die Tore trotz der späten Stunde noch weit geöffnet, schwebte sie auf einem fliegenden Teppich rötlicher Wolken. Rick ließ seine Augen wandern. Eine große und hohe Mauer führte ganz um die Stadt herum. Vom Wald aus betrachtet sah man genau, dass diese Abgrenzung quadratisch und nicht rund wie bei anderen Städten war. Sie schien aus großen, einteiligen Steinblöcken zu bestehen, deren Fuß jeweils strahlend weiß war. Die Mauerkrone leuchtete beige, und die dazwischen verlaufenden Teile waren rotorange gebändert und grünblau gesprenkelt. Jetzt kamen auch Emily mit ihren Eltern und Julia unter den Bäumen hervor.

„Da ist sie also", stellte Hein fest.

Er musste schlucken und zog seine Frau an sich. Annas Augen glänzten, und sie blinzelte.

„Es gibt sie wirklich, Hein. Die Stadt, die in den Wolken wohnt. Die Stadt, nach der man fragt und die nicht mehr verlassen werden wird. Unser Ziel und unsere Zuflucht! Ehrlich gesagt habe ich sie mir größer vorgestellt", gab sie zu. „Aber du hast mit deiner Vermutung recht gehabt, Julia. Die Wolken haben sich vom Himmel zur Erde begeben. Der Name passt genau."

Julia strich sich die Haare zurück. Es war ohne Belang, dass sie recht gehabt hatte. Das Bild, das sich ihr bot, war vollkommen, und es würde für immer so bleiben. Das wusste sie! Es war absolut windstill, und die Sonne hatte keine Kraft mehr, die Wolken aufzulösen, wenn es überhaupt normale Wolken waren. Auch morgen würde sich nichts daran ändern. Für immer und ewig würde dieser himmlische Nebel um die Füße der riesigen Stadtmauer wabern und an ihre Zehen stoßen wie sanfte Wellen an den Strand. Ruhig betrachtete Julia die Häuser, die alle aus dem gleichen Stein gemacht waren. Ein überirdischer Glanz lag über dem Ort wie eine Kuppel aus gläsernem Perlmutt. Genau in der Mitte wuchs ein Baum am Ufer eines Flusses, oder besser gesagt: Er wuchs auf beiden Seiten eines Stromes; das Wasser floss durch ihn hindurch. Julia drehte sich zu dem Zimmermann um.

„Sieh nur, Geert! In jeder der Mauern sind drei Stadttore! Sie sind so groß und weiß, dass man sie von hier aus sehen kann, und sie schimmern wie Perlen. Sind das nicht etwas zu viele Tore für eine Stadt? Die müssen doch auch alle bewacht werden, oder?!"

Geert kniff die Augen zusammen. Seine Stirn schob sich in Falten.

„Was redet ihr denn da? Ich sehe nur ein paar bunte Wolken, die im Tal hängen geblieben sind." Hein und Anna blickten sich überrascht an. „Eure Fantasie spielt euch einen Streich. Ihr seid müde und ausgehungert. Da ist keine Stadt, so sehr ihr es euch auch wünscht."

„Wie bitte?!", fragte Hein und drehte sich zu Geert um. „Du siehst diese Stadt nicht?"

Er wies mit dem Arm die Richtung. Emily zupfte zart an seinem Ärmel.

„Papa, sieh nur", flüsterte sie. „Sie wächst!"

Hein spitzte den Mund, aber er pfiff nicht. Seine Tochter hatte recht! Die Stadt wurde vor ihren Augen größer und größer und zog alle Blicke magisch an. Irgendwann konnte man nur noch erahnen, dass es ein gigantischer Würfel sein musste, der da in den Himmel wuchs, denn die Wolkenstadt hatte solche Ausmaße erreicht, dass das Ende der Breite, Tiefe und Höhe nicht mehr zu sehen war. Instinktiv wichen alle etwas zurück, obwohl die Entfernung zur Stadt gleich blieb. Nur die Straßen sahen auf einmal aus wie durchsichtiges Gold. Julia hielt kurz den Atem an.

„Puuuh!", meinte sie ausatmend. „Wie schön! Wie herrlich!"

„Dieses Gold ist so vollkommen rein. Ich sehe durch die Mauern hindurch wie durch ein Fenster. Ich kann sehen, was dahinterliegt!" Anna klang begeistert. „Das ist ..."

„Fantastisch!", sagte Julia. „Absolut fantastisch! Alles ist so sauber. Keine Streifen, keine Schmutzflecken."

Johanna musste grinsen. Das war wieder einmal typisch Mama, selbst an diesem Ort.

„Wenn der Schwarze Piet oder Klaas das hier sehen könnten! Ihnen wäre mit einem Mal klar, wie wertlos und armselig ihr Schatz dagegen war." Hein sah aus, als sei jede Sorge von ihm abgefallen. „Nur Dreck und Schmutz! Ihr Gold war es nicht wert, dafür zu sterben. Das hier ist das echte Gold. Das andere war nur eine Lüge, eine billige Kopie, ein leeres Versprechen von Glück."

Geert trat ungeduldig von einem Fuß auf den anderen.

„Der Sonnenuntergang hat wohl euren Verstand vernebelt. Aber ich halte mich lieber an das, was ich sehen kann", brummte er dann ärgerlich und stapfte nach rechts, um am Waldrand entlangzugehen. „Sagt mir Bescheid, wenn ihr euch wieder eingekriegt habt."

Die Donnerfelsler und Johanna schwiegen. Nicht wegen Geert, sondern weil der Anblick sie immer mehr verzauberte. Jedes Wort zur Verteidigung schien unangebracht und unnötig. Das, was ihre

Augen sahen, sprach für sich selbst, und wer diese „Stimme" nicht hören konnte, der *wollte* wohl taub sein. Wie gebannt blickten sie alle auf die immer noch wachsende Wolkenstadt. Selbst wenn man den Kopf in den Nacken legte, war jetzt kein Ende der Mauer mehr zu sehen. Nicht nur Dora und Emily bekamen feuchte Augen und mussten schlucken. Auch Jan atmete schneller, und das Herz schmerzte ihm vor Heimweh. Am liebsten wäre er sofort auf das nächste Stadttor zugerannt, um endlich nach Hause zu kommen. Denn das dort war sein wahres Zuhause. Ganz klar. Glasklar! Lange würde er seine Füße nicht mehr zurückhalten können, gleich würde er den Hang hinunterstürzen ...

Nur Julia war Geert mit den Blicken gefolgt. Der Zimmermann ging auf einen einzelnen Baum zu, der selbst im Vergleich zu den Riesenbäumen im Wald ein wahrer Goliath war. Die weit ausladende Krone schien den Himmel zu berühren. Julia erkannte diese Art der Blätter unter Tausenden.

„Nein!", stieß sie hervor und tastete nach dem Arm ihrer Tochter. „Johanna, sieh doch nur! Sieh doch nur, was da steht!"

Mühsam löste Johanna den Blick von der Stadt und tat, was ihre Mutter gesagt hatte. Sie guckte zu dem Baum, der Julia so in Begeisterung versetzte. Und wahrhaftig! Er war nicht zu übersehen. Noch nie war ihr ein solcher Riese, ein Exemplar solchen Ausmaßes begegnet. Gewiss stand er seit Anbeginn der Schöpfung unerschütterlich an diesem Ort und war die Mutter und der Vater aller Bäume! Die große Glocke aus Laub und Blüten saß auf dem mächtigsten Stamm, den Johanna je gesehen hatte. Ein magisches Summen und Brummen ging von ihr aus, als säße man mitten in einem Bienenkorb. Doch es waren nicht nur Bienen, die gelb gepudert von einer Blüte zur anderen taumelten, trunken von der duftenden Süßigkeit. Auch andere Insekten befanden sich im Nektarrausch. Obwohl die Insektenbar nicht mehr die helle Farbe der vollen Blüte hatte, gab es noch mehr als genug für alle. Aber zu ihren Füßen lag bereits ein dunkelgoldener Teppich aus verbrauchten Blütenblättern, und die wachsenden Früchte ergriffen schon Besitz von den Zweigen. Noch waren es kleine, grüne Kügelchen, doch alle zusammen wogen sie so schwer, dass die Äste durch das Gewicht zu Boden gezogen wurden. Fast senkrecht hängend schwankten sie behäbig im Wind: nicht auf und ab, sondern von links nach rechts und vor und zurück wie mit Blättern verzierte Schaukeln. Ehrfürchtig blieb Johanna in einigem Abstand stehen. Sie sah ihre Mutter fragend an.

„Ja, ich denke, das ist unsere Linde", sagte Julia. „Es sieht aus, als hätte sie auf uns gewartet."

„Was, wenn nicht?", flüsterte Johanna und bemühte sich, nicht zurück zur Stadt zu sehen.

„Versuchen wir es einfach. Plan B wäre dann, mit den anderen zur Stadt zu gehen." Sie lächelte. „Ich glaube, ich habe nie einen besseren Plan B gehabt."

Nervös knetete Johanna ihre Unterlippe. Das hatte sie lange nicht mehr getan. Sie sah zu Geert und dann zu den übrigen Reisegefährten. Sie hatten sich vom Anblick der Stadt losgerissen, kamen aber noch nicht herüber, sondern standen weiter mit Rick zusammen, der mit Händen und Füßen auf seine Zuhörer einredete. Racker sprang bellend herum und raste zwischen den beiden Menschengruppen hin und her. Sein Herrchen rief ihn nicht wie sonst zur Ordnung.

„Denkst du, es gibt überhaupt noch Blüten daran, ich meine, die richtigen?", fragte Johanna ihre Mutter und biss jetzt vorsichtig auf ihre Lippe.

„So wie es summt, müsste genug Nektar da sein." Julia machte ein paar Schritte auf den Baum zu und griff nach einem der Äste. „Vielleicht funktioniert es auch noch auf dem üblichen Weg. Also, ich meine, vielleicht ist unser Wunsch noch offen. Es galt doch immer für Hin- und Rückreise, haben wir festgestellt."

„Das stimmt, aber unser Baum ist auch noch nie verbrannt."

„Und wenn dieser Baum hier genauso mit unserem verbunden ist?", überlegte Julia. „Unsere Linde zu Hause steht doch noch."

Ihre Tochter guckte skeptisch.

„Warum sind wir dann nicht hier angekommen, sondern am Donnerfelsen?"

Darauf wusste Julia auch keine Antwort. Geert stöhnte leise.

„Was soll das Gerede? Probiert es einfach aus! Wer weiß schon, wie lange der Zauber noch möglich ist? Vielleicht ist es für immer zu spät, wenn diese Welt hier untergeht?"

Erschrocken sahen sich Mutter und Tochter an. Über ihnen donnerte es, doch es blieb windstill.

„Du hast recht, Geert", sagte Julia. „Wir sollten nicht zu lange warten." Sie zögerte, bevor sie weitersprach. „Was hast du vor? Willst du mit den anderen gehen oder ... mit uns?"

Geert deutete ein Lächeln an. Er hockte sich hin, hob ein paar verblühte Lindenblüten auf und zerrieb sie mit seinen Fingern.

„Ich weiß es nicht", gab er offen zu. „Ich kenne eure Welt nicht. Es zieht mich nichts dorthin, und irgendwie fühle ich mich meiner Welt verpflichtet. Ich mag den Gedanken, dass ihr bald wieder an dem Ort sein könnt, an den ihr gehört. Dann würde ich mich mit euch freuen. Aber ich gehöre hierher. Wenn eure Rückkehr gelingt, setze ich mich für eine Weile unter diesen Baum und denke nach. Vielleicht gehe ich zurück nach Igrotta oder Ankrastan und sehe, was ich helfen kann."

„Warum kannst du die Stadt nicht sehen!?" Johanna hatte Tränen in den Augen. „Sie ist so wirklich da wie dieser Baum! Ihn siehst du doch auch." Geert erhob sich wieder und starrte auf die Stadt, als sähe er hindurch. „Du musst dich auch in Sicherheit bringen", drängte das Mädchen. Der Zimmermann wandte sich zu ihr um. Plötzlich lief Johanna auf ihn zu und warf sich weinend in seine Arme. „So kurz vor dem Ziel darfst du nicht aufgeben!", schluchzte sie.

„Johanna, es tut mir leid", flüsterte er mit rauer Stimme und hielt sie fest. „Schau, entweder bildet ihr euch das alles ein, oder ich habe einfach nicht die richtigen Augen dafür. Mach dir keine Sorgen um mich, ich komme schon klar."

Johanna weinte noch lauter.

„Wie willst du denn in so einer Welt klarkommen?"

Geert strich ihr über das Haar und sah hinüber zu Rick und Heins Familie. Die Donnerfelsler diskutierten immer noch, brachen dann aber ab und kamen langsam auf sie zu. Erst jetzt schienen sie den Baum zu bemerken und zeigten aufgeregt auf ihn. Emily und Jan rannten auf Johanna und ihre Mutter zu. Dora folgte langsam. Johanna ließ Geert los, wischte sich die Tränen vom Gesicht und holte zitternd Luft. Der Zimmermann ließ seine Hand auf ihrer Schulter liegen, bis sie wieder normal atmen konnte. Dann lächelte er sie an.

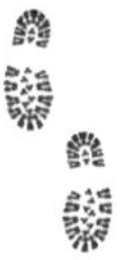

„Sehe ich nicht groß genug aus?", fragte er schmunzelnd.

„Für diese Welt ist niemand groß genug, fürchte ich", antwortete Johanna leise und versuchte zurückzulächeln. Es gelang ihr nicht wirklich.

„Das gibt es doch nicht: eine Linde!", schrie Emily, die bei Julia angekommen war, und warf ihren Rucksack hoch in die Luft. Jetzt war Johannas Lächeln echt.

„Und was für eine“, ergänzte Jan. Vorsichtig berührte er ein paar Zweige und hütete sich, einen Wunsch auch nur zu denken. „Meinst du, es funktioniert?“, wandte er sich an Johanna.

„Wir werden es gleich sehen. Was habt ihr da eben besprochen?“, fragte sie neugierig.

Mittlerweile waren auch die Erwachsenen mit Dora und Sönken herangekommen.

„Rick will nicht mit uns in die Stadt gehen“, fasste Hein das Ergebnis der Unterhaltung zusammen. Seine Stimme klang belegt. „Jedenfalls nicht sofort“, schränkte Sönkens Vater ein. „Er hat sich entschlossen, zu den Waldmenschen zu gehen, um ihnen von Gott zu erzählen.“

„Damit seid ihr dann die Einzigen, die in die Wolkenstadt gehen. Nur deine Familie, Hein.“

In Geerts Stimme schwang etwas Spott mit, als er das Wort „Wolken“ betonte. Hein sagte lieber gar nichts, als böse zu werden, außerdem gefiel es ihm, dass der Zimmermann Dora zu seiner Familie rechnete. Rick hatte gerade genug geredet und schwieg ebenfalls. Statt zu antworten, schrieb er mit Julias Bleistift noch eine letzte Nachricht an Jesse und nahm die graue Taube aus ihrem kleinen Käfig.

„Kommt schon!“, forderte Geert sie weiter heraus. „Findet ihr es nicht auch seltsam, dass sich niemand von denen hier oben blicken lässt? Das ist doch verdächtig. Entweder kann man die Stadt nicht verlassen, wenn man einmal drin ist. Oder es gibt sie überhaupt nicht.“

„Es gibt sie, da kannst du sicher sein.“ Anna blickte auf die Stadt, über der es immer noch hell war, obwohl es um sie herum schnell dunkel wurde. Der Glanz, der von ihr ausging, spiegelte sich in ihrem Gesicht wider. Doch auch das konnte Geert nicht sehen. „Hast du schon an die Möglichkeit gedacht, dass vielleicht niemand mehr hinaus will, der einmal hineingekommen ist?“, fragte Heins Frau.

Rick befestigte die Botschaft vorsichtig an dem Vogel und streichelte das Tier.

„Ja, so wird es sein“, meinte er zu Anna und warf die Taube in den Himmel. „Wer am Ziel ist, will nicht mehr fort. Er ist angekommen.“

„Dann bist du noch nicht am Ziel?“, gab Geert zurück. Rick nickte.

„Ich bin allein und nur für mein Leben verantwortlich. Deshalb glaube ich, es gibt für mich noch etwas zu tun, bevor ich Hein und Anna folge.“ Er fasste Geert an der Schulter. „Aber wir sollten die anderen ein bisschen antreiben. Sie müssen die Stadt erreichen, bevor die Sonne untergeht und sie die Tore schließen.“

Hein lächelte.

„Antreiben müsst ihr uns wahrhaftig nicht. Wir können es kaum erwarten“, sagte er fröhlich. „Außerdem glaube ich nicht, dass sie die Tore überhaupt schließen. In der Stadt ist es immer noch heller Tag. Also möchte ich sehen, wie diese beiden Damen mit dem Baum zurechtkommen. Wir alle wollen zusehen und hoffen, dass es klappt mit ihrer Rückreise.“ Annas Mann ging auf Johanna und Julia zu und drückte beide kräftig an sich. „Ich wünsche euch so sehr, dass es klappt. Gott behüte euch!“, sagte er, ließ sie los und trat einen Schritt zurück.

„Wenn nicht, dann geht ihr eben mit uns. Vielleicht gibt es in der Stadt noch mehr Bäume dieser Art“, sagte Anna, als sie mit dem Umarmen an der Reihe war.

„Ich danke dir, Anna, einfach für alles“, sagte Julia und drückte ihre Freundin, die ihr zur Schwester geworden war.

„Ich habe dir auch zu danken, nicht nur dafür, dass du dich um Sönken und Dora gekümmert hast! Aber jetzt schnell, ihr müsst gehen! Ganz sicher klappt es. Ich werde euch nie vergessen!"

Anna schob Julia von sich und entfernte sich vom Baum. Die Krankenschwester streichelte Racker, während Johanna Dora, Emily und Sönken an sich drückte. Dann kam die Reihe an Jan.

„Unser dritter Abschied ... und der letzte", stellte er fest.

Johanna wusste, dass er recht hatte, aber traurig war sie bei dem Gedanken nicht. Sie gönnte es jedem der Donnerfelsler von Herzen, in dieser Stadt Frieden und Sicherheit zu finden. Und wenn Jan dazugehörte, dann umso besser für ihn!

„Aller guten Dinge sind drei", meinte sie nur.

„Warum?"

„Ist so ein dummes Sprichwort", sagte sie lachend und blinzelte ein paar Tränen fort.

Dann ging sie auf Jan zu, um sich ein letztes Mal umarmen zu lassen. Der Junge war so groß geworden, dass ihr Ohr auf seinem Brustkorb lag und sie sein Herz schlagen hören konnte. Das fühlte sich gut an. Fremd und anders, als wenn Mama sie so hielt, aber es tat gut. Schließlich löste sie sich von ihm und reichte ihrer Mutter die Hand. Rick nahm beide auf einmal in den Arm.

„Kommt gut heim, ihr zwei", wünschte er leise und stellte sich dann zu den anderen.

Hand in Hand gingen Johanna und Julia auf die Linde zu. Die schweren Äste hingen so weit hinunter, dass sie sich durch den dicken Blättervorhang hindurchschlängeln mussten, um bis zu dem mächtigen Stamm zu gelangen. Die anderen konnten sie jetzt nicht mehr sehen. Sie legten jede eine Hand an die borkige Rinde, sahen sich an und sprachen gemeinsam ihren Wunsch aus.

„Wir wollen zurück nach Hause."

Zuerst geschah nichts, doch dann kam plötzlich ein Wind auf. Überrascht sahen sie hinauf in die Zweige. Eine einzelne Blüte kam heruntergesegelt und landete auf Johannas Stirn. Sie lachte, wischte den Nektar mit den Fingern weg und gab die Blüte an ihre Mutter weiter. Julia guckte skeptisch darauf.

„Na los, das ist doch kein Zufall!", drängte ihre Tochter und leckte sich die Finger ab. „Ist so süß wie Honig."

Julia fuhr mit der Fingerspitze über die Blüte und spürte die Feuchtigkeit.

„Nein", sagte sie überrascht, als sie den Nektar probierte. „Das ist süßer als Honig!"

„Was ist los?", hörten sie Geert rufen. „Seid ihr noch da?"

„Ja", rief Julia zurück. „Alles in Ordnung! Ich glaube, es funktioniert."

Und das waren die letzten Worte, die Geert und die anderen von Johanna und ihrer Mutter hörten.

Epilog
„Und wen da dürstet, der komme; und wer da will, der nehme das Wasser des Lebens umsonst!“

Offenbarung, Kapitel 22, Vers 17b

Seufzend füllte Simon Isken den letzten Orchideentopf mit lauwarmem Wasser und seufzend sah er auf die Gießkanne in seiner Hand, als plötzlich die Tür zum Wohnzimmer geöffnet wurde. Johanna und Julia Müller betraten den Raum. Sie sahen müde und schmutzig, aber gesund aus. Alles war noch dran.

„Simon!“, rief das Mädchen begeistert. „Wie schön, dass du da bist! Ich habe dich so vermisst.“

Wasser lief auf die Fensterbank und auf den Boden. Aber Simon hielt die Kanne unverändert.

„Johanna! Ich ... ich habe eure Blu... Blumen gegossen“, stotterte er, während sich eine Pfütze um seine Schuhe bildete. Julia schmunzelte.

„Das sehe ich.“

„Oh, Mist. Ich Trottel!“

Simon sprang zurück und riss die Gießkanne hoch. Julia grinste breit und nahm sie ihm aus der Hand, während Johanna unter der Spüle nach einem Putzlappen und einem Eimer suchte.

„Ich glaube, sie sind jetzt nicht mehr durstig", stellte Frau Müller lachend fest und stellte die Kanne auf der Heizung ab. Simon ließ schuldbewusst die Arme hängen.

„Es ... es tut mir leid", stotterte er wie ein Schuljunge, der gerade vor den Augen des Hausmeisters den Ball in die Fensterscheibe befördert hatte. Überrascht und verunsichert sah er abwechselnd auf die Bescherung und seine Nachbarin. Dann blieb sein Blick an Julias Augen hängen. Ehe er darauf kam, was an diesen Augen so anders war, war sie ihm um den Hals gefallen.

„Nein, ich bin der Trottel", sagte sie leise. Simon roch nach einer Mischung aus Bratkartoffeln und Rasierwasser. „Es war albern und gefährlich, mit Johanna abzuhauen, entschuldige bitte. Ich habe mich benommen wie ein Teenager. Ich weiß selber nicht, was ich mir dabei gedacht habe, Herr Nachbar."

Simon traute sich weder, seinen Ohren zu glauben, noch Julias Berührung zu erwidern. Johannas Mutter hing an ihm wie ein Mantel am Garderobenständer. Ein schmutziger Mantel ...

„Du ... äh ... du riechst etwas streng", sagte Herr Isken und wusste sofort, dass das das Dümmste war, was er je über die Lippen bekommen hatte.

Julia errötete. Sie löste die Arme von Simon und trat verlegen einen Schritt zurück.

„Entschuldige", sagte sie.

„Ja, wir stinken wie ein ganzer Schweinestall", meinte Johanna lachend und patschte den Aufnehmer in die Blumenwasserpfütze. „Also, meinetwegen kannst du Mama ruhig umarmen. Wir wären nämlich beinahe nie wieder zurückgekommen."

„Genau das hatte ich befürchtet." Simon wurde blass.

„Die Linde wurde von einem Blitz getroffen und ist verbrannt." Johanna wrang den Aufnehmer über dem Eimer aus.

„Danach waren wir wochenlang auf der Flucht und fast täglich in Lebensgefahr."

„Wochen?" Simon sah auf die Uhr an der Wohnzimmerwand. „Hier sind knapp zwei Stunden vergangen, seit ich euch unter dem Baum gesehen habe. Und das waren die längsten zwei Stunden meines Lebens! Ich schwöre ..."

Nur ganz langsam machte sich Erleichterung in ihm breit. Was für ein Glück: Johanna und Julia waren tatsächlich heil wieder da!

„Ja, für mich auch", seufzte Julia und sank auf einen Stuhl. „Aber ich glaube, ich habe diese Zeit einfach gebraucht, und Gott hat sie mir geschenkt."

„Gott?"

Simon schüttelte leicht den Kopf und sah Julia fragend an. Johanna lächelte still und ließ noch mehr Wasser in den Eimer plätschern.

„Ja, ich habe mich wohl ziemlich gut vor ihm versteckt. Es dauerte etwas, bis ich gefunden werden wollte. Etwa so lange, bis ich mich selbst im richtigen Licht sah."

Julia gähnte und schloss die Augen. Sie hätte auf der Stelle im Sitzen einschlafen können. Gleich würde sie vom Stuhl rutschen. Aber das geschah nicht; nur der kleine Schrittzähler, der in den letzten Wochen ihr ständiger Begleiter gewesen war, fiel aus ihrer Hosentasche auf den Boden.

Johanna bückte sich blitzschnell und griff nach dem kleinen Computer.

„Wie viele Schritte sind wir eigentlich gegangen?", fragte sie und schielte auf das Mini-Display.

„Etwa eineinhalb Millionen", antwortete Julia und lachte. „So lang wie eine Pilgerreise."

„Seltsam", murmelte Johanna. „Das hier zeigt nur fünfzig Schritte. Die geht man ja gerade vom Lindenbaum bis hierher in die Küche."

Und während sie noch auf die Zahl starrte, die nicht stimmen konnte, und Simon ihre Mutter immer noch nicht küsste ...

Das tat er nicht, weil er schlau genug war, Julia nach ihrem Abenteuer noch etwas Zeit zu lassen. Außerdem ist es besser für euch und den Rest der Welt, wenn ich gar nicht erst versuche, ein kitschiges Ende zu schreiben, das gebe ich euch hiermit schriftlich. Liebesromane liegen mir nämlich überhaupt nicht. Immer wenn ich es versuche, wird entweder ein Krimi oder eine Komödie daraus.

... während Simon also Julia immer noch nicht küsste, beobachtete Geert in der anderen Welt, wie Hein mit seiner Familie in den Wolken verschwand. Jedenfalls sah es für ihn danach aus. Der himmlische Nebel verschluckte sie einfach.

Rick dagegen erkannte, dass sie in die große Stadt hineingingen. Für eine Weile konnte er durch das geöffnete Tor sehen und einen Blick auf die Menschen dahinter werfen. Er lächelte, als er Melf und Oke erkannte. Noch viele andere bekannte und vor Freude glänzende Gesichter gab es. Dabei wunderte Rick sich nicht darüber, dass seine Augen plötzlich so scharf waren, sondern er genoss einfach den Anblick, der ein Ausblick in die Zukunft war.

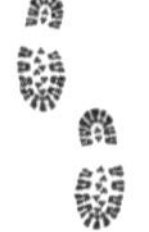

„He, Geert! Es sieht so aus, als hätten einige da drinnen eine Abkürzung genommen", rief er dem Zimmermann zu.

Doch der wandte sich nicht einmal zu ihm um. Rick hätte jetzt traurig sein oder wütend werden können, aber als er Tado und Anila unter den Bürgern der Stadt entdeckte, hatte er nur die Befürchtung, sein Herz könnte vor Glück aus der Brust springen.

„Ich werde nicht lange wegbleiben, Geert“, wandte sich Rick noch einmal an den Zimmermann. „Nur bis meine Aufgabe erledigt ist.“ Mit diesem Versprechen stellte er sich neben den großen Mann, dem das Bild leider verborgen war, das ihn selbst mit Frieden erfüllte. „Ich werde rechtzeitig zurück sein, solange diese Stadt noch zu finden ist. Und ich glaube, ich kann sie gar nicht verfehlen.“

„Lass dich nicht aufhalten.“

Rick sah Geert an.

„Und du? Was hast du vor?“

Der Zimmermann dachte an das, was er Johanna versprochen hatte.

„Nachdenken“, antwortete er knapp, kehrte Rick den Rücken zu und verschwand unter dem Blätterdach der Linde.

Ja, und das könnt ihr jetzt auch tun: etwas nachdenken. Über all das, was ihr in diesem unbekannten neuen Buch über Gott erfahren habt, und es wäre eine gute Idee, es in dem berühmten alten Buch nachzuschlagen. Denn der, der es geschrieben hat, weiß viel besser darüber Bescheid als ich. Das ist auch kein Wunder, denn er war schließlich von Anfang an dabei. Oder besser gesagt: Er selbst ist der Anfang und zugleich das Ende der Geschichte. Das Alpha und das Omega. Das A und das O. Und ihr Held. Er ist es, der da war und der da ist und der da kommt. Der „Ich bin“. Und wenn ihr sein Buch gelesen habt, dann wisst ihr auch, dass es im Himmel keine Zeit mehr gibt. Jan muss also in der Stadt, die in den Wolken wohnt, nicht lange auf Johanna warten.

Ach ja, an alle, die auch noch unterwegs zu dieser Stadt sind, die man nicht mehr verlässt: Ich freue mich auf den Tag, an dem ich euch dort treffe. Denn das wird ein happy

Ende.

Donnerfelsen
N
W
O
S
Ankrastan
Ebeling
Bens Schäferhaus
?
Felsenberge
Igrotta
Stadt,
die in den
Wolken wohnt

So hat das Abenteuer begonnen:

Der Donnerfelsen:
Johanna und Jan
Band 1
Pb., 224 S., 13,5 × 20,5 cm
Best.-Nr. 271895
ISBN 978-3-86353-895-8

Während eines Gewitters gelangt die zehnjährige Johanna auf rätselhafte Weise in das Dorf am Donnerfelsen, das sich auf keiner unserer Landkarten findet. Widerwillig bringt sie dem zwölfjährigen Jan das Lesen bei, damit er ihr den Weg zurück in ihre eigene Welt verrät. Doch bevor Jan sein Versprechen einlösen kann, geraten die beiden Kinder in die Fänge des Schwarzen Piet. Der Kapitän der Seekatze zwingt sie, sich seiner Mannschaft anzuschließen. Während sein Schiff immer weiter mit ihnen davonsegelt, muss Jans kleine Schwester Emily am Donnerfelsen um ihr Leben kämpfen. Werden Johanna und Jan rechtzeitig zurück sein, um sie zu retten? Die Zeit und der Schwarze Piet arbeiten gegen sie ...

Für Jungen und Mädchen ab ca. 10 Jahren.

Der Donnerfelsen:
Jans Buch
Band 2
Pb., 208 S., 13,5 × 20,5 cm
Best.-Nr. 271896
ISBN 978-3-86353-896-5

Zwei Jahre nach Johannas Rückkehr vom Donnerfelsen taucht Jan überraschend im Rheinland auf. Doch ihm bleibt kaum Zeit, unsere Welt kennenzulernen, denn auch zwischen Bonn und Koblenz gibt es Menschen, die so gefährlich wie Piraten sind. Gehört der Antiquitätenhändler Peer Barilotto dazu? Johanna und Jan versuchen, das herauszufinden. Gleichzeitig müssen sie Johannas Mutter davon überzeugen, dass es den Donnerfelsen wirklich gibt, und auch noch einem Bücherdieb hinterherjagen. Dabei wollte Jan Johanna eigentlich nur erzählen, wen er in seiner Heimat kennengelernt hat ...

Für Jungen und Mädchen ab ca. 10 Jahren.

Von derselben Autorin erhältlich:

1. Detektei Anton: Ausgerechnet Bananen
Gb., 208 S., 13,5 × 20,5 cm
Best.-Nr. 271720
ISBN 978-3-86353-720-3

Rahels chronische Langeweile endet schlagartig, als Einbrecher und Drogenhändler im verschlafenen Eifeldorf auftauchen.

2. Detektei Anton: Die Dame aus Burundi
Gb., 192 S., 13,5 × 20,5 cm
Best.-Nr. 271764
ISBN 978-3-86353-764-7

Die Detektei erhält ihren ersten offiziellen Auftrag von Rechtsanwalt Paul Schmickler. Aber wer ist wirklich, was er vorgibt zu sein? Die Detektive bleiben misstrauisch.

3. Detektei Anton: Bombenstimmung
Gb., 208 S., 13,5 × 20,5 cm
Best.-Nr. 271766
ISBN 978-3-86353-766-1

Onkel Anton stolpert im Familienwald über alte Munition aus dem Zweiten Weltkrieg. Außerdem gibt ein seltsamer Brief der Detektei Rätsel auf.

Für Jungen und Mädchen ab ca. 11 Jahren

4. Detektei Anton: Der Fall Werner
Gb., 192 S., 13,5 × 20,5 cm
Best.-Nr. 271796
ISBN 978-3-86353-796-8

Endlich Ferien! Die Detektei hat genug Zeit, sich mit dem Geheimnis zu beschäftigen, das Pastor Werner Schrober verbirgt. Dafür ermitteln die Kinder in Hamburg.

5. Detektei Anton: Achtung, Gift!
Pb., 208 S., 13,5 × 20,5 cm
Best.-Nr. 271887
ISBN 978-3-86353-887-3

In Brehl sterben plötzlich Vögel und Katzen. Schnell ist klar, dass jemand Giftköder ausgelegt hat. Auch Caruso, Onkel Antons geliebter Riesenschnauzer, scheint davon gefressen zu haben.

6. Detektei Anton: Explosionsgefahr
Pb., 208 S., 13,5 × 20,5 cm
Best.-Nr. 271888
ISBN 978-3-86353-888-0

Mitten in der Nacht wird Ronny Zeuge einer Geldautomatensprengung in Brehl. Obwohl das Fluchtauto ihn fast überfährt, kann er das Kennzeichen nicht erkennen.